AGATHA CHRISTIE COMPLETE COLLECTION

THE HOLLOW

AGATHA CHRISTIE COMPLETE COLLECTION

THE HOLLOW

할로 저택의 비극 애거서 크리스티 장편 소설 | 원은주 옮김

황금가지

THE HOLLOW
by Agatha Christie

정식 한국어 판 출간에 부쳐

　나는 한국에서 우리 할머니의 작품을 정식으로 출간한다는 소식을 듣고 무척 기뻤다. 할머니가 1920년부터 1970년 무렵까지 오랜 세월에 걸쳐 집필한 작품들은 21세기인 지금 읽어도 신선하고 재미있다. 등장 인물들이 워낙 자연스러워서 요즘 사람들과 다를 바 없고 이들이 등장하는 상황과 장소가 전 세계 사람들의 애정과 향수를 자극하기 때문이다. 한국 독자들은 이번에 새로 나온 정식 한국어 판을 통해 그동안 접하지 못했던 애거서 크리스티의 일부 작품들을 읽을 수 있을 것이다. 덕분에 한국에 새로운 세대의 애거서 크리스티 팬들이 탄생할지도 모르겠다는 생각을 하면 가슴이 벅차다.
　애거서 크리스티는 대표적인 두 명의 주인공으로 기억되는 작가이다. 14권의 작품에 등장하는 마플 양은 영국의 작은 시골 마을에서 평온한 나날을 보내며 뜨개질과 수다로 소일하는 미혼의 할머니이지만, 놀라운 기억력과 날카로운 두뇌 회전으로 주변에서 벌어진 살인 사건을 해결한다.

그리고 마플 양과 상반되는 성격을 지닌 에르퀼 푸아로는 자신만만하고 콧수염을 포함한 자신의 외모와 벨기에라는 국적에 대한 자부심이 상당하다. 그는 이집트와 이라크를 비롯한 세계 각지에서 수수께끼를 해결하며『오리엔트 특급 살인 *Murder On The Orient Express*』,『나일 강의 죽음 *Death On The Nile*』,『애크로이드 살인 사건 *The Murder Of Roger Ackroyd*』등 애거서 크리스티의 여러 대표작에 모습을 드러낸다.

황금가지의 대담하고 참신한 표지와 전반적인 디자인 덕분에 작품의 성격이 잘 살아난 것 같아 기쁘다. 또한 한국 독자들이 할머니의 원작이 지닌 참된 묘미를 느낄 수 있도록 충실한 번역을 위해 애써 준 점도 높이 사고 싶다.

할머니의 작품이 20세기의 그 어떤 작가들보다 많이 팔리고 있는 이유는 나이와 국적에 상관없이 읽을 수 있는 재미와 감동을 갖추었기 때문이다. 모쪼록 한국 독자들도 황금가지에서 선보이는 애거서 크리스티 작품들을 즐겁게 감상하기를 바란다.

매튜 프리처드

애거서 크리스티의 손자

ACL 이사장

래리와 다나에에게
그들의 수영장을 살인의 현장으로 쓴 것을 사과하며

차 례

1장

    금요일 아침 6시 30분, 루시 앵커텔은 또 다른 하루를 맞이해 크고 푸른 눈을 떴다. 언제나 그렇듯이 눈을 뜨자마자 잠에서 완전히 깨어난 그녀는 놀라울 정도로 활발한 두뇌로 산적한 문제들을 궁리하기 시작했다. 그러다가 갑작스럽게 다른 누군가와 이 문제들에 대해 의논할 필요가 있다고 느낀 레이디 앵커텔은 어젯밤 할로 저택에 도착한 사촌동생 미지 하드캐슬을 말 상대로 점찍고 재빨리 침대에서 내려왔다. 그러고는 여전히 우아한 어깨에 네글리제를 걸친 다음, 어젯밤 할로 저택에 도착한 미지의 방으로 향했다. 레이디 앵커텔은 항상 당황스러울 정도로 머리 회전이 빠른 사람이었기 때문에 머릿속에서는 이미 대화가 진행 중이었다. 그녀는 풍부한 상상력을 발휘해 미지가 할 대답까지 채워 넣었다.

    레이디 앵커텔이 미지의 방문을 활짝 열어젖혔을 때 그녀의 상상속 대화는 한창 무르익어 가고 있었다.

"……그러니까 너도 이번 주말이 우리의 골칫거리라는 데 동의하겠지?"

"으음……? 뭐라고요?"

느닷없이 단잠에서 깨어난 미지는 웅얼거리는 목소리로 투덜댔다.

레이디 앵커텔이 활기차게 창가로 다가가 커튼을 걷고 덧문을 열었다. 9월의 푸르스름한 새벽빛이 방 안으로 들어 왔다.

레이디 앵커텔은 즐거운 눈빛으로 창밖을 바라보며 탄성을 질렀다.

"새야! 예쁘기도 하지."

"뭐라고요?"

"어쨌든 지금 문제는 날씨가 아니야. 계속 맑은 날씨가 이어질 것 같으니까. 그건 다행이네. 서로 사이가 안 좋은 사람들이 한 방에 모인다면, 분명히 열 배는 더 상황이 악화될 테니까. 내가 그 불쌍한 게르다를 너그럽게 봐주지 않는다면 라운드 게임(편을 가르지 않고 혼자서 하는 카드 놀이 — 옮긴이)은 작년처럼 엉망이 될 테고……. 나중에 헨리에게 내가 너무 생각이 없었다고 말했어. 물론 게르다도 초대해야지. 존만 초대하는 건 너무 무례한 일일 테니까. 하지만 그렇게 된다면 정말 문제가 커져……. 제일 안타까운 건 게르다가 너무 착하다는 거야. 정말이지 게르다처럼 착한 사람이 머리가 모자란다는 게 이해가 안 돼. 하나를 얻으면 하나를 잃는다는 걸까? 정말 불공평해."

"지금 무슨 말을 하는 거예요, 루시?"

"주말 파티 말이야. 내일이면 손님들이 도착하잖니. 밤새 그 생각을 하느라 골치가 아팠어. 미지 너랑 이야기를 할 수 있어서 정말 다행이야. 넌 똑똑하고 분별력이 있잖니."

미지가 엄한 목소리로 입을 열었다.

"루시, 지금이 몇 신 줄 알아요?"

"정확히는 모르겠는데. 내가 원래 시간은 잘 모르잖니."

"6시 15분이에요."

"그렇구나."

루시 앵커텔은 전혀 미안한 기색 없이 대꾸했다.

미지는 무서운 눈길로 그녀를 바라보았다. 루시는 정말 견딜 수 없이 짜증 나는 사람이야! 왜 내가 저런 행동을 참아 줘야 하는 거지?

하지만 그에 대한 답은 이미 알고 있었다. 미지는 루시 앵커텔의 미소를 바라보며 그녀가 평생 동안 예순이 넘은 지금까지도 사람을 매혹시키는 매력을 간직하고 있다는 사실을 느낄 수 있었다. 그 때문에 외국의 세력가에서 정부 관료에 이르기까지 전 세계의 모든 사람들이 그녀가 주는 불편함과 짜증, 당황스러움을 참고 견딘 것이다. 남들의 화를 금방 누그러뜨리고 마음을 풀도록 만드는 것은 루시 앵커텔의 아이와 같은 천진난만함이었다. 루시가 그 커다랗고 푸른 눈을 동그랗게 뜨며 연약한 손을 내밀어 "오! 정말 미안해요……."라고 말하는 순간, 쌓였던 분노는 눈 녹듯이 금세 사라져 버리고 말았다.

"미지, 정말 미안해. 미리 말하지 그랬어!"

"지금 얘기하잖아요……. 하지만 이미 늦었어요! 잠이 다 깨 버렸으니까."

"아유, 미안해라! 그래도 날 도와줄 거지?"

"주말 일 때문에요? 왜요? 무슨 문제라도 생겼어요?"

레이디 앵커텔은 침대 끝에 걸터앉았다. 그것은 다른 사람들이 침대에 걸터앉는 것과는 다르다고 미지는 생각했다. 마치 한순간 요정이 나타난 게 아닌가 하는 비현실적인 생각마저 들었다.

레이디 앵커텔은 하얀 손을 나긋나긋하고 사랑스럽게 살랑였다.

"하나같이 잘못된 사람들이 와……. 잘못된 사람들이 한자리에 모이게 된다고. 그러니까 그 사람들 자체가 잘못되었다는 말이 아니야. 사실 다들 좋은 사람들이지."

"누가 오는데요?"

미지는 건강하게 갈색으로 그을린 팔을 들어 이마에 흘러내린 굵고 꼬불거리는 검은색 머리카락을 뒤로 넘겼다. 미지의 자태는 조금도 요정 같다거나 비현실적으로 보이지 않았다.

"음, 먼저 존과 게르다. 이 둘만 놓고 보면 문제 될 건 없어. 존은 유쾌하고 아주 매력적이지. 하지만 불쌍한 게르다는…… 다들 게르다에게 잘해 줘야 해. 아주아주 친절하게 말이야."

왠지 모를 반발심에 미지가 부루퉁하게 대꾸했다.

"그 정도로 심각하진 않아요."

"게르다는 너무 불쌍하잖아. 그 눈을 봐. 말귀가 어두워서 남의 말은 한마디도 못 알아듣는 것 같잖니."

"그렇지 않아요. 루시 말이 틀렸다는 게 아니라…… 게르다 탓만은 아니라는 거예요. 루시는 생각의 속도가 너무 빨라서 대화를 하려면 쫓아가기가 힘겨워요. 말의 곁가지는 죄다 빼고 정신없이 뛰어넘잖아요."

"원숭이처럼?"

레이디 앵커텔이 모호하게 대꾸했다.

"그럼 크리스토 부부 말고는 또 누가 오는 거예요? 헨리에타?"

그 말에 레이디 앵커텔의 얼굴이 밝아졌다.

"그래, 그 애가 있어 안심이야. 그 앤 항상 그렇지. 너도 알다시피 헨리에타는 언제나 쾌활하고 착하잖니. 그 애가 불쌍한 게르다를 많이 도와줄 거야. 작년에도 정말 멋지게 해냈지. 우리가 리머릭? 아니 낱말 맞추기든가 인용문 맞추기든가…… 여하튼 그런 게임을 할 때 다들 끝마치고 큰 소리로 답을 읽을 때까지도 그 불쌍한 게르다는 시작도 못 하고 있지 않겠니. 그게 어떤 게임인지도 몰랐던 거야. 정말 끔찍한 일이지, 그렇지 않니, 미지?"

"왜 다들 이 집에 오는지 그 이유를 모르겠어요. 머리 쓰는 게임에 라운드 게임 정도나 할 뿐이고 거기다 이런 기묘한 대화에도 맞장구쳐 줘야 하는데 말이죠."

"그래, 우리가 노력해야지……. 게르다도 분명 지긋지긋할 거야. 가끔씩은 그 애가 조금만 더 용감했다면 자리를 박차고 나가 버렸을 거라는 생각이 들더구나. 하지만 게르다는 그 자리에 남아서 불쌍하게도 당황한 표정으로…… 또 수치스럽다는 표정으로 앉아 있었지. 존은 더 이상 못 참겠다는 얼굴이었고 말이야. 어떻게 하면 이 상황을 정리할 수 있을지 모르는 것처럼. 바로 그 순간 헨리에타가 기지를 발휘한 거야. 게르다에게 그 애가 입고 있는 스웨터에 대해 물어보더구나. 정말 시든 배추 잎 같은 칙칙한 색에 완전 싸구려 같은 스웨터였는데 말이야……. 그러니까 게르다의 얼굴이 환해지면서 직접 뜬 거라고 하지 뭐겠니. 헨리에타가 뜨개질 견본을 달라고 부탁하니까 게르다가 얼마나 행복하고 뿌듯한 표정을 짓던지. 그게 바로 헨리에타야. 언제나 적절한 처신을 할 줄 안다니까. 정말 요령 좋은 아이지."

"골치 아픈 일을 자진해서 떠맡는 거죠."

미지가 느릿느릿 대꾸했다.

"그래. 거기다 어떤 말을 해야 하는지도 잘 알지."

"아, 하지만 말로만 그치지도 않죠. 루시, 헨리에타가 그 견본으로 실제 스웨터를 떴다는 거 아세요?"

"어머나. 그리고 그걸 입었대?"

레이디 앵커텔은 진지한 얼굴을 하고는 물었다.

"네, 그걸 입었죠. 헨리에타는 뭐든 끝까지 해내니까요."

"끔찍했니?"

"아니요. 헨리에타에게는 아주 잘 어울리더라고요."

"음, 물론 그랬겠지. 그게 바로 헨리에타와 게르다의 차이점이야. 헨리에타는 뭐든 하는 일마다 잘 해내고 결과도 좋지. 자기 일뿐만 아니라 주변의 모든 일을 똑 부러지게 할 줄 아니까. 미지, 주말에 우리가 손님을 잘 치르도록 도와줄 사람이 있다면 그건 바로 헨리에타일 거야. 그 애는 게르다를 보살피고, 헨리 또한 즐겁게 해 주고, 존의 성질을 가라앉혀 줄 뿐만 아니라 데이비드에게도 많은 도움이 될 게 분명해."

"데이비드 앵커텔이요?"

"그래. 막 옥스퍼드에서 내려왔거든. 케임브리지든가? 그 나이 또래의 남자 아이들은 정말 다루기가 힘들어……. 특히 똑똑한 애들은 말이야. 데이비드는 아주 똑똑하지. 더 나이가 들 때까지 똑똑해지지 못하도록 막았으면 싶을 정도라니깐. 그런 애들은 사람들을 못마땅하게 바라보면서 손톱을 물어뜯곤 하지. 이제 여드름이 솟고 울대뼈가 나오는 사춘기잖니. 아예 입을 꾹 다물고 있거나 반항적인 태도로 대들거나 둘 중 하나야. 그래도 아까 말했듯이 난 헨리에타를 믿어. 그 애는 아주 요령 좋게 적절한 질문을 던질 줄 아니까. 그리고 사람들은 조각가를 존경하잖니? 게다가 헨리에타는 동물이나 어린아이들의 두상뿐만 아니라, 진보적인 작품들까지 만드니까. 작년 신진 예술가 전시회에 내놓은 금속과 석고로 만든 희한한 것들 있잖아. 꼭 쓸데없이 복잡한 사다리 같아 보였는데. 그 작품명이 「상승하는 사고(思考)」던가…… 뭐 그런 제목이었지? 데이비드 같은 사춘기 남자아이에게는 깊은 인상을 줄 수 있는 작품이었어…… 내가 보기엔 엉터리 같지만."

"오, 루시!"

"그래도 헨리에타의 작품 중에서 꽤 마음에 드는 것도 있었어. 가지가 늘어진 물푸레나무 조각상 같은 거 말이야."

"헨리에타는 정말 천재적인 조각가예요. 게다가 성격도 좋고요."

미지의 말에 레이디 앵커텔은 자리에서 일어나 다시 창가로 가볍게 걸어갔다. 그러고는 멍하니 커튼 끈을 만지작거렸다.

"왜 도토리일까, 궁금하네."

"도토리요?"

"커튼 끈에 달려 있는 도토리 말이야. 문에 달려 있는 파인애플처럼. 그러니까 뭔가 이유가 있지 않겠어? 솔방울이나 배를 쓸 수도 있는데 항상 도토리를 달아 놓잖아. 사료용 도토리. 왜 낱말 맞추기 하다가 나온 적 있잖아…… 돼지 먹이로도 쓰이는 거. 항상 생각하는 거지만 정말 희한해."

"두서없는 소리는 그만둬요, 루시. 주말 파티 문제를 이야기하러 온 거잖아요. 게다가 전 왜 그 준비에 노심초사하는지 이유를 모르겠어요. 라운드 게임을 제대로 하고 싶다면 게르다에게 이야기할 땐 찬찬히 설명해 주면 될 테고, 똑똑한 데이비드는 헨리에타에게 맡기면 될 텐데 뭐가 문제예요?"

"음, 한 가지 문제가 있어. 에드워드가 오거든."

"오, 에드워드."

미지는 그 이름을 말한 후 잠시 침묵했다. 이윽고 조용히 물었다.

"도대체 무슨 생각으로 에드워드를 초대하신 거예요?"

"미지, 내가 초대한 게 아니야. 그냥 어쩌다 보니까 그렇게 된 거지. 자길 초대할 건지 알려 달라고 전보를 보내지 않겠니. 에드워드가 어떤 사람인지는 너도 잘 알잖아. 어찌나 예민한지. 내가 안 된다고 대답했더라면 아마 다시는 우리 집에 오려고 하지 않을 거야. 그런 사람이니까."

미지는 천천히 고개를 끄덕였다.

그래, 에드워드는 그런 사람이었다. 일순간 미지의 눈앞에 에드워드의 사랑스러운 얼굴이 선명히 보이는 듯했다. 루시의 비현실적인 매력, 즉 우아함, 무심함, 아이러니함을 닮은 얼굴이었다…….

"사랑스러운 에드워드."

루시의 말 한마디가 미지의 머릿속에서 울려 퍼졌다.

루시는 성급하게 말을 이었다.

"헨리에타가 에드워드와 결혼하기로 마음만 먹는다면 얼마나 좋을까. 그 애는 정말로 에드워드를 좋아해, 분명하다니까. 크리스토 부부네만 오지 않는다면…… 존 크리스토는 언제나 에드워드에게 좋지 않은 영향만 미치니 말이야. 둘이 만나면 존은 점점 더 커지고 에드워드는 점점 더 작아지는 것 같아. 내 말이 무슨 뜻인지 알겠어?"

다시 한번 미지는 고개를 끄덕였다.

"이번 주말 약속은 오래전에 잡힌 거라 크리스토 부부를 뺄 수가 없어. 하지만 미지, 왠지 이번 주말은 아주 힘들어질 거라는 느낌이 들어. 데이비드는 못마땅한 표정으로 화만 낼 테고, 어리숙한 게르다를 도와줘야 하는 데다, 존은 의기양양해하고 에드워드는 주눅만 잔뜩 들 테니……."

"그리 좋은 조합은 아니네요."

미지가 중얼거리는 말에 루시는 미소를 짓더니 관조하듯 말했다.

"때로는 일이 저절로 해결되기도 하지. 일요일 점심 식사에 범죄 해결사 한 분을 초대했어. 기분 전환이 되겠지? 그렇게 생각하지 않아?"

"범죄 해결사요?"

"달걀처럼 머리가 동글동글한 사람이야. 헨리가 고등 판무관으로 바그다드에 있을 때, 그 사람도 무슨 문제를 해결한다고 바그다드에 와 있었거든. 아니 그 후던가? 그 사람이랑 대사관 직원들이랑 함께 점심 식사를 했지. 흰색 연미복을 입고 단춧구멍에는 분홍색 꽃을 끼운 채 검은색 에나멜 구두를 신었던 모습이 아직도 기억에 생생해. 난 누가 누구를 죽였다는 데는 별 관심이 없어서 그때 무슨 이야기를 나눴는지는 기억이 안 나. 사람이 이미 죽었는데 그 이유가 뭐가 중요하겠어? 끝난 일을 가지고 법석을 떠는 건 우스운 일이지……."

"이 동네에 무슨 범죄라도 일어난 거예요?"

"오, 아니야. 그 사람이 이 동네에 별장을 하나 샀대. 너도 알잖니, 왜 근처에 생긴 우스꽝스러운 신식 별장들 말이야. 정말이지 움직일 때마다 머리를 이리저리 부딪칠 정도로 낮은 천장에…… 배관 시설은 쓸 만하지만 정원은 아주 엉터리야. 런던 사람들은 그런 데를 좋아하지. 또 다른 별장에는 웬 여배우가 하나 산다고 하더구나. 물론 우리처럼 1년 내내 사는 건 아니지. 그래도……."

레이디 앵커텔은 방 안을 서성거렸다.

"그래도 별장 생활을 마음에 들어 하는 것 같아. 미지, 날 도와줘서 정말 고마워."

"제가 그렇게 도움이 된 것 같진 않은데요."

"그러니?"

루시 앵커텔은 놀란 표정을 지었다.

"그럼, 지금부턴 푹 자고 아침 식사 때 일어나렴. 그리고 일어나면 얼마든지 무례하게 굴어도 좋아."

"무례하게라고요?"

미지는 놀란 표정이 되었다가 웃음을 터뜨렸다.

"세상에! 오! 알겠어요! 무슨 말씀이신지 알겠어요. 분부대로 하죠."

레이디 앵커텔은 미소를 짓고는 방을 나섰다. 열려 있는 욕실 문 앞을 지나다가 가스풍로와 주전자를 발견한 그녀의 머릿속에 한 가지 생각이 떠올랐다.

'사람들은 차를 좋아하지······. 그리고 미지는 앞으로 몇 시간은 더 잘 테니 차를 끓여 주자.'

그녀는 가스풍로에 주전자를 올려놓고는 복도를 따라 내려갔다.

레이디 앵커텔은 남편의 방문 앞에 멈춰 서 손잡이를 돌렸지만, 문은 잠겨 있었다. 유능한 공직자인 헨리 앵커텔 경은 아내를 잘 알고 있었다. 아내를 너무나도 사랑했지만 아침잠을 방해받는 것은 싫었던 것이다.

레이디 앵커텔은 자신의 방으로 돌아왔다. 헨리와도 의논을 해보고 싶지만 나중에 해도 될 것이다. 열린 창문 옆에 서서 잠시 밖을 내다보고는 하품을 했다. 다시 침대로 들어간 그녀는 머리를 베개에 뉘었고 잠시 후 아기처럼 깊은 잠에 빠져들었다.

욕실에서는 주전자가 끓고 또 끓었다…….

"주전자 또 하나 버리게 생겼네요, 거전 씨."

가정부 시먼스가 말했다. 집사인 거전은 하얗게 센 머리를 절레
절레 흔들었다.

그는 시먼스에게서 다 타 버린 주전자를 받아 들고 식기실로 가,
주전자 여섯 개를 저장해 둔 찬장 아래에서 새로 하나를 꺼냈다.

"여기 있어요, 시먼스 양. 주인마님께서는 절대 모르실 거예요."

"주인마님께서는 자주 이러시나요?"

시먼스의 질문에 거전은 한숨을 푹 쉬며 대답했다.

"주인마님께서는 정말 마음씨가 고우시지만 그만큼 건망증도 아
주 심하시죠. 그러니 이 집에서는 주인마님이 당황하거나 걱정하지
않으시도록 만반의 준비를 갖춰 놓아야 해요."

2장

  헨리에타 세이버네이크는 작은 점토 조각을 동그랗게 말아 적당한 자리에 붙였다. 그녀는 신속하고 능숙한 솜씨로 소녀의 두상을 만들고 있었다.

  그리고 귓전에 끊임없이 울려 퍼지는, 약간은 천박하고 칭얼대는 목소리를 건성으로 흘려들었다.

  "세이버네이크 씨, 저는 정말로 제가 옳다고 생각해요! 저는 이렇게 말했죠. '당신 정말 그렇게 나오겠다는 거예요?' 세이버네이크 씨, 저는 여자라면 그런 통념들에 저항할 줄 알아야 한다고 생각해요. 무슨 뜻인지 아시죠? 저는 '난 그런 말을 듣는 데 익숙하지 않아요. 정말 당신은 아주 추잡한 상상만 하는군요!'라고 쏘아 줬죠. 물론 분란을 일으키고 싶진 않지만, 필요할 땐 맞설 권리가 있다고 믿거든요. 그렇게 생각하지 않으세요, 세이버네이크 씨?"

"아, 물론이죠."

헨리에타를 잘 아는 사람이라도 그녀가 건성으로 듣고 있다는 사실을 알아채지 못할 정도로 열성적인 목소리였다.

"'만약 당신 부인이 그런 식으로 말한다면, 그거야 어쩔 수 없죠!'라고 말해 줬어요. 세이버네이크 씨, 그 일 때문에 앞으로 어떻게 될지 모르겠지만, 아무래도 가는 곳마다 문제가 되지 않을까 싶어요. 하지만 절대 제 잘못은 아니에요. 오히려 남자들이 너무 유혹에 약한 거죠, 안 그래요?"

모델은 교태스럽게 깔깔거렸다.

"지독할 정도죠."

헨리에타는 눈을 반쯤 감은 채 대꾸했다.

'훌륭해. 눈꺼풀 바로 아래의 면이 아주 훌륭하게 됐어……. 그리고 다른 쪽 면이 올라와 합쳐져야지. 턱의 각도는 이상해……. 저기를 긁어내고 다시 만들어야겠어. 골치 아프네.'

생각에 빠져 있던 헨리에타는 이번에는 따뜻하고 호의적인 목소리로 말했다.

"많이 힘들었겠네요."

"질투란 건 너무 불합리한 감정이라고 생각해요, 세이버네이크 양. 그리고 너무 편협하죠. 제 말이 무슨 뜻인지 아시겠어요? 이렇게 말해도 될지 모르겠지만 사람들은 그저 자기보다 더 젊고 예쁜 존재를 부러워하는 것뿐이라고요."

두상의 턱을 다시 손질하고 있던 헨리에타는 아무 생각 없이 대답했다.

"네, 물론이죠."

헨리에타는 한 번에 여러 가지 일을 하는 법을 몇 년 전부터 익혀 두었다. 머릿속으로 다른 생각을 하면서 브리지 게임을 할 수도, 지적인 대화를 나눌 수도, 논리 정연한 편지를 쓸 수도 있었다. 지금은 자신의 손가락 아래서 나우시카의 두상이 제 모습을 찾아가도록 만드는 데 온 신경을 쏟고 있었으며, 아주 사랑스럽고 어린아이 같은 저 입술에서 나오는 천박하고 혐오스러운 수다쯤은 조금도 그녀의 머릿속을 어지럽히지 못했다. 헨리에타는 수월하게 대화를 이어 나갔다. 그녀는 끊임없이 수다를 떠는 모델들에게 익숙해져 있었다. 전문 모델은 대부분 그렇지 않지만 팔다리를 움직이지 않고 꼼짝없이 있어야 하는 게 불편한 아마추어 모델들의 경우에는 몸 대신 입을 놀려 자신을 표현하려 했다. 헨리에타의 일부분은 모델의 말에 귀를 기울이고 대답했지만, 저 깊숙이에 있는 진짜 헨리에타는 이렇게 생각했다.

'정말이지 저속하고 비열한 데다 혐오스러운 여자야……. 하지만 저 눈…… 정말이지 사랑스러워. 사랑스러운 눈이야…….'

눈을 작업하는 동안은 모델이 마음껏 떠들도록 내버려 두었다. 입을 만들 때면 모델에게 조용히 해 달라고 부탁할 작정이었다. 저렇게 완벽한 곡선을 가진 입에서 저렇게 천박한 말이 나오다니 정말 이상한 일이지.

헨리에타는 갑자기 짜증이 치밀어 올랐다.

'아, 젠장. 저 아치형 눈썹을 망쳐 버렸잖아! 도대체 뭐가 문제지? 뼈를 지나치게 부각시켰어……. 날카롭지만 두껍지는 않아…….'

헨리에타는 인상을 찌푸린 채 뒤로 물러나 점토로 만든 두상과 단상에 앉아 있는 모델을 비교해 보았다.

도리스 손더스는 여전히 떠들고 있었다.

"그래서 저는 이렇게 말했어요. '왜 당신 남편이 저에게 선물을 주어서는 안 되는지 그 이유를 모르겠네요. 그리고 그런 일로 오해를 해서도 안 된다고 생각해요.' 그건 정말이지 아주 근사한 팔찌였어요, 세이버네이크 씨. 정말 끝내주게 멋졌다니까요. 물론 그 불쌍한 인간은 그 팔찌를 살 돈도 없었겠지만 정말 자상하다고 생각해요. 물론 절대 그 팔찌를 돌려줄 생각은 없지만요!"

"그럼요, 그럼요."

헨리에타가 중얼거리며 대꾸했다.

"게다가 그 사람이랑 저 사이에는 아무런 일도 없었다고요. 그렇고 그런 추잡한 일 말이에요……. 그런 사이는 절대 아니었죠."

"그럼요. 분명 그러셨겠죠……."

이제 눈썹이 정리됐다. 그다음 30분 동안 헨리에타는 미친 듯이 일에만 몰두했다. 정신없이 두상을 만지는 사이 그녀의 이마며 머리카락에 점토 덩어리가 붙었다. 그녀의 눈은 맹렬한 열정으로 가득했다. 거의 다 됐어……. 나우시카(그리스 신화에서 난파한 영웅 오디세우스를 구조한 여인. 아름다우면서도 용감한 여성상으로 추앙받는다─옮긴이)가 모습을 드러내고 있어…….

이제 몇 시간 후면, 헨리에타는 지난 열흘 동안 그녀를 괴롭혔던 고통으로부터 벗어날 수 있을 것이다.

나우시카……. 지난 열흘 동안 헨리에타는 나우시카였다. 나우시카와 함께 잠에서 깨었으며, 나우시카와 함께 아침을 먹고 나우시카와 함께 외출을 했다. 헨리에타의 마음은 온통 아름답지만 멍한 나우시카의 얼굴을 찾는 데 쏠려 있어 다른 어떤 것도 생각할 수가 없었다. 정처 없이 거리를 떠돌 때에도 헨리에타의 눈에는 아무것도 들어오지가 않았다. 수많은 모델들을 만나 보고, 그리스인 모델을 쓸까도 생각했지만 깊은 실망감만 맛보고 말았다…….

헨리에타는 특별한 무언가를 원했다. 영감을 불어넣어 줄 특별한 무언가를. 일부분이나마 마음속에 자리 잡은 그 구상을 완전하게 일깨워 줄 특별한 무언가를. 수도 없이 길거리를 걸어 다니느라 육체는 점차 지쳐 갔다. 헨리에타를 몰아붙이고 괴롭게 만든 것은 원하는 얼굴을 보고 싶다는 절박하고도 그칠 줄 모르는 열망이었다.

거리를 걷는 헨리에타의 눈은 텅 비어 있었으며, 주변에 무엇이 있는지 아무것도 보지 못했다. 헨리에타는 온 힘을 다해 그 얼굴을 조금이라도 더 명확히 떠올려 보려 애썼다. 하지만 속이 울렁거리고 어지러운 데다 비참한 기분마저 들었다…….

그러던 중 갑작스레 눈앞이 선명해졌다. 헨리에타는 평범한 인간의 눈으로 맞은편을 바라보았다. 종착지가 어디인지도 모른 채 멍하니 올라탄 버스 안이었다……. 그렇다. 드디어 나우시카를 발견한 것이다! 자그마하고 어린아이 같은 얼굴, 반쯤 벌린 입술, 그리고 눈…… 사랑스러우면서도 텅 비어 있는, 아무것도 보지 않는 눈.

그 소녀는 벨을 누르고 버스에서 내렸다. 헨리에타는 그 뒤를 따랐다.

이제 마음을 가라앉힌 헨리에타는 이성을 되찾았다. 그녀는 원하는 것을 얻어 내야 했다……. 절망스러웠던 탐색의 고통은 이제 끝이다.

"실례지만 잠시만 이야기 좀 나눌 수 있을까요? 저는 전문 조각가예요. 단도직입적으로 말씀드리자면, 당신 머리가 마음에 들어요."

헨리에타는 원하는 것을 얻기 위해서 어떻게 해야 하는지 잘 알았으므로, 매력적인 모습으로 상냥하게 굴었다.

도리스 손더스는 갑작스러운 헨리에타의 말에 당황하고 의심스러워하는 동시에 우쭐한 표정을 지었다.

"글쎄요, 잘 모르겠네요. 제 머리만 필요하시다면 그건 힘들겠죠. 게다가 전 그런 일은 해 본 적이 없어요."

적당한 망설임과 함께 보수에 대한 의구심도 서려 있었다.

"물론 전문 모델에 합당한 보수는 드릴 거예요."

그렇게 해서 나우시카가 탄생하게 된 것이다. 도리스 손더스는 헨리에타의 작업실에 앉아 자신의 매력을 발휘하게 되었다는 사실, 영원히 자신의 모습을 조각상으로 남기게 되었다는 사실(물론 그녀는 작업실에 있는 헨리에타의 다른 작품이 마음에 들지는 않았다!)을 즐기는 동시에 열심히 자기 말을 들어 주는 사람에게 자신의 이야기를 풀어놓는 재미에 푹 빠져 있었다.

모델 옆 테이블에는 그녀의 안경이 놓여 있었다……. 그녀는 근시가 너무 심해서 1미터 앞도 보이지 않지만, 허영심 때문에 되도록 안경을 쓰지 않았으며 때로는 거의 앞이 보이지 않은 채로 길을 걷는 게 더 좋다고 헨리에타에게 털어놓았다.

헨리에타는 이해했다는 듯 고개를 끄덕였다. 이제야 텅 비어 있는 듯한 그녀의 사랑스러운 눈길이 무엇 때문이었는지를 알게 된 것이다.

시간은 계속 흘러갔다. 헨리에타는 갑자기 조각 도구를 내려놓고는 활짝 기지개를 켰다.

"좋습니다. 이제 끝났어요. 피곤하지 않으세요?"

"아뇨, 고마워요, 세이버네이크 씨. 정말 재미있었어요. 그런데 정말 끝난 건가요? 이렇게 빨리요?"

헨리에타가 웃음을 터뜨렸다.

"아뇨, 작품이 완성된 건 아니에요. 조금 더 마무리 작업을 해야죠. 하지만 더 이상 모델을 서지는 않으셔도 돼요. 원하는 건 얻었으니까요……. 기본 틀은 다 됐어요."

모델은 천천히 단상에서 내려왔다. 다시 안경을 쓰자 아무것도 모르는 듯한 순수함과 모호하고 순진한 매력은 순식간에 사라졌다. 그저 경박하고 예쁘기만 한 얼굴이었다.

그녀는 헨리에타 곁으로 다가와 점토로 만든 두상을 바라보았다.

"아, 저랑 별로 닮지 않았네요. 그렇지 않아요?"

그녀의 목소리에는 의심과 실망이 담겨 있었다.

헨리에타는 미소를 지으며 대꾸했다.

"네, 이건 초상화가 아니니까요."

정말이지, 점토로 만든 두상은 모델과 조금도 닮은 구석이 없었다. 헨리에타가 본 나우시카의 본질은 두 눈과 광대뼈의 선에 있었다. 이 두상은 도리스 손더스가 아니라 시인이 창조해 낸 눈먼 소녀였다. 입술은 도리스의 입술처럼 반쯤 열렸지만, 도리스의 입술은 아니었다. 이 입술은 다른 언어로 말을 할 것이며, 도리스의 생각이 아닌 다른 생각들을 말할 것이다…….

이목구비 중 어느 하나도 뚜렷한 것은 없었다. 그것은 실제로 본 것이 아니라 기억 속의 나우시카였다.

모델이 다시 의심스러운 어조로 입을 열었다.

"글쎄요……. 조금 더 손을 본다면 더 나아지겠죠……. 정말 제가 더 필요하지 않으세요?"

"고맙지만 이젠 됐어요."

헨리에타는 속으로 '더 이상 필요 없어서 정말 다행이야!'라고 외쳤다.

"정말 멋지게 해내셨어요. 고맙게 생각해요."

헨리에타는 능숙하게 도리스를 쫓아낸 다음 작업실로 돌아와 블랙커피를 마셨다. 온몸에 힘이 쭉 빠졌다. 끔찍할 정도로 피곤했다. 하지만 행복하고 평화로운 기분이었다.

'아, 정말 다행이야. 이제 다시 평범한 일상생활로 돌아갈 수 있겠군.'

그 즉시 그녀의 생각은 존에게로 옮겨 갔다.

'존.'

존을 떠올리자마자 뺨이 발그레하게 달아오르며 심장이 갑작스레 뛰기 시작했다. 기운이 솟았다.

'내일이면 할로에 간다……. 존을 볼 수 있어.'

그녀는 기다란 소파에 푹 파묻혀 뜨겁고 진한 커피를 마셨다. 커피를 연거푸 세 잔이나 마시고 나자, 활기가 되돌아오는 걸 느낄 수 있었다.

다시 평범한 일상생활로 돌아와서 정말 좋아……. 더 이상 불안하고 끔찍한 열정에 시달리지 않아서 좋아. 무언가를 찾아야 하는지도 모른 채, 불안하고 초조한 마음으로 거리를 헤맬 필요가 없어서 좋아! 이젠 열심히 일하는 것밖엔 남지 않았어……. 그쯤이야!

그녀는 빈 컵을 내려놓고 자리에서 일어나 나우시카에게 다가갔다. 잠시 나우시카를 바라보는 동안, 차츰 미간이 찌푸려졌다.

아니야…… 이건 아니야…….

뭐가 잘못된 거지?

텅 빈 눈.

아무것도 보지 않는 텅 빈 눈은 무언가를 볼 수 있는 눈보다 더 아름다웠다……. 텅 빈 눈은 볼 수 없기 때문에 보는 사람의 마음을 찢어 놓는다……. 나우시카가 그런 눈을 가졌지? 아닌가?

그래, 분명 그런 눈이야……. 하지만 그것 외에도 무언가가 있었다. 의도하거나 생각하지 않은 무언가가……. 구조는 좋아. 그래, 확실해. 하지만 이건 어떻게 된 일이지? 이 왠지 모르게 천박한 듯한 느낌은?

작품에는 천박하고 비열한 느낌이 어려 있었다.

물론 헨리에타는 모델의 말에 귀를 기울이지 않았다. 하지만 자신도 모르는 새에 그 말이 귀와 손끝에 스며, 작품에도 영향을 미친 것이다.

그녀는 이제 다시는 어찌해 볼 도리가 없다는 것을 알았다.

헨리에타는 재빨리 조각상에서 몸을 돌렸다. 어쩌면 착각일지도 몰랐다. 그래, 분명 착각이었을 거야. 아침이면 지금과는 전혀 다른 느낌이 들지도 모른다. 그녀는 당황스러운 마음에 혼자 생각했다.

'사람이란 건 정말 나약한 존재야……'

헨리에타는 얼굴을 찌푸린 채 작업실 구석으로 걸어갔다. 그리고 「숭배자」 조각상 앞에서 멈춰 섰다.

이건 괜찮다. 훌륭한 배나무로 나뭇결을 근사하게 살려 냈다. 이 작품은 아주 오랫동안 간직할 것이다.

헨리에타는 비판적인 눈길로 조각상을 바라보았다. 그래, 정말이지 훌륭해. 의심의 여지는 없었다. 그녀가 만들어 낸 최고의 작품이자 인터내셔널 그룹에 출품할 작품. 그래, 충분히 전시할 만한 가치가 있는 작품이야.

그 작품은 정말이지 훌륭했다. 겸손함, 강인한 목 근육, 굽은 어깨, 약간 치켜든 얼굴……. 평범한 얼굴이지만 숭배라는 행위가 그 인물이 가진 개성을 이끌어 내고 있었다.

그래, 복종, 동경…… 그리고 맹목적인 숭배를 넘어서는 지극한
헌신.

헨리에타는 한숨을 쉬었다. 존이 그렇게 화를 내지만 않았어도
좋았을 거라는 생각이 들었다.

그가 그렇게 화를 내리라고는 생각도 하지 못했다. 헨리에타는
존의 분노가 그조차도 알지 못하는 무언가를 말해 주는 거라고 생
각했다.

존은 아주 단호하게 말했다.

"그걸 전시할 순 없어!"

헨리에타 또한 단호하게 받아쳤다.

"난 전시할 거예요."

그녀는 천천히 나우시카에게로 되돌아갔다. 다시 고치지 못할 것
도 없다는 생각이 들었다. 점토로 만든 두상에 물에 뿌리고는 축축
한 천으로 덮었다. 월요일이나 화요일까지는 기다려야 할 것이다.
지금 서두를 필요는 없었다. 급한 일은 끝났다. 핵심적인 기본 틀은
다 됐으니까. 그저 인내심만 발휘하면 되는 것이다.

앞으로 3일 동안은 루시와 헨리, 미지…… 그리고 존과 함께 행복
한 시간을 보낼 수 있다!

그녀는 하품을 하며 고양이처럼 나른하게 기지개를 켜면서 온몸
의 근육을 하나하나 쭉 늘리다가 문득 자신이 얼마나 피곤한 상태
인지를 깨달았다.

헨리에타는 뜨거운 물에 목욕을 한 후 침실로 갔다. 등을 대고 누

워 천장 채광창으로 비치는 별 한두 개를 보았다. 그리고 그녀의 초기 작품 중 하나로, 언제나 켜 두는 유리 갓을 씌운 작은 전등을 바라보았다. 이제는 좀 뻔한 작품이라는 생각이 들었다. 독창성이 없었다.

그래도 이만큼 성장했다는 게 다행이야…….

그리고 이제 자자! 진한 블랙커피를 마시긴 했지만 원한다면 언제든 잠에 들 수 있었다. 오래전, 그녀는 언제든 잠에 빠져드는 법을 익혀 두었다.

생각을 하되 생각에 이끌려 가지 말고, 생각이 머릿속에서 빠져나가도록 내버려 두는 것이다. 절대 생각을 붙잡거나 이끌려 가지 말고 집중하지도 말고 그저 생각이 꼬리에 꼬리를 물고 저절로 지나가도록 내버려 두면 된다.

집 밖에서는 자동차 시동 소리가 들렸다. 그리고 어딘가에서 떠들썩한 고함 소리와 웃음소리가 들렸다. 헨리에타는 멍하니 그 소리를 들었다.

저 자동차 소리는 호랑이가 울부짖는 소리야…… 노란색과 검은색…… 줄무늬가 있는 나무 이파리처럼 줄무늬가 있지…… 나뭇잎과 그림자…… 뜨거운 정글…… 그리고 강을 따라 내려가는 거야…… 넓은 열대의 강…… 바다까지 쭉 이어져서 정기선이 출발하고…… 작별 인사를 나누는 시끌벅적한 목소리……. 갑판 위에 서있는 그녀와 존…… 그녀와 존이 출발한다…… 푸른 바다, 그리고 식당…… 테이블에 마주 앉아 있는 그를 보며 미소를 짓고…… 메이슨 도레(파리의 유명 레스토랑 ─ 옮긴이)에서 존과 함께 했던 저녁 식사 때처럼…… 불쌍한 존, 그렇게 화를 내다니……! 밤공기를 쐬러 밖으로 나갔지…… 자동차에 올라타서 기어를 넣는 느낌…… 매끄럽고 부드럽게 런던을 질주하듯 빠져나가, 셔블 다운을 지나…… 나무들, 근사한 나무들…… 할로 저택…… 루시…… 존…… 존…… 리지웨이 병(病)…… 사랑하는 존…….

이제 그녀는 무의식, 더할 나위 없는 행복으로 빠져들었다.

하지만 곧 날카로운 불쾌함, 왠지 모를 죄의식이 그녀를 잠에서 잡아끌었다. 해야 할 무언가가 있다. 회피한 무언가가 있었다.

나우시카?

천천히, 마지못해 헨리에타는 침대에서 빠져나왔다. 불을 켜고 두상 곁으로 다가가 천을 벗겼다.

그러고는 크게 숨을 들이마셨다.

나우시카가 아니야…… 도리스 손더스야!

극심한 고통이 헨리에타를 훑고 지나갔다. 그녀는 애써 스스로를 위로하려 했다.

"조금만 고치면 괜찮을 거야. 조금만 고치면 괜찮을 거야……."

그러다 다시 중얼거렸다.

"멍청하긴. 뭘 해야 하는지 잘 알고 있잖아."

지금 당장 하지 않는다면…… 내일이면 그럴 용기가 나지 않을 것이다. 그건 마치 자신의 육체를 파괴하는 것 같았다. 고통스러운 일…… 그래, 정말 고통스러운 일이었다.

어쩌면 장애를 가지고 태어난 새끼 고양이를 물어 죽이는 어미 고양이가 딱 이런 심정일지 모르겠다고 헨리에타는 생각했다.

숨을 재빨리 들이마신 그녀는, 두상을 잡고 뭉그러뜨린 다음 커다란 통 안에 집어넣어 버렸다.

그러고는 점토로 뒤범벅이 된 손을 내려다보며 심호흡을 했다. 자신의 육체적, 정신적 자아를 뒤틀어 버린 것 같은 느낌이 들었다. 천천히 손에 붙은 점토를 씻어 냈다.

이상한 공허함, 그와 동시에 평화로움을 느끼며 침대로 돌아왔다.

나우시카는 다시는 이 세상에 나타나지 않을 거야……. 이미 한 번 태어났지만 오염되었고 죽어 버렸다.

'이상한 일이지……. 어떻게 자신도 모르는 사이에 그런 말들이 내면으로 스며드는지.'

절대 귀를 기울이지 않았음에도, 도리스의 천박하고 비열한 마음이 그녀의 마음에 스며들어 무의식적으로 손에 영향을 미친 것이다.

이제 한때 나우시카, 아니 도리스였던 것은 점토 덩어리, 곧 다른 무언가로 새로이 태어날 원료로 되돌아갔다.

헨리에타는 꿈꾸듯 생각했다.

'이것이 죽음이라는 것일까? 우리가 개성이라고 부르는 것이 다른 누군가의 생각에 따라 만들어진 것일까? 누구의 생각? 하느님의 생각?'

이건 페르 귄트(동명 희곡의 주인공. 자신의 영혼이 너무나도 평범하기 때문에 '거대한 국자'에 담겨져 녹은 다음 새로운 영혼을 창조하는 데

쓰이게 될 거라는 말을 듣고 그동안의 인생을 되돌아본다 ― 옮긴이)가 생각했던 것이 아닌가! 단추를 만들기 위해 쇠붙이를 녹이는 국자에 담겨지면서…….

'온전한 인간, 진정한 인간인 나는 어디 있는가? 이마에 신의 각인이 새겨진 나는 어디 있는가?'

존도 이런 기분이 들었던 걸까? 지난밤에 그는 너무나도 지쳐 있었고 너무나도 의기소침해 있었다. 리지웨이 병……. 그 어떤 책을 찾아봐도 리지웨이가 누구인지 알 수가 없었다! 멍한 상태에서 헨리에타는 리지웨이 병에 대해 알고 싶다는 생각을 했다…….

3장

존 크리스토는 진료실에 앉아 오전의 첫 환자를 보고 있었다. 환자가 상세하게 증상을 늘어놓자, 그는 격려하는 듯한 따뜻한 눈빛으로 그녀를 바라보았다. 이따금씩 이해한다는 것 같이 고개를 끄덕이기도 했다. 존은 환자에게 질문을 던지고 적절한 지시 사항을 알려 주었다. 그러자 환자의 얼굴에는 안도감이 퍼져 나갔다. 크리스토 선생님은 정말 훌륭해! 환자들에게 관심이 많고 진심으로 염려해 주시잖아. 선생님과 이야기를 나누는 것만으로도 더 건강해진 것 같다니까.

존 크리스토는 종이 한 장을 앞으로 끌어당겨 무언가를 쓰기 시작했다. 이 환자에게는 변비약을 처방하는 것이 나을 것이다. 미국에서 새로 특허를 낸 이 약은 셀로판지에 멋지게 포장되어 있는 데다, 특이하게도 연한 살구색으로 코팅이 되어 있었다. 물론 그만큼 비싸기도 할뿐더러, 그 약을 구비해 둔 약국도 많지 않아 구하기도 어려운 약이었다. 그 약을 사려면 워더가(街)에 있는 작은 약국을 찾아가야 할 것이다. 아마도 두세 달은 그 약으로 버틸 수 있겠지만, 그다음에는 다른 방도를 생각해 내야 할 것이다. 이 환자를 위해 어떻게 해 볼 도리가 없었다. 이미 쇠약해진 육체를 어떻게 할 수 있겠는가! 그 어떤 약도 효과를 낼 수는 없다. 늙은 크랩트리 부인과는 전혀 달랐다…….

지루한 아침이다. 돈을 벌었다는 걸 제외하고는……. 아무런 일도 없었다. 정말이지, 존 크리스토는 너무나도 지긋지긋했다! 병에 걸린 여자들이 지긋지긋했다. 게다가 그가 할 수 있는 거라고는 일시적으로 병을 완화시키는 정도였다. 때로는 자신이 하는 일이 과연 가치가 있는 일인지 의문마저 들었다. 그럴 때면 항상 세인트크리스토퍼 병원과 마거릿 러셀 병동의 길게 늘어선 침대, 이가 몽땅 빠진 입을 벌리며 씩 미소를 짓던 크랩트리 부인의 모습을 떠올렸다.

존과 크랩트리 부인은 서로를 이해했다! 그녀는 옆 침대에 누워 있는 약해 빠진 여자와 달리 전사(戰士)였다. 그녀는 존과 마찬가지로 살기를 원했다. 빈민가에 사는 데다 술주정뱅이 남편에 제멋대로인 아이들, 낮이나 밤이나 끝없이 많은 건물의 끝없이 많은 바닥을 닦아 내야 하는 그녀의 처지를 생각한다면 그 이유는 하느님이나 알고 계실 것이다. 끊임없는 노역에 즐거움이라곤 없다! 그런데도 그녀는 살고 싶어 했다……. 그녀는 존 크리스토가 그러하듯 인생을 즐겼다! 두 사람이 즐긴 것은 자신에게 주어진 상황이 아니라

삶 그 자체······ 살아 있다는 그 자체였다. 정말 이상한 일, 말로는 설명할 수 없는 일이었다. 존 크리스토는 헨리에타와 이 문제에 대해 이야기를 나눠 봐야겠다고 생각했다.

존은 환자를 문 앞까지 마중하기 위해 자리에서 일어섰다. 따뜻하고 상냥한 태도로 격려하듯 환자의 손을 잡았다. 목소리 또한 관심과 염려로 가득해서 상대방에게 위안을 주기에 충분했다. 환자는 기운이 다시 솟아나, 행복에 빠져 돌아갔다. 크리스토 선생님이 이렇게나 관심을 가져 주시다니!

환자가 나가고 문이 닫히자마자, 존 크리스토는 환자에 대해 말끔히 잊어버렸다. 사실 환자가 진찰실에 있는 동안에도 그녀의 존재를 거의 인식하지 못했다. 항상 그런 식이었다. 그저 자동적인 행동일 뿐이었다. 전혀 마음에서 우러나온 것이 아님에도 환자들은 그의 말과 행동에서 힘을 얻었다. 의사로서 자동적인 호의와 친절을 베풀고 나면 온몸의 에너지가 다 빠져나가 축 늘어지는 것만 같았다.

'아, 정말 피곤해.'

그는 다시 한번 생각했다. 이제 환자 한 명만 더 보면 주말에는 쭉 쉴 수 있다. 그 생각을 하기만 해도 즐거웠다. 알록달록 단풍이 든 나뭇잎과 9월의 부드럽고 촉촉한 바람······ 숲으로 이어지는 길······ 모닥불······ 루시, 세상에서 가장 특이하고 유쾌한 루시······ 호기심이 많고 사람의 마음을 매혹시키는 루시. 그는 영국의 그 어떤 사람들보다도 루시와 헨리의 초대가 좋았다. 그리고 할로 저택은 그가 아는 가장 유쾌한 저택이었다. 그는 일요일이면 헨리에타와 숲속을 거닐곤 했다. 언덕과 봉우리를 따라서…… 헨리에타와 함께 걸으면 이 세상의 모든 환자들에 대해 잊을 수가 있었다. 헨리에타가 건강에 아무런 문제가 없어 다행이라는 생각이 들었다.

그러다 갑자기 장난스러운 생각이 들었다.

'아마 헨리에타는 병에 걸리더라도 절대 나에게는 얘기하지 않겠지!'

아직 환자가 한 명 남았다. 책상 위 벨을 눌러야 한다. 하지만 어쩐지 망설여졌다. 이미 늦어 버렸다. 위층 식당에는 이미 점심 식사가 차려져 있을 테고, 게르다와 아이들이 기다릴 것이다. 빨리 남은 환자를 봐야 한다.

그럼에도 존 크리스토는 가만히 앉아만 있었다. 너무나 피곤했다……. 정말이지 너무나도 피곤했다.

최근 들어 이러한 피로감이 점점 더했다. 인식은 하고 있지만 왜인지는 알 수 없는, 끊임없이 커져만 가는 짜증 때문이었다. 덕분에 불쌍한 게르다만 고생이었다. 그녀가 그렇게 순종적이지만 않았다면……. 그녀는 언제나, 잘못한 게 존일지라도 모든 걸 무조건 자신의 탓으로 돌렸다! 어떤 날은 게르다의 행동이나 말이 짜증스럽게 느껴지기도 했지만, 무엇보다 그의 짜증을 돋우는 것은 바로 지난날 게르다의 장점이라고 생각했던 바로 그 부분이었다. 게르다의 인내심과 이타심, 무조건 남편에게 복종하는 순종적 태도……. 바로 그러한 것들에 기분이 언짢았다. 게다가 게르다는 한 번도 남편의 불같은 성미에 화를 내지도 않았으며, 자신의 주장을 먼저 내세우지도, 큰소리를 내지도 않았다.

(게르다와 결혼한 건 바로 그 때문이었잖아, 안 그래? 도대체 뭐가 불만인 거야? 산미겔에서 보낸 그해 여름 이후로…….)

생각해 보면 정말 이상한 일이었다. 게르다에게서는 짜증을 느낄 뿐일 부분들을 헨리에타에게는 그토록 애타게 갈구하다니 말이다. 헨리에타에게서 짜증을…… (아니, 그건 틀린 표현이다. 짜증이 아니라 분노일 것이다.) 분노를 느끼는 부분은 변함없이 정직하기만 한 그에 대한 태도였다. 그건 헨리에타가 다른 사람들을 대하는 태도와는 모순된 것이었다. 한번은 헨리에타에게 이렇게 말한 적이 있었다.

"당신처럼 거짓말을 잘하는 사람은 처음이야."

"그럴지도요."

"당신은 사람들 기분을 맞춰 주기 위해서라면 어떤 거짓말도 서슴지 않잖아."

"내겐 그게 더 중요한걸요."

"진실을 말하는 것보다 더?"

"훨씬 더요."

"그렇다면 왜 나에게는 조금이라도 거짓말을 해 주지 않는 거야?"

"내가 그러길 바라요?"

"그래."

"존, 미안하지만 그럴 수가 없어요."

"내가 무슨 말을 듣고 싶어 하는지 잘 알잖아."

자자, 이제 헨리에타 생각은 그만두자. 오늘 오후면 그녀를 만나게 될 테니까. 지금 당장은 해야 할 일을 하는 게 우선이다! 벨을 울리고 그 빌어먹을 마지막 환자를 보는 것이다. 지긋지긋한 병약한 노부인들! 10분의 1만 진짜 병이고 나머지 10분의 9는 우울증에 불과할 것이다! 쓸데없이 돈 낭비를 하느니 건강이 나쁘다는 걸 즐기면서 살아갈 순 없는 걸까? 그쪽이 이 세상의 모든 크랩트리 부인에게도 공평한 일일 텐데.

그래도 여전히 그는 꼼짝하지 않았다.

정말이지 너무너무 피곤했다. 아주 오랫동안 피로가 쌓이고 쌓인 것 같은 기분이었다. 그는 무언가를 간절히…… 아주 간절히 바랐다.

갑작스럽게 한 가지 생각이 떠올랐다.

'집에 가고 싶어.'

존은 이런 생각을 한 자신에게 놀라고 말았다. 도대체 왜 이런 생각이 든 걸까? 이게 무슨 뜻이지? 집이라니? 그에게는 고향집이라는 게 없었다. 부모님은 인도에 살았기 때문에 존은 어릴 적 고모집부터 삼촌 집까지 여러 친척집을 전전했고, 명절 때도 마찬가지였다. 처음으로 존이 가진 집은 현재 살고 있는 할리가(街)의 집이었다.

그렇다면 현재 사는 이 집을 생각한 것일까? 존은 고개를 설레설레 저었다. 그렇지 않다는 걸 잘 알고 있었다.

하지만 의사다운 호기심이 일었다. 갑자기 떠오른 그 충동은 도대체 무엇을 의미하는 것일까?

집에 가고 싶어.

분명 무언가가 있을 것이다. 어떤 이미지가.

그는 눈을 반쯤 감았다……. 무언가 생각날 것 같았다.

미처 의식적으로 떠올리기도 전에 눈앞에 깊고 푸른 지중해와 야자수, 선인장과 선인장 열매가 선명히 보였다. 뜨거운 여름날의 먼지 냄새, 햇살이 내리쬐는 해변에 누워 있다가 바닷물에 몸을 담갔을 때의 시원한 감촉이 생생하게 떠올랐다. 산미겔!

그는 깜짝 놀랐다……. 그리고 약간 혼란스러웠다. 지난 몇 년 동안 산미겔 생각은 한 번도 한 적이 없었다. 그리고 분명 그곳으로 되돌아가고 싶지도 않았다. 그곳에서의 일은 그저 과거의 일일 뿐이었다.

벌써 12년, 아니, 14년…… 15년 전이었다. 그리고 그는 옳은 일을 한 것이다! 그의 판단은 분명 옳았다! 당시 그는 베로니카와 열렬한 사랑에 빠져 있었지만 잘되지는 않았다. 베로니카는 그의 육체와 영혼을 모조리 휘어잡으려 했다. 그녀는 구제불능의 이기주의자였으며 그러한 점을 숨기려 들지도 않았다! 베로니카는 원하는 것은 모조리 손에 넣었지만, 존 크리스토만은 손에 넣지 못했다. 존은 베로니카의 손아귀에서 빠져나왔다. 전통적인 관점에서는 그가 베로니카에게 나쁜 짓을 한 것이라고 볼 수도 있다는 생각이 들었다. 다시 말하자면 존 크리스토가 베로니카를 차 버렸던 것이다! 하지만 존은 자신의 인생을 살고자 한 것뿐이었으며, 베로니카와 함께라면 절대 그럴 수 없었을 것이다. 베로니카에게는 자신의 인생이 전부였으며, 존은 그저 엑스트라일 뿐이었다.

존이 할리우드로 함께 가자는 제안을 거절하자 베로니카는 상당히 놀란 눈치였다.

그러고는 무시하듯 이렇게 말했다.

"정말 의사가 되고 싶다면 할리우드로 가서 학위를 따면 돼. 물론 쓸모없는 짓이지만. 당신은 벌써 먹고살기 충분할 만큼 벌었잖아. 그리고 난 거기서 어마어마한 돈을 벌게 될 테고."

존 크리스토는 울컥해서 대꾸했다.

"난 내 직업이 정말 좋아. 난 래들리와 함께 일할 거라고."

젊고 열정적인 그의 목소리는 두려울 정도였다.

베로니카는 코웃음을 쳤다.

"그 우스꽝스럽고 초라한 노인네랑?"

"그래, 그 우스꽝스럽고 초라한 노인네는 프랫 병 분야에서 가장 뛰어난 연구 업적을 세웠지……."

분노하는 존의 말을 베로니카가 가로챘다.

"누가 프랫 병 따위에 신경이나 쓰겠어? 캘리포니아 기후는 정말 매혹적이야. 새로운 세상을 보는 것이 얼마나 재미있는 일인데?"

그러고는 이렇게 덧붙였다.

"당신이 같이 가지 않는다면 그런 게 다 무슨 소용이겠어. 나는 당신을 원해, 존……. 난 당신이 필요해."

그러나 존은 베로니카에게 할리우드를 포기하고 자기와 결혼해 런던에 정착하자는 놀라운 제안을 했다.

베로니카는 기분이 좋은 듯했지만 자신의 뜻을 굽히지는 않았다.

자신은 할리우드로 갈 것이고, 자기가 존을 사랑하는 만큼 존 역시 자신과 결혼해 할리우드로 가야 한다고 했다. 그녀는 자신의 미모와 매력을 아무도 거부할 수 없을 거라 자신하고 있었다.

해야 할 일은 한 가지밖에 없다는 생각이 들었다. 그리고 존은 그 일을 실행에 옮겼다. 베로니카에게 약혼을 파기하자는 편지를 쓴 것이다.

존은 이별의 아픔에 괴로웠지만, 자신의 행동에 대해 조금도 후회는 없었다. 그는 런던으로 가 래들리와 함께 일하기 시작했으며, 1년 후에는 베로니카와 모든 면에서 상반된 게르다와 결혼했다.

순간 진찰실 문이 열리면서 비서인 베릴 콜린스가 들어왔다.

"아직 포레스터 부인이 남아 계세요."

존 크리스토는 무뚝뚝하게 대꾸했다.

"알아."

"선생님께서 잊어버리신 줄 알았어요."

그녀는 방을 가로질러 뒤쪽 문을 열고 나갔다. 크리스토의 눈길은 침착하게 나가는 그녀의 뒷모습을 좇았다. 베릴은 평범한 여자지만 짜증 날 정도로 유능했다. 그녀와 함께 일한 지 벌써 6년이었지만 실수를 저지른 적은 단 한 번도 없었으며, 허둥거리거나 쩔쩔매는 모습도 단 한 번도 보지 못했다. 검은색 머리카락에 피부는 칙칙했고 입매는 고집 있어 보였다. 그녀는 언제나 두꺼운 안경 뒤에 숨어 있는 예리한 회색 눈으로 존 크리스토와 이 세상을 무심하게 관찰했다.

그는 성실하고 평범한 비서를 원했으며, 베릴은 바로 그가 원하던 성실하고 평범한 비서였다. 그럼에도 가끔씩, 정말 모순된다는 것을 알지만, 존 크리스토는 화가 났다! 연극이나 소설 속에서라면 베릴은 고용주에게 아주 헌신적이었을 것이다. 하지만 베릴은 그를 안중에도 두지 않았다. 헌신도, 자기희생도 없었다. 베릴은 그저 존 크리스토를 믿을 수 없는 인간 정도로 생각하고 있는 게 분명했다. 그녀는 존의 인품에 감동을 받지 않았으며, 그의 매력에도 넘어가지 않았다. 가끔씩 존은 그녀가 자기를 싫어하는 게 아닌가 하는 생각마저 들었다.

한번은 그녀가 친구와 전화 통화하는 걸 들은 적이 있었다.

"아니야. 그 사람이 예전보다 더 이기적인 것 같지는 않아. 어쩌면 예전보다 좀 더 생각이 없고 배려심이 없는 거겠지."

분명 존 크리스토의 이야기를 하는 것이었다. 그 이야기를 듣고 24시간 동안은 다른 일에 집중을 할 수가 없었다.

게르다의 맹목적인 헌신이 짜증 나기도 했지만, 베릴의 차가운 태도 또한 짜증이 났다. 사실 거의 모든 것들이 짜증스러웠다.

뭔가 잘못된 거야. 과로 때문인가? 그럴지도. 아니야, 그건 변명에 불과해. 점점 더해져만 가는 초조함, 이 짜증스러운 피로……. 뭔가 더 깊은 원인이 있을 거야. 더 이상은 안 되겠어. 계속 이런 식으로 살 순 없어. 도대체 뭐가 문제인 거지? 여기서 벗어날 수만 있다면…….

다시 한번 탈출하고 싶다는 생각이 이어졌다.

집에 가고 싶어…….

젠장, 할리가 404번지가 내 집이잖아!

포레스터 부인이 대기실에 앉아 그를 기다리고 있을 것이다. 병약한 노부인, 시간과 돈이 넘쳐나 어디가 조금만 이상해도 호들갑을 떠는 그런 노부인이었다.

한번은 누군가가 존에게 이런 말을 한 적이 있었다.

"매일 여기저기가 아프다고 투덜대는 돈 많은 환자들이 아주 지긋지긋하겠어. 정말 몸이 아플 때만 오는 가난한 환자들을 진찰하는 게 훨씬 더 만족스러울 텐데 말이야!"

그는 그저 씩 웃고 말았다. 가난한 사람들에 대해 사람들이 품고 있는 환상은 정말이지 우스웠다. 그 사람들이 피어스톡 부인을 직접 봐야 하는데. 그녀는 매주 다섯 개의 병원을 돌아다니며 먹는 약이며 등에 바르는 약, 기침 물약, 변비약, 소화제를 싹 쓸어 갔다.

"난 14년 동안 갈색 약을 먹었다오, 의사 선생. 나한테 효험이 있는 건 그 약뿐이야. 그런데 지난주에 그 젊은 의사 양반이 하얀 약을 처방해 주지 뭐요. 절대 안 될 일이지! 이치에 맞지 않는 일이잖아, 그렇지 않소? 그러니까 난 14년 동안 갈색 약만 먹었다니까…….."

칭얼거리듯 푸념을 늘어놓던 그 목소리가 아직도 귓가에 생생했다. 체격이 튼튼하고 나무랄 데 없이 건강한 노부인이었다. 그 어떤 약을 먹더라도 거뜬할 것이다!

파크 레인 코트에 사는 포레스터 부인이나 토트넘에 사는 피어스

톡 부인이나 겉모습만 다를 뿐 그 속내는 똑같았다. 그런 노부인들의 말에 귀를 기울이고, 빳빳하고 비싼 종이에, 때에 따라서는 병원 진료 카드에 진료 기록을 적고…….

아, 정말이지 이 모든 일들이 지긋지긋했다.

푸른 바다, 희미하게 밀려오는 향긋한 미모사 향기, 뜨거운 열기…….

15년 전, 이 모든 것들이 끝났다……. 그래, 다행스럽게도 끝났다. 그때는 모든 걸 끝낼 용기가 있었다.

용기? 그의 마음 한구석에서 작은 악마가 속삭였다. 지금 그걸 용기라고 부른 거야?

어쨌든 그는 현명한 선택을 했다, 그렇지 않은가? 정말 고통스러웠다. 젠장할, 정말이지 지옥에 빠진 것처럼 고통스러웠다! 하지만 그는 모든 걸 이겨 냈고, 그곳에서 빠져나와 게르다와 결혼했다.

평범한 비서와 평범한 아내를 얻었다. 그게 바로 그가 원하던 삶이 아닌가! 미인이라면 질릴 정도로 만나 보지 않았던가! 베로니카 같은 여자가 그 미모를 이용해 어떤 짓을 저지르는지, 반경 내에 있는 모든 남자들에게 어떤 영향을 미치는지 충분히 겪어 보았다. 베로니카와 끝난 다음에는 안정감이 필요했다. 안정감과 평화, 헌신, 조용하고 지속적인 삶. 정말로 게르다를 원했다! 그는 남편을 잠자코 따라와 줄 사람, 남편의 결정을 순순히 따르고 단 한순간도 자기 주장을 펼치지 않을 사람을 원했다…….

누구였더라? 인생에서 진정한 비극은 원하는 걸 손에 넣는 순간에 시작된다고 했던 사람이?

그는 짜증스럽게 책상 위에 있는 벨을 눌렀다.

포레스터 부인을 진찰했다.

부인을 진찰하는 데는 15분이 걸렸다. 다시 한번 손쉽게 돈이 굴러들어 왔다. 다시 한번 그는 환자의 말에 귀를 기울이고 질문을 던졌으며, 관심 어린 말투로 환자를 안심시키고 그만이 가지고 있는 치유 에너지를 내뿜어 주었다. 다시 한번 그는 비싼 약의 처방전을 써 주었다.

창백한 얼굴에 신경과민인 노부인은 뺨이 발그레해져 조금 전보다 힘찬 발걸음으로, 인생이란 살 만한 가치가 있다고 느끼며 진찰실을 나갔다.

존 크리스토는 의자에 기댔다. 이젠 자유다……. 환자들을 돌보는 것도 주말 동안만은 해방이다. 위층에서는 게르다와 아이들이 기다리고 있을 것이다.

하지만 왠지 움직이고 싶지가 않았다. 이상하게 내키지가 않았다. 너무나도…… 너무나도…… 피곤했다.

4장

　진찰실 위층의 식당에서는 게르다 크리스토가 양 다리를 뚫어지게 바라보고 있었다.

　주방으로 다시 돌려보내 고기를 데워야 할까? 말아야 할까?

　존이 더 늦는다면 고기는 차갑게 식고 딱딱하게 굳어 맛이 없어질 것이다.

　하지만 마지막 환자의 진찰을 마쳤다면 존은 곧 올라올 테고, 만약 이제 와서 고기를 다시 데운다면 식사 시간이 늦어지고 말 것이다. 존은 성미가 불같았다.

　"내가 올라올 거라는 거 알고 있었잖아!"

　언제나 그렇듯 그녀가 두려워하는, 화를 억누른 듯한 목소리로 말할 것이다. 게다가 고기를 데우다가 너무 바싹 익어서 딱딱해져 버리면……. 존은 바싹 구운 고기를 싫어했다.

하지만 그는 바싹 구운 고기만큼이나 차가운 음식도 싫어했다. 어쨌든 음식은 따끈따끈해야 먹음직스럽다는 주의였다.

그녀는 마음속으로 끊임없이 갈등했고, 그와 동시에 절망감과 초조함도 깊어져 갔다. 현재 그녀에게는 접시 위에서 차갑게 식어 가는 양 다리가 이 세상의 전부였다.

식탁의 건너편에 있던 열두 살 난 아들 테렌스가 엄마에게 말을 걸었다.

"붕산염은 초록색 불꽃을 내면서 타고, 소듐은 노란색 불꽃을 내면서 탄대요."

게르다는 멍한 눈을 들어 식탁 건너편에 있는 아들의 주근깨투성이 얼굴을 바라보았다. 그 애가 무슨 말을 하는 건지 조금도 알아들을 수 없었다.

"그거 알고 계셨어요, 엄마?"

"뭘 말이니, 얘야?"

"소금 말이에요."

게르다의 멍한 눈은 소금 그릇으로 향했다. 그래, 소금과 후추는 식탁에 제대로 놓여 있군. 좋아. 지난주에는 루이스가 그걸 깜빡하는 바람에 존이 짜증을 냈지. 일이 꼭 한 가지씩 생긴다니까…….

"화학 실험은 정말 재미있어요."

테렌스는 꿈꾸는 듯한 목소리로 말했다. 예쁘지만 멍청한 얼굴을 한 아홉 살 난 딸 제나가 옆에서 칭얼거렸다.

"엄마, 배고파요. 빨리 밥 먹으면 안 돼요?"

"조금만 기다려. 아버지가 오실 때까지 기다려야지."

그때 테렌스가 끼어들었다.

"먼저 먹어도 될걸요. 아빠는 신경도 안 쓸 텐데요 뭐. 아빠는 밥을 엄청 빨리 먹잖아요."

게르다는 고개를 저었다.

고기를 자를까? 하지만 어느 쪽으로 칼을 넣어서 잘라야 할지 기억이 나질 않았다. 물론 루이스라면 제대로 잘라서 깔끔하게 접시에 올려놓았겠지만, 그런 그녀도 가끔씩은 실수를 했고…… 그러면 존은 항상 짜증을 내곤 했다. 게르다는 필사적으로 머리를 쥐어짰지만, 할 때마다 항상 실수만 저질렀다. 오, 이런, 육즙이 너무 차가워졌잖아. 거기에 기름까지 꼈어……. 분명 지금쯤이면 그이가 올라올 텐데.

한편 존 크리스토는 진찰실 의자에 축 늘어진 채 한 손가락으로 책상만 톡톡 두드리고 있었다. 지금쯤이면 위층에 점심 준비가 다 되었을 거라는 사실을 알고 있었지만, 그럼에도 일어나기가 힘들었다.

산미겔…… 푸른 바다…… 미모사 향기…… 푸른 이파리 위로 솟아오른 주홍색 트리토마(햇불을 닮은 꽃이 피는 백합과 식물 — 옮긴이)…… 뜨거운 태양…… 모래…… 절망적인 사랑과 고통…….

'아, 이런. 안 돼. 다시는 생각하지 말자! 다 끝난 일이야…….'

갑자기 베로니카를 만나지 않았더라면, 게르다와 결혼하지 않았더라면, 헨리에타를 만나지 않았더라면…… 하는 생각이 떠올랐다.

하지만 크랩트리 부인은 존에게 그 모든 여자들보다 더 중요했다. 지난주에는 정말이지 위태로웠다. DL 반응 수치를 보고 아주 흡족해 이젠 0.005의 약물도 견뎌 낼 수 있다고 생각했지만, 투여한 직후 독성 수치가 위험할 정도로 치솟으면서 DL 반응은 양성에서 음성으로 변했다.

노파는 침대에 누워 숨을 헐떡이며, 심술궂고 강인한 푸른 눈으로 그를 노려보며 이렇게 말했다.

"날 실험 재료로 쓰려는 게지? 그렇지 않아, 의사 선생? 실험 같은 거 말이야."

"저희는 부인이 빨리 낫길 바랍니다."

그는 부인을 내려다보며 미소를 지었다.

"허튼소리!"

부인은 느닷없이 씩 웃고는 말을 이었다.

"난 신경 안 쓸 테니까 알아서 해요, 의사 선생! 누군가가 먼저 총대를 메야지, 안 그래? 내가 어릴 적에 파마를 한 적이 있지. 병원 치료에 비하면 파마는 일도 아니지. 정말 깜둥이 같았다니까. 빗질도 못 할 정도였어. 하지만 난 그게 재미있더라고. 그러니 의사 선생도 날 가지고 맘껏 즐겨 봐요. 난 견뎌 낼 수 있으니까."

"몸이 많이 안 좋으시죠?"

그는 손으로 부인의 맥박을 짚었다. 그 손길을 통해 침대에 누워서 숨을 헐떡이는 노부인에게로 생명력이 전해졌다.

"끔찍해요. 얼추 맞혔네! 생각대로 잘 안 되는 모양이구랴……. 그렇지 않소? 신경 쓰지 말아요. 기운 내라고. 난 얼마든지 더 버틸 수 있어, 그럼!"

존 크리스토는 따뜻하게 대답했다.

"이젠 괜찮으실 거예요. 환자들이 전부 부인 같았으면 좋겠네요."

"나는 건강해지고 싶거든⋯⋯. 바로 그것 때문이야! 나는 건강해지고 싶어. 우리 어머니는 여든여덟 살까지 사셨지⋯⋯. 그리고 할머니는 아흔 살에 세상을 떴어. 우리 가족들은 죄다 오래 살았다고."

노부인을 만난 후, 존의 마음에는 비참함과 의구심, 불안감이 피어올랐다. 여태껏 제대로 하고 있다고 확신하고 있었는데. 어디서부터 잘못된 것일까? 어떻게 하면 독소를 없애고 호르몬 양을 유지하는 동시에 팬트라틴을 중화할 수 있을까⋯⋯?

그동안 너무 자만했다⋯⋯. 자신은 어떤 병이라도 고칠 수 있다고 자만했던 것이다.

절망적인 피로와 지긋지긋하기만 한 병원 일에 대한 증오심이 갑작스럽게 그를 덮친 것은, 바로 세인트크리스토퍼 병원 계단을 내려오던 그 순간이었다. 그는 헨리에타를 떠올렸다. 헨리에타 자체가 아니라 그녀의 아름다움과 생명력, 활기, 빛나는 생기⋯⋯ 그리고 머리카락에서 은은하게 풍겨 오던 앵초 향기가 떠올랐다.

그 즉시 그는 집에 전화를 걸어 일 때문에 늦는다고 말하고는 무뚝뚝하게 헨리에타에게로 달려갔다. 그녀의 작업실로 성큼성큼 걸어 들어가 헨리에타를 정신없이 껴안았다. 이전의 둘의 관계에서는 없던 격렬한 포옹이었다.

헨리에타의 눈에 순간 놀란 기색이 엿보였다. 헨리에타는 존의 팔을 풀고 그에게 커피를 내주었다. 그리고 작업실을 서성이며 두 서없이 질문을 던졌다.

"병원에서 바로 오는 길이에요?"

존은 병원 이야기는 하고 싶지 않았다. 병원이며 크랩트리 부인이며 리지웨이 병이며 그 외의 모든 일들을 잊고 헨리에타와 사랑을 나누고 싶은 마음뿐이었다.

하지만 처음에만 망설였을 뿐, 헨리에타의 질문에 꼬박꼬박 대답을 해 주었다. 어느새 자리에서 일어나 정신없이 왔다 갔다 하며 전문적인 의학 용어까지 써 가면서 열변을 토했다. 한두 번씩 말을 멈추고는 전문 용어들을 설명해 주었다.

"알겠지만, 반응이 있어야 해……."

헨리에타가 재빨리 받아쳤다.

"네, 네. DL 반응이 양성이어야 하죠. 무슨 말인지 알아요. 계속해요."

그러자 존은 날카롭게 물었다.

"DL 반응에 대해 어떻게 알고 있는 거지?"

"책에서……."

"어떤 책? 누가 쓴 책인데?"

헨리에타가 작은 책상 위를 가리키자, 존은 코웃음을 쳤다.

"스코벨? 스코벨은 엉터리야. 논리적이지가 못해. 이봐, 책을 읽고 싶으면……."

헨리에타가 그의 말을 가로막았다.

"난 그저 당신이 사용하는 용어를 이해하는 걸로 충분해요. 당신이 이야기를 할 때마다 용어를 설명하느라 말을 중단하지 않아도 될 정도면 충분하다고요. 어서 계속해요."

존은 그래도 못 미덥다는 듯 덧붙였다.

"그래, 하지만 스코벨이 엉터리라는 건 명심해 둬."

그러고는 거의 두 시간 30분이 넘도록 계속해서 이야기를 했다. 병세가 재발한 것에 대해 설명하고, 이러저러한 가능성들을 짚어 보며, 그럴듯한 이론을 얘기하느라 목소리를 높였다. 이젠 헨리에타의 존재마저 인식하지 못할 정도였다. 하지만 한두 번씩 그가 망설일 때마다 총명한 헨리에타는 그가 한 발짝 더 나아갈 수 있도록 격려해 주었다. 존 크리스토의 마음에는 의학에 대한 관심과 자신에 대한 믿음이 다시 샘솟았다. 내가 옳았어. 뼈대가 되는 이론은 맞아. 하지만 그 이론 안에서도 길이 여러 개 있지…… 독소 반응을 없애는 길은 여러 가지야.

그러자 갑자기 진이 쭉 빠져 버렸다. 이제 모든 게 다 명확해졌다. 내일 아침부터 당장 시작해 볼 수 있다. 그는 닐에게 전화를 걸어 두 개의 용액을 혼합해 한 번 시도해 보라고 할 것이다. 그래, 시도해 보는 거야. 이대로 무너지진 않겠어!

그는 불쑥 이렇게 말했다.

"피곤해…… 정말이지, 너무 피곤해."

그러고는 쓰러지듯 잠에 빠져들었다…… 정신없이 잠에 빠졌다. 눈을 뜨니 아침 햇살이 따사롭게 비치고 있었으며, 헨리에타가 찻잔을 들고 그의 옆에서 미소를 짓고 있었다. 존은 그녀를 마주 보며 미소를 지었다.

"이럴 생각은 아니었는데."

"그게 중요해요?"

"아니, 아니야. 당신은 정말 좋은 사람이야, 헨리에타."

그의 눈은 책장으로 향했다.

"의학 책에 관심이 있다면, 내가 괜찮은 책들을 가져다줄게."

"난 이런 쪽에 관심 없어요. 내가 관심 있는 건 당신이에요, 존."

그는 못마땅한 얼굴로 그 책을 꺼내 들었다.

"그래도 스코벨은 읽지 마. 이 인간 완전 돌팔이라고."

그러자 헨리에타는 깔깔거리며 웃었다. 스코벨에 대한 혹평이 뭐가 그리 재미있는지 이해할 수가 없었다.

헨리에타의 그러한 부분 때문에 그는 가끔씩 놀랐다. 헨리에타가 자신을 비웃는다는 사실을 문득문득 깨달을 때면 당황스러웠다.

존은 그런 것에 익숙지 않았다. 게르다는 그를 한없이 우러러보았고, 베로니카는 자기 자신 외에는 아무것도 신경 쓰지 않았다. 하지만 헨리에타는 고개를 뒤로 젖히고는 눈을 반쯤 감은 채, 약간 놀리는 듯한 미소를 지으며 그를 바라보는 것이다. 마치 "존이라는 이 우스운 남자 좀 봐. 어디 한번 멀리 떨어져서 관찰해 볼까……." 라고 말하는 듯이.

그 눈길은 헨리에타가 작품이나 그림을 바라보는 눈길과 아주 흡사하다는 생각이 들었다. 그럴 때면 제기랄…… 헨리에타가 너무나도 멀게 느껴지는 것이다. 그는 헨리에타가 멀어지는 것을 원치 않

왔다. 존은 헨리에타가 자기만 생각해 주길, 온통 자기 생각에 꼼짝
도 못 하길 바랐다.

('게르다가 그러는 건 싫어하잖아.' 그의 안에 숨어 있던 작은 악마가
다시 튀어나와 속삭였다.)

정말이지 그의 마음속은 뒤죽박죽이었다. 자기가 뭘 원하는 건지
조차 알 수가 없었다.

('집에 가고 싶어.'라니…… 얼마나 말도 안 되는 소리야? 그저 의미 없
이 떠오른 말일 뿐이야.)

한 시간 후면 런던을 벗어나게 될 것이다. 지긋지긋한 환자들과
그들에게서 희미하게 풍겨 나오는 '불쾌한' 냄새들로부터 벗어나,
나무를 때는 연기 냄새, 소나무와 촉촉한 9월의 나뭇잎 냄새를 맡게
될 것이다. 빠르고 매끄럽게 도로를 달려 나가는 차를 타고.

하지만 존은 문득 살짝 삔 손목 때문에 운전을 할 수 없다는 사실
을 깨달았다. 게르다가 운전을 해야 할 것이다……. 아, 게르다…….
게르다는 단 한 번도 운전을 제대로 해낸 적이 없다! 그녀가 기어를
바꿀 때마다 존은 이를 악물고 잠자코 있으려 애를 쓰곤 했다. 그가
입을 열면 게르다의 운전 솜씨가 더 엉망이 되어 버린다는 걸 쓰라
린 경험으로 익혔기 때문이다. 아무도 게르다에게 기어 바꾸는 법
을 가르쳐 주지 못했다는 사실이 정말 이상했다……. 짜증 내는 자
신보다는 열성적인 헨리에타가 나을 거라고 생각해 그녀에게 게르
다의 운전 교습을 부탁했지만, 헨리에타조차도 두 손 들고 말았다.

헨리에타는 자동차를 너무나도 좋아했다. 그녀는 마치 다른 사람

들이 봄이나 첫눈을 얘기하는 것처럼 자동차 이야기를 했다.

"너무 아름답지 않아요, 존? 저 으르렁대는 소리 좀 들어 봐요! (헨리에타에게 자동차는 항상 남성이었다.) 3단 기어를 넣고도 그 가파른 베일 힐을 올라갈 수 있어요……. 전혀 힘들이지 않고 아주 매끄럽게요. 어머, 엔진 돌아가는 소리 좀 들어 봐요."

존이 버럭 화를 낼 때까지 헨리에타의 이야기는 이어졌다.

"헨리에타, 잠깐만이라도 그 빌어먹을 차는 잊어버리고 나에게 신경을 써 줄 순 없는 거야?"

이렇게 화를 낼 때마다 존은 자신이 부끄러웠다. 도대체 왜 이렇게 느닷없이 화가 치밀어 오르는지 알 수가 없었다.

그건 그녀의 작품을 대할 때도 마찬가지였다. 헨리에타의 작품은 정말 훌륭했다. 그는 그 작품들을 사랑하면서도 동시에 증오했다. 헨리에타와 가장 격렬하게 싸웠던 것도 그녀의 작품 때문이었다.

어느 날 게르다가 그에게 이런 말을 한 적이 있었다.

"헨리에타가 제게 모델이 되어 달라고 부탁했어요."

"뭐라고? 당신한테?"

조금이라도 생각해 봤다면 그러한 반응이 게르다에게 기분 나쁠 수도 있다는 걸 깨달았을 것이다.

"네, 내일 헨리에타의 작업실에 가기로 했어요."

"도대체 당신을 뭐에다 쓰겠다는 건데?"

그래, 분명 게르다에게 불쾌하게 느껴질 수 있는 말투였다. 하지만 다행스럽게도 게르다는 전혀 그러한 사실을 알아채지 못했다.

그저 모델이 되었다는 게 기뻐서 어쩔 줄 모르는 얼굴이었다. 존은 헨리에타가 예의 그 가식적인 친절을 베푼 게 아닌가 하는 생각이 들었다……. 어쩌면 게르다가 모델이 되고 싶다는 의중을 언뜻 비쳤을지도 몰랐다. 그걸 알아챈 헨리에타가 친절을 베푼답시고 제안을 했을 것이다.

그리고 열흘이 지난 후, 게르다는 의기양양한 태도로 그에게 작은 석고상을 보여 주었다.

꽤 예쁘게 만들어진 조각상이었다. 다른 헨리에타의 작품처럼 아주 훌륭한 솜씨였다. 자신이 아주 이상적으로, 아름답게 표현된 것에 게르다는 분명 만족스러워하는 표정이었다.

"정말 멋있는 조각상이에요, 존."

"그게 헨리에타가 만든 거야? 아무런 의미도 없잖아……. 전혀 없어. 왜 그런 걸 만들었는지 모르겠군."

"물론 헨리에타가 만든 추상 작품들이랑은 다르지만…… 그래도 전 이게 좋아요, 존. 정말 마음에 들어요."

존은 더 이상 아무런 말도 하지 않았다……. 게르다의 기분을 망치고 싶지가 않았다. 하지만 헨리에타와 마주치자마자 그 일로 시비를 걸었다.

"왜 게르다에게 그런 바보 같은 걸 만들어 준 거야? 당신은 그런 거 만들지 않잖아. 고상한 작품만 만들지 않냐고."

헨리에타가 천천히 입을 열었다.

"그렇게 나쁜 작품이라고는 생각하지 않아요. 게르다도 꽤 기뻐하는 것 같았고요."

"게르다야 좋아했겠지. 당연한 일이잖아. 사진 빼고 예술이라곤 문외한이니까."

"쉽다고 해서 나쁜 예술은 아니에요, 존. 그저 조각상일 뿐이잖아요……. 해 될 건 없어요."

"당신은 이런 일에 시간 낭비 할 사람이 아니……."

갑자기 말을 멈춘 존은 1.5미터 높이로 세워져 있는 나무 조각상을 뚫어지게 바라보았다.

"잠깐, 이게 뭐야?"

"인터내셔널 그룹에 출품할 작품이에요. 배나무로 만들었죠.「숭배자」예요."

헨리에타는 그를 유심히 바라보았다. 그 조각상을 바라보던 존은 갑자기 숨을 들이마시더니 사나운 눈초리로 헨리에타를 보았다.

"이것 때문에 게르다에게 모델을 서 달라고 한 거였어? 어떻게 감히 그럴 수가 있어?"

"알아봤군요……?"

"알아봤냐고? 물론 보이지. 바로 여기 말이야."

그는 손가락을 들어 넓고 두꺼운 목 근육을 가리켰다.

헨리에타가 고개를 끄덕였다.

"그래요, 내가 원한 건 바로 그런 목과 어깨예요. 두껍고 구부정한 모습…… 순종하는 모습이에요. 정말 근사하죠!"

"근사하다고? 이봐, 헨리에타, 난 용납할 수 없어. 게르다를 가만

내버려 두라고."

"게르다는 모를 거예요. 아무도 눈치채지 못할걸요. 게르다가 절대 눈치채지 못할 거라는 건 당신도 잘 알잖아요……. 다른 사람들도 마찬가지고요. 그리고 이건 게르다가 아니에요. 그 누구도 아니라고요."

"하지만 난 알아봤잖아, 안 그래?"

"당신은 달라요, 존. 당신은 예리하니까."

"정말 뻔뻔스럽군! 난 용납할 수 없어, 헨리에타! 용납할 수 없다고. 이게 얼마나 잔인한 짓인지 모르겠어?"

"그런가요?"

"모르겠다는 거야? 아무런 느낌도 없어? 남들을 배려하던 평소의 친절함은 다 어디로 간 거야?"

헨리에타는 천천히 입을 열었다.

"존, 당신은 이해 못 해요. 당신을 이해시킬 수도 없을 것 같네요……. 무언가를 원한다는 게 어떤 건지 당신은 몰라요. 밤이고 낮이고 눈앞에 어른거린다고요. 그 목선하며 근육, 머리와 목의 각도…… 턱 주변을 둘러싼 두꺼운 근육…… 계속해서 그걸 찾아다녔어요……. 그걸 원했어요……. 게르다를 볼 때마다요……. 그리고 결국 손에 넣었죠!"

"정말이지 파렴치하군!"

"그럴지도 모르죠. 하지만 무언가를 원할 때면 어떻게 해서라도 손에 넣어야 하잖아요."

"그렇다면 다른 사람 생각은 조금도 하지 않는다는 거야? 게르다 생각은 조금도 하지 않는 거냐고?"

"바보 같은 소리 말아요, 존. 그래서 따로 조각상을 만들어 준 거잖아요. 게르다를 행복하고 기쁘게 만들어 주려고요. 난 잔인하지 않아요!"

"아니, 당신이야말로 잔인한 사람이야."

"정말…… 솔직히 게르다가 이 조각상에서 자신의 모습을 알아볼 거라고 생각해요?"

존은 마지못해 그 조각상을 바라보았다. 그러자 그동안의 분노는 호기심에 자리를 내주었다. 기이하고 순종적인 조각상, 보이지 않는 신을 숭배하는 조각상…… 위로 향한 얼굴은 우둔하면서도 맹목적인 헌신을 바치고 있었다. 끔찍할 정도로 열렬하게.

"당신이 만든 작품치고는 꽤 무시무시한데, 헨리에타?"

헨리에타는 몸을 살짝 떨었다.

"그래요. 나도 그렇게 생각해요……."

존이 날카로운 질문을 던졌다.

"그런데 게르다는 뭘 보고 있는 거지? 누굴 보고 있는 거야? 앞에 누군가가 있는 것 같아."

헨리에타는 대답하길 주저했다. 그러다 마침내 묘한 느낌이 담긴 목소리로 대답했다.

"모르겠어요. 하지만…… 게르다가 보고 있는 건 당신일 거라고 생각해요, 존."

5장

I

식당에서는 테렌스가 과학 이야기에 여념이 없었다.

"납염은 뜨거운 물보다는 차가운 물에서 더 잘 녹는대요. 거기다 요오드화칼륨을 넣으면 요오드화납이라는 노란 침전물이 생겨요."

테렌스는 기대하는 눈빛으로 엄마를 쳐다보았지만, 사실 아무런 희망도 품고 있진 않았다. 어린 테렌스에게 부모들이란 정말이지 실망스러운 존재들이었다.

"그거 알아요, 엄마……?"

"테렌스, 엄마는 화학에 대해 아무것도 모른단다."

"책을 읽으면 되잖아요."

별 뜻 없는 말 같았지만, 그 속에는 엄마의 관심을 그리워하는 애처로움이 담겨 있었다.

하지만 게르다는 그 속뜻을 알아차리지 못했다. 그녀는 여전히 초조한 절망감에 휩싸여 이러지도 저러지도 못하고 안절부절못했다. 오늘 아침 잠에서 깨어나 마침내 앵커텔가(家) 사람들과 함께 보내게 될 끔찍하게 긴 주말이 다가왔다는 것을 깨달은 그 순간부터 비참한 기분뿐이었다. 할로 저택을 방문하는 것은 그녀에게 악몽과도 같았다. 그 집에만 가면 길을 잃은 아이처럼 당황스러워 어쩔 줄을 몰랐다. 루시 앵커텔, 말을 제대로 맺는 법이 없고, 두서없이 뜻 모를 말만 늘어놓고, 눈에 띄게 자신을 배려해 주는 그 여자야말로 가장 두려운 존재였다. 하지만 다른 사람들도 두렵기는 마찬가지였다. 게르다에게 그 이틀은 존을 위해서 견뎌 내야 할 순전한 고통의 시간이었다.

그날 아침, 잠에서 깬 존은 기지개를 켜며 아주 즐거운 목소리로 이렇게 말했다.

"이번 주말에 시골에 내려갈 거라는 생각만 해도 기분이 좋아. 당신도 좋을 거야, 게르다. 당신에게도 꼭 필요한 휴식이지."

게르다는 어쩔 수 없이 미소를 짓고는 그저 남편의 기분을 돋워 주기 위해 이렇게 대답했다.

"네, 정말 좋을 거예요."

게르다는 우울한 눈으로 침실을 둘러보았다. 옷장 바로 옆 검은 줄무늬가 새겨진 크림색 벽지, 마호가니 화장대, 지나치게 앞쪽으로 기울어진 화장 거울, 기분 좋은 밝은 파란색 카펫, 레이크 지방(산과

호수가 어우러진 절경으로 유명한 영국 북서부의 산악 지대 ── 옮긴이)을 그린 수채화. 사랑스럽고 익숙한 이 모든 것들을 다음 주 월요일까지 볼 수가 없다니.

내일 아침이면 낯선 침실에서 눈을 뜨게 될 것이다. 옷자락을 사각거리며 가정부가 방으로 들어와 차 쟁반을 침대 옆에 놓고 커튼을 활짝 연 다음, 게르다의 옷가지를 다시 접어서 정리해 놓을 것이다. 그 모든 일들이 게르다는 낯 뜨겁고 불편하기만 했다. 그녀는 비참한 기분으로 침대에 가만히 누워서 그 모든 것들을 참아 내며, '하루만 더 참으면 돼.'라고 스스로를 위안할 것이다. 방학이 다가오길 손꼽아 기다리는 학생처럼.

게르다는 학교 생활이 조금도 즐겁지가 않았다. 학교에 있을 때면 견딜 수 없이 불안했다. 집은 그나마 나았다. 그렇다고 해서 좋은 것도 아니었다. 가족들도 전부 게르다보다는 재빠르고 영리했다. 집에서도 무심히 내뱉는 많은 잔소리에 시달려야 했다.

"오, 빨리 좀 해, 게르다."

"어쩜 그렇게 어설프니 넌. 이리 내!"

"게르다에게 시키지 마세요. 하루 종일 걸려도 못 할 텐데."

"게르다는 제대로 하는 게 없다니까……."

다들 그런 잔소리가 게르다를 더 구제 불능의 애물단지로 만든다는 사실을 몰랐던 것일까? 게르다는 그런 소리를 들을 때마다 점점 손이 서툴러지고, 머리가 둔해졌으며, 상대방을 멍하니 바라보게 되었다.

그러던 어느 날, 그러한 상황에서 빠져나오는 법을 깨달았다. 아주 우연히 자신만의 방어 전략을 발견해 낸 것이다.

물론 느려 터진 행동과 아무것도 모르겠다는 듯 멍한 표정은 점점 더 심해졌지만, 이제는 사람들이 짜증을 내며 "오, 게르다, 멍청하기는…… 그걸 이해 못 하겠어?"라고 말할 때면 그 멍한 표정 뒤로 은밀한 즐거움을 만끽할 수 있게 되었다……. 자신은 다른 사람이 생각하는 것만큼 멍청하지 않다는 즐거움! 게르다는 상대방의 말을 이해하면서도 이해하지 못하는 척했다. 그리고 어떤 일을 맡기든 일부러 더 느려 터지게 해서, 참지 못한 상대방이 그 일을 도로 채어 갈 때면 혼자서 슬며시 웃곤 했다.

그건 남들이 알지 못하는 은밀한 즐거움이었다. 그리고 점점 더 그러한 상황을 즐기기 시작했다. 그렇다, 남들의 짐작보다 더 많은 걸 알고 있다는 건 즐거운 일이었다. 무언가를 할 수 있지만, 그러한 사실을 남들이 모르게 하는 것이다.

게다가 거기엔 남들이 나를 대신해 일을 해 주기도 한다는 장점이 있다는 사실도 문득 깨달았다. 덕분에 많은 수고를 덜 수 있었다. 그렇게 사람들이 대신해서 일거리를 가져가다 보면, 나는 그 일을 할 필요가 아예 없어지고, 결국에 사람들은 내가 그 일을 잘 못한다는 사실마저 모르게 된다. 그러다 보면 서서히 다른 사람들과 동일한 선상에 서게 된다. 모든 사람과 동등해지는 기분이 드는 것이다.

(하지만 게르다는 이 방법마저 앵커텔가 사람들에게는 통하지 않을 거라는 게 두려웠다. 그 사람들은 항상 앞서 나가기 때문에 도저히 따라갈

수가 없었다. 정말이지 앵커텔가 사람들이 끔찍하게 싫었다! 모든 게 존을 위해서였다…… 존은 할로 저택에 가길 기대하고 있었다. 요즘 들어 평소보다 덜 피곤해 보이고 짜증도 덜 부리는 눈치였다.)

아, 존……. 존은 정말이지 근사한 사람이었다. 모두들 그렇게 생각했다. 아주 유능한 의사이면서도 환자들에게 얼마나 친절한지. 병원 일과 환자에게 쏟는 열정이 가득하고, 보답을 바라지 않고 환자들에게 깊은 관심과 애정을 쏟는다. 존은 정말이지 사심 없이 모든 환자들에게 공평하게 대하는 아주 훌륭한 의사였다.

그녀는 존을 처음 만난 그 순간부터 존이 똑똑한 사람이며 최고의 자리에까지 오를 사람이라는 걸 알아차렸다. 그는 훨씬 더 똑똑한 여자와 결혼할 수 있었는데도 그녀를 선택했다. 존은 그녀가 느릿느릿한 데다 좀 멍청하고 별로 예쁘지 않다는 것도 개의치 않았다. 그는 아주 상냥하면서도 다소 오만한 말투로 이렇게 말했다.

"내가 당신을 돌봐 줄게. 아무것도 걱정할 필요 없어, 게르다. 내가 당신을 돌봐 줄게……."

남자라면 그래야지. 존이 그녀를 선택했다는 게 얼마나 멋진 일인가.

그러다가도 그는 갑작스럽게 특유의 아주 매혹적이고 애원하는 듯한 미소를 지으며 이렇게 말했다.

"나는 내 맘대로 하는 게 좋아, 게르다."

뭐, 그건 상관없는 일이었다. 게르다는 언제나 그에게 맞춰 주려고 노력했으니까. 하지만 최근 들어 존은 까다롭고 신경질적으로 굴며 모든 일에 짜증을 부렸다. 게르다가 하는 말이며 행동은 죄다 못마땅한 듯했다. 그래도 존을 비난할 수는 없는 일이었다. 그는 너무나도 바쁘고, 중요한 일을 하는 사람이니까…….

오, 이런. 저 양고기! 주방으로 돌려보냈어야 하는데. 아직도 존이 올라올 기미는 보이지 않았다. 왜 나는 제대로 된 결정을 내리지 못하는 것일까? 다시 한번 절망적인 검은 기운이 그녀를 덮쳤다. 양고기! 앵커텔가 사람들과 보내야 할 끔찍한 주말! 관자놀이 사이로 날카로운 통증이 느껴졌다. 오, 이런, 또다시 두통이 도지려나 봐. 게르다가 두통 때문에 고생할 때면 존은 항상 짜증을 냈다. 의사라 약만 주면 될 텐데도 절대 그러지 않았다. 그 대신 항상 이렇게 말하곤 했다.

"꿈도 꾸지 마. 두통약 먹다가 중독되면 좋은 거 하나도 없으니까. 나가서 산책이나 해."

양고기! 뚫어지게 양고기를 바라보자, 게르다의 지끈거리는 머리에서는 그 단어가 계속해서 울려 퍼졌다.

'양고기, 양고기, 양고기…….'

자기 연민으로 눈물이 솟았다.

'도대체 왜? 도대체 왜 나는 제대로 하는 일이 없는 걸까?'

테렌스는 엄마를 건너다보고는 다시 양고기를 보며 생각했다.

'도대체 밥은 언제 먹는 거야? 어른들은 정말 바보야. 생각이 없다니까!'

그러고는 조심스러운 목소리로 입을 열었다.

"니콜슨 마이너랑 개네 집 정원에서 니트로글리세린(민감하고 강력한 액체형 폭약 — 옮긴이)을 만들기로 했어요. 스트리트햄에 살아요."

"그러니? 정말 재미있겠구나."

게르다가 대꾸했다.

아직 시간은 있다. 벨을 울려서 루이스에게 지금 당장 양고기를 가져가 데우라고 하면…….

테렌스는 약간 흥미로운 기색을 띠고 엄마를 바라보았다. 아이는 본능적으로 니트로글리세린을 만든다는 건 부모들이 반기지 않을 일이라는 걸 느끼고 있었다. 그래서 엄마가 멍하니 있을 때를 기회로 삼았고 그 판단은 들어맞았다. 혹시라도 니트로글리세린 때문에 소동이 인다면……? 니트로글리세린은 위험한 물질이 분명하니까……. 그럴 경우 억울하다는 듯 "엄마한테 허락받았는데요."라고 말할 수 있을 것이다.

그래도 테렌스의 마음 한구석에서는 실망감이 차올랐다.

'아무리 엄마라도 니트로글리세린이 뭔지는 알아야지.'

그러고는 한숨을 쉬었다. 어린 시절에만 느낄 수 있는 극심한 외로움이 밀려왔다. 아빠는 참을성 있게 귀를 기울여 준 적이 없었고, 엄마는 항상 정신이 산만했다. 게다가 제나는 멍청한 꼬맹이일 뿐이었다.

화학 실험이 얼마나 재미있는데. 하지만 누가 거기에 신경이나 쓰겠어? 아무도 없지!

쾅! 게르다는 문소리에 깜짝 놀랐다. 존의 진찰실 문소리였다. 존이 계단을 올라오고 있는 것이다.

존 크리스토는 특유의 격앙된 에너지를 내뿜으며 식당으로 불쑥 들어섰다. 그는 기분이 좋았고, 배가 고팠으며, 조급했다.

그는 의자에 앉아 열심히 고기 써는 칼을 숫돌에 갈면서 외쳤다.

"아, 정말이지 아픈 사람들이 지긋지긋해!"

"그런 말 하지 말아요. 누가 들으면 진심인 줄 알겠어요."

게르다는 재빨리 대꾸하며 고갯짓으로 아이들을 가리켰다.

"진심이야. 아픈 사람은 이제 지긋지긋하다고."

"아버지가 농담하시는 거란다."

게르다는 재빨리 테렌스에게 말을 건넸다. 아들은 다른 것을 볼 때와 마찬가지로 무심한 눈길로 아빠를 관찰하더니 입을 열었다.

"그런 것 같지 않은데요."

"아픈 사람이 싫다면 어떻게 의사가 되셨겠니?"

게르다는 조용히 웃으며 말했다.

"그게 바로 이유야. 질병을 좋아하는 의사는 없지. 아, 세상에. 이 고기 왜 이래? 식어서 돌덩이처럼 딱딱하잖아. 왜 진작 데워 두지 않은 거야?"

"오, 이런. 몰랐어요. 당신이 금방 올라올 것 같아서……."

존 크리스토는 짜증 난다는 듯 벨을 길게 눌러 댔다. 즉시 루이스가 나타났다.

"이 고기 주방으로 가져가서 요리사더러 데우라고 해요."

"예, 주인어른."

루이스가 담담히 내뱉은 두 마디 대답에는 식탁에서 차갑게 식어 가는 고기를 하염없이 바라만 보고 있었던 주인마님에 대한 가벼운 질책이 담겨 있었다.

게르다는 두서없이 주절거렸다.

"정말 미안해요, 여보. 다 제 잘못이에요. 하지만 당신이 올지 모른다고 생각해서…… 그러니까 고기를 주방으로 보내면……."

존이 더 이상 못 참겠다는 듯 말을 끊었다.

"그게 뭐가 중요해? 그건 중요하지 않아. 그렇게 중언부언 늘어놓을 필요도 없어."

그러고는 이렇게 물었다.

"자동차는 준비됐어?"

"그런 것 같아요. 콜린스가 준비해 둔다고 했으니까요."

"그렇다면 점심 먹고 바로 출발할 수 있겠군."

앨버트 다리를 건너 클래프햄 커먼을 지나…… 크리스털 팰리스를 지나는 지름길을 따라…… 크로이던…… 펄리 웨이, 그리고 주도로를 피해…… 오른쪽에 있는 메덜리 힐로 꺾은 다음…… 해버스턴 등성이를 따라가서…… 갑자기 교외가 나오고 커머턴을 지나 셔블 다운을 오르면…… 알록달록 빛나는 나뭇잎들…… 사방으로 펼쳐지는 숲…… 부드러운 9월의 향기…… 그리고 언덕을 따라 내려가면…….

루시와 헨리…… 헨리에타…….

지난 나흘 동안 헨리에타를 만나지 못했다. 마지막으로 만났을 때 그는 헨리에타에게 화를 냈다. 그리고 헨리에타의 눈에는 예의 그 표정이 떠올라 있었다. 멍하지도, 무관심하지도 않은 눈빛. 뭐라고 표현해야 할지 알 수가 없었다. 뭔가를 보고 있는 눈길…… 그곳에 없는 뭔가를, 존 크리스토가 아닌 (가장 중요한) 뭔가를 보고 있는 눈빛이었다!

그는 혼잣말로 중얼거렸다.

"헨리에타가 조각가라는 건 알아. 그녀의 작품이 훌륭하다는 것도 알아. 하지만 젠장! 잠시라도 그 예술 나부랭이를 좀 집어치울수 없나? 잠시라도 내 생각만 해 줄 수는 없냐고?"

존 크리스토는 억지를 쓰고 있었다. 그 또한 자신이 억지를 쓰고있다는 사실을 알고 있었다. 헨리에타는 작품에 대한 이야기는 거의하지 않았다……. 사실 그가 아는 예술가들처럼 작품 세계에 푹 빠져 있지도 않았다. 그녀가 작품 구상에 몰두하느라 그에게 소홀한경우는 아주 드물었다. 그럼에도 그는 그럴 때마다 화가 치밀었다.

한번은 그가 날카롭고 딱딱한 목소리로 이렇게 말했다.

"내가 부탁한다면 이 일을 다 집어치울 거야?"

"집어치우다니…… 뭘요?"

헨리에타의 따뜻한 목소리에는 놀란 기색이 스며 있었다.

"이거…… 전부 말이야."

그는 커다란 손을 들어 작업실을 휘저었다. 그 즉시 이런 생각이들었다.

'이 머저리! 왜 그런 질문을 한 거야?'

그러고는 다시 생각했다.

'헨리에타가 '물론이에요'라고 대답하는 걸 듣고 싶어. 그녀가 거짓말을 해 줬으면 좋겠어! 그녀가 '물론이죠'라고 대답만 해 준다면…… 그게 진심이든 아니든 그건 중요하지 않아! 그저 그렇게만 말해 준다면, 그런다면 마음이 편해질 텐데.'

하지만 한동안 헨리에타는 아무런 말도 하지 않았다. 눈은 꿈을 꾸는 듯 멍하니 생각에 잠겨 있었다. 그리고 약간 미간을 찌푸렸다.

마침내 헨리에타가 천천히 입을 열었다.

"그럴 수 있을 것 같아요. 꼭 그래야 한다면 말이죠."

"꼭 그래야 한다면? 도대체 그게 무슨 뜻이야?"

"나도 무슨 뜻인지 모르겠어요, 존. 그러니까 꼭 절단 수술이 필요하다면 그래야 하겠죠."

"지금 수술 얘길 하는 게 아니잖아!"

"당신 화났군요. 내가 무슨 말을 하길 원해요?"

"당신도 잘 알잖아. '네'라는 한마디면 충분했을 거야. 왜 그렇게 말해 주지 않는 거야? 당신은 사람들의 마음을 기쁘게 해 주기 위해서라면 무슨 말이든 하잖아. 왜 나에게는 그러지 않는 건데? 아, 젠장! 왜 나한테는 안 되는 거냐고?"

헨리에타는 여전히 아주 천천히 대답했다.

"잘 모르겠어요…… 정말이지 잘 모르겠어요, 존. 할 수가 없어요…… 그뿐이에요. 그럴 수가 없어요."

존은 잠시 작업실을 서성이다 다시 입을 열었다.

"정말 날 미치게 만드는군, 헨리에타. 당신은 날 조금도 중요하게 여기지 않는 것 같아."

"왜 그런 생각을 하는 거예요?"

"모르겠어. 그냥 그런 생각이 들어."

그러고는 의자에 털썩 주저앉았다.

"난 당신에게 첫 번째가 되고 싶어."

"존, 이미 당신은 내게 첫 번째예요."

"아니. 만약 내가 죽는다면 당신은 눈물을 흘리면서도 그 빌어먹을 「애도하는 여인」 혹은 「슬픈 표정을 짓는 여인」 같은 조각상을 만들려 할걸."

"글쎄요. 네, 어쩌면 그럴 수도 있겠죠. 하지만 그건 좀 끔찍하네요."

그녀는 존 옆에 앉아 걱정스러운 눈길로 그를 바라보았다.

II

푸딩이 타 버렸다. 크리스토가 그걸 보며 눈썹을 치켜올리자 게르다는 재빨리 사과를 했다.

"미안해요, 여보. 이게 왜 탔는지 모르겠네요. 다 내 잘못이에요. 꼭대기에 탄 부분은 제게 주고 당신은 밑부분을 드세요."

푸딩이 타 버린 이유는 존 크리스토가 진료가 끝난 후에도 15분이나 더 미적거리며 헨리에타와 크랩트리 부인에 대한 생각, 그리고 산미겔에 대한 말도 안 되는 감상에 젖어 있었기 때문이었다. 잘못은 존에게 있었다. 그런데도 게르다는 멍청하게 자기 탓을 하며 탄 부분은 자기가 먹겠다고 나섰다. 왜 게르다는 항상 자신을 희생하는 거지? 왜 테렌스는 나를 무심한 눈으로 흥미롭다는 듯 쳐다보는 거지? 왜, 도대체 왜 제나는 끊임없이 코를 훌쩍이는 거지? 왜 이렇게 모든 게 짜증스러운 거지?

그의 분노는 제나에게로 향했다.

"도대체 왜 코를 풀지 않는 거니?"

"감기 기운이 있어서 그래요, 여보."

"아니, 제나는 감기가 걸린 게 아니야. 당신은 항상 아이들이 감기에 걸려 있다고 믿지? 제나는 멀쩡하다고."

게르다는 한숨을 쉬었다. 그녀는 다른 사람들의 병을 치료하는 의사가 왜 가족들의 건강에는 그토록 무심한 건지 이해할 수가 없었다. 누가 병에 걸린 것 같다는 얘기만 하면 그는 항상 코웃음을 칠 뿐이었다.

"점심 먹기 전에 여덟 번이나 재채기를 했어요."

제나가 아주 중요한 이야기를 하듯 털어놓았다.

"날이 더워서 그래!"

"지금 덥지 않아요. 현관 복도에 있는 온도계는 13도인데요."

테렌스가 대꾸했다.

존이 자리에서 일어섰다.

"식사 다 끝난 거지? 좋아, 어서 출발하자고. 준비됐어, 게르다?"

"잠시만요, 여보. 몇 가지 짐을 더 쌀 게 있어서요."

"그런 건 미리 해 뒀어야지. 아침 내내 도대체 뭘 한 거야?"

존은 씩씩거리며 식당을 나갔다. 게르다는 서둘러 침실로 들어갔다. 조급한 마음에 손은 더 느려졌다. 왜 내가 미리 준비를 해 두지 않은 거지? 존의 옷가방은 이미 다 준비되어 현관에 놓여 있는데. 도대체 왜 난…….

제나는 끈적거리는 지저분한 카드를 손에 쥐고는 아빠에게 다가갔다.

"아빠, 운세 봐 드릴까요? 나 이거 어떻게 하는 건지 알아요. 엄마랑 오빠, 루이스와 제인, 요리사한테도 해 줬어요."

"좋아."

존은 게르다가 얼마나 꾸물거릴지 궁금했다. 한시라도 빨리 병들고 코를 훌쩍이는 사람들로 가득한 이 지긋지긋한 집과 지긋지긋한 거리, 지긋지긋한 도시를 벗어나고 싶었다. 울창한 나무숲과 촉촉이 젖은 나뭇잎……. 언제나 마치 이 세상 사람 같지 않다는 인상을 주는 우아한 루시 앵커텔이 보고 싶었다.

제나는 열심히 카드를 들여다봤다.

"가운데가 아빠예요. 하트 킹요. 이건 아빠의 운이에요. 그리고 다른 카드들을 놓을게요. 왼쪽에 두 장, 오른쪽에 두 장 그리고 위에 한 장……. 이건 아빠에게 영향력을 행사하는 사람이에요. 그리고 아래 한 장…… 이건 아빠가 영향력을 미치는 사람이고요. 그리고 이거 한 장은…… 아빠를 둘러싸고 있는 기운이에요!"

제나는 크게 숨을 들이마셨다.

"자! 이제 카드를 뒤집어 볼게요. 아빠 오른쪽에 있는 건 다이아 몬드 퀸이에요……. 아빠랑 아주 가까운 사람이에요."

'헨리에타야.'

존은 이렇게 생각하며, 잠시나마 제나의 진지한 모습에 즐거운 기분이 들었다.

"그리고 그 옆은 클럽 잭이에요…… 아주 젊은 남자예요. 그리고 아빠 왼쪽에 있는 건 스페이드 8…… 그건 비밀스러운 적이에요. 아 빠, 비밀스러운 적이 있으세요?"

"내가 알기론 없는데."

"그리고 그 옆은 스페이드 퀸이에요……. 훨씬 나이 많은 여자예요."

"레이디 앵커텔이겠지."

"자, 그럼 아빠 머리 위에 있고 아빠에게 영향력을 미치는 건…… 하트 퀸이에요."

'베로니카인가, 베로니카라니! 이 머저리! 이제 베로니카는 나에 게 아무런 의미가 없어.'

존은 생각했다.

"그리고 아빠 밑에 있고 아빠가 영향력을 미치는 사람은…… 클 럽 퀸이에요."

그 순간 게르다가 방으로 서둘러 들어왔다.

"이제 준비 다 됐어요, 여보."

"어, 엄마. 잠깐만, 잠깐만요. 아빠에게 운수를 이야기해 주고 있다고요. 마지막 카드만요, 아빠. 이게 제일 중요하단 말이에요. 아빠를 둘러싸고 있는 기운이에요."

제나는 작고 끈적거리는 손가락으로 카드를 뒤집었다. 그러고는 숨을 들이켰다.

"아…… 이건 스페이드 에이스예요! 이건 보통 죽음이라는 뜻인데…… 하지만…….

"어쩌면 네 엄마가 런던을 빠져나가다가 사람을 치어 죽일지도 모르지. 어서 가자고, 게르다. 그동안 잘 있어라, 얘들아. 얌전하게 잘 있어."

6장

I

미지 하드캐슬은 토요일 아침 11시경 아래층으로 내려왔다. 침대에서 아침 식사를 하고 책을 좀 읽다가 잠시 꾸벅꾸벅 졸고는 이제 일어난 것이다.

정말이지 평화롭고 나른한 아침이었다. 그녀에게는 휴식이 절실히 필요했다! 신경을 긁어 대는 마담 앨프리지에게 질릴 정도로 시달린 것이다.

그녀는 현관문을 열고 나가 상쾌한 9월의 햇살을 만끽했다. 헨리 앵커텔 경이 통나무 의자에 앉아 《타임스》를 읽고 있었다. 헨리 경은 위를 올려다보고는 미소를 지었다. 그는 미지를 좋아했다.

"잘 잤니, 애야?"

"제가 많이 늦었나요?"

"점심 식사는 놓치지 않았지."

헨리 경은 미소를 지으며 말했다. 미지는 그 옆에 앉으며 한숨을 쉬었다.

"여기 와서 정말 좋아요."

"좀 수척해 보이는구나."

"오, 전 괜찮아요. 몇 사이즈나 작은 옷들을 억지로 입으려고 하는 뚱뚱한 여자들이 없는 곳에 오니 정말 살 것 같아요!"

"정말 끔찍하겠구나!"

헨리 경은 잠시 말을 멈추었다가 손목시계를 흘끗 보고는 다시 입을 열었다.

"에드워드가 12시 15분에 도착한다던데."

"그래요?"

미지는 잠시 말을 멈추었다가 다시 입을 열었다.

"에드워드를 못 본 지 정말 오래됐어요."

"여전하단다. 에인스윅에서 도통 꼼짝을 하지 않아."

'에인스윅…… 에인스윅!'

미지는 생각에 잠겼다. 심장에 날카로운 통증이 느껴졌다. 에인스윅에서 지냈던 멋진 나날들. 그곳에 방문하기를 몇 달 동안 고대하곤 했지!

'난 에인스윅에 간다.'

수많은 밤을 잠 못 이루고 그 생각만 했다. 그리고 마침내 그날

이 왔다! 런던 급행을 타고 차장에게 미리 얘기를 해 둬야 멈춰 서
는 작은 시골 역에 내렸다! 다임러(독일제 고급 승용차 — 옮긴이)가
역 밖에서 대기하고 있었다. 마지막으로 정문으로 꺾어 들어가 숲
을 한참 지나면 마침내 하얗고 거대한 집이 환영하는 듯한 모습으
로 서 있었다. 늙은 제프리 삼촌이 누덕누덕한 트위드 코트를 입고
마중을 나왔다.

"자, 젊은이들…… 즐겁게 지내게."

정말 즐거운 시간이었다. 아일랜드에서 온 헨리에타, 이튼을 다니
다 집에 다니러 온 에드워드. 공장이 잔뜩 늘어선 으스스한 북부에
서 온 미지에게 그곳은 정말이지 천국 같았다.

그리고 그 중심에는 에드워드가 있었다. 훤칠한 키에 자상하고
수줍은 듯 상냥한 에드워드. 하지만 헨리에타의 존재 때문에 미지
는 별다른 주목을 받지 못했다.

에드워드는 언제나 내향적이며 손님처럼 조심스러운 태도를 보
였기 때문에, 정원사인 트렘릿이 어느 날 이런 말을 했을 때 미지는
놀라고 말았다.

"이 집은 언젠가 에드워드 씨께 상속될 겁니다."

"하지만 왜요, 트렘릿? 에드워드는 제프리 삼촌의 아들이 아니잖
아요."

"그분이 상속자입니다, 미지 양. 그걸 계승 순위라고 한다죠. 루시
양이 제프리 씨의 외동딸이시지만, 여성이라 상속을 받을 수가 없
습니다. 그리고 그분과 결혼하신 헨리 씨는 먼 육촌일 뿐이니까요.

에드워드 씨만큼 촌수가 가깝지 않습니다."

그리고 이제 에드워드는 에인스윅에 혼자 살며 웬만해서는 밖으로 나오지 않는다. 미지는 가끔씩 루시가 그 일로 신경을 쓰는지 궁금했다. 루시는 항상 어떤 일에도 신경을 쓰지 않는 것처럼 보였다.

하지만 스무 살 이상 어린 육촌 에드워드만 없었다면 그 집은 루시의 소유가 되었을 것이다. 루시의 아버지인 제프리 앵커텔은 그 지방에서는 대단한 괴짜로 소문난 사람이었다. 또한 대단히 부유한 사람이어서 대부분의 재산을 루시에게 남겨 주었다. 따라서 루시와 비교하자면 에드워드는 가난한 편이었지만, 충분히 그 집을 유지할 정도는 되었다.

그렇다고 해서 에드워드가 사치스러운 것은 아니었다. 한때 외교관으로 근무하기도 했지만, 에인스윅을 상속받은 후로는 퇴직하고 그곳에만 내려와 있었다. 그는 초판본을 수집하는 독서광으로 이따금씩 잘 알려지지 않은 잡지에 소심하고 반어적인 짧은 기사들을 기고하곤 했다. 그리고 육촌인 헨리에타 세이버네이크에게 세 번이나 청혼을 하기도 했다.

미지는 의자에 앉아 9월의 햇살을 쬐며 이런 생각들을 하고 있었다. 에드워드를 보게 되어 반가운 건지 그렇지 않은 건지 자신의 마음을 알 수가 없었다. 사람들이 말하듯 '잊어버린 것'은 아니었다. 에드워드 같은 사람을 잊기란 쉽지 않을 것이다. 에인스윅의 에드워드는 런던의 레스토랑 테이블에서 그녀를 맞이하기 위해 자리에서 일어서던 에드워드만큼이나 생생했다. 그녀는 기억도 나지 않는

먼 옛날부터 에드워드를 사랑했다…….

미지는 헨리 경의 목소리에 퍼뜩 정신이 들었다.

"루시는 어때 보여?"

"아주 좋아 보이시던데요. 여전하세요."

미지는 살짝 미소를 지으며 덧붙였다.

"더 심해지신 것 같기도 하고요."

"으음…… 그래."

헨리 경은 담배 파이프를 빨고는 뜻밖의 말을 던졌다.

"미지, 난 말이야, 가끔씩 루시가 걱정스러워."

"걱정스럽다고요? 왜요?"

미지는 놀란 눈으로 그를 바라보았다.

헨리 경은 고개를 설레설레 저었다.

"루시는 세상엔 자기가 할 수 없는 일도 있다는 걸 몰라."

미지는 여전히 그를 뚫어져라 쳐다보았다.

"루시는 자기 좋을 대로만 하지. 언제나 그랬어."

그는 미소를 지으며 말을 이었다.

"루시는 총독 관저의 전통을 무시했지…… 저녁 식사 파티에서 좌석 배치를 아주 끔찍하게 해 놨지 뭐냐. 그건 정말 무례한 행동이지! 불구대천의 적들을 테이블 사이로 마주 보게 해 놓고 인종 문제를 끄집어낸 거야! 그런데 사람들은 화를 내기는커녕 오히려 영국의 인도 지배가 불명예스러운 일이라며 찬성을 하지 뭐겠니…….
그렇게 가볍게 끝나지 않았더라면 정말 난처한 상황에 처할 뻔했

지! 루시는 언제나처럼 사람들을 보고 미소를 지으며 어쩔 수 없다
는 듯한 그 표정을 짓더라고! 하인들도 마찬가지야…… 루시 때문
에 그렇게 골치를 썩으면서도 루시를 열렬히 받들잖니."

미지는 생각에 잠긴 채 말했다.

"무슨 말씀이신지 알겠어요. 다른 사람이 그랬다면 참을 수 없는
일들이, 루시가 하면 아무렇지 않게 느껴진다는 거죠. 그 비결이 도
대체 뭘까요? 매력?"

헨리 경은 어깨를 으쓱했다.

"루시는 어릴 적부터 항상 그랬어……. 가끔씩은 점점 더 심해지
는 것 같다는 생각도 들지. 한마디로 루시는 조절이란 걸 몰라."

그러고는 즐거운 말투로 이렇게 덧붙였다.

"아, 미지, 루시는 분명 살인을 저질러도 문제없이 빠져나갈 수 있
다고 생각할걸!"

II

헨리에타는 들라주(프랑스에서 생산된 고급 경주용 차 — 옮긴이)의
상태를 보살펴 온 친구 앨버트와 기술적인 문제로 한참 대화를 나
눈 다음, 차고에서 들라주를 꺼내 출발했다.

"아가씨, 제대로 한번 달려 봐."

앨버트의 말에 헨리에타는 미소를 지었다. 그녀는 쏜살같이 차고

를 빠져나와 혼자 차를 몰 때면 항상 느끼는 즐거움을 한껏 만끽했다. 그녀는 운전을 할 때면 혼자 하는 쪽을 선호했다. 그래야만 운전이 가져다주는 은밀한 즐거움을 마음껏 즐길 수가 있었다.

꽉 막힌 차들 사이를 요령 있게 빠져나가는 것도, 런던을 벗어나는 새로운 지름길을 발견하는 것도 즐거웠다. 헨리에타에게는 자신만이 가는 길이 있었으며, 런던의 지리 또한 택시 운전사들만큼이나 밝았다.

이제 그녀는 새로 발견한 남서부 길을 따라 복잡하게 얽혀 있는 교회 도로를 이리저리 꺾으며 내달렸다.

마침내 셔블 다운의 긴 다리에 도달했을 때는 12시 30분이었다. 헨리에타는 그곳에서 보는 경치를 좋아했다. 그녀는 내리막길이 시작되는 그 지점에 잠시 멈춰 섰다. 주위는 온통 나무들, 무성한 잎들이 황금 같은 노란빛에서 갈색으로 바뀌고 있는 나무들뿐이었다. 따사롭게 내리쬐는 가을 햇살을 받으며 온 세상이 황금 물결로 출렁였다.

헨리에타는 생각했다.

'난 가을이 좋아. 봄보다 훨씬 더 선명해.'

그러자 갑작스럽게 행복한 마음…… 세상에 대한 사랑스러움…… 세상에 대한 즐거움이 물밀듯 밀려왔다.

'지금처럼 행복한 순간은 절대 없을 거야…… 절대.'

그녀는 잠시 하나가 되어 넘실대는 듯한 황금빛 물결을 가만히 내려다보았다. 그러고는 내리막길을 내려와 숲을 지나, 할로 저택으로 이어지는 길고 가파른 도로에 올랐다.

III

헨리에타가 차를 몰고 정문을 들어서는 순간, 테라스의 낮은 담
장에 앉아 있던 미지가 쾌활하게 손을 흔들었다. 헨리에타는 미지
를 좋아했고, 만나게 되어 기뻤다.

레이디 앵커텔이 집 안에서 나오며 인사말을 건넸다.

"헨리에타가 왔구나. 자동차를 마구간에 넣어 두고 여물 좀 주고
나면, 점심 식사 준비가 다 될 거야."

"루시, 여전히 예리하세요."

헨리에타가 자동차를 몰고 집 앞 마당을 돌면서 외쳤다. 미지가
계단에 서서 헨리에타를 맞이했다.

"미지, 너도 알다시피, 난 말 좋아하는 아일랜드 조상의 피를 전
혀 물려받지 않아서 다행이라고 생각했거든. 매일 말 이야기만 하
는 사람들 사이에서 살다 보면, 말을 좋아하지 않는다는 것에서 우
월감마저 느끼게 되지. 그런데 루시는 내가 자동차를 말처럼 다룬
다는 걸 정확히 간파한 거야. 정말 대단해."

"그래, 루시는 정말 대단해. 오늘 아침에는 글쎄, 나더러 이곳에
있는 동안 무례하게 굴어도 좋다고 하시지 뭐야."

헨리에타는 미지의 말에 잠시 생각하고는 고개를 끄덕였다.

"물론이지. 그 지긋지긋한 가게에서 충분히 시달렸잖니!"

"그래. 빌어먹을 정도로 조그마한 그 상자 같은 가게에서, 안하무인인 여자들에게 마담이라는 둥 대접해 주고, 원피스를 뒤집어씌워 주고, 건방진 말투를 꾹 참고 미소 지어 주다 보면 정말이지 욕지거리를 마구마구 퍼붓고 싶어진다니까! 난 항상 왜 사람들이 독립적이고 훌륭한 '서비스직'을 창피스럽게 생각하는지 그 이유를 몰랐거든. 하지만 이제는 알겠어. 가게에서 일하느니 차라리 거전이나 시먼스처럼 남의 집에서 일하는 게 훨씬 낫겠어."

"아우, 정말 끔찍해. 난 네가 혼자 일해서 먹고 살겠다는 그 자존심 좀 버렸으면 좋겠어."

"루시는 정말 천사야. 이번 주말만은 모든 사람들에게 기꺼이 무례하게 굴어 주지."

"누가 오는데?"

헨리에타가 차에서 내리며 물었다.

"크리스토 부부가 와."

미지는 잠시 멈추었다가 덧붙였다.

"에드워드도 막 도착했고."

"에드워드? 어머, 잘됐다. 에드워드 본 지도 정말 오래됐는데. 또 누가 온대?"

"데이비드 앵커텔. 루시는 네가 많은 도움이 될 거라고 하던데. 그 애가 손톱 물어뜯는 걸 그만두게 만들 수 있을 거라나."

"나랑은 전혀 어울리지 않는 일인 것 같은데. 사람들 일에 끼어드

는 건 싫다고. 게다가 개인적인 습관에까지 뭐라고 하고 싶은 마음
은 추호도 없어. 루시가 정확히 뭐라고 말한 거야?"

"뭐 그게 전부야! 그리고 데이비드가 한창 사춘기라고도 했지!"

"내가 그런 것까지 도와줘야 하는 거야? 설마!"

헨리에타가 불안감을 느끼며 물었다.

"게다가 게르다에게도 신경을 써 줘야 할 거야."

"내가 게르다였다면 루시가 정말 끔찍하게 싫었을 거야!"

"그리고 내일 점심때는 범죄 해결사가 한 명 온대."

"뭐야? 살인 게임이라도 하자는 거야?"

"그렇지는 않은 것 같아. 그냥 이웃이라서 초대하는 것 같아."

미지의 목소리가 살짝 바뀌었다.

"저기 에드워드가 와."

'오, 에드워드.'

순간 헨리에타의 마음에 에드워드에 대한 따뜻한 애정이 밀려들
었다.

키가 크고 호리호리한 에드워드 앵커텔이 미소를 지으며 두 아가
씨에게 다가오고 있었다.

"안녕, 헨리에타. 1년 만에 보는구나."

"안녕, 에드워드."

에드워드는 정말 상냥했다! 저 부드러운 미소와 웃을 때 생기는
눈가의 부드러운 잔주름. 거기다 골격이 아주 근사했다.

'난 확실히 에드워드의 저 골격이 마음에 들어.'

갑작스럽게 그에 대한 따뜻한 애정이 밀려와 헨리에타는 깜짝 놀랐다. 자신이 에드워드를 얼마나 좋아하는지 그동안 잊고 있었던 것이다.

IV

점심 식사가 끝난 후 에드워드가 입을 열었다.

"같이 산책이나 할까, 헨리에타?"

에드워드는 언제나 그렇듯 천천히 어슬렁거리며 걸었다.

집 뒤쪽으로 걸어 올라가니 숲 사이로 굽이굽이 이어진 길이 나왔다. 마치 에인스윅의 숲 같다고 헨리에타는 생각했다. 그리운 에인스윅. 그곳에서 얼마나 즐거운 시간을 보냈던가! 그녀는 에드워드와 에인스윅에 대한 이야기를 나누기 시작했다. 오래전 기억들이 소환되었다.

"우리 다람쥐 기억나요? 발에 상처가 났던 다람쥐 말이에요. 우리에 넣고 보살펴 줬잖아요."

"그럼, 기억하고말고. 아주 웃긴 이름을 지어 줬는데…… 뭐였더라?"

"촐몬델리 마조리뱅크스!"

"그래, 그거야!"

둘 다 웃음을 터뜨렸다.

"그리고 가정부였던 본디 부인이…… 언젠간 그 녀석이 굴뚝을 타고 올라갈 거라며 투덜거렸지."

"그래서 우린 아주 화를 냈죠."

"그런데 정말 굴뚝으로 올라가고 말았지."

"본디 부인이 그렇게 만든 거예요. 그 다람쥐 머릿속에 굴뚝으로 올라가야 한다는 생각을 심어 준 거라고요."

확신에 찬 어조로 성토하던 헨리에타가 어느새 옛일을 더듬기 시작했다.

"그곳은 여전해요, 에드워드? 아니면 변했나요? 난 항상 예전 모습을 상상하곤 하는데."

"한번 직접 놀러 와서 보지 그래, 헨리에타? 에인스윅에 와 본 지도 정말 오래됐잖아."

"알아요."

세상에, 언제 그렇게 시간이 흐른 거지? 이 일 저 일에 사람들이랑 부대끼느라 정신없이 바빴지…….

"당신이 오는 건 언제든 환영이라는 거 알잖아."

"정말 자상하네요, 에드워드!"

멋진 골격을 가진 에드워드.

"당신이 에인스윅을 마음에 들어 한다니까 정말 기뻐, 헨리에타."

헨리에타는 꿈을 꾸는 듯이 대답했다.

"에인스윅은 세상에서 가장 아름다운 곳이에요."

늘씬한 다리에 헝클어진 갈색 머리카락을 한 소녀…… 앞으로 인생에 어떤 일이 일어나게 될지 조금도 몰랐던 행복한 소녀…… 나무를 사랑했던 소녀……

계속해서 그렇게 아무것도 모른 채 행복할 수만 있다면! 그 시절로 다시 돌아갈 수만 있다면! 헨리에타는 혼자 생각에 잠겼다.

그리고 뜬금없이 말을 던졌다.

"우주수(宇宙樹)는 아직도 그 자리에 있어요?"

"번개에 맞아 쓰러졌어."

"오, 말도 안 돼. 우주수가!"

헨리에타는 우울해졌다. 우주수는 커다란 참나무에 그녀가 특별히 붙여 준 이름이었다. 신이 우주수를 쓰러뜨릴 수 있다면, 그 어떤 것도 안전하진 못할 것이다! 차라리 돌아가지 않는 편이 낫겠다는 생각이 들었다.

"당신이 만든 그 특별 사인도 기억나? 우주수 사인 말이야."

"내가 종이 여기저기에 그리곤 했던 그 이상한 나무 말이에요? 아직도 그리는걸요, 에드워드! 수첩이며 전화번호부, 브리지 점수판에도 그려요. 멍하니 낙서를 할 때마다 그리죠. 연필 좀 줘 봐요."

에드워드가 연필과 수첩을 건네주자, 헨리에타는 깔깔거리며 희한한 모양의 나무를 그렸다.

"그래. 그게 바로 우주수지."

이제 둘은 언덕길의 거의 꼭대기까지 올라왔다. 헨리에타가 쓰러진 나무 그루터기에 걸터앉자, 에드워드도 그 옆에 앉았다.

그녀는 아래로 펼쳐진 숲들을 내려다보았다.

"여긴 마치 에인스윅 같아요…… 작은 에인스윅이요. 가끔은 그런 생각을 했죠. 그래서 루시와 헨리가 여기로 온 걸지도 모른다는 생각이요. 에드워드는 어떻게 생각해요?"

"그럴 수도 있지."

"루시가 무슨 생각을 하는지는 아무도 알 수가 없죠."

헨리에타는 천천히 대꾸하고는 다시 이렇게 물었다.

"에드워드, 그동안 당신은 뭘 하고 지낸 거예요?"

"아무것도 하지 않았어, 헨리에타."

"아주 평화롭게 지냈다는 소리로 들리네요."

"뭔가를 하는 데는 내가 그리 소질이 없잖아."

헨리에타는 에드워드를 흘끗 쳐다봤다. 그의 목소리에 뭔가 심상치 않은 기색이 어려 있었다. 하지만 에드워드는 조용히 그녀에게 미소만 보냈다.

다시 한번, 헨리에타의 마음에는 그를 향한 깊은 애정이 솟아났다.

"어쩌면 당신이 현명한 건지도 몰라요."

"현명하다니?"

"아무것도 하지 않는 거 말이에요."

에드워드는 천천히 입을 열었다.

"당신이 그런 말을 하다니 정말 이상한데? 헨리에타, 당신은 성공 했잖아."

"내가 성공했다고 생각해요? 말도 안 돼요."

"사실이야. 당신은 예술가라고. 자부심을 가져. 당신에겐 천직이 라고."

"알아요. 다들 저에게 그렇게 말하죠. 그 사람들은 이해를 못 해 요, 중요한 점을 모르고 있어요. 당신도 마찬가지예요, 에드워드. 조 각이란 건 내가 좋을 대로 시작해서 성공할 수 있는 일이 아니에요. 조각이란 날 끊임없이 괴롭히고…… 끊임없이 따라다녀서, 결국엔 만들 수밖에 없는 그런 거예요. 그러고 나면 아주 잠시 동안 평화를 누릴 수 있죠……. 그 모든 일이 다시 반복되기 전까지 말이에요."

"평화롭게 살길 원해, 헨리에타?"

"그럼요. 이 세상 그 무엇보다도 평화롭게 살길 원할 때도 있는걸 요, 에드워드!"

"에인스윅에서라면 평화롭게 살 수 있어. 그곳에선 당신이 행복 해질 수 있을 거라고 생각해. 물론…… 물론 내가 있긴 하지만. 어 때, 헨리에타? 에인스윅으로 내려와 함께 살지 않을래? 항상 당신 이 오기만을 기다리고 있다는 거 알잖아."

헨리에타는 천천히 고개를 젓고는 낮은 목소리로 말했다.

"차라리 내가 당신을 좋아하지 않았으면 좋겠어요, 에드워드. 그 렇다면 계속해서 거절하기가 훨씬 쉬웠을 텐데."

"그렇다면, 거절이야?"

"미안해요."

"그래, 당신은 전에도 거절했지. 하지만 오늘은…… 글쎄, 오늘은 다를지도 모른다고 생각했어. 오후에 나와 있는 동안 정말 행복했잖아, 헨리에타. 당신도 그 사실을 부정하진 않겠지?"

"네, 아주 행복했어요."

"당신의 얼굴까지도…… 오늘 아침보다 더 젊고 생기가 넘쳐."

"알아요."

"함께 에인스윅에 대해 이야기하고 생각하면서 아주 행복했잖아. 그게 무슨 뜻인지 모르겠어, 헨리에타?"

"그게 무슨 뜻인지 모르는 건 당신이에요, 에드워드! 우린 오후 내내 과거 속에서만 헤맸다고요."

"때로는 과거 속에 사는 것도 좋지."

"과거로 되돌아갈 순 없어요. 옛날로 되돌아간다는 건…… 절대 불가능한 일이에요."

에드워드는 잠시 아무 말도 하지 않았다. 그러더니 조용하고 상냥한 목소리로 아무렇지 않은 척 말했다.

"그러니까 존 크리스토 때문에 나와는 결혼할 수 없다는 뜻이지?"

헨리에타가 아무런 대답도 하지 않자, 에드워드가 계속 말했다.

"그런 거지? 이 세상에 존 크리스토라는 인물이 없었더라면 당신은 나와 결혼했을 거야."

헨리에타는 사납게 대꾸했다.

"난 존 크리스토가 없는 세상은 상상할 수도 없어요! 바로 당신이 그 점을 이해해야 해요."

"그렇다면, 대체 왜 그 작자는 이혼하지 않는 거야?"

"존은 아내와 이혼하길 원치 않아요. 그리고 만약 그 사람이 이혼한다 하더라도 내가 그 사람과 결혼을 하게 될지는 미지수예요. 당신 생각과는 전혀 다르다고요……."

에드워드는 생각에 잠긴 목소리로 입을 열었다.

"존 크리스토! 이 세상에는 존 크리스토 같은 사람들이 너무나도 많아."

"틀렸어요. 존 같은 사람은 드물어요."

"그렇다면 다행이지. 적어도 난 그렇게 생각해!"

에드워드는 그루터기에서 일어서며 덧붙였다.

"집으로 돌아가는 게 좋겠어."

7장

차에 올라타는 것을 본 루이스가 할리가 집의 현관문을 닫자, 게르다는 집에서 쫓겨나는 듯한 고통을 느꼈다. 굳게 닫긴 현관문이 너무나 야속했다. 이젠 집에서 내쫓긴 것이다……. 끔찍한 주말이 목전으로 다가온 것이다. 집을 나서기 전에 해야 할 일이 너무나도 많았다. 욕실 수도꼭지는 잠갔던가? 세탁소에 줄 돈은 어디다 뒀더라? 아이들이 마드무아젤과 잘 지낼까? 마드무아젤은 너무, 너무…… 테렌스가 마드무아젤의 말을 잘 들을까? 그 프랑스인 가정교사는 교사로서 권위가 전혀 없는 것 같았다.

게르다는 여전히 비참한 기분에 휩싸인 채 고개를 푹 숙이고는 운전석에 올라탔다. 그녀는 시동 버튼을 초조하게 누르고 또 눌렀다. 그러자 존이 입을 열었다.

"게르다, 엔진을 켜야지."

"오, 이런. 바보같이."

그러고는 재빨리 남편의 눈치를 슬쩍 살폈다. 존이 짜증을 낸다면 어쩌지……. 하지만 다행스럽게도 그는 미소 짓고 있었다.

'앵커텔가에 가게 되어 너무 좋아서 저러는 거겠지.'

게르다는 예리하게 남편의 기분을 파악했다.

불쌍한 존, 일에 너무 치였던 거야! 존은 너무 착한 나머지 온통 다른 사람들을 위해서 헌신하기만 하니, 이번 주말을 손꼽아 기다리는 것도 당연한 일이야. 그녀는 다시 한번 점심 식사 때 나눴던 대화를 떠올렸다. 게르다가 입을 여는 동시에 클러치를 너무 갑자기 밟는 바람에 커브 길에서 자동차가 앞으로 튀어 나갔다.

"있잖아요, 존. 환자들이 싫다느니 그런 농담은 정말 하지 말아요. 당신이 하는 일을 그런 식으로 얕보는 건 정말 이상하잖아요. 물론 저는 충분히 이해하지만 아이들은 그렇지가 않아요. 특히 테렌스는 곧이곧대로 받아들이는 아이잖아요."

"그래도 가끔씩은 테렌스가 아주 인간적으로 보일 때가 있어……. 제나와는 다르지! 도대체 여자아이들은 왜 그렇게 으스대는 거지?"

게르다는 조용히 웃었다. 존이 그녀를 놀리고 있다는 걸 알았다. 게르다는 계속해서 자신의 주장을 펼쳤다. 게르다는 고집이 센 여자였다.

"존, 아이들이 의사가 얼마나 이타적이고 헌신적인 직업인가를 아는 게 좋을 거라고 생각해요."

"오, 세상에!"

게르다는 순간 움츠러들었다. 신호등이 한참 동안 녹색을 유지하고 있었던 것이다. 그 앞까지 도달하기 전에 신호가 바뀔 게 분명하다는 생각이 들어 속도를 줄이기 시작했지만 신호등은 아직도 녹색이었다.

급기야 존 크리스토는 게르다가 운전할 때 입을 다물기로 한 결심을 잊어버리고 말았다.

"도대체 왜 그렇게 설설 기는 거야?"

"신호가 바뀔지도 모른다고 생각해서……."

액셀에 올린 발을 누르자 차가 조금 앞으로 나갔지만, 신호에 조금 못 미쳐 시동이 꺼져 버리고 말았다. 그리고 신호는 바뀌었다.

짜증 난 운전사들이 사방에서 경적을 울려 댔다.

존은 오히려 유쾌하게 대꾸했다.

"게르다 당신처럼 운전 못하는 사람은 세상에 없을 거야!"

"전 신호등만 보면 겁이 나요. 언제 바뀔지 알 수가 없잖아요."

존은 게르다의 초조하고 비참한 얼굴을 흘끗 쳐다보며 생각에 잠겼다.

'게르다에게는 모든 게 다 걱정거리지.'

그런 마음가짐으로 산다는 게 어떤 기분일지 상상해 보려 했지만, 상상력이 그리 풍부한 사람이 아닌 그로서는 헛수고였다.

다시 한번 게르다는 자신의 주장을 펼쳤다.

"당신도 알겠지만, 저는 항상 아이들에게 의사는 얼마나 자신을 희생해야 하고, 또 고통스러워하는 환자들에게 헌신적이어야 하는 지…… 그리고 다른 사람들에게 봉사하겠다는 열정이 있어야 하는 지를 강조했어요. 정말 숭고한 삶이죠. 전 환자들에게 모든 시간과 열정을 쏟아붓는 당신이 자랑스러워요. 스스로에게는 결코……."

존 크리스토가 아내의 말을 잡아챘다.

"내가 의사라는 직업을 즐긴다는 생각은 한 번도 안 해 봤어? 난 희생하는 게 아니라 즐기는 거야! 그 빌어먹을 일이 재미있다는 걸 모르겠냐고!"

그래, 게르다는 절대 모르겠지! 게르다에게 크랩트리 부인과 마 거릿 러셀 병동 이야기를 해 준다면, 그녀는 남편을 가난한 사람들을 돕는 천사로밖에 생각하지 않을 것이다.

"입에 발린 말은……."

존은 낮은 목소리로 중얼거렸다.

"네?"

게르다가 남편 쪽으로 몸을 숙였다.

존은 고개만 설레설레 저었다.

만약 게르다에게 '암 치료제'를 발견하기 위해 노력 중이라고 말 한다면, 어떤 반응을 보일까? 평범하고 감상적인 반응을 보일 것이 다. 하지만 게르다는 복잡한 리지웨이 병에 매료되어 있는 자신을 절대 이해하지 못할 것이다……. 그녀가 리지웨이 병이 뭔지나 이 해할 수 있을지 의문이었다. (그는 씩 웃으며 생각했다. '게다가 우리는 우리 스스로에 대해서도 잘 모르고 있으니까! 왜 대뇌피질이 퇴화하는지

조차 모르잖아!')

그러다 문득 테렌스가 떠올랐다. 아직 어린아이이긴 하지만, 그 아이라면 리지웨이 병에 관심을 보일지도 모른다는 생각이 들었다. 존은 테렌스가 "그런 것 같지 않은데요."라고 말하기 전에 평가하듯 자신을 바라보던 그 눈길이 마음에 들었다.

테렌스는 커피 기계 깨뜨린 것 때문에 요 며칠간 존의 눈 밖에 나 있었다. 암모니아를 만들려고 했다나 뭐라나. 암모니아라니! 정말이지 웃긴 녀석이다. 왜 암모니아를 만들고 싶었을까? 여하튼 흥미로운 녀석이었다.

게르다는 존의 침묵에 마음이 놓였다. 대화를 나누느라 정신이 팔리지 않으면 운전을 더 잘할 수 있다. 게다가 존이 생각에 푹 빠져 있다면 가끔씩 기어를 바꿀 때마다 나는 귀에 거슬리는 소음도 알아채지 못할 가능성이 높았다. (게르다는 어쩔 수 없는 경우를 제외하고는 기어를 저속으로 바꾸지 않았다.)

가끔씩은 기어를 능숙하게 변속할 때도 있었지만(물론 그럴 자신은 없었다.) 존이 함께 타고 있을 때는 단 한 번도 그러질 못했다. 이번에야말로 잘해야겠다는 강박 관념 때문에 아주 엉망이 되기 일쑤였다. 손이 자꾸 미끄러지면서 속도가 너무 빨라졌다가 또 너무 느려지기도 했고, 기어를 너무 서툴게 빨리 밀면 저항이 생기며 쇳소리가 났다.

"한 번에 한 단씩만 움직여요, 게르다. 한 번에 한 단씩이요."

몇 년 전, 헨리에타가 이렇게 애원한 적이 있었다. 헨리에타는 직접 시범을 보여 주었다.

"이게 어떻게 움직이고 싶어 하는지 느낌이 안 와요? 매끄럽게 나가고 싶어 한다고요……. 그 느낌이 올 때까지 손은 움직이지 말아요. 아무렇게나 밀지 말고…… 느껴 봐요."

하지만 게르다는 기어에서 무슨 느낌이 온다는 건지 통 알 수가 없었다. 어떻게든 적당한 방향으로 밀면 제대로 가지 않겠는가! 그래야 끔찍하게 삐걱거리는 소리가 나지 않을 텐데.

머샴 힐을 오르면서, 게르다는 그래도 오늘 운전은 그리 나쁘지 않았다고 생각했다. 존은 여전히 생각에 잠겨 있어서, 크로이던에서 기어를 확 미는 바람에 났던 쇳소리도 알아차리지 못했다. 기분이 좋아진 게르다는 차 속력이 높아지자 기어를 3단으로 넣었고, 그 즉시 속도가 줄었다. 그 바람에 생각에 잠겨 있던 존이 퍼뜩 정신을 차렸다.

"도대체 왜 오르막길을 가면서 그따위로 기어를 바꾸는 거야?"

게르다의 얼굴이 굳어졌다. 이제 할로까지는 얼마 남지 않았다. 그곳에 도착하고 싶지가 않았다. 그래, 존이 아무리 성질을 부리더라도 이대로 몇 시간이고 운전을 하는 편이 나았다!

하지만 이제는 셔블 다운을 따라 달리고 있었다……. 주위는 온통 화사한 9월의 나무숲이었다.

"런던에서 빠져나오니까 정말 좋군."

존이 탄성을 질렀다.

"생각해 봐, 게르다. 우린 오후만 되면 그 어두컴컴한 응접실에서 차를 마셔야 했잖아…… 가끔은 불까지 켜 놓고 말이야."

다소 컴컴한 아파트 응접실의 풍경이 게르다의 눈앞에 신기루처럼 떠올랐다. 오, 지금 그곳에 앉아 있을 수만 있다면.

대신 게르다는 과장스럽게 남편의 말에 맞장구를 쳤다.

"시골 풍경이 정말 아름답네요."

이 가파른 언덕길을 내려가면…… 이제는 탈출구가 없다. 설명할 수 없는 무언가가 나타나 자신을 악몽으로부터 구해 주리라는 막연한 희망을 품었지만, 아무 일도 일어나지 않았다. 그리고 마침내 할로에 도착했다.

게르다는 차를 몰고 들어가다가 헨리에타가 미지, 그리고 호리호리한 남자와 함께 담장에 앉아 있는 걸 보고 조금 안도했다. 게르다는 헨리에타에게 내심 의지하고 있었다. 헨리에타는 끔찍한 상황에서 예기치 못하게 게르다의 구세주가 되어 주곤 했다.

존 또한 헨리에타를 보고 반가운 마음이 들었다. 사랑스러운 9월의 풍경이 펼쳐진 언덕과 그 언덕 꼭대기를 내려와 헨리에타가 기다리고 있는 모습을 보다니, 정말 근사한 여정의 마지막이라는 생각이 들었다.

헨리에타는 존이 좋아하는 녹색 트위드 재킷과 스커트를 입고 있었다. 그는 그 옷이 그녀가 런던에서 입는 옷보다 훨씬 그녀에게 잘 어울린다고 생각했다. 스커트 사이로 보이는 늘씬한 다리는 반질반질한 갈색 가죽신으로 이어졌다.

존과 헨리에타는 은밀한 미소를 주고받았다……. 서로의 존재를 반긴다는 사실을 간단하게나마 인식한 순간이었다. 존은 지금 당장 헨리에타와 이야기를 나누고 싶지는 않았다. 그저 헨리에타가 여기에 있다는 사실만으로도 기분이 좋았다……. 그녀가 없는 주말은 시시하고 공허할 게 뻔했다.

레이디 앵커텔도 저택에서 나와 둘을 맞이했다. 그녀는 의식적으로 게르다를 요란스럽게 환영했다.

"널 보니 정말 좋구나, 게르다! 정말 오랜만이지? 그리고 존도!"

게르다를 열렬히 기다리던 손님으로, 존은 단순한 부속물 정도로 여기겠다는 의도가 노골적으로 드러났다. 하지만 게르다는 그 지나친 환대가 오히려 어색하고 불편했다.

루시가 물었다.

"에드워드를 아니? 에드워드 앵커텔 말이야."

존이 에드워드를 향해 고개를 까딱하고는 입을 열었다.

"아니요. 처음 보는데요."

오후의 햇살이 존의 금발을 황금빛으로 물들이고, 푸른 눈을 더 빛나게 했다. 임무를 완수하고 막 배에서 내린 바이킹 같았다. 따뜻하고 매력적이며 달콤한 목소리, 그의 눈부신 외모는 사람들의 눈길을 단숨에 끌어모았다.

하지만 그의 따뜻함도 매력도, 루시의 매력을 반감시키지는 않았다. 오히려 루시가 가진 요정처럼 신비스러운 분위기가 한층 더 살아났다. 반대로 존의 등장으로 에드워드는 핏기를 잃은 것처럼 보였다. 존재감을 잃고 웅크리고 있는 듯했다.

헨리에타는 게르다에게 함께 뒤뜰로 가서 구경을 하자고 했다.

"분명 루시는 우리에게 암석 정원과 가을 화단을 보여 주려고 할 거예요."

헨리에타는 뒤뜰로 안내하며 이렇게 말했다.

"하지만 난 뒤뜰이 정말 아름답고 평화롭다고 생각해요. 오이 지 지대 위에 걸터앉을 수도 있고, 추우면 온실에 들어가면 되고, 아무도 방해하지 않는 데다가 먹을 것도 지천이잖아요."

실제로 둘은 떨어진 완두콩을 발견했고, 헨리에타는 날것으로 그냥 먹었지만 게르다는 그다지 좋아하지 않았다. 게르다는 전보다 더 두렵게 느껴지는 루시 앵커텔로부터 멀리 떨어지게 되어 기뻤다.

게르다는 기운이 나는지 헨리에타와 이야기를 나누기 시작했다. 헨리에타가 던지는 질문은 언제나 게르다가 해답을 알고 있는 것들이었다. 그렇게 10분 정도 이야기를 나누자 게르다는 기분이 훨씬 나아졌고, 이번 주말이 그렇게 나쁘지만은 않을 거라는 생각마저 들기 시작했다.

게르다는 지금쯤 제나가 무용 수업을 들으러 갔을 테고 막 새 원피스를 입었을 거라는 이야기를 구구절절 늘어놓았다. 또한 아주 멋진 가죽 세공 가게를 발견했다는 이야기도 했다. 헨리에타가 핸드백을 하나 부탁하고 싶다는 뜻을 비치자, 게르다는 신이 나서 그 가게를 꼭 소개해 주겠다고 했다.

헨리에타는 게르다를 기쁘게 만들기란 정말 식은 죽 먹기라고 생각했다. 게다가 기쁜 감정이 얼마나 쉽게 드러나는지!

'저 여자는 웅크리고 앉아 누군가가 쓰다듬어 주길 바라는 고양이 같아!'

헨리에타는 속으로 생각했다.

둘은 마치 여름날인 것처럼 낮게 걸린 햇살이 내리쬐는 오이밭 구석에 앉아 즐겁게 떠들었다.

그리고 침묵이 찾아왔다. 게르다의 얼굴에서 평화롭던 표정이 사라졌고 어깨는 축 처졌다. 처량하게 앉아 있던 게르다는 헨리에타가 입을 열자 화들짝 놀랐다.

"그렇게 싫으면서 왜 여길 오는 거예요?"

게르다는 서둘러 변명을 늘어놓았다.

"그렇지 않아요! 왜 그렇게 생각하는지 모르겠네요……."

잠시 입을 다물었다가 다시 이어 나갔다.

"런던을 벗어나는 건 정말 기분 좋은 일이에요. 게다가 레이디 앵커텔은 아주 친절하시잖아요."

"루시가요? 절대 그런 분이 아닌걸요."

게르다는 그 말에 약간 충격을 받은 듯했다.

"오, 아니에요. 저한테 항상 친절하게 대해 주시는걸요."

"루시는 매너도 좋고 사람들을 상냥하게 대하죠. 하지만 좀 잔인한 사람이에요. 인간적인 면이 없어요……. 보통 사람처럼 생각하고 느낀다는 게 어떤 건지 모르는 분이죠. 그리고 당신은 여기 오는 걸 싫어하잖아요, 게르다! 그건 누구보다 당신이 잘 알아요. 그런데도 왜 여길 오는 거예요?"

"글쎄요. 아시겠지만 존이 좋아하니까……."

"물론 존은 좋아하겠죠. 그냥 존 혼자 오게 내버려 두면 되잖아요."

"그이가 싫어할걸요. 절 빼 놓고 오면 그이 마음이 불편할 거예요. 존은 너무 착한 사람이니까요. 존은 시골에 오는 게 저에게도 좋을 거라고 생각하거든요."

"시골이 좋긴 하죠. 하지만 굳이 앵커텔가 사람들과 어울릴 필요는 없지요."

"저…… 저는 그렇게 생각하고 싶지는 않아요."

"게르다, 당신이 굳이 우리를 좋아할 필요는 없지 않나요? 전 항상 앵커텔가 사람들이 아주 불쾌한 사람들이라고 생각했어요. 다들 모여 앉아서 자기들끼리의 언어로 이야기하는 걸 좋아하죠. 외부인들이 볼 땐 분명 죽이고 싶을 만큼 재수 없을 거예요."

헨리에타는 덧붙였다.

"아무래도 티타임이 된 것 같네요. 다시 돌아가죠."

게르다가 자리에서 일어나 집을 향해 걸어가는 동안 헨리에타는 그녀의 얼굴을 유심히 살펴보았다.

'흥미롭군. 처형장에 끌려 들어가기 전 기독교 순교자의 얼굴을 보는 것 같아.'

언제나처럼 헨리에타는 의식 한구석에서 초연히 상황을 관찰하고 있었다.

담장으로 둘러싸인 뒤뜰을 나서는 순간 총소리가 울려 퍼졌다.

"앵커텔가의 대학살이 시작된 것 같군요!"

그 총소리는 화기에 대해 이야기를 나누던 헨리 경과 에드워드가 시범을 보여 주느라 리볼버를 쏘는 소리였다. 헨리 앵커텔은 취미가 사격이어서, 꽤 많은 총기들을 수집해 둔 터였다.

헨리 경은 리볼버 서너 자루와 표적을 가져와 에드워드와 함께 과녁을 향해 총을 쏘고 있었다.

"왔니, 헨리에타. 강도를 죽일 수 있는지 한번 시험해 보련?"

헨리에타는 리볼버를 받아 들었다.

"그렇지…… 그래, 이렇게 조준해."

탕!

"강도를 놓쳤네."

헨리 경이 말했다.

"너도 한번 해 보렴, 게르다."

"오, 저는……."

"어서, 크리스토 부인. 아주 간단하다고."

게르다는 잔뜩 겁을 집어먹은 채 눈을 질끈 감고는 리볼버를 쐈다. 총알은 헨리에타가 쐈던 것보다 더 멀리 비껴 나갔다.

"나도 해 볼래요."

미지가 다가오며 말했다.

"생각했던 것보다 더 어렵네. 하지만 재미있는데요."

미지는 몇 발을 쏘고 난 뒤 이렇게 말했다.

루시가 집 안에서 나왔다. 키가 크고 부루퉁한 얼굴을 한 청년이 그 뒤를 따르고 있었다.

"데이비드가 왔어요."

그렇게 외친 그녀는 남편이 데이비드 앵커텔과 인사를 나누는 사이에, 미지에게서 리볼버를 받아 들어 장전하고는 순식간에 표적 정중앙에 가깝게 세 개의 구멍을 뚫었다. 미지가 외쳤다.

"대단해요, 루시. 이런 재능도 있는 줄은 몰랐네요."

"루시 사격 실력이야 언제나 대단하지!"

헨리 경은 진지하게 대꾸했다. 그는 과거를 회상하며 덧붙였다.

"한번은 이런 적이 있었어. 당신도 기억나? 보스포루스에서 어떤 깡패들이 날 덮쳤잖아. 그중 두 놈이랑 바닥에서 뒹굴다가 그 두 놈이 내 위에 올라타 목을 졸랐지."

"그래서 루시가 어떻게 했는데요?"

"총을 두 발 쐈어. 난 루시가 권총을 가지고 있는지도 몰랐는데 말이야. 한 발은 그 나쁜 놈 다리를 관통했고, 또 다른 놈은 어깨에 맞았지. 정말 아슬아슬한 순간이었어. 어떻게 날 안 맞혔는지 몰라."

레이디 앵커텔은 남편을 보며 미소를 지었다.

"난 사람이라면 어느 정도의 위험은 감수해야 한다고 생각해요."

그러고는 아주 부드럽게 덧붙였다.

"생각하느라 갈팡질팡하지 말고 재빨리 행동에 옮겨야죠."

"정말 존경스러운 의견이야, 여보. 하지만 당신이 감수한 그 위험이 내 목숨이었다는 게 조금은 기분이 상한단 말이야!"

8장

I

차를 마신 후, 존이 헨리에타에게 말했다.

"산책이나 가지."

레이디 앵커텔은 게르다에게 암석 정원을 꼭 보여 줘야겠다고 고집했지만, 그건 물론 이런 날씨에는 어울리지 않는 일이었다.

존과 함께 걸으면서, 헨리에타는 에드워드와 걷는 것과는 사뭇 다르다는 생각이 들었다.

에드워드와 함께일 때는 어슬렁거리듯 천천히 걸을 수밖에 없었다. 에드워드는 그렇게 타고난 사람이었다. 하지만 존과 함께 걸을 때면 그를 쫓아가느라 바빴다. 셔블 다운에 가까워졌을 때쯤 헨리에타는 숨이 찬 목소리로 입을 열었다.

"우린 산책을 하는 거지 마라톤을 하는 게 아니에요, 존!"

존은 걸음을 늦추고는 웃음을 터뜨렸다.

"내 걸음이 너무 빨랐나?"

"따라갈 수는 있지만…… 그럴 필요가 있어요? 기차 시간에 늦은 것도 아닌데. 당신은 왜 그렇게 에너지가 넘치는 거예요? 당신 자신으로부터 도망치려는 건가요?"

존이 우뚝 멈춰 섰다.

"왜 그런 말을 하는 거지?"

헨리에타는 흥미로운 눈초리로 그를 바라봤다.

"특별한 의미는 없어요."

존은 다시 발걸음을 뗐지만, 전보다 느리게 걸었다.

"사실, 난 피곤해. 정말이지 너무 피곤해."

목소리에서도 피로가 느껴졌다.

"크랩트리 부인은 어때요?"

"아직 뭐라 말하기는 이르지만, 윤곽은 잡은 것 같아, 헨리에타. 만약 내가 옳다면 (그의 발걸음이 다시 빨라졌다.) 기존 이론들에 일대 변혁이 일어나게 될 거야……. 호르몬 분비에 대한 문제도 재고해 봐야 할 거고."

"리지웨이 병의 치료법이 있다는 말이에요? 그 병에 걸린 사람들이 죽지 않을 거라는 뜻인가요?"

"그건 부수적인 문제야."

의사들이란 정말 이상하지, 사람의 목숨이 부수적인 문제라니!

헨리에타는 생각했다.

"과학적으로 모든 가능성을 검토해 볼 수 있다고!"

그는 깊게 숨을 들이마셨다.

"하지만 이곳에 내려오니 정말 좋군……. 신선한 공기를 들이마시는 것도…… 당신을 보는 것도 좋아."

존은 헨리에타에게 예의 그 갑작스러운 미소를 보냈다.

"그리고 게르다에게도 좋을 거야."

"물론 그러시겠죠. 게르다는 할로에 오는 걸 너무 좋아하니까!"

"물론이야. 그런데 말이야, 내가 전에 에드워드 앵커텔을 만난 적이 있던가?"

"두 번 만난 적이 있죠."

헨리에타는 쌀쌀맞게 대꾸했다.

"기억이 나질 않아. 워낙 존재감이 없는 사람이라 그럴지도 모르지."

"에드워드는 좋은 사람이에요. 난 그 사람이 정말 좋아요."

"뭐, 에드워드 이야기는 집어치우자고! 다른 사람들은 중요하지 않아."

헨리에타는 낮은 목소리로 말했다.

"존, 가끔씩은…… 당신이 걱정돼요!"

"내가 걱정된다니 그게 무슨 말이야?"

존은 놀란 얼굴로 헨리에타를 바라보았다.

"당신은 다른 사람은 안중에도 없죠……. 아예 보질 않아요."

"보질 않는다고?"

"당신은 아무것도 모르고…… 아무것도 보질 않죠……. 이상할 정도로 무디다니까요! 다른 사람들이 어떤 기분인지 어떤 생각을 하는지 전혀 모른다고요."

"그 반대 아니야?"

"물론 눈에 들어온 대상은 정확하게 파악하죠. 당신은…… 당신은 마치 탐조등 같아요. 강력한 빛으로 당신이 관심 있는 한곳만을 비추죠. 그리고 그 뒤나 양옆은 온통 암흑이고요!"

"헨리에타, 대체 무슨 소릴 하는 거야?"

"위험해요, 존. 당신은 모든 사람들이 다 당신을 좋아하고 당신에게 호의를 가지고 있다고 생각하지요? 예를 들어, 루시 같은 사람은……."

"루시가 날 좋아하지 않는다고? 난 루시가 정말 좋은걸."

존은 놀란 표정이었다.

"당신은 그런 식으로 루시가 당신을 좋아할 거라고 생각하죠. 하지만 난 꼭 그럴 거라고 생각하지 않아요. 그리고 게르다와 에드워드, 그리고 미지와 헨리…… 이 사람들이 당신을 어떻게 생각하는지 어떻게 알겠어요?"

"그리고 헨리에타는? 나는 당신이 날 어떻게 생각하는지 아는 걸까?"

존은 잠시 헨리에타의 손을 잡았다.

"적어도…… 당신 마음만은 확실히 알아."

헨리에타는 잡힌 손을 빼냈다.

"그 누구의 마음도 확신할 수는 없는 거예요, 존."

존은 인상을 찌푸리며 심각한 표정을 지었다.

"아니, 난 그렇게 생각하지 않아. 나는 당신 마음을 확실히 알고 내 마음도 잘 알아. 적어도……."

갑자기 그의 표정이 변했다.

"뭐예요, 존?"

"오늘 내가 무슨 말을 중얼거렸는지 알아? 정말 말도 안 되는 소리지. '집에 가고 싶어.' 아침에 무의식적으로 이렇게 중얼거렸는데 도대체 무슨 뜻인지 알 수가 없어."

헨리에타는 천천히 입을 열었다.

"분명 머릿속에 어떤 풍경이 떠올랐을 거예요."

존은 날카롭게 대꾸했다.

"전혀. 그런 건 전혀 없었어!"

II

그날 저녁 식사 자리에서 헨리에타는 데이비드 옆자리에 앉아야 했고, 식탁 저 끝에 앉은 루시는 섬세한 눈썹을 들어 올리며 계속해서 신호를 보냈다. 루시는 절대 명령하는 법이 없었다……. 단지 눈빛으로 호소할 뿐이었다.

헨리 경은 게르다에게 최선을 다했고, 덕분에 상황은 순조롭게 돌아갔다. 기분 좋은 표정을 한 존은 루시의 두서없고 산만한 대화에 맞장구를 잘 쳐 주었다. 미지는 평소보다 더 멍한 듯한 에드워드에게 약간 과장스러운 말투로 이야기하고 있었다.

데이비드는 인상을 잔뜩 찌푸린 채 빵을 쥐어뜯고 있었다.

그는 이 집에 오는 게 영 내키지 않았다. 헨리 경과 레이디 앵커텔 모두 오늘 처음 만난 친척이었다. 그는 대영제국을 대체로 불신했으므로, 친척들도 보나 마나일 게 뻔했다. 에드워드란 사람은 면식도 없었지만 경멸스러운 딜레탕트일 게 분명했다. 그는 나머지 네 명의 손님을 비판적인 눈으로 관찰했다. 그가 생각하기에 친척들은 모조리 끔찍한 존재들이었으며, 그런 사람들과 이야기를 나누는 것은 정말이지 혐오스러운 일이었다.

미지와 헨리에타는 머리가 텅 빈 여자들, 크리스토 선생은 매너만 좋고 사회적 성공만 좇는 그저 그런 돌팔이 의사, 그의 부인은 생각할 가치조차 없는 인간이었다.

데이비드는 빳빳이 세운 칼라 안의 목을 이리저리 꺾으며 자신이 이 사람들을 얼마나 하찮게 여기는지 누가 알아주었으면 하는 생각뿐이었다! 하잘것없는 인간들!

혼잣말로 세 번 중얼거리고 나자 기분이 좀 나아지는 것 같았다. 여전히 인상은 찌푸리고 있었지만 이제 빵을 괴롭히는 일은 그만둘 수 있었다.

헨리에타는 루시의 치켜뜬 눈썹에 충실히 부응하고자 했지만 도무지 이야기를 이어 나갈 수가 없었다. 데이비드는 툭툭 말을 잘라

먹으며 퉁명스럽게 쏘아붙이기만 했다. 결국 헨리에타는 도무지 말을 하지 않는 젊은이에게 써먹은 적 있는 한 가지 방법을 떠올렸다.

그녀는 데이비드가 기계와 음악에 대한 조예가 깊다는 것을 알고, 일부러 현대 작곡가에 대한 독단적이고 조리에 맞지 않는 의견을 내놓았다.

다행스럽게도 이 방법이 효과를 발휘했다. 의자에 등을 기대고 구부정하게 앉아 있던 데이비드가 몸을 일으킨 것이다. 더 이상 낮고 웅얼대는 목소리도 아니었다. 빵을 쥐어뜯는 것도 멈췄다.

데이비드는 헨리에타에게 차가운 시선을 고정하고는 크고 분명한 목소리로 입을 열었다.

"그건 당신이 그 주제에 대해 아무것도 모르기 때문이에요!"

그때부터 저녁 식사가 끝날 때까지 데이비드는 분명하고 신랄한 어투로 헨리에타에게 강의를 했으며, 헨리에타는 적당히 온순한 학생의 자세로 그 이야기를 들어 주었다.

루시 앵커텔은 헨리에타에게 상냥한 눈빛을 보냈으며, 미지는 혼자서 씩 웃었다.

루시 앵커텔은 응접실로 가는 도중 헨리에타의 팔짱을 끼며 속삭였다.

"얘, 너 정말 영리하더구나. 머리에 든 게 없는 사람들이 손재주가 더 좋다는 말은 정말 엉터리야! 카드 게임으로 하트가 좋을까? 아니면 브리지? 러미? 그것도 아니면 애니멀 그랩처럼 아주 쉬운 거?"

"애니멀 그랩을 한다면 데이비드가 자존심 상해할걸요."

"네 말이 맞을 것 같구나. 그럼 브리지로 하지. 그 애는 브리지도 쓸데없는 짓이라고 생각할 거야. 그러고는 우리를 경멸의 눈으로 쳐다보겠지."

응접실에 두 개의 테이블이 준비되었다. 헨리에타가 게르다와, 존은 에드워드와 한편이 되어 게임을 했다. 헨리에타로서는 썩 마음에 들지 않는 자리 배치였다. 그녀는 게르다를 루시로부터 떨어뜨리고, 가능하다면 존과도 떨어뜨리고 싶었지만 존이 너무나도 단호했다. 게다가 에드워드가 미지보다 먼저 선수를 쳤다.

헨리에타는 주변의 공기가 그다지 편안한 분위기가 아니라는 생각이 들었지만, 이 불편함이 어디서 비롯되는 건지는 알 수가 없었다. 어쨌든 카드놀이가 조금이라도 원활하게 진행될 수만 있다면 게르다가 이기도록 해 줄 작정이었다. 게르다는 브리지를 그렇게 못하는 정도는 아니어서, 존만 없다면 중간 정도는 되는 실력이었다. 하지만 게르다는 자기가 손에 쥔 카드의 가치를 전혀 몰랐기 때문에 엉뚱한 카드를 내기도 했고 항상 초조해했다. 존은 브리지를 잘했지만 약간 자만심이 강했다. 반면 에드워드는 단연 브리지에 뛰어났다.

그렇게 저녁 시간은 흘러갔고, 헨리에타의 테이블에서는 여전히 승부가 나지 않고 있었다. 양측 팀 모두 계속해서 점수를 올렸다. 기묘한 긴장감이 감돌았지만 오직 한 사람만이 그 사실을 인식하지 못하고 있었다.

게르다에게 그건 꽤 즐거운 브리지 게임일 뿐이었다. 그녀는 기분 좋은 흥분감에 휩싸여 있었다. 어려운 결정을 내려야 할 때면 갑자기 헨리에타가 카드 끗수를 올려 부르는 덕에 게르다에게 유리한 상황이 되곤 했다.

존이 성질을 참지 못하고 화를 내, 아무런 생각 없는 말로 게르다의 자존심에 상처를 입힐 때면 즉시 헨리에타가 그녀를 거들었다.

"게르다, 도대체 무슨 생각으로 그 카드를 먼저 내는 거야?"

"말도 안 되는 소리 하지 말아요, 존. 당연히 게르다는 그 카드를 먼저 내야 해요! 그 길밖엔 없다고요."

결국 한숨을 쉬며, 헨리에타가 동점을 이끌어 냈다.

"마지막 판이에요. 하지만 우리가 이기기는 힘들 것 같네요, 게르다."

"운 좋은 피네스(높은 패를 놔두고 낮은 패를 내는 것 — 옮긴이)로군."

존이 쾌활한 목소리로 말했다.

헨리에타는 날카롭게 눈을 치켜떴다. 그 목소리에 숨겨진 뜻을 알고 있었기 때문이었다. 존과 눈이 마주치자 헨리에타는 눈을 내리깔았다.

헨리에타는 자리에서 일어나 벽난로 옆으로 갔고, 존이 그 뒤를 따라갔다.

"당신 평소에는 그런 식으로 게임하지 않잖아, 안 그래?"

헨리에타가 차분하게 대꾸했다.

"어쩌면 내가 좀 속이 뻔히 보이는 행동을 했는지도 모르죠. 게임에서 이기려고 기를 쓰는 것도 정말 치사하네요!"

"그러니까 게르다가 결승에서 이기길 원했다는 말이지? 사람들에게 기쁨을 주고 싶다는 생각에 이젠 속임수까지 쓰는군."

"꼭 그렇게 말해야겠어요? 같은 말이라도."

"내 파트너도 당신과 생각이 같은 것 같던데."

에드워드도 눈치를 챘구나…… 헨리에타는 생각했다. 헨리에타는 자신이 잘못 생각한 것은 아닌가 의아했다. 에드워드는 정말로 브리지의 명수였다. 아무도 당해 낼 사람이 없을 정도로. 하지만 그런 에드워드가 오늘은 실수를 저질러 게임을 중단시키고, 뻔한 패를 내어 속내를 드러내는 등 초보자처럼 군 것이다.

헨리에타는 걱정스러웠다. 에드워드는 헨리에타가 이기도록 적당히 봐줄 사람이 아니었다. 그는 영국인 특유의 스포츠맨십에 철저한 사람이었다. 그래, 어쩌면 에드워드가 참을 수 없었던 건 존 크리스토가 게임에서 이기는 상황이었을 것이다.

헨리에타는 갑자기 두려운 마음이 들었다. 루시의 파티가 마음에 들지 않았다.

그 순간 너무나도 갑작스럽게, 그리고 극적으로, 마치 눈앞에 무대가 펼쳐진 것처럼 비현실적으로, 베로니카 크레이가 응접실 창문을 열고 등장했다.

저녁 날씨가 따뜻해 프랑스식 창문을 잠그지 않고 조금 밀어 열어 둔 터였다. 베로니카는 창문을 활짝 열고 응접실로 들어서서 관객들이 자신이 누구인지 인식할 때까지 기다리는 듯, 캄캄한 밤을 배경으로 약간은 슬픈 듯한 미소를 지으며 아주 매력적인 자태로 서 있었다.

"이렇게 불쑥 찾아오게 된 점 사과드립니다. 레이디 앵커텔, 전 근처에 산답니다, 저 우스꽝스러운 별장에요……. 그런데 정말이지 가장 끔찍한 재난이 일어나고 말았어요!"

베로니카는 더욱더 활짝 미소를 지으며 더욱더 익살스러운 말을 늘어놓았다.

"성냥이 없지 뭐예요! 온 집 안을 뒤져 봐도 단 한 개비도 나오질 않아요! 토요일 저녁인데 말이에요. 제가 너무 어리석었죠. 이러니 어쩌겠어요? 가까운 이웃에게 달려와 도움을 청할 수밖에요."

갑자기 나타난 베로니카의 모습에 다들 아무런 말도 하지 못했다. 정말이지 아름다웠다. 아름다움을 묘사할 새도 없이, 그저 숨을 헉 들이마실 정도로 아름다웠! 풍성하게 굽이치는 윤기 있는 머리카락, 매혹적인 곡선을 그리는 입술…… 어깨에 걸친 은빛 여우 숄, 그리고 그 아래로 길게 늘어진 하얀 벨벳 드레스.

그녀는 유쾌하고 매력적인 표정으로 응접실 안 사람들을 하나씩 훑어보았다!

"그래서 답답한 마음에 담배를 계속 피워 댔죠! 그런데 라이터도 고장이 났지 뭐예요! 아침에는 가스 스토브도 사용해야 하는데……."

베로니카는 두 손을 앞으로 내밀며 덧붙였다.

"완전히 바보가 된 기분이에요."

순간 루시가 상냥하고 약간은 즐거운 표정으로 앞으로 걸어 나왔다.

"이런, 당연히 그러시겠죠……."

루시가 말을 제대로 잇기도 전에 베로니카 크레이가 가로막았다.

그녀는 존 크리스토를 보고 있었다. 얼굴에 극도로 놀란 표정과 극도로 기쁜 표정이 퍼져 나갔다. 뒤이어 존 크리스토를 향해 한 발짝 내딛고는 손을 뻗었다.

"세상에, 존 맞지? 존 크리스토! 정말 놀라워! 이게 도대체 몇 년 만이야! 여기서…… 당신을 만나게 되다니!"

어느새 베로니카는 존의 손을 잡고 있었다. 흥분과 열정으로 가득 찬 얼굴을 레이디 앵커텔 쪽으로 살짝 돌리고는 입을 열었다.

"정말이지 놀라운 일이네요. 존은 제 오랜 친구예요. 사실 존은 제가 사랑한 첫 번째 남자죠! 정말 당신에게 푹 빠져 있었는데, 그렇지, 존?"

이제 그녀는 바보 같은 첫사랑의 추억에 감동한 여자가 보일 법한 웃음을 짓고 있었다.

"전 항상 존이 정말 멋진 사람이라고 생각했답니다!"

예의 바르고 세련된 매너를 지닌 헨리 경이 베로니카에게 다가 갔다.

손님이 빈손으로 있어서야 안 될 말이었다. 헨리 경이 손을 쓴 덕에 베로니카에게 술잔이 건네졌다. 레이디 앵커텔이 입을 열었다.

"미지, 얘야. 벨 좀 울려 줄래?"

거전이 들어오자 루시가 말했다.

"거전, 성냥 한 상자만 가져다줘……. 요리사에게는 성냥이 아주 많겠지?"

"오늘 성냥 열두 상자가 새로 들어왔습니다, 마님."

"그러면 그중 절반을 가져와, 거전."

"아니에요, 레이디 앵커텔…… 하나면 충분해요!"

베로니카는 깔깔거리며 사양했다. 이제 그녀는 술을 마시며 모두에게 미소를 지어 보이고 있었다. 존 크리스토가 입을 열었다.

"이 사람이 내 아내야, 베로니카."

"당신을 만나서 얼마나 기쁜지 몰라요."

베로니카는 게르다가 당황하는 모습을 보며 싱글거렸다.

거전이 은쟁반에 성냥을 가지고 들어왔다.

레이디 앵커텔이 베로니카 크레이를 가리키자 거전은 쟁반을 베로니카 앞에 내려놓았다.

"레이디 앵커텔, 이걸 다 받을 수는 없어요!"

루시는 우아하게 손을 저었다.

"뭐든 하나만으로는 불안한 법이죠. 우리에겐 충분하니까 걱정 말아요."

헨리 경이 유쾌한 말투로 물었다.

"도브코츠에 사는 건 마음에 드십니까?"

"너무 좋아요. 런던도 가깝고, 한적하고 아름다운 곳이라 마음에 드네요."

베로니카는 잔을 내려놓고는 흐트러진 은빛 여우 숄을 단단히 여민 다음 자리에서 일어섰다. 사람들에게 미소를 보내며 입을 열었다.

"정말 감사드려요! 정말 친절한 분들이군요."

그녀의 말이 헨리 경과 레이디 앵커텔, 그리고 어떤 이유에서인지 에드워드의 마음속에까지 울려 퍼졌다.

"이젠 이 전리품을 집으로 가져가야겠네, 존."

베로니카는 그에게 자연스럽고 상냥한 미소를 보냈다.

"집까지 바래다주겠어? 그동안 당신이 어떻게 지냈는지도 듣고 싶고. 그렇게 오랜 세월이 흘렀으니 내가 많이 늙어 버린 것 같네."

베로니카는 프랑스식 창문으로 향했고, 존 크리스토가 그 뒤를 따랐다. 그녀는 마지막으로 응접실에 있는 사람들에게 환한 미소를 보냈다.

"이렇게 방해를 해서 정말 죄송하게 생각해요. 그리고 정말 감사 드립니다, 레이디 앵커텔."

그녀는 존과 함께 집을 나섰다. 헨리 경은 창가에 서서 그 둘의 뒷모습을 바라보았다.

헨리 경이 말했다.

"정말 훈훈하고 멋진 밤이었어."

레이디 앵커텔은 하품을 하며 중얼거렸다.

"이런. 이젠 잠자리에 들어야겠어요. 헨리, 언제 한번 다 함께 베로니카의 영화를 한 편 보러 가요. 오늘 보니까 연기를 아주 잘하던데요."

모두들 위층으로 올라갔다. 미지는 잘 자라는 인사를 하며 루시에게 물었다.

"연기를 잘한다고요?"

"그렇게 생각하지 않니, 애야?"

"루시, 베로니카가 성냥이 없는 게 아니라고 생각하시는 것 같네요."

"족히 열 상자는 가지고 있을걸. 하지만 매정하게 굴 순 없잖니. 그렇게 멋진 연기를 보여 줬는데!"

복도를 따라 죽 늘어진 방문이 닫히면서, 웅얼거리듯 잘 자라는 인사말이 복도에 울려 퍼졌다. 헨리 경은 이렇게 말했다.

"크리스토가 들어와야 하니까 창문은 그냥 열어 둬어."

그러고는 방문을 닫았다.

헨리에타는 게르다에게 이렇게 말했다.

"배우들이란 정말 신기하죠. 마치 무대에 오르는 것처럼 멋지게 등장하고 퇴장하더군요!"

그녀는 하품을 하고는 덧붙였다.

"정말 끔찍하게 졸려요."

베로니카 크레이는 밤나무 숲 사이로 난 좁은 길을 경쾌하게 걸었다. 그리고 마침내 숲을 빠져나와 훤히 트인 정원과 수영장에 도달했다. 한쪽에는 앵커텔가 사람들이 햇볕이 쨍쨍 내리쬘 때면 애용하는 작은 별채가 하나 있었지만, 지금은 쌀쌀한 바람만이 불어왔다.

베로니카 크레이는 그 앞에 우뚝 멈춰 섰다. 뒤를 돌아 존 크리스토를 마주 보았다.

그러고는 깔깔거리며 웃었다. 손을 들어 나뭇잎이 둥둥 떠 있는 수영장을 가리켰다.

"지중해와는 정말 다르지, 그렇지 않아, 존?"

순간 존 크리스토는 자신이 그동안 무얼 기다려 왔는지 깨달았
다……. 헤어지고 15년이 흘렀는데도 베로니카는 여전히 그의 안에
자리를 잡고 있었다. 푸른 바다, 미모사의 향기, 뜨거운 모래…… 그
모든 것들을 억누르고 지워 버리려 했지만 결코 잊을 수는 없었다.
그리고 그 모든 것들은 한 가지…… 바로 베로니카를 의미하는 것
이었다. 그는 지독한 사랑에 빠진 스물네 살의 젊은 시절로 되돌아
간 것 같은 기분이었다. 그리고 이번에는 도망치지 않겠다고 다짐
했다.

9장

존 크리스토는 밤나무 숲을 빠져나와 저택 앞까지 이어진 잔디밭에 올라섰다. 하늘에는 달이 걸려 있고, 저택의 커튼이 닫힌 창문으로 달빛이 하얗게 부서져 기이하게도 순결한 느낌이 들었다. 그는 손목시계를 내려다보았다.

새벽 3시였다. 초조한 얼굴로 크게 숨을 들이마셨다. 그는 더 이상 사랑에 빠진 스물네 살 젊은이가 아니었다. 이제 불혹의 나이에 접어든 영리하고 노련한 남자였으며, 분명하고 냉정한 판단력을 지닌 사람이었다.

물론 그동안 바보짓, 완전한 바보짓을 했지만 후회하지는 않는다! 이제야 자신의 마음을 완전히 깨달았기 때문이다. 마치 오랜 세월 다리에 무거운 추를 달고 질질 끌어 왔던 것만 같았다……. 그리고 그 추는 이제 사라졌다. 그는 자유였다.

그는 자신으로부터 자유로워졌다……. 사실 성공한 할리가의 전문의 존 크리스토에게 베로니카 크레이는 아무런 의미 없는 존재임을 잘 알고 있었다. 과거에 일어난 모든 일들…… 그 갈등이 아직 해소되질 않았고, 자신이 '도망쳤다'는 수치심에 항상 괴로웠기 때문에 베로니카에게서 완전히 벗어날 수가 없었다. 그런데 꿈처럼 그녀가 오늘 밤 눈앞에 나타났고, 그는 그 꿈을 받아들인 것이다. 그리고 이젠 다행스럽게도 그 꿈으로부터 해방되었다. 존 크리스토는 과거에서 현재로 돌아왔다……. 그리고 지금은 새벽 3시, 어쩌면 그가 크게 사고를 친 것일 수도 있었다.

그는 베로니카와 세 시간을 함께 보냈다. 베로니카는 마치 프리깃 범선처럼 느닷없이 나타나 전리품처럼 그를 낚아채 갔다. 존 크리스토는 이제 사람들이 이 일을 어떻게 생각할지가 궁금했다.

게르다는 어떻게 생각할까? 그리고 헨리에타는? (헨리에타는 그다지 걱정되지가 않았다. 헨리에타에게는 어떻게든 변명이 통할 것 같았다. 하지만 게르다에게는 어쩔 도리가 없었다.)

그리고 그는 그 어떤 것도 잃고 싶지가 않았다.

존 크리스토는 평생 현실적인 모험만을 해 온 남자였다. 환자들에 대한 모험, 치료에 대한 모험, 투자에 대한 모험을 말이다. 절대 터무니없이 무모한 모험은 하지 않았다. 어느 정도 현실성이 있는 테두리 안에서만 모험을 할 뿐이었다.

만약 게르다가 눈치를 챈다면, 게르다가 조금이라도 의심을 한다면…….

하지만 게르다가 과연 눈치를 챌까? 나는 게르다에 대해 얼마나 알고 있는 거지? 평소 게르다는 존의 말이라면 흰 것을 검다고 해도 믿을 것이다. 하지만 이런 경우라면…….

늘씬하고 자신감에 찬 베로니카의 뒤를 따라갈 때 나는 어떤 표정을 짓고 있었을까? 내 얼굴에는 어떤 감정이 나타났을까? 정신없이 사랑에 빠진 소년의 얼굴이 드러났을까? 아니면 그저 예의 바르게 의무를 다하는 남자의 얼굴? 그는 알 수가 없었다. 조금도 알 수가 없었다.

하지만 두려웠다. 그동안 쌓아온 안정감과 편안함, 질서가 무너져 버릴까 봐 두려웠다. 미친 게 분명해…… 미친 짓을 한 거야……. 그러다 다시 안도감을 느꼈다. 분명 아무도 자신이 얼마나 미친 짓을 했는지는 모르지 않겠는가.

다들 침실로 돌아가 잠든 게 분명했다. 응접실의 프랑스식 창문은 그가 돌아올 때를 대비해 반쯤 열려 있었다. 그는 다시 한번 순결하게 잠에 빠진 저택을 올려다보았다. 어쩐 일인지 지나칠 정도로 순결해 보였다.

그러다 갑자기 깜짝 놀라고 말았다. 진짜인지 상상인지는 모르겠지만 희미하게 문이 닫히는 소리를 들은 것 같았다.

재빨리 고개를 돌렸다. 만약 누군가 수영장까지 그의 뒤를 밟았다면? 누군가 그가 집으로 돌아갈 때까지 기다렸다가, 다른 길을 지나 정원에 딸린 문으로 들어간 거라면? 조금 전에 들은 소리가 정원 문이 부드럽게 닫히는 소리 같다는 생각이 들었다.

재빨리 창문들을 올려다보았다. 저 커튼이 움직였나? 누군가 밖을 내다보기 위해 커튼을 조금 밀어 둔 게 아닐까? 그건 헨리에타의 방이었다.

헨리에타! 헨리에타는 안 돼! 갑작스러운 두려움에 심장이 죄여왔다. 헨리에타를 잃을 수는 없어!

그녀의 방 창문에 조약돌을 던져 외치고 싶었다.

'내 사랑, 이리 와. 이리 내려와서 셔블 다운까지 숲길을 함께 걸으며 내 이야기를 들어 줘……. 내가 이제야 알게 된 것, 당신도 알아야 할 이야기들을 전부 들어 줘. 혹시라도 이미 알고 있는 게 아니라면.'

헨리에타에게 이렇게 말해 주고 싶었다.

'난 새로 태어났어. 오늘부터 내 새로운 인생이 시작돼. 내 인생을 가로막던 방해물들이 다 사라졌어. 오늘 오후에 당신은 나더러 자기 자신으로부터 도망치는 게 아니냐고 물었지? 당신 말이 맞아. 난 지난 수년 동안 그래 왔지. 베로니카에게서 도망친 것이 잘한 일인지 잘못한 일인지 갈피를 잡을 수가 없었어. 난 나 자신이 두려웠고, 내 인생이 두려웠고, 당신이 두려웠어.'

헨리에타를 잠에서 깨워 숲으로 데려가 지평선으로 떠오르는 해를 함께 볼 수만 있다면…….

"넌 미쳤어."

존 크리스토는 혼잣말로 중얼거렸다. 그러고는 몸을 부르르 떨었다. 9월 말이라 꽤 쌀쌀했다. 스스로에게 물었다.

'도대체 뭐가 문제야? 하룻밤 동안 미친 짓은 충분히 했잖아. 이

대로 무사히 넘어갈 수만 있으면 운 좋은 거지!'

그가 밤을 새우고 아침에야 집에 들어간다면 게르다가 뭐라 생각하겠는가? 게다가 앵커텔가 사람들은 또 뭐라고 생각하겠는가?

하지만 그 점은 조금도 걱정되지가 않았다. 앵커텔가 사람들은 언제나 그렇듯 그리니치 시간을 따랐고, 루시 앵커텔은 이상한 일도 이치에 맞는 일로 만드는 재주가 있었다.

하지만 불행히도 게르다는 앵커텔가 사람이 아니었다.

게르다가 이 일을 문제 삼으려 할 테니, 되도록 빨리 들어가 게르다와 이야기를 나눠 보는 게 좋을 것이다. 그러나 오늘 밤 그의 뒤를 밟은 사람이 게르다라면?

누가 그런 행동을 하겠냐며 반박해 봐야 소용없는 일이었다. 의사인 그는 고상하고 여리며 세심하고 정직한 사람들이 끊임없이 그런 짓을 저지른다는 걸 너무나도 잘 알고 있었다. 문 뒤에서 엿듣고, 남의 편지를 열어 보기도 하며, 여기저기 기웃기웃 염탐하는 사람들……. 그런 행위를 당연히 여겨서가 아니라 어쩔 수 없이 괴로워하면서도, 절실한 필요에 무너지고 마는 것이다.

불쌍한 악마들, 불쌍하고 고통받는 인간적인 악마들. 존 크리스토는 인간의 고통에 대해 잘 알고 있었다. 그는 병자들에게는 연민을 품지 않았지만, 고통받는 사람들에게는 연민을 품고 있었다. 고통받는 사람들은 강한 사람들이란 걸 알고 있기 때문이었다.

게르다가 그걸 안다면…….

말도 안 되는 소리. 그는 혼잣말로 중얼댔다. 게르다가 뭘 알겠

어? 게르다는 침대에 눕기만 하면 곧바로 잠이 들잖아. 게다가 상상
력이라곤 조금도 없지.

프랑스식 창문으로 들어가 램프를 켜고 다시 창문을 닫아 잠갔
다. 그다음 램프를 끄고는 응접실을 빠져나가 현관 복도에 있는 스
위치를 찾아 켜서 계단 위치를 확인하고 재빨리 불을 다시 껐다. 위
층으로 올라가 침실 문 앞에서 잠시 가만히 서 있었다. 문고리에 손
을 올린 다음 조용히 문고리를 돌리고 안으로 들어섰다.

방 안은 캄캄했고 게르다의 고른 숨소리가 들렸다. 그가 들어와
방문을 닫자 게르다가 몸을 뒤척였다. 그리고 잠기 가득한 멍한 목
소리로 물었다.

"당신이에요, 존?"

"그래."

"너무 늦은 거 아니에요? 지금 몇 시예요?"

자연스럽게 대답했다.

"나도 모르겠어. 자는 거 깨워서 미안해. 그 여자네 집에 가서 술
한잔했어."

일부러 지루하고 졸린 목소리를 냈다.

게르다가 중얼거렸다.

"그래요? 그럼 잘 자요, 여보."

게르다가 옆으로 몸을 돌리면서 이불이 사각거렸다.

좋았어! 언제나 그렇듯 운이 좋군. 언제나 그렇듯……. 그 순간 찬
물을 끼얹은 것처럼 정신이 번쩍 들었다. 그동안 얼마나 많은 운이

따라 주었던가! 몇 번이고 숨을 죽이며 "이게 잘못된다면 어쩌지?" 하고 노심초사하던 순간이 있었다. 하지만 절대 일이 잘못되는 일은 없었다! 하지만 언젠가는, 분명 이러한 운도 다하는 날이 있겠지.

재빨리 옷을 벗고 침대로 기어 올라갔다. 딸아이가 말해 준 운수가 꽤 신통하다는 생각이 들었다.

'아빠 머리 위에 있는 이 카드는 아빠에게 영향을 미치는 사람이에요……'

베로니카! 분명 그녀는 존 크리스토에게 영향력을 행사했다.

'하지만 더 이상은 아니야.'

존은 잔인한 만족감을 느꼈다.

'이젠 다 끝났어. 이젠 당신에게서 완전히 벗어난 거야!'

10장

다음 날 아침 존이 아래층으로 내려왔을 때는 아침 10시였다. 식탁에 아침 식사가 차려져 있었다. 게르다는 먹을 것만 챙겨 방으로 가지고 올라갔다. 사람들을 '수고스럽게' 만들고 싶지 않다며 좀 불안해하는 눈치였다.

말도 안 되는 소리. 존은 앵커텔가에 있는 많은 집사들과 하인들에게는 차라리 일거리를 만들어 주는 편이 나을 거라고 생각했다.

오늘 아침은 게르다가 너무나도 사랑스럽게 느껴졌다. 최근 들어 그를 괴롭히던 짜증은 전부 사라진 것만 같았다.

레이디 앵커텔은 그에게 헨리 경과 에드워드가 사격을 하러 나갔다고 전해 주었다. 레이디 앵커텔은 정원 일을 하느라 장갑을 끼고 바구니를 들고는 아주 분주했다. 존이 한동안 레이디 앵커텔과 이야기를 나누고 있는데 거전이 은쟁반에 편지를 들고 나타났다.

"인편에 이 편지가 배달됐습니다."

존은 의아한 마음에 눈썹을 살짝 치키며 편지를 받아 들었다.

베로니카야!

서재로 들어가 편지를 뜯어 보았다.

오늘 아침에 우리 집으로 와 줘. 당신을 꼭 만나야겠어.

베로니카

언제나 그렇듯 독단적이군. 정말이지 가고 싶지 않았다. 하지만 다시 한번 만나 확실히 결말을 짓는 게 나을 거라는 생각도 들었다. 그는 즉시 베로니카의 별장으로 향했다.

서재의 프랑스식 창문 밖으로 이어진 길을 따라 수영장을 지나갔다. 수영장부터는 사방으로 길들이 이어져 있었는데, 하나는 언덕을 지나 숲으로 이어졌고, 하나는 저택 위쪽 꽃밭에서부터 뻗어 나왔으며, 하나는 농장에서부터 시작되었다. 그리고 현재 그가 걷는 샛길로 이어지는 길도 있었다. 이 샛길로 몇 미터만 더 가면 도브코츠라 불리는 별장이 모습을 드러낸다.

베로니카는 그가 오길 기다리고 있었다. 통나무 골조를 드러낸 거창한 건물의 창밖으로 얼굴을 내밀며 존 크리스토에게 말했다.

"안으로 들어와, 존. 오늘 아침은 춥네."

거실에는 둥그런 모양의 푸른빛이 살짝 도는 흰색 쿠션이 놓여 있었고 한쪽 구석에 있는 벽난로에서는 불꽃이 활활 솟아올랐다.

오늘 아침 냉정한 눈으로 다시 보니 그가 기억하고 있는 옛 모습과는 다른 점, 지난밤에는 발견하지 못한 점에 눈이 들어왔다.

엄밀히 말하자면 그때보다 지금이 더 아름다웠다. 그녀는 자신의 미모를 잘 알고 가꾸어 모든 면에서 돋보이게 만들었다. 짙은 황금빛이었던 머리카락은 빛나는 은빛으로 바뀌어 있었다. 눈썹 모양 또한 예전과는 달라 훨씬 더 날카로운 인상을 주었다.

베로니카의 아름다움은 백치미 같은 것과는 전혀 달랐다. 그가 기억하기로 베로니카는 '지적인 여배우'로 칭송을 받고 있었다. 그녀는 대학을 졸업했으며 스트린드베리(스웨덴의 유명한 극작가이자 소설가 — 옮긴이)와 셰익스피어에 조예가 깊었다.

이제 그는 과거에 그저 희미하게만 인식했던 사실을 뼈저리게 깨달았다. 베로니카는 상상 이상으로 이기적인 여자였다. 매사를 자기 멋대로 하는 데 익숙했으며, 그 보드랍고 아름다운 피부와 이목구비 아래에는 추악한 철의 여인이 도사리고 있었다.

베로니카는 존에게 담배 상자를 건네며 입을 열었다.

"당신을 부른 건…… 우리에게 대화가 필요하기 때문이야. 준비를 해야 하잖아. 그러니까, 우리 미래를 위해서."

존은 담배를 꺼내 불을 붙이고는 꽤 유쾌한 목소리로 대꾸했다.

"우리에게 무슨 미래가 있는데?"

베로니카는 그에게 날카로운 시선을 보냈다.

"무슨 소리야, 존? 우리에겐 미래가 있어. 당연하잖아. 15년이라는 시간을 낭비했으니, 더 이상은 시간 낭비하고 싶지 않아."

존은 의자에 앉았다.

"미안해, 베로니카. 뭔가 오해한 모양인데…… 난 당신을 다시 만나게 돼서 정말 기뻤어. 하지만 당신 인생과 내 인생에는 접점이란 게 없어. 우린 서로 동떨어진 인생을 살고 있다고."

"말도 안 되는 소리 마, 존. 난 당신을 사랑하고 당신은 날 사랑하잖아. 우린 언제나 서로를 사랑했어. 옛날에는 당신이 말도 안 되는 고집을 부렸지만 지금은 신경 쓰지 않아. 우리 인생이 서로 충돌하리라는 법도 없고. 미국으로 함께 가자는 게 아니야. 지금 작업하는 영화만 끝나면 난 런던의 연극 무대에 오를 거야. 정말 대단한 작품이지…… 엘더튼이 날 위해 쓴 작품이니까. 굉장한 성공을 거두게 될 거야."

"물론 그렇겠지."

존은 예의 바르게 대꾸했다.

"그리고 당신은 계속 의사 일을 하면 되잖아. 당신 꽤 유명한 의사라며? 사람들이 그러던데."

부드럽지만 아랫사람을 내려다보는 듯한 말투였다.

"베로니카, 난 결혼했어. 아이들도 있고."

"나도 결혼했어. 하지만 곧 정리할 거야. 훌륭한 변호사만 선임하면 모든 일을 알아서 해 줄 테니까."

베로니카는 존을 바라보며 눈부신 미소를 지었다.

"난 언제라도 당신과 결혼할 준비가 되어 있어. 내가 왜 이러는지 나도 모르겠지만, 아직 내 마음에는 당신을 향한 열정이 살아 있어!"

"베로니카, 미안하지만 아무리 훌륭한 변호사라도 못 하는 일이 있어. 당신의 인생과 내 인생은 아무런 연관성이 없잖아."

"어젯밤을 같이 보냈는데도?"

"당신은 어린아이가 아니야, 베로니카. 이미 남편 두서넛은 갈아 치운 데다 애인도 여럿 거느리고 있지. 그런 당신에게 어젯밤 일이 뭐 그리 대수겠어? 아무것도 아니라는 건 당신이 더 잘 알잖아."

베로니카는 여전히 응석을 받아 주는 듯 기분 좋은 목소리였다.

"오, 존. 그때 당신 표정을 당신이 봤어야 했는데…… 그 케케묵은 응접실에 내가 나타났을 때 말이야! 다시 산미겔로 돌아간 것 같은 표정이었어."

존은 한숨을 쉬었다.

"그래, 산미겔로 되돌아간 것 같았지. 생각해 봐, 베로니카. 나에게 당신은 과거니까. 어젯밤에도 난 과거에 있었지. 하지만 오늘은…… 오늘은 달라. 난 그때보다 열다섯 살을 더 먹은 남자야. 당신은 알지도 못하는 남자…… 당신이 안다면 그리 좋아하지도 않을 그런 남자라고."

"나보다 아내와 아이들이 더 중요하다는 거야?"

이제야 존의 말이 진심이라는 걸 깨달은 베로니카는 놀란 표정을 지었다.

"당신에겐 이상하게 들리겠지만, 그래."

"말도 안 돼, 존. 당신은 날 사랑하잖아."

"미안해, 베로니카."

베로니카는 못 믿겠다는 듯 다시 물었다.

"날 사랑하지 않는다고?"

"이 문제는 깨끗이 정리하는 편이 좋겠어. 베로니카, 당신은 정말 놀랍도록 아름다운 여자지만 난 당신을 사랑하지 않아."

베로니카는 아무것도 듣지 못한 사람처럼 꼼짝도 하지 않고 가만히 앉아 있었다. 존은 그녀의 침묵에 좀 불편한 마음이 들었다.

마침내 입을 연 베로니카의 독설은 존을 움찔하게 만들 정도로 사나웠다.

"그 여자 누구야?"

"그 여자라니? 누굴 말이야?"

"어젯밤 벽난로 옆에 서 있던 그 여자!"

헨리에타야! 도대체 베로니카가 어떻게 알고 헨리에타를 물고 늘어지는 거지? 존은 시치미를 뚝 떼고 다시 물었다.

"누구 얘기야? 미지 하드캐슬?"

"미지? 그건 어깨가 넓고 까무잡잡한 여자잖아, 그렇지? 아니, 그 여자가 아니야. 당신 부인도 아니야. 벽난로에 기대서 있던 그 건방진 여자 말이야! 날 거절하는 건 그 여자 때문이지? 오, 아내와 아이들 때문이라는 둥 도덕적이고 고결한 사람인 척하지 마. 결국엔 다른 여자가 생긴 것뿐이잖아."

베로니카는 의자에서 일어나 존에게로 성큼성큼 다가왔다.

"존, 내가 18개월 전 영국으로 돌아온 그때부터 당신 생각만 해 왔다는 걸 모르겠어? 내가 왜 이 바보 같은 곳에 내려와 있는지 모르겠어? 당신이 주말이면 이곳에 자주 내려와 앵커텔가 사람들과 어울린다는 걸 알아냈기 때문이라고!"

"그렇다면 어젯밤도 다 계획된 거였어, 베로니카?"

"당신은 내 거야, 존. 언제나 내 거였어!"

"난 그 누구의 소유도 아니야, 베로니카. 다른 사람의 육체와 영혼을 소유할 수 없다는 사실을 여태 깨닫지 못한 거야? 젊었을 땐 당신을 사랑했어. 내 인생을 당신과 함께하고 싶었어. 하지만 당신은 그럴 생각이 없었지!"

"내 인생과 내 경력이 당신 직업보다 훨씬 더 중요했으니까. 의사는 누구라도 될 수 있잖아!"

존은 그 말에 치미는 화를 참지 못하고 역정을 냈다.

"그러는 당신은 그렇게 대단한 사람이야?"

"내가 최고가 아니라는 말이지? 난 꼭 그렇게 되고 말 거야! 꼭 그렇게 될 거라고!"

돌연 존 크리스토는 사뭇 냉정한 눈으로 그녀를 바라보았다.

"나는 당신이 그렇게 될 거라고 생각하지 않아. 당신에겐 무언가가 결여되어 있어, 베로니카. 당신은 움켜쥐고 잡아채는 것밖엔 하지 못해…… 너그럽질 못하다고……. 그래, 그 점이 부족해."

베로니카는 자리에서 일어나 조용한 목소리로 말했다.

"당신은 15년 전에 날 거절했어. 오늘도 다시 한번 날 거절했고. 이 일을 반드시 후회하게 만들어 줄 거야."

존은 자리에서 일어나 문 앞으로 다가갔다.

"베로니카, 내가 상처를 줬다면 미안해. 당신은 정말 아름다운 사람이야. 그리고 난 한때 당신을 열렬히 사랑했지. 그 정도로만 해 두면 안 될까?"

"잘 가, 존. 그렇게 할 순 없어. 당신도 곧 깨닫게 될 거야. 난……난 이 세상 그 누구보다도 당신을 증오하게 될 거야."

존은 어깨를 으쓱했다.

"미안해. 잘 있어."

존은 느릿한 걸음으로 숲을 지나 길을 되돌아왔다. 수영장이 나오자 그 옆 벤치에 앉았다. 베로니카에 대한 처사에는 조금도 후회가 없었다. 그는 냉정하게 베로니카는 비열한 여자라고 결론을 내렸다. 그녀는 언제나 그랬고, 그가 할 수 있는 최선은 그녀를 하루빨리 깨끗이 지워 버리는 것이었다. 그렇게 하지 않는다면 어떤 일이 벌어질지는 신만이 아시리라!

다시 한번, 존 크리스토는 과거로부터 자유로워져 새로운 인생이 눈앞에 펼쳐진 것 같은 강한 흥분을 느꼈다. 지난 한두 해 동안 존은 만사에 예민하고 까다로웠다. 불쌍한 게르다…… 게르다는 까다로운 내 성격 때문에 끊임없이 시달리면서도 나만을 위해 줬는데…… 앞으로는 게르다에게도 더 잘해 줄 수 있을 것이다.

어쩌면 이제 헨리에타를 괴롭히는 것도 그만둘 수 있을 것이다. 사실 그 누구도 헨리에타를 괴롭힐 수는 없다……. 헨리에타는 흔들어 놓을 수가 없는 여자였다. 폭풍우가 몰아친다 해도 그녀는 그 자리에 서서 관조하듯 초연한 눈으로 나를 바라볼 것이다.

존은 생각했다.

'헨리에타에게 가서 털어놔야겠어.'

그 순간 작지만 이상한 소리를 들은 존은 재빨리 위를 보았다. 저 위쪽 숲속에서 총소리가 들린 것 같았다. 지금은 평소와 다름없이 숲 소리, 새소리, 나뭇잎이 떨어지면서 바스락대는 것 같은, 평범하고 사소한 소리들이 들리고 있지만, 좀 전에는 뭔가 달랐다……. 아주 희미하지만 기계가 딸깍하는 소리 같았다.

문득 존은 예민하게 위험을 감지했다. 내가 여기 얼마나 오래 앉아 있었던 거지? 30분? 한 시간? 누군가 그를 지켜보고 있었다. 누군가가…….

그리고 그 딸깍하던 소리는…… 당연히 그건…….

행동이 민첩한 그는 재빨리 뒤로 돌았다. 하지만 때는 이미 늦었다. 그의 눈은 경악으로 커다래졌지만, 입을 열 시간조차 없었다.

총소리가 울려 퍼지는 순간 존은 수영장 모서리로 풀썩 쓰러지고 말았다.

왼쪽 가슴에서 검붉은 얼룩이 점점 퍼져 나갔다. 핏물은 수영장 모서리로 서서히 흘러갔고, 마침내 수영장으로 뚝뚝 떨어져 푸른 물을 붉게 물들였다.

11장

I

에르퀼 푸아로는 구두에 남아 있던 마지막 티끌까지 깔끔하게 털어 냈다. 점심 만찬에 참석하기 위해 차려입은 참이었고, 자신의 모습이 만족스러웠다.

푸아로는 영국 시골에서 주일에 어떤 옷을 입는지 잘 알고 있었지만, 그런 관습에 따라 옷을 선택하지는 않았다. 그는 도회적인 세련미를 선호했다. 그는 영국 시골 신사가 아니었다. 그는 에르퀼 푸아로였다!

그는 시골을 그리 좋아하지 않았다. 친구들의 성화에 못 이겨 레스트헤이븐이라는 주말 별장을 샀지만, 그 별장에서 마음에 드는 점이라곤 상자처럼 네모난 모양뿐이었다. 그 주변 경관이야말로 그 별장 최대의 장점이라는 점을 잘 알고 있었지만, 그조차 그다지 푸아로의 마음에 들지가 않았다. 하지만 뛰어나게 야생적이고 균형 잡힌 자연에는 매력을 느꼈다. 그는 나무를 좋아하지 않았다……. 나무는 이파리를 떨구는 지저분한 습성이 있기 때문이었다. 미루나무는 참을 만했고, 칠레소나무도 괜찮았지만…… 무성하게 자란 너도밤나무와 참나무는 최악이었다. 화창한 오후에 드라이브를 즐기면서 보기에 딱 좋을 경치였다. "켈 보 페이자주(경치 정말 좋군)!"라고 외치며 근사한 호텔로 차를 몰고 간다면 좋을 텐데.

레스트헤이븐의 가장 큰 장점은 벨기에 출신 정원사인 빅토르가 깔끔하게 정돈해 놓은 작은 채소밭이었다. 게다가 빅토르의 아내인 프랑수아즈는 더없이 상냥하게 고용주의 입맛을 사로잡기 위해 최선을 다했다.

에르퀼 푸아로는 별장 문을 나서며 한숨을 쉬고는, 연회색 홈부르크해트(신사용 중절모의 일종 ― 옮긴이)와 맞춰 신은 반질반질한 검은 구두를 내려다보았다가 길가의 나뭇잎을 올려다보고, 다시 길바닥을 내려다보았다.

그러고는 도브코츠의 모습에 살짝 몸서리를 쳤다. 도브코츠와 레스트헤이븐은 작은 땅 한 켠을 얻어 낸 라이벌 건축업자들이 지은 별장이었다. 이 건축업자들은 더 많은 건물들을 지으려 했지만 시골의 아름다운 자연을 보호하려는 내셔널트러스트의 규제에 가로막혔다. 두 별장은 각 건축업자의 취향을 그대로 드러내고 있었다. 레스트헤이븐은 네모난 상자에 지붕이 얹힌 꼴로 지극히 현대적이며 약간은 둔해 보이기까지 했다. 반면 도브코츠는 목재 기둥이 다채롭게 겉으로 드러나 있으며, 그 작은 공간은 고풍스러운 장식으로 꽉 들어차 있었다.

에르퀼 푸아로는 할로 저택에 가기 위해선 어느 길로 가야 할지 고민했다. 여기서 조금 더 위쪽으로 가면 할로 저택의 쪽문으로 이어진 길이 있다는 걸 알고 있었다. 이 지름길을 택한다면 0.5킬로미터나 더 돌아갈 필요가 없을 것이다. 그럼에도 에티켓을 중요하게 생각하는 에르퀼 푸아로는 더 멀리 돌아가더라도 저택의 정문으로 이어지는 길을 택하기로 결정을 내렸다.

에르퀼 푸아로가 헨리 경과 레이디 앵커텔을 방문하는 것은 이번이 처음이었다. 따라서 그는 주제넘게 지름길을 따라가서는 안 된다고 생각했다. 특히 사회 저명인사의 초대를 받았을 경우에는 말이다. 솔직히 푸아로는 그들의 초대에 기분이 좋았다.

"주 쉬 엉프 스놉(내가 좀 속물이지)."

그는 혼잣말로 중얼거렸다.

푸아로는 바그다드에서 처음 앵커텔 부부를 만난 순간부터 그 부부가, 그중에서도 특히 레이디 앵커텔이 마음에 들었다.

'윈느 오리지날(정말 특이한 사람이야)!'

푸아로는 속으로 생각했다.

푸아로는 예측한 시간에 정확히 도착했다. 정문 초인종을 누른 때는 정확히 1시 1분 전이었다. 푸아로는 마침내 도착했다는 생각에 기쁘고 약간은 피로한 느낌마저 들었다. 그는 걷는 것을 좋아하지 않았다.

푸아로가 인정한 훌륭한 집사 거전이 정문을 열어 주었다. 하지만 거전의 응대는 푸아로가 예상했던 것과는 달랐다.

"주인마님께서는 수영장 옆 별채에 계십니다. 이쪽으로 오시겠습니까?"

에르퀼 푸아로는 야외에 앉아 있는 걸 좋아하는 영국인들의 습성이 마음에 들지 않았다. 한여름에 야외라니! 9월 말까지는 야외 나들이를 피해야 마땅한 것이 아닌가! 물론 날씨가 온화하긴 했지만 가을이면 항상 그렇듯 공기가 눅눅했다. 불이 지펴진 벽난로가 있는 안락한 응접실로 안내를 받는다면 얼마나 기분이 좋을까. 하지만 불행히도 그는 프랑스식 창문을 나서서 잔디밭을 가로지른 다음, 암석 정원을 통과하고 쪽문을 지나 빽빽이 심어진 어린 밤나무 숲 사이로 난 좁은 길로 안내받고 있었다.

손님을 1시에 초대하는 것이 앵커텔가의 관습이었으며, 화창한 날이면 수영장 옆에 있는 작은 별채에서 칵테일과 셰리주를 대접하곤 했다. 점심 식사는 1시 30분, 즉 제아무리 약속 시간을 지키지 못하는 손님일지라도 함께 식사를 할 수 있는 시간으로 정해져 있었다. 1시 30분이 되면 레이디 앵커텔의 훌륭한 요리사가 수플레를 내오는 것을 시작으로, 식사 순서에 따라 진미들이 착착 뒤를 잇는다.

에르퀼 푸아로에게는 앵커텔가의 손님 접대 방식이 마땅치 않았다. '조금만 더 걸으면 집에서 할로 저택까지 걸어온 거리와 맞먹겠군.' 그는 속으로 투덜댔다.

신발 속의 발이 점점 긴장하는 걸 느끼며, 그는 키가 큰 거전의 뒤를 따랐다.

그 순간 푸아로는 얼마 떨어지지 않은 곳에서 작은 비명 소리를 들었다. 어쩐 일인지 그 소리에 푸아로의 불만은 커졌다. 정말이지 부조화스럽고 상황에 맞지 않는 소리였다. 그는 그 비명 소리를 분석해 보지도, 아니 생각해 보지도 않았다. 후에 그 비명 소리에 대해 떠올려 봤을 때 그 소리에 어떤 감정이 배어 있었는지를 가려내기가 힘들었던 것은 그 때문이다. 당황? 경악? 공포? 한 가지 확실한 것은 그 비명 소리가 예기치 못한 것이었다는 사실뿐이었다.

거전은 밤나무 숲을 빠져나간 다음 푸아로가 나올 수 있도록 한쪽 옆으로 비켜서면서 목을 가다듬었다.

"주인마님, 무슈 푸아로께서 도착하셨습니다."

차분하고 공손한 그의 목소리가 갑자기 굳어졌다. 그러고는 숨을 헉 하니 들이마셨다. 점잖은 집사가 낼 만한 소리가 아니었다.

밤나무 숲에서 빠져나와 수영장을 둘러싸고 있는 평지로 발걸음을 디딘 에르퀼 푸아로 역시 그대로 얼어붙고 말았다. 동시에 불쾌한 마음이 들었다.

이건 너무해…… 너무하잖아! 앵커텔가 사람들이 이렇게 몰지각한 사람들이라고는 생각하지 않았다. 그 먼 길을 저택까지 걸어온 후 야외로 안내받는 바람에 실망했는데……. 게다가 이런 짓까지 하다니! 영국 사람들의 유머 감각이란 정말이지 이해할 수가 없었다!

푸아로는 화가 나고 짜증스러웠다……. 정말이지 짜증스러웠다.

그에게 죽음은 웃음거리가 아니었다. 그런데 이 사람들이 지금 푸아로에게 장난을 치려고 연극 무대를 꾸며 놓은 것이다.

그의 눈앞에 보이는 것은 지극히 인위적인 살인 현장이었다. 수영장 모서리에 시체가 한 구 누워 있었다. 한쪽 팔은 우아하게 펼쳐져 있었고, 수영장 가장자리에서는 붉은 페인트가 물에 뚝뚝 떨어지고 있었다. 정말이지 모두의 시선을 한 몸에 받는 시체였다. 잘생긴 얼굴의 금발 남자. 리볼버를 들고 시체를 내려다보고 있는 사람은 땅딸막하고 다부진 체구에 기묘하게 멍한 표정을 한 중년 여성이었다.

그리고 세 명의 배우가 더 있었다. 수영장의 저쪽 끝으로 가을 나뭇잎과 잘 어울리는 풍성한 갈색 머리카락에 키가 큰 젊은 여성이 서 있는 것이 보였다. 손에는 달리아 꽃으로 가득 찬 바구니를 들고 있었다. 그보다 더 멀리에는 키가 훤칠하고 평범하게 생긴 한 남자가 사냥 재킷에 총을 들고 서 있었다. 그리고 바로 그의 왼쪽으로는 달걀 바구니를 손에 든 레이디 앵커텔이 서 있었다.

이곳 수영장에서 서너 개의 길이 모이며, 이 사람들이 각기 다른 길을 따라 이곳에 도착했다는 것을 에르퀼 푸아로는 알 수 있었다.

모든 것이 계산된 지극히 인위적인 풍경이었다.

푸아로는 한숨을 쉬었다. 앙펭(도대체), 내가 어떻게 해 주길 바라는 거지? 진짜 범죄가 일어났다고 믿는 척해야 하나? 당황한 것처럼 놀란 표정을 지으면서? 아니면 레이디 앵커텔에게 고개를 숙이며 축하의 말을 건네야 하나? 아, 이것 참 대단하군요. 절 위해서 준비해 두신 모양이죠?

정말이지, 죄다 어리석었다……. 정말이지 품위 없는 일이었다! "즐겁지 않은가요?"라고 말했던 게 빅토리아 여왕이었던가? 푸아로는 정말이지 "나 에르퀼 푸아로는 조금도 즐겁지 않습니다."라고 말하고 싶은 마음이 굴뚝같았다.

레이디 앵커텔이 시체 쪽으로 다가갔다. 푸아로는 그녀의 뒤를 따르며 뒤쪽에 선 거전이 여전히 숨을 헐떡이고 있다는 것을 알아챘다.

'집사는 이 연극을 몰랐던 게로군.'

푸아로는 혼자 생각했다. 수영장 반대편에 서 있던 두 사람도 시체 옆으로 가까이 다가왔다. 모든 사람들이 아주 가깝게 둘러서서 수영장 모서리에 뻗어 있는 시체를 구경거리인 양 내려다보고 있었다.

불현듯 강한 충격과 함께, 희미하던 영화관 스크린에 초점이 맞춰져 선명해지는 것 같은 느낌과 함께, 에르퀼 푸아로는 이 인위적인 범죄 현장이 현실이라는 것을 깨달았다.

그는 이미 죽었거나 죽어 가고 있는 남자를 내려다보고 있었다.

수영장 모서리를 타고 뚝뚝 떨어지는 것은 붉은색 페인트가 아니라 피였다. 이 남자는 총에, 그것도 조금 전에 총에 맞은 것이다.

푸아로는 리볼버를 손에 들고 서 있는 여자를 재빨리 보았다. 멍한 표정에서는 아무런 감정도 느껴지지가 않았다. 멍한 시선에 다소 멍청해 보이기까지 했다.

'흥미롭군.'

총을 쏘는 동시에 안에 있던 모든 감정들을 쏟아 내 버린 건 아닐까? 안에 있던 모든 열정이 바닥나 껍데기만 남아 버린 건 아닐까? 그럴지도 모른다.

푸아로는 총에 맞은 남자를 내려다보고는 놀랐다. 죽어 가는 남자가 눈을 뜨고 있었다. 도드라지게 파란 눈에는 그가 이해할 수는 없지만 아주 강렬한 표정이 깃들어 있었다.

그리고 갑작스럽게, 이 사람들 중에서 정말로 살아 있는 것은 죽음에 다다른 이 남자뿐이라는 느낌이 들었다.

푸아로는 이렇게 생생하고 강렬한 인상은 처음이었다. 다른 사람들은 그저 희미한 그림자처럼 현실과 동떨어진 드라마 속 배우들 같았지만, 이 남자만은 진짜였다.

존 크리스토는 입을 열었다. 강하고 절박한 목소리였다.

"헨리에타……."

뒤이어 눈이 감기며 머리가 옆으로 툭 떨어졌다.

에르퀼 푸아로는 무릎을 꿇고 앉아 남자의 상처를 확인한 후, 자리에서 일어나 바지 무릎에 묻은 먼지를 털어 냈다.

"네, 사망하셨습니다."

II

장면은 흐트러지고 흔들리며 다시 초점을 맞춰 나갔다. 이제 배우들은 제각각 움직였다. 푸아로는 눈과 귀를 열고 모든 것을 기록하려 애썼다. 머릿속에 담아 두려는 것이다.

바구니를 들고 있던 레이디 앵커텔의 손에서 힘이 빠지자, 거전이 재빨리 앞으로 나와 바구니를 받아 들었다.

"제가 들겠습니다, 주인마님."

무의식적으로, 제법 자연스럽게 레이디 앵커텔이 중얼거렸다.

"고마워, 거전."

이윽고 머뭇거리며 다시 입을 열었다.

"게르다……."

리볼버를 쥐고 있던 여자가 처음으로 몸을 움직였다. 그녀는 주위에 있는 사람들을 둘러보았다. 마침내 입을 열었을 때, 그녀의 목소리에는 당황스러움만이 깃들어 있었다.

"존이 죽었어요. 존이 죽었어요."

낙엽 같은 갈색 머리카락을 한 큰 키의 젊은 여자가 재빨리 그녀 곁으로 다가갔다.

"그거 이리 내요, 게르다."

공교롭게도 푸아로가 제지하거나 끼어들기도 전에 그녀는 게르다 크리스토의 손에서 리볼버를 뺏어 들었다.

푸아로는 재빨리 한 걸음 앞으로 나갔다.

"그렇게 하시면 안 됩니다, 마드무아젤……."

푸아로의 목소리에 깜짝 놀란 젊은 여자는, 손에서 리볼버를 놓쳤다. 그녀는 수영장 가에 서 있었고 리볼버는 물속으로 풍덩 빠지고 말았다.

그녀는 입을 벌리며 놀란 듯 외쳤다.

"아."

그러고는 사과하는 듯한 표정으로 고개를 돌려 푸아로를 바라보았다.

"바보같이…… 죄송해요."

푸아로는 아무런 말도 하지 않고 맑은 적갈색 눈을 가만히 들여다보았다. 그 눈 역시 푸아로의 눈길을 잠자코 마주했기에, 푸아로는 순간적으로 괜한 의심을 하는 건 아닌가 하는 의문이 들었다.

푸아로는 조용히 입을 열었다.

"가급적 현장을 건드리지 말아야 합니다. 경찰들이 조사를 할 수 있도록 현장 그대로를 보존해야 하죠."

그러자 사람들 사이에서 약간의 동요가 일었다……. 아주 희미한 불쾌감이었다.

레이디 앵커텔이 불쾌하다는 듯 중얼거렸다.

"물론이죠……. 그러니까, 네…… 경찰이……."

사냥 재킷을 입은 남자가 차분하고 싹싹한, 동시에 혐오감이 어린 목소리로 말했다.

"루시, 아무래도 경찰 조사가 불가피할 것 같네요."

조용한 침묵이 이어지는 그 순간, 자신감 넘치고 씩씩한 발소리와 유쾌한 목소리가 들려왔다.

저택과 이어진 길을 따라 헨리 경과 미지 하드캐슬이 함께 웃고 떠들며 걸어오고 있었다.

수영장 옆에 사람들이 모여 있는 모습을 본 헨리 경이 자리에 우뚝 멈춰서 놀란 표정으로 외쳤다.

"왜들 그래? 무슨 일 있어?"

레이디 앵커텔이 대답했다.

"게르다가……."

얼른 말을 끊고는 다시 말했다.

"그러니까…… 존이……."

게르다가 멍하고 당황한 목소리로 입을 열었다.

"존이 총에 맞았어요. 죽었어요."

둘은 당황한 표정으로 눈길을 돌렸다.

레이디 앵커텔이 재빨리 입을 열었다.

"이런, 게르다. 넌 안으로 들어가……. 좀 눕는 게 좋겠어. 다들 집 안으로 들어가는 게 어때? 헨리, 당신은 무슈 푸아로와 함께 여기서 경찰을 기다리는 게 좋겠어요."

"그게 좋겠군."

헨리 경은 아내의 말에 대꾸하고는 거전을 바라보았다.

"경찰서에 전화 좀 넣어 주겠나, 거전? 무슨 일이 일어났는지 정확하게 이야기해 주게. 그리고 경찰이 도착하면 바로 이리로 모셔 오게."

거전은 고개를 약간 숙이며 대답했다.

"예, 주인어른."

안색이 좀 창백하긴 했지만, 여전히 완벽한 하인 노릇을 해냈다.

키가 큰 젊은 여자가 말했다.

"어서 가요, 게르다."

그러고는 게르다라는 여자의 팔을 부축해 집으로 향하는 길로 데려갔다. 게르다는 꿈을 꾸는 듯 멍하니 걸었다. 거전은 둘이 지나가도록 뒤로 살짝 물러났다가, 달걀 바구니를 들고 그 뒤를 따랐다.

헨리 경은 재빨리 아내에게 고개를 돌렸다.

"자, 루시. 이게 다 무슨 일이야? 정확히 무슨 일이 일어난 거야?"

레이디 앵커텔은 보일 듯 말 듯 하게 손을 내밀었다. 미약하지만 사랑스러운 몸짓이었다. 에르퀼 푸아로는 그 몸짓이 아주 매력적이고 호소력이 있다고 생각했다.

"여보, 나도 잘 모르겠어요. 달걀을 담으러 내려왔는데 아주 가까이에서 총소리가 들리더라고요. 하지만 나도 정말 무슨 일이 일어났는지는 모르겠어요. 누가 그걸 알겠어요! 총소리를 듣고 수영장으로 이어진 길을 따라오니까 존이 거기에 누워 있고 게르다가 리볼버를 든 채 그 옆에 서 있지 않겠어요. 헨리에타와 에드워드도 나와 비슷한 순간에 도착했어요……. 저쪽에서요."

레이디 앵커텔은 수영장 반대쪽으로 고개짓을 했다. 두 갈래 길이 숲으로 사라지고 있었다.

에르퀼 푸아로는 목을 가다듬었다.

"존과 게르다는 도대체 누구입니까? 제가 물어봐도 될까요?"

"그럼요."

레이디 앵커텔은 푸아로를 보며 재빨리 사과했다.

"자꾸 잊어버리네요……. 서로 소개를 한다는 게 그만…… 누군가 막 살해당했을 때는 더욱 그렇죠. 존은 존 크리스토, 크리스토 선생이에요. 게르다 크리스토는 그 아내고요."

"크리스토 부인을 집으로 모셔 간 숙녀분은요?"

"제 사촌인 헨리에타 세이버네이크예요."

그 순간 푸아로 왼쪽에 있던 남자가 아주 희미하게 몸을 움찔거렸다.

'헨리에타 세이버네이크라…… 그리고 헨리 경은 그 이름이 언급되는 걸 꺼리고 있어……. 하지만 내가 알아야 하는 건 분명하지…….'

("헨리에타!" 죽어 가던 남자가 그녀의 이름을 불렀다. 아주 기묘한 느낌이었다. 푸아로의 머릿속에 무언가가…… 어떤 사건이 떠올랐다……. 그게 어떤 사건이었더라? 하지만 곧 생각날 테니 상관없었다.)

레이디 앵커텔은 사교적 임무를 다하느라 계속해서 말을 이었다.

"그리고 이쪽은 제 또 다른 사촌인 에드워드 앵커텔이에요. 그리고 이쪽은 하드캐슬 양."

푸아로는 소개말에 맞춰 정중하게 고개를 숙여 인사를 했다. 그 순간 미지는 마구 웃음을 터뜨릴 뻔했지만 가까스로 자제할 수 있었다.

"그럼 이제, 당신 말대로 당신은 집으로 돌아가 쉬는 게 낫겠어요. 나는 여기서 무슈 푸아로와 이야기를 나누도록 하죠."

헨리 경의 말에 레이디 앵커텔은 생각에 잠긴 눈길로 남편과 푸아로를 바라보았다.

"게르다가 누워서 좀 쉬었으면 정말 좋겠어요. 그게 좋겠죠? 정말 무슨 말을 해야 좋을지 모르겠어요. 그러니까, 처음 당하는 일이잖아요. 방금 남편을 죽인 여자에게 뭐라고 말할 수 있겠어요?"

그녀는 누군가 권위 있는 사람이 자신의 질문에 대답해 주길 바라는 눈길로 둘을 보았다.

그러고 루시는 집으로 향했다. 미지가 그 뒤를 따랐고, 에드워드가 마지막으로 따라갔다. 푸아로는 헨리 경과 단둘이 남겨졌다.

헨리 경이 목을 가다듬었다. 무슨 말을 해야 할지 몰라 당황해하는 듯하던 그가 마침내 입을 열었다.

"크리스토는 아주 유능한 친구였습니다……. 아주 유능한 친구였죠."

푸아로는 다시 한번 죽은 남자에게 눈길을 보냈다. 그리고 여전히 그 죽은 남자가 살아 있는 사람들보다 더 생명력이 넘쳐 보인다는 기이한 인상을 받았다. 도대체 어떤 부분에서 그런 인상을 받는 것인지 궁금했다.

그는 헨리 경의 말에 정중히 답했다.

"정말이지 불행한 비극입니다."

"이런 일은 무슈 푸아로가 저보다 더 잘 아시겠지요. 전 살인이라고는 근처에도 가 본 적이 없으니까요. 지금까지 제가 제대로 한 게 맞나요?"

"적절하게 처리하셨습니다. 경찰을 부르셨으니, 경찰이 도착해 현장 조사를 할 때까지 저희가 할 일은 아무것도 없죠······. 누군가 시신을 훼손하거나 증거물을 조작하지 못하도록 현장을 지키는 일 빼고는요."

푸아로는 이렇게 말하며 수영장을 내려다보았다. 수영장 바닥으로 가라앉은 리볼버가 푸른 물 속에서 살짝 일그러져 보였다.

증거물은 에르퀼 푸아로가 어떻게 해 보기도 전에 이미 훼손되어 버렸다.

하지만 그건 단순한 사고였을 것이다.

헨리 경은 불쾌한 듯 투덜거렸다.

"계속 여기 서 있어야 합니까? 좀 쌀쌀하군요. 별채에 들어가 있어도 괜찮지 않을까요?"

발이 축축하게 젖고 몸이 으슬으슬 떨렸던 푸아로는 기쁘게 헨리 경의 제안을 받아들였다. 별채는 집에서 멀리 떨어진 수영장의 한쪽 옆에 있었으며, 열린 문을 통해 수영장과 시체, 경찰이 올 길까지 한눈에 볼 수 있었다.

별채엔 안락한 긴 의자가 놓여 있었고, 화사한 인디언풍 카펫이 깔려 있었다. 페인트가 칠해진 철제 테이블에 놓인 쟁반에는 잔과 셰리주 병이 준비되어 있었다.

"한잔 대접해 드리고 싶지만 경찰이 오기 전까지는 아무것도 건드리지 않는 게 좋겠죠······? 여기에 그리 흥미로운 게 있을 것 같지 않지만요. 그래도 만전을 기하는 편이 나을 겁니다. 거전이 칵테일을 가져다 놓지 않았군요. 선생이 오길 기다리느라 그랬나 봅니다."

두 남자는 문 가까이에 있는 고리버들 의자에 조심스럽게 앉았다. 저택과 이어진 길을 지켜보기 위함이었다.

둘 사이에 긴장감이 감돌았다. 잡담을 하기는 힘든 상황이었다.

푸아로는 별채 안을 둘러보다 이상한 것을 하나 발견했다. 값비싼 은빛 여우털로 만든 숄이 의자 등걸이에 아무렇게나 걸려 있었다. 푸아로는 그게 누구의 것인지 궁금했다. 지나치게 화려한 그 숄은 그가 지금까지 본 사람들 중 누구와도 어울리지가 않았다. 예를 들어 레이디 앵커텔이 그 망토를 두른 모습은 상상할 수도 없었다.

푸아로는 그 숄이 신경 쓰였다. 그 숄은 화려하고 과시적인 분위기를 뿜어내고 있었는데, 그건 그가 여태껏 본 사람들 중 그 어떤 사람에게서도 발견하지 못한 특징이었다.

"담배는 피워도 되겠죠?"

헨리 경이 푸아로에게 담배를 건네며 말했다.

담배를 받아 들기 전 푸아로는 공기 중에서 어떤 냄새를 맡았다.

프랑스 향수…… 값비싼 프랑스 향수였다.

아주 희미하게 남아 있었지만 분명 향수 냄새였고, 그 향기 또한 할로 저택에 머물고 있는 사람 중 그 누구와도 어울리지가 않았다.

담뱃불을 붙이기 위해 헨리 경이 들고 있는 라이터 가까이 몸을 기울이다가, 푸아로는 의자 옆 작은 테이블에 놓인 성냥 상자 여섯 개를 발견했다.

뭔가 이상하다는 생각이 푸아로의 머릿속을 스쳤다.

12장

I

"2시 30분이야."

레이디 앵커텔이 말했다.

그녀는 미지, 에드워드와 함께 응접실에 있었다. 닫힌 서재 문틈으로 헨리 경이 중얼거리는 목소리가 새어 나왔다. 에르퀼 푸아로와 헨리 경, 그레인지 경감이 그곳에 있었다.

레이디 앵커텔은 한숨을 쉬며 말했다.

"있잖아, 미지. 아무래도 점심 식사 준비를 해야 할 것 같아. 물론아무 일도 없었다는 것처럼 둘러앉아 식사를 하는 건 아주 무정한일 같긴 하지만. 그래도 무슈 푸아로는 점심 식사 초대를 받고 오신분이니 아주 시장하실 테니까. 게다가 불쌍한 존 크리스토의 죽음은 우리에게나 충격이지 그분에게는 그렇지 않을 거야. 난 별로 생각이 없지만, 헨리와 에드워드는 오전 내내 사격을 했으니 아주 배가 고플 테고 말이야."

에드워드 앵커텔이 입을 열었다.

"제 걱정은 하지 마세요, 루시."

"에드워드, 넌 언제나 배려심이 많지. 그런데 데이비드도 있잖니……. 어제저녁에 보니 아주 잘 먹더구나. 머리를 많이 쓰는 사람들은 음식을 많이 먹는 것 같아. 그나저나 데이비드는 어디 있니?"

"아까 무슨 일이 일어났는지 듣고는 자기 방으로 올라갔어요."

미지가 대답했다.

"그래……. 그 애가 보기보다 신중하구나. 분명 이 일이 거북할 거야. 물론 네 생각은 어떻지 몰라도 살인 사건은 거북한 일이지……. 하인들은 당황하고, 생활은 엉망이 되니……. 이런 일만 없었더라면 점심으로 오리 요리를 먹었을 텐데. 지금쯤이면 먹기 좋게 따뜻할 거야. 참, 게르다는 어떡하지? 쟁반에 차려다 가져다줄까? 진한 수프를 가져다주는 게 좋을까?"

'정말이지, 루시는 무정해!'

하지만 미지는 어쩌면 루시가 너무나 인정 많은 사람인데 충격을 받아 저러는 것일지도 모른다는 생각이 들었다! 모든 재앙이 이렇게 작고 사소한 의심과 추측에서 비롯된다는 게 부정할 수 없는 사실이지 않은가? 루시는 단지 대부분의 사람들이 인정하지 않는 생각을 말했을 뿐이다. 이런 상황에서도 사람들은 하인들을 단속하고

160

식사를 걱정한다. 물론 배고픔을 느끼기도 한다. 미지는 배가 고팠고, 그와 동시에 속이 울렁거렸다. 정말 이상한 기분이었다.

그리고 어제만 해도 '불쌍한 게르다'라고 불렸지만 이제는 살인죄로 피고석에 서게 될 조용하고 평범한 여자를 어떻게 대해야 할지 몰라 당황스럽고 어색했다.

'이런 일은 다른 사람들에게나 일어나는 일이야. 우리에게는 일어날 수 없어.'

미지는 생각했다.

그러고는 에드워드를 건너보았다.

'에드워드 같은 사람에게는 더더욱 일어날 수 없지. 에드워드처럼 더없이 온화한 사람들에게는.'

미지는 에드워드를 바라보며 마음이 편안해지는 걸 느꼈다. 에드워드는 너무나 침착하고, 너무나 이성적이며, 너무나 상냥하고 온화한 사람이었다.

거전이 조심스럽게 응접실로 들어와 목소리를 낮추며 말했다.

"주인마님, 식당에 샌드위치와 커피를 준비해 뒀습니다."

"오, 고마워, 거전!"

거전이 응접실을 나서자 레이디 앵커텔이 다시 입을 열었다.

"정말이지 거전은 대단해. 거전이 없다면 어떨지 상상도 할 수 없다니까. 거전은 언제나 일을 제대로 처리할 줄 알아. 샌드위치를 든든히 먹으면 충분히 점심이 될 거야……. 그 정도면 무정할 것도 없고, 무슨 뜻인지 알겠지?"

"루시. 그러지 말아요."

미지는 갑자기 뺨 위로 따뜻한 눈물이 흘러내리는 걸 느꼈다. 레이디 앵커텔은 놀란 표정으로 중얼거렸다.

"불쌍한 것. 오늘 일 때문에 많이 힘들었구나."

에드워드는 소파로 다가가 미지 옆에 앉았다. 그가 미지의 어깨에 팔을 두르고는 입을 열었다.

"걱정하지 마, 꼬맹이 미지."

미지는 에드워드의 어깨에 얼굴을 묻고는 마음 편히 흐느껴 울었다. 어느 부활절 날 에인스윅에서 미지의 토끼가 죽었을 때, 에드워드가 얼마나 상냥하게 대해 줬는지가 떠올랐다.

에드워드는 부드럽게 말했다.

"충격이 컸을 거예요. 미지에게 브랜디를 좀 가져다줘도 될까요, 루시?"

"식당 찬장에 있을 거야. 나는……."

헨리에타가 응접실로 들어오자 레이디 앵커텔은 말을 멈췄다. 미지는 소파에서 일어섰다. 헨리에타가 들어오자 에드워드가 뻣뻣해지며 미동도 없이 얼어붙는 걸 느낄 수 있었다.

헨리에타는 어떤 기분일까? 미지는 생각했다. 미지는 왠지 사촌의 얼굴을 보기가 두려웠다……. 하지만 아무런 감정도 느껴지지 않았다. 굳이 말하자면 헨리에타는 호전적인 모습이었다. 상기된 얼굴에 턱은 들어 올렸으며 걸음걸이는 빨랐다.

레이디 앵커텔이 큰 소리로 반겼다.

"오, 거기 있었구나, 헨리에타. 네가 어디 있는지 궁금했어. 헨리와 무슈 푸아로가 경찰과 이야기를 나누고 있단다. 게르다에겐 뭘 줬니? 브랜디? 아니면 차와 아스피린?"

"브랜디 조금하고…… 뜨거운 물주머니를 줬어요."

레이디 앵커텔은 만족스럽다는 듯 대꾸했다.

"잘했다. 응급 치료를 배울 때도 바로 그렇게 말해 주지……. 충격을 받은 사람에게는 브랜디가 아니라 뜨거운 물주머니를 주라고 말이야. 요즘에는 술을 주는 것에 부정적이지만, 난 그것 또한 유행일 뿐이라고 생각해. 내가 어릴 적 에인스윅에 살 때만 해도 충격을 받은 사람에게는 언제나 브랜디를 줬거든. 하지만 게르다의 경우엔 충격을 받은 게 아닐 거야. 자기 남편을 죽인 여자가 어떤 기분이 들지 내가 어떻게 알 수 있겠니? 상상도 할 수가 없지……. 하지만 분명 충격을 받지는 않았을 거야. 어쨌거나 자기가 저지른 일인데 놀라지는 않을 거 아냐?"

헨리에타가 얼음처럼 차가운 목소리로 평온한 분위기를 깨뜨렸다.

"왜 게르다가 존을 죽였을 거라고 확신하시는 거예요?"

순간 다들 얼어붙었다……. 미지는 분위기가 이상하게 변해 가는 걸 느꼈다. 혼란스러움, 긴장감, 그리고 결국엔 경계심 같은 것마저 서서히 피어났다.

레이디 앵커텔이 입을 열었다. 그녀의 목소리는 억양이 전혀 없었다.

"뻔한…… 일이잖니. 그게 아니라면 뭐겠어?"

"게르다가 수영장에 도달해서 존이 누워 있는 걸 발견하고……
우리가 현장에 도착했을 때 리볼버를 막 주워 들은 거라면요?"

다시 한번 조금 전과 같은 기이한 침묵이 흘렀다. 레이디 앵커텔
이 입을 열었다.

"게르다가 그렇게 말했니?"

"네."

그건 단순한 대답이 아니었다. 무언가 뒤에서 강력한 힘이 밀어
붙이는 것처럼, 마치 리볼버의 총알처럼 튀어나왔다.

레이디 앵커텔은 눈썹을 치켜뜨며 뜬금없는 말을 했다.

"식당에 샌드위치와 커피가 준비되어 있다는구나."

때마침 게르다 크리스토가 열린 응접실 문으로 들어오다가 사람
들을 발견하고는 멈칫했다. 그녀는 허둥지둥 변명을 늘어놓았다.

"저는…… 더 이상 누워 있을 수가 없어요. 너무…… 너무 불안
해서."

레이디 앵커텔이 언성을 높였다.

"어서 앉아……. 일단 자리에 앉아."

레이디 앵커텔은 미지를 소파에서 몰아내고 게르다를 앉힌 다음,
등에 쿠션을 받쳐 주었다.

"불쌍하기도 하지."

레이디 앵커텔이 힘주어 말하긴 했지만, 그 말은 아무런 의미 없
이 들렸다.

에드워드는 창가로 걸어가 선 채로 바깥만 내다보았다.

게르다는 이마에 흘러내린 머리카락을 뒤로 넘기며, 불안하고 당황한 목소리로 입을 열었다.

"저는…… 저는 이제야 정신이 들기 시작했어요. 여태까지는…… 아니, 지금도 실감이 나지가 않아요. 존이 죽었다는 게……."

그러고는 살짝 몸을 떨기 시작했다.

"누가 그이를 죽였을까요? 도대체 누가 그이를 죽였을까요?"

레이디 앵커텔은 숨을 깊이 들이마셨다가 재빨리 고개를 돌렸다. 헨리 경의 서재 문이 열리는 소리가 난 것이다. 헨리 경은 크고 탄탄한 체격에 우중충하게 축 늘어진 콧수염을 한 그레인지 경감과 함께 응접실로 들어섰다.

"이 사람이 제 아내입니다. 그레인지 경감님."

그레인지는 고개를 숙이며 인사했다.

"레이디 앵커텔, 제가 크리스토 부인과 이야기를 좀 나눌 수 있을지……."

그레인지는 레이디 앵커텔이 소파에 앉아 있는 여성을 가리키자 말을 멈추었다.

"크리스토 부인이십니까?"

게르다는 열심히 대답했다.

"네, 제가 크리스토 부인이에요."

"크리스토 부인, 상심이 크신 줄은 알지만 몇 가지 질문을 드릴 게 있습니다. 물론 원한다면 변호사를 대동하셔도 좋습니다."

헨리 경이 거들었다.

"게르다, 그게 더 현명할 수도⋯⋯."

순간 게르다가 말을 끊었다.

"변호사라뇨? 변호사가 왜 필요해요? 변호사가 존의 죽음에 대해 뭘 알겠어요?"

그레인지 경감은 헛기침을 했고, 헨리 경은 입을 열까 말까 망설이고 있는 것 같았다. 보다 못한 헨리에타가 나섰다.

"경감님은 오늘 아침 어떤 일이 일어났는지를 알고 싶어 하시는 거예요."

게르다는 그레인지 쪽으로 고개를 돌렸다. 이 상황을 믿을 수 없다는 투로 입을 열었다.

"마치 현실이 아닌 악몽 같아요⋯⋯. 저는⋯⋯ 저는 울 수도 어떻게 할 수도 없어요. 아무것도 느껴지지가 않아요."

그레인지가 위로의 말을 건넸다.

"충격을 받아서 그런 겁니다, 크리스토 부인."

"네, 네⋯⋯. 그런 것 같아요. 아시겠지만 너무 갑작스러운 일이었어요. 집에서 나와 수영장으로 이어진 길을 따라갔는데⋯⋯."

"그때가 몇 시였습니까, 크리스토 부인?"

"1시 조금 전이었어요⋯⋯. 1시 2분 전쯤 됐을 거예요. 그때 시계를 봐서 알아요. 그리고 그곳에 도착하니까⋯⋯ 존이 누워 있었어요⋯⋯. 수영장 모서리에서 피가 떨어지고 있었고요."

"총소리를 들었습니까, 크리스토 부인?"

"네, 아, 아니요⋯⋯. 잘 모르겠어요. 헨리 경과 앵커텔 씨가 사냥을 나간다는 걸 알고 있었어요. 저는…… 저는 존을 봤어요…….”

“그리고요, 크리스토 부인?”

“존…… 그리고 피…… 그리고 리볼버. 저는 리볼버를 집어 들었어요…….”

“왜죠?”

“네? 뭐라고 하셨어요?”

“왜 리볼버를 집어 들었습니까, 크리스토 부인?”

“저는…… 저는 모르겠어요.”

“리볼버를 만지면 안 된다는 거 알고 계시죠?”

게르다는 얼이 빠진 것처럼 멍한 표정이었다.

“그런가요? 하지만 전 만졌어요. 제 손으로 집어 들었어요.”

게르다는 마치 손에 리볼버가 놓여 있는 것처럼 손바닥을 하염없이 내려다보았다.

그러다가 경감 쪽으로 고개를 홱 돌렸다. 돌연 비통에 찬 날카로운 목소리가 터져 나왔다.

“누가 존을 죽였다는 거예요? 누가 그이를 죽이려 했겠어요? 그이는…… 그이는 정말 훌륭한 사람이었어요. 정말 상냥하고 사심 없는 사람이라…… 다른 사람들을 위해서라면 뭐든 했어요. 다들 그이를 사랑했어요, 경감님. 그이는 훌륭한 의사였어요. 세상에서 제일 상냥하고 훌륭한 남편이었고요. 그건 사고가 분명해요……. 사고가 분명해요!”

그녀는 손을 휘저어 응접실 이곳저곳을 가리키며 말을 이었다.

"누구에게든 물어보세요, 경감님. 존을 죽이려 할 사람은 아무도 없어요, 그렇죠?"

게르다는 응접실에 있는 사람 모두에게 호소했다.

그레인지 경감은 수첩을 덮고 지극히 사무적으로 말했다.

"감사합니다, 크리스토 부인. 지금으로서는 이걸로 충분합니다."

에르퀼 푸아로와 그레인지 경감은 함께 밤나무 숲을 지나 수영장으로 갔다. 한때는 존 크리스토였으나 지금은 한 구의 '시신'으로 전락한 그를 경찰의가 사진으로 찍고 이리저리 조사한 후 영안실로 실어 갔다. 에르퀼 푸아로는 수영장이 이상하게도 순결해 보인다고 생각했다. 오늘은 모든 것이 차분하고 우아하다는 생각이 들었다. 하지만 존 크리스토만은 예외였다……. 그는 차분하지도 우아하지도 않았다. 그는 죽으면서도 강한 열정과 활기를 내뿜었다. 수영장은 더 이상 단순한 수영장이 아니었다. 존 크리스토의 몸이 누워 있던 수영장, 그의 몸에서 뿜어져 나온 피가 콘크리트 바닥을 타고 부자연스럽게 푸른 물로 떨어지던 수영장이었다.

부자연스럽게…… 그 순간 푸아로는 정신이 번쩍 들었다. 그래, 뭔가가 부자연스러워. 마치…….

수영복을 입은 한 남자가 경감에게 다가왔다.

"경감님, 리볼버입니다."

그레인지는 물이 뚝뚝 떨어지는 리볼버를 조심스럽게 받아 들었다.

"지문은 다 쓸려 갔겠군. 하지만 다행히 이번 사건에서는 지문이 필요 없을 테니까. 당신이 도착했을 때 크리스토 부인이 리볼버를 손에 들고 있었다고 하셨죠? 그렇지 않습니까, 무슈 푸아로?"

"네."

"이젠 리볼버의 출처를 알아봐야겠군요. 헨리 경에게 물어보면 쉽게 알 수 있을 것 같습니다. 크리스토 부인이 헨리 경의 서재에서 빼냈을 겁니다."

그러고는 수영장을 흘끗 쳐다보았다.

"자, 이제 다시 한번 확실히 정리를 해 보죠. 수영장 아래쪽 길은 농장에서부터 이어지는 것으로 레이디 앵커텔이 그 길을 따라 이리로 왔죠. 나머지 두 명, 즉 에드워드 앵커텔 씨와 세이버네이크 양은 숲에서 왔지만 함께 온 것은 아닙니다. 에드워드 씨는 왼쪽에 있는 길을 따라왔고, 세이버네이크 양은 저택 뒤쪽 기다란 꽃길에서부터 이어진 오른쪽 길을 따라왔습니다. 하지만 당신이 도착했을 때는 둘 다 수영장 저쪽 끝에 서 있었죠?"

"네."

"그리고 여기 이 별채 옆에 있는 이 길은 포더 레인으로 이어지고요. 좋습니다……. 이 길을 따라가 보죠."

걷는 동안 그레인지는 아는 사실에 은밀한 비관주의를 곁들여 차분히 이야기했다.

"이런 사건은 드물죠. 작년에 애슈리지 근처에서 비슷한 사건이 하나 있었습니다……. 남자는 퇴직한 군인이었습니다……. 뛰어난 공로를 세운 군인이었죠. 아내는 착하고 조용하면서 보수적인 65세 여자였어요. 머리는 하얗게 셌지만 곱슬곱슬하니 예쁘긴 했어요. 정원 일에 푹 빠져 있었고요. 그런데 어느 날 그 여자가 남편 방으로 올라가 남편의 권총을 꺼내, 정원으로 나가서는 그를 쐈습니다. 그런 겁니다! 물론 자세한 정황을 조사해 봐야 하죠. 그렇지 않으면 사람들이 제삼자의 짓이라는 둥 말도 안 되는 이야기들을 만들어 내니까요! 탐문 조사를 하는 동안은 소란이 일지 않게 하려고 크리스토 부인의 말을 믿는 척했지만, 뻔한 일 아닙니까."

"크리스토 부인이 범인이라고 결정을 내리셨다는 뜻이군요."

푸아로의 말에 그레인지는 놀란 눈길로 그를 쳐다보았다.

"그렇게 생각하지 않으십니까?"

푸아로는 천천히 입을 열었다.

"크리스토 부인이 말한 대로일 수도 있습니다."

그레인지 경감은 어깨를 으쓱했다.

"그럴 수도 있겠죠……. 네. 하지만 신빙성이 없습니다. 게다가 모두들 크리스토 부인이 남편을 죽였다고 생각하잖습니까! 그 사람들은 우리가 모르는 무언가를 알고 있는 게 틀림없어요."

그레인지는 푸아로를 흥미로운 눈길로 쳐다보며 말을 이었다.

"선생님도 현장에 도착하셨을 때는 크리스토 부인이 저지른 짓이라고 생각하셨죠? 그렇지 않습니까?"

푸아로는 눈을 지그시 내리깔았다. 숲길을 따라 걷다가…… 거전이 숲을 빠져나갔고…… 게르다 크리스토가 권총을 손에 든 채 남편 옆에 서 있었는데, 얼굴은 멍한 표정이었지. 그래, 그레인지가 말한 대로 당시에는 그녀의 짓일 거라고 생각했지……. 적어도 그런 인상을 받았어.

하지만 그런 인상을 받았다고 해서 실제로 그녀가 범인이라고는 할 수 없다.

연출된 장면…… 사람들을 속이기 위한 무대.

게르다 크리스토가 방금 자신의 남편을 쏜 여자처럼 보였던가? 그게 바로 그레인지 경감이 궁금해하는 것이었다.

갑작스럽게 에르퀼 푸아로는 오랫동안 범죄를 다뤄 왔음에도 자신의 남편을 죽인 직후의 여자는 한 번도 보지 못했다는 사실을 깨달았다. 그런 상황에서 여자는 어떤 표정을 지을까? 승리에 찬 표정? 겁에 질린 표정? 만족스러운 표정? 충격에 빠진 표정? 멍한 표정? 공허한 표정?

푸아로는 적어도 그중 하나일 거라고 생각했다.

푸아로가 생각에 빠져 있는 동안에도 그레인지 경감은 계속 이야기를 하고 있었다. 그는 간신히 끝부분만을 들을 수 있었다.

"……사건의 모든 증거는 보통 하인들에게서 얻을 수 있습니다."

"크리스토 부인은 런던으로 돌아가시는 겁니까?"

"네. 그곳에 아이들이 있으니까요. 일단은 보내 줘야 합니다. 물론 계속해서 크리스토 부인을 주시할 겁니다. 본인이 눈치채지 못하도록 말입니다. 본인은 잘 빠져나갔다고 생각하겠죠. 제가 보기엔 좀 멍청한 여자 같더군요……."

게르다 크리스토는 경찰이 어떤 생각을 하는지, 앵커텔가 사람들이 어떤 생각을 하는지 알고 있을까? 푸아로는 궁금했다. 그녀는 아무엇도 모른다는 표정을 짓고 있었다. 반응이 느린 여자, 남편의 죽음으로 혼이 쏙 빠지고 상심한 여자처럼 보였다.

마침내 포더 레인으로 나왔다.

푸아로가 별장 문 앞에 멈춰 서자 그레인지가 입을 열었다.

"여기가 그 별장인가요? 아담하고 근사한 곳이군요. 일단은 작별 인사를 드려야겠습니다, 무슈 푸아로. 수사에 협조해 주셔서 감사합니다. 조만간 다시 들러 수사 진행 상황을 알려 드리죠."

그레인지는 샛길을 훑어보았다.

"이웃에는 누가 삽니까? 사교계의 새로운 유명 인사라도 드나듭니까?"

"배우인 베로니카 크레이 양이 주말에 이곳에 머문다고 하더군요."

"그렇군요. 도브코츠라는 곳이었죠, 아마? 「호랑이를 탄 숙녀」에 나왔을 때 정말 좋아했지만, 너무 지적인 이미지라 전 별로더군요. 헤디 라마가 딱 제 취향이죠."

그레인지는 돌아서며 마지막 인사를 했다.

"자 그럼, 저는 다시 일터로 돌아가야겠습니다. 안녕히 계십시오, 무슈 푸아로."

II

"헨리 경, 이걸 알아보시겠습니까?"

그레인지 경감은 헨리 경 앞에 놓인 책상에 권총을 내려놓으며, 기대에 찬 눈빛으로 그를 바라보았다.

"제가 만져도 될까요?"

헨리 경은 이렇게 물으며 머뭇머뭇 권총으로 손을 뻗었다.

그레인지는 고개를 끄덕였다.

"수영장에 잠겼던 거니까요. 그 위에 있던 지문은 전부 사라졌을 겁니다. 세이버네이크 양이 그 권총을 떨어뜨린 게 정말 안타까울 따름입니다."

"네, 네……. 하지만 우리 모두 아주 긴장한 순간이었으니까요. 여자들은 쉽게 당황하고 또…… 물건을 떨어뜨리는 일이 많죠."

다시 한번 그레인지 경감이 고개를 끄덕이며 입을 열었다.

"세이버네이크 양은 침착하고 대범한 아가씨 같더군요."

대수롭지 않은 말이었지만, 그 말을 들은 헨리 경은 날카롭게 경감을 올려다보았다. 그레인지는 말을 이었다.

"자, 이제 알아보시겠습니까?"

헨리 경은 권총을 집어 들어 찬찬히 살펴보고 나서, 권총의 일련번호를 가죽 장정이 된 작은 장부의 일련번호 목록과 비교해 보았다. 그러고는 노트를 덮으며 한숨을 쉬었다.

"네, 경감님. 이건 제가 수집한 권총 중 하나군요."

"그 권총을 마지막으로 본 게 언제입니까?"

"어제 오후입니다. 정원에다 과녁을 세워 놓고 사격 연습을 했습니다. 이 총은 그때 사용했던 것 중 하나고요."

"그때 이 권총은 누가 사용했습니까?"

"적어도 다들 한 번씩은 이 권총을 쏴 봤을 겁니다."

"크리스토 부인도요?"

"크리스토 부인도요."

"그렇다면 사격이 끝난 후에는요?"

"항상 놓던 자리에 권총을 놓았습니다. 여기요."

그는 커다란 책상의 서랍을 하나 열었다. 서랍의 반 정도가 권총으로 가득했다.

"총기를 정말 많이 수집하셨군요, 헨리 경."

"오래된 취미 생활입니다."

그레인지 경감은 생각에 잠긴 채 할로윈 제도의 전임 총독을 주시했다. 잘생기고 기품 있는 남자, 함께 일하고 싶은 남자…… 헨리 경은 현재 그의 상사인 경찰서장보다 훨씬 더 같이 일하고 싶은 유형의 남자였다. 그레인지 경감은 윌드셔 경찰서장이 마음에 들지 않았다……. 서장은 까다로운 폭군이자 권력에 아첨하는 속물이었다. 그레인지 경감은 잡생각을 떨쳐 버리고 다시 본론으로 들어갔다.

"헨리 경, 이 권총을 치울 때는 물론 장전이 되어 있지 않았겠죠?"

"물론입니다."

"그렇다면 탄약은 어디에 보관합니까?"

"여기입니다."

헨리 경은 선반에 놓여 있던 열쇠로 책상 아래쪽에 있는 서랍 하나를 열었다.

'너무 쉽군.'

그레인지는 생각했다. 크리스토라는 여자가 이 보관 장소를 본 게 분명해. 그 여자가 여기로 와서 총을 가져간 거야. 질투는 여자들의 마음을 갉아먹으니까. 그는 이 사건이 십중팔구 질투에 의한 것이리라고 확신했다. 여기서 조사를 마치고 할리가로 가서 주위를 좀 더 파헤쳐 본다면 모든 정황이 분명해질 것이다. 하지만 모든 일은 적절한 절차를 밟아야 한다.

경감은 자리에서 일어났다.

"감사합니다, 헨리 경. 심리 일정이 나오는 대로 알려 드리겠습니다."

13장

그들은 저녁으로 차갑게 식은 오리 요리를 먹었다. 오리 요리를
먹은 후에는 레이디 앵커텔의 말마따나 메드웨이 부인의 감정을 잘
보여 주는 캐러멜 커스터드가 나왔다.

루시는 요리란 건 감정의 섬세함을 잘 드러내 보여 준다고 했다.

"메드웨이 부인도 알다시피 우리가 캐러멜 커스터드를 그렇게 좋
아하진 않잖아. 하지만 친구가 죽은 지 얼마 안 돼서 우리가 제일
좋아하는 푸딩을 먹는다면 아주 역겨운 기분이 들 거야. 반면 캐러
멜 커스터드는 아주 간단한 디저트지…… 적절해. 내 말이 무슨 뜻
인지 알겠어? 그러니까 접시에 조금은 남겨 둘 수 있다는 뜻이야."

레이디 앵커텔은 한숨을 쉬고는 게르다를 런던으로 돌려보내는
게 잘한 일이었으면 좋겠다고 했다.

"헨리가 함께 가니까 괜찮을 거야."

헨리 경은 게르다를 할리가의 집까지 태워다 주겠다고 고집했다.

레이디 앵커텔은 관조하듯 캐러멜 커스터드를 떠먹으며 말을 이었다.

"물론 심리 때문에 다시 돌아오긴 해야 할 거야. 하지만 당연히 참석하고 싶진 않겠지…… 아이들이 신문에서 재판에 대한 기사를 읽을지도 모르고, 집에는 프랑스인 가정 교사 한 명밖에 없으니까…… 감정이 격해질 수도, 신경 발작을 일으킬 가능성도 있어. 하지만 헨리가 잘 설득할 거야. 아니면 친척들을 불러도 되잖아…… 언니나 여동생 말이야. 게르다는 분명 자매들이 많을 것 같던데. 세 명이나 네 명 정도? 어쩌면 턴브리지 웰스에 살고 있을지도 몰라."

"정말 이상한 소릴 하시네요, 루시."

미지가 말했다.

"네가 원한다면 토키에 산다고 하지 뭐…… 아니, 토키는 아니야. 토키에 산다면 적어도 예순다섯은 됐을걸. 어쩌면 이스트본이나 세인트레너드에 살지도 모르지."

레이디 앵커텔은 마지막 한 스푼 남은 캐러멜 커스터드를 동정 어린 눈길로 내려다보고는, 다시 우아하게 접시에 내려놓았다.

디저트를 좋아하는 데이비드는 빈 접시를 우울하게 내려다봤다.

레이디 앵커텔이 자리에서 일어섰다.

"오늘 밤은 다들 일찍 잠자리에 드는 게 좋겠지? 너무 많은 일이 있었어, 그렇지? 신문에서 이런 사건 이야기를 읽곤 했지만, 이렇게 피곤한 일인 줄은 몰랐네. 마치 2킬로미터는 걸은 기분이야. 아무것도 하지 않고 앉아 있었는데 말이야……. 하지만 그것 역시 피곤한 일이지. 너무 무정해 보일까 봐 책이나 신문도 읽을 수가 없고 그저 가만히 앉아 있어야만 하니……. 《옵저버》는 괜찮을지 몰라도…… 《뉴스 오브 더 월드》(연예인이나 유명인의 가십이 주가 되는 타블로이드 주간지 — 옮긴이)는 안 돼. 그렇게 생각하지 않니, 데이비드? 젊은 사람의 의견을 듣고 싶구나. 그래야 시대에 뒤떨어지지 않지."

데이비드는 무뚝뚝한 목소리로 《뉴스 오브 더 월드》는 읽어 본 적이 없다고 대꾸했다.

"어머, 난 그 신문을 매일 읽는데. 하인들을 위해 구독하는 척하지만, 거전은 얼마나 배려심이 깊은지 오후에 차를 다 마시기 전까지는 그 신문을 치우지 않는단다. 정말이지 재미있는 신문이야. 가스 오븐에 머리를 집어넣은 여자들 이야기가 나오는데…… 글쎄 그러는 건 보통 여자들이더라니까!"

"미래에 모든 것이 다 자동화된 집에서는 어떻게 될까요? 최대한 그 상황을 잘 이용하게 되겠죠……. 더 영리하게 말이에요."

에드워드 앵커텔이 희미하게 미소를 지으며 말했다.

데이비드가 반박하고 나섰다.

"미래에 집들이 자동화될 거라는 생각에는 반대예요. 중앙난방으로 바뀔 수는 있겠죠. 노동 계급 사람들의 집은 전부 노동 절약적인 형태가 될 거예요."

에드워드 앵커텔은 유감스럽게도 자신은 그 문제에 대해 잘 모른다고 서둘러 대꾸했다. 데이비드는 경멸한다는 듯 입꼬리를 삐죽 치켜올렸다.

거전은 애도의 뜻을 전하려는 듯 평소보다 더 느릿느릿한 걸음으로 쟁반에 커피를 내왔다. 레이디 앵커텔이 말했다.

"거전, 그 달걀 말인데, 평소처럼 연필로 날짜를 써 놓으려고 했는데 제대로 했는지 모르겠네. 메드웨이 부인에게 확인해 보라고 부탁해 주겠어?"

"주인마님, 모든 게 다 잘되어 있습니다."

거전은 목을 가다듬고 마저 말했다.

"제가 직접 확인했습니다."

"고마워, 거전."

거전이 나가는 걸 보며 레이디 앵커텔이 중얼거렸다.

"정말이지 거전은 훌륭해. 하인들 전부 잘해 주고 있어. 경찰이 와 있어서 신경이 쓰일 텐데……. 그나저나 그 사람들 이제 간 거야?"

"경찰 말씀이세요?"

미지가 물었다.

"그래. 혹시 한 명이 남아 현관을 지키고 서 있는 건 아니겠지? 아니면 바깥에 있는 수풀에 숨어서 우리 집을 감시하는 건 아닐까?"

"경찰이 왜 이 집을 감시하겠어요?"

"글쎄다, 잘 모르겠구나. 책에 보면 그러잖니. 그리고 밤이 되면 또 다른 사람이 살해당하잖아."

"루시, 그런 말씀 마세요."

미지가 말했다.

레이디 앵커텔은 호기심 어린 눈길로 미지를 바라보았다.

"얘야, 너무 미안하구나. 내가 괜한 말을 했어. 다른 사람이 살해 당하는 일은 없을 거야. 게르다가 집으로 돌아갔잖니. 그러니까……
헨리에타, 미안해. 이렇게 말하려던 건 아닌데."

하지만 헨리에타는 아무 말도 하지 않았다. 그녀는 둥근 테이블 옆에 서서 어젯밤에 하던 브리지 점수판을 뚫어지게 내려다보았다.

문득 정신을 차린 그녀가 입을 열었다.

"죄송해요, 루시. 뭐라고 하셨죠?"

"경찰들이 아직 남아 있는지 궁금하다고."

"세일 기간에 남은 자투리 물건처럼요? 그렇진 않을 거예요. 다들 경찰서로 돌아가 우리가 한 말을 적절한 경찰 용어로 바꾸어 쓰고 있겠죠."

"뭘 보고 있니, 헨리에타?"

"아무것도요."

헨리에타는 방을 가로질러 벽난로로 다가갔다.

"베로니카 크레이가 오늘 밤 무얼 할 것 같아요?"

레이디 앵커텔의 얼굴에 당황스러운 표정이 스쳐 지나갔다.

"이런! 그 여자가 다시 여길 찾아올 거라고 생각하는 거니? 지금 쯤이면 그 소식을 들었을 텐데."

"네. 들었을 거예요."

헨리에타는 생각에 잠긴 듯한 목소리로 대꾸했다.

"그러고 보니 생각이 나네. 캐리 부부에게 전화를 해 줘야겠어. 내일 함께 점심 식사를 하기로 했는데, 아무 일도 없다는 듯이 손님을 맞을 수는 없잖아."

레이디 앵커텔은 응접실을 나섰다.

친척들 때문에 기분이 언짢아진 데이비드는 브리태니커 백과사전에서 뭘 좀 찾아봐야겠다고 중얼거렸다. 서재라면 조용히 혼자 있을 수 있을 거라는 계산이었다.

헨리에타는 프랑스식 창문으로 다가가 문을 열고 밖으로 나갔다. 잠시 망설이던 에드워드가 그 뒤를 따랐다.

헨리에타는 바깥에 서서 하늘을 올려다보고 있었다.

"어젯밤만큼 따뜻하지가 않죠?"

에드워드는 유쾌한 목소리로 대답했다.

"그래, 확실히 쌀쌀하네."

헨리에타는 이번엔 저택을 올려다보았다. 창문들을 죽 훑어보고는 다시 고개를 돌려 숲속을 바라보았다. 에드워드는 그녀가 무슨 생각을 하는지 전혀 알 수가 없었다.

에드워드는 열린 창문을 향해 한 발짝을 뗐다.

"안으로 들어가는 게 좋겠어. 날이 너무 추워."

헨리에타는 고개를 저었다.

"나는 좀 걸을래요. 수영장까지."

"나도 같이 갈게."

에드워드는 재빨리 그녀를 따라나섰다.

"고맙지만 됐어요, 에드워드."

그녀의 목소리가 쌀쌀한 공기 중에 날카롭게 울려 퍼졌다.

"난 존과 단둘이 있고 싶어요."

"헨리에타! 세상에…… 내가 아무 말도 안 했지만 당신도 알잖아…… 내가 얼마나 안타깝게 생각하는지."

"안타깝다고요? 존 크리스토가 죽은 게요?"

그녀의 목소리는 여전히 차갑고 날카로웠다.

"내 말은…… 당신이 안타깝다는 거야, 헨리에타. 엄청난…… 충격이었을 테니까."

"충격이요? 오, 난 아주 강한 여자예요, 에드워드. 충격 따윈 얼마든지 견뎌 낼 수 있어요. 존의 죽음이 당신에게도 충격이었어요? 그 사람이 누워 있는 걸 보고 기분이 어땠어요? 기뻤겠죠. 당신은 존 크리스토를 싫어했으니까."

에드워드가 중얼거렸다.

"그 사람과 나는…… 공통점이 별로 없을 뿐이야."

"말은 번지르르하군요! 말만 다를 뿐 속뜻은 같잖아요. 하지만 사실 당신 둘은 한 가지 공통점이 있어요. 바로 나요! 둘 다 나를 좋아했잖아요, 아니에요? 그거 하나 때문에 그 사람이 싫었겠죠."

구름 사이로 달이 모습을 드러냈고, 에드워드는 갑자기 자신을 바라보고 있는 헨리에타의 얼굴에 깜짝 놀랐다. 그는 항상 무의식적으로 헨리에타에게서 에인스윅에서 보았던 모습만을 찾고 있었다. 에드워드에게 헨리에타는 잘 웃고 항상 열정적인 기대로 가득 찬 눈을 한 소녀였다. 하지만 지금 그의 눈앞에 있는 여인은 낯설게만 느껴졌다. 강렬하지만 차가운 눈에 적개심을 담아 그를 바라보고 있었다.

에드워드는 진지하게 말했다.

"헨리에타, 이것만은 믿어 줘……. 당신이 사랑하는 사람을 잃고 슬퍼하니까 나도 가슴이 아파."

"내가 슬퍼한다고요?"

에드워드는 이 말에 깜짝 놀랐다. 그에게 묻는 게 아니라 자기 자신에게 묻는 것 같았다.

헨리에타는 낮은 목소리로 말했다.

"너무 순식간에…… 너무 순식간이에요. 살아 숨 쉬던 사람이…… 어느 한 순간에 죽어서 사라져…… 무(無)가 되어 버렸어요! 그런데 우리는 앉아서 캐러멜 커스터드나 먹고 있고…… 우리 중에서 가장 생명력이 넘치던 존은 죽어 버리다니. 난 혼자서 그 말을 계속 반복했어요. 죽다…… 죽다…… 죽다…… 죽다…… 죽다. 그러다 보니 아무런 의미도…… 아무 의미도 없는 말이 되더라고요. 썩은 나뭇가지를 꺾는 것처럼 아무 의미 없는 단어일 뿐이에요. 죽다…… 죽다…… 죽다…… 죽다…… 죽다. 마치 북소리 같지 않아요? 정글에서 두드리는? 죽다…… 죽다…… 죽다…… 죽다…… 죽다……."

"그만해, 헨리에타! 제발, 그만!"

헨리에타는 기묘한 눈길로 에드워드를 바라보았다.

"내가 이럴 줄 몰랐어요? 무슨 생각을 한 거예요? 당신이 내 손을 잡아 주면 내가 가만히 앉아 작은 손수건을 꺼내 들고 훌쩍거릴 거라고 생각했어요? 내가 엄청난 충격을 받았겠지만 서서히 극복해 나가려니 생각한 거예요? 그러면 당신이 날 아주 상냥하게 위로해 줄 수 있으려니 생각한 거냐고요? 당신은 상냥해요, 에드워드. 아주 상냥하죠. 하지만 당신은 아니에요……. 정말 아니에요."

에드워드는 뒷걸음을 쳤다. 얼굴이 딱딱하게 굳으며 쌀쌀맞은 목소리가 나왔다.

"그래, 그건 알고 있었어."

헨리에타는 흥분해서 계속 퍼부어 댔다.

"오늘 저녁 내내 다들 어떻던가요? 다들 모여 앉아서도 나와 게르다를 제외하고 존을 신경 쓰는 사람은 아무도 없었죠! 당신은 기뻐하고 데이비드는 난처해하는 데다, 미지는 괴로워하고 《뉴스 오브 더 월드》를 즐겨 보는 루시는 그 신문 내용이 현실로 다가온 걸 기뻐하는 눈치였죠! 이게 얼마나 말도 안 되는 악몽인지 모르겠어요?"

에드워드는 아무 말 하지 않았다. 뒤로 한 걸음 물러나 그림자 안으로 들어갔다.

그를 바라보며 헨리에타는 말했다.

"오늘 밤은 모든 게 진짜 같지가 않아요……. 그 누구도 살아 있는 것 같지가 않아요……. 존만 빼고요!"

에드워드가 조용히 말했다.

"알아……. 난 그만큼 생생한 사람이 아니지."

"내가 너무 잔인했어요, 에드워드. 하지만 어쩔 수가 없어요. 그렇게 생명력이 넘쳤던 존이 죽었다는 사실을 참을 수가 없어요."

"그리고 반쯤 죽어 있는 사람 같은 나는 살아 있고 말이지."

"그런 뜻이 아니에요, 에드워드."

"그런 뜻인 것 같은데, 헨리에타. 어쩌면 당신 말이 맞는 것 같아."

생각에 잠겨 있던 헨리에타는 엉뚱한 말을 내뱉었다.

"하지만 이건 슬픔이 아니에요. 슬픔을 느낄 수가 없어요. 어쩌면 앞으로도 영원히 느낄 수 없을 것 같아요. 하지만 그와 동시에······ 존의 죽음을 슬퍼하고 싶어요."

에드워드에게는 그녀의 말이 이상하게 들렸다. 하지만 헨리에타가 아무런 감정 없는 목소리로 이렇게 덧붙였을 때는 더욱 놀라고 말았다.

"수영장에 가 봐야겠어요."

그리고 헨리에타는 나무들 사이로 조용히 사라졌다.

에드워드는 무거운 발걸음을 옮겨 열린 프랑스식 창문으로 집 안에 들어섰다.

응접실에 앉아 있던 미지는 멍한 눈으로 들어오는 에드워드를 올려다보았다. 그의 얼굴이 창백하고 초췌했다. 핏기가 모조리 빠져나간 것처럼.

미지가 깜짝 놀라 숨을 들이켜다가 즉시 입을 가린 것도 전혀 보지 못한 눈치였다.

에드워드는 멍하니, 무의식적으로 의자에 가 앉았다. 누군가가 자신이 말하기를 기다린다는 걸 알아채고 입을 열었다.

"추워."

"추워요, 에드워드? 불을 피울까요?"

"뭐라고?"

미지는 벽난로 위에 있던 성냥 상자를 집어 들고는 무릎을 꿇고 앉아 불을 피웠다. 그녀는 궁금한 눈빛으로 에드워드를 흘끗 곁눈질했다. 아무것도 눈에 들어오지 않는 듯했다.

"불은 정말 멋지죠. 사람을 따뜻하게 해 주잖아요."

미지는 생각했다.

'왜 저렇게 추워 보이지? 여긴 바깥만큼 추울 리가 없는데. 헨리에타야! 그 애가 에드워드에게 무슨 말을 한 게 분명해.'

"에드워드, 의자를 이리 더 가까이 가져와요. 벽난로 곁으로 가까이 와요."

"뭐라고?"

"아, 아무것도 아니에요. 불을 피웠다고요."

미지는 귀머거리에게 하듯이 크게 천천히 이야기했다.

그러다 느닷없이, 너무나 갑작스럽게 미지의 마음이 안도감으로 가득 찼다. 에드워드, 진짜 에드워드가 돌아온 것이다. 에드워드는 그녀에게 부드럽게 미소를 짓고 있었다.

"나에게 뭐라고 한 거야, 미지? 미안해. 내가 다른 생각을 좀 하느라……"

"아무것도 아니에요. 불을 피웠다는 말을 한 것뿐이에요."

장작은 타닥타닥 소리를 냈고 솔방울이 맑고 깨끗한 불꽃을 내며 타들어 가고 있었다. 에드워드는 하염없이 불꽃을 바라보며 입을 열었다.

"정말 멋진 불꽃이야."

그는 불꽃 가까이로 길고 마른 손을 내밀며 긴장감이 누그러드는 걸 느꼈다.

"에인스윅에서는 항상 솔방울을 태우곤 했죠."

"아직도 그래. 매일 바구니에 솔방울을 한가득 담아 벽난로 옆에 다 둬."

에인스윅의 에드워드. 미지는 눈을 살짝 감고 그 장면을 그려 보았다. 에드워드는 저택 서쪽에 있는 서재에 앉아 있을 것이다. 서재 창가에는 창 하나를 다 뒤덮을 정도로 커다란 목련이 한 그루 있어, 해 질 녘이면 서재를 온통 황금빛과 초록빛으로 물들일 것이다. 다른 쪽 창문으로는 잔디밭과 보초처럼 우뚝 서 있는 커다란 세쿼이아 나무가, 그리고 오른쪽으로는 커다란 구릿빛 너도밤나무가 보일 것이다.

오, 에인스윅…… 에인스윅.

9월에도 달콤한 향기가 나는 목련의 새하얗고 부드러운 꽃잎들. 그 나무들 사이로 불어오는 부드러운 바람 냄새. 모닥불에서 타들어 가는 솔방울. 에드워드가 읽는 책에서 나는 희미한 곰팡이 냄새. 에드워드는 안락의자에 앉아 책을 읽으며 이따금씩 모닥불에 눈길을 주고, 아주 잠깐씩 헨리에타를 생각하기도 할 것이다.

미지는 생각을 떨쳐 버리고 에드워드에게 물었다.

"헨리에타는 어디 있어요?"

"수영장에 갔어."

미지는 눈을 동그랗게 떴다.

"왜요?"

깜짝 놀란 듯한 미지의 목소리에 에드워드는 조금 정신을 차렸다.

"미지, 너도 분명 알고 있겠지…… 아니, 짐작은 하고 있겠지. 헨리에타가 존 크리스토와 어떤 사인지."

"물론 그건 알고 있어요. 하지만 왜 이 시간에 존이 총에 맞은 곳에 갔는지 모르겠네요. 그건 헨리에타답지 않아요. 헨리에타는 감상적인 사람이 아니잖아요."

"우리가 다른 사람에 대해 뭘 알 수 있겠어? 헨리에타도 마찬가지야."

미지는 얼굴을 찌푸렸다.

"에드워드, 그래도 우린 헨리에타와 아주 오랫동안 알고 지냈잖아요."

"헨리에타는 변했어."

"그렇지 않아요. 사람이란 그렇게 쉽게 변하지 않아요."

"헨리에타는 변했다니까."

미지는 이상하다는 듯 에드워드를 바라보았다.

"우리보다 더요?"

"나는 그대로야. 그건 내가 잘 알지. 그리고 넌……."

그 순간 에드워드의 눈길은 벽난로 옆에 무릎을 꿇고 앉아 있는 미지에게 고정되었다. 마치 아주 멀리서 바라보는 것처럼, 그녀의 각진 턱과 검은 눈, 고집 있어 보이는 입매가 하나씩 눈에 들어왔다.

"미지, 널 좀 더 자주 만날 수 있으면 좋겠어."

미지는 에드워드를 올려다보며 미소를 지었다.

"그러게요. 요즘에는 서로 만나기가 쉽지 않죠."

순간 바깥에서 소리가 들려 에드워드는 자리에서 일어났다.

"루시 말이 맞아. 정말 피곤한 하루였어……. 오랜만에 만나자마자 살인 사건이 벌어지다니. 이만 침실로 올라가야겠군. 잘 자."

에드워드가 응접실을 나가는데, 헨리에타가 프랑스식 창문으로 들어왔다.

미지는 고개를 돌려 헨리에타를 바라보았다.

"에드워드에게 무슨 짓을 한 거야?"

"에드워드라니?"

헨리에타는 무슨 소리인지 모르겠다는 표정을 지었다. 이맛살을 찌푸린 채 엉뚱한 데 정신이 팔려 있는 눈치였다.

"그래, 에드워드. 아까 들어올 때 표정이 끔찍했어……. 창백하게 질린 데다 바싹 얼어 있었다고."

"그렇게 에드워드가 좋다면 어떻게든 해 보지 그래?"

"어떻게든 해 보라니? 그게 무슨 뜻이야?"

"모르겠어. 의자 위에 올라서서 소리를 지르든가! 너한테 관심을 가지게 만들라고. 에드워드 같은 남자에게는 그런 방법밖에 없잖아."

"에드워드는 헨리에타 너 외에는 아무에게도 관심을 가지지 않을 거야. 절대로."

"그렇다면 에드워드가 아주 멍청한 짓을 하는 거지."

헨리에타는 미지의 얼굴이 하얗게 질린 것을 보았다.

"내가 상처를 줬구나. 미안해. 하지만 오늘 밤은 에드워드가 정말 싫어."

"에드워드가 싫다고? 말도 안 돼."

"아니, 말이 돼! 넌 모를 거야……."

"뭘?"

헨리에타는 천천히 입을 열었다.

"에드워드는 내가 잊고 싶은 것들을 자꾸 떠올리게 만들어."

"어떤 것들?"

"글쎄, 예를 들어, 에인스윅."

"에인스윅? 에인스윅을 잊고 싶다고?"

미지는 믿기 어렵다는 투였다.

"그래, 그래, 그래! 난 그곳에서 행복했어. 행복했던 시절을 떠올리고 싶지가 않아. 이해 못 하겠니? 앞으로 어떤 일이 벌어질지 조금도 몰랐던 시절, 자신감에 차 모든 일이 다 잘될 거라고 믿었던 시절! 현명한 사람들은 자신이 행복해질 거라는 기대를 하지 않아. 하지만 난 그런 걸 기대했지."

헨리에타는 갑작스럽게 덧붙였다.

"난 절대 에인스윅으로 돌아가지 않을 거야."

미지가 천천히 대꾸했다.

"과연 그럴까……."

14장

월요일 아침, 미지는 갑자기 잠에서 깨어났다.

잠시 동안 멍하니 침대에 누워, 레이디 앵커텔이 나타나지 않을까 하는 생각에 문 쪽을 조마조마한 마음으로 바라보았다. 여기 도착한 첫날 새벽, 갑자기 들이닥친 루시가 뭐라고 말했더라?

힘든 주말이 될 거라고 했던가? 루시는 뭔가 좋지 않은 일이 일어날지도 모른다는 예감으로 걱정하고 있었다.

그래, 그리고 실제로 좋지 않은 일이 일어났지……. 무언가가 짙고 검은 구름처럼 미지의 가슴속을 짓눌렀다. 생각하고 싶지 않은, 떠올리고 싶지 않은 무엇. 분명 무언가가 미지를 두렵게 했다. 에드워드와 관련된 무언가가.

그러다 기억이 물밀듯 밀려왔다. 추악한 단어가 선명히 떠올랐다……. 살인!

'오, 아니야. 그게 사실일 리가 없어. 내가 꿈을 꾼 거야. 존 크리스토가 총에 맞아…… 수영장 옆에 누워 있다니. 붉은 피와 푸른 물……. 마치 추리 소설에나 나올 법한 장면이잖아. 정말이지 믿겨지지가 않아. 그런 일이 일어나다니. 지금 우리가 에인스윅에 있다면 얼마나 좋을까. 에인스윅에서라면 그런 일은 일어나지 않을 텐데.'

검은 구름은 머릿속에서 빠져나와 배에 자리를 잡았고, 그 때문에 속이 약간 울렁거렸다.

그건 꿈이 아니었다. 사실이었다. 《뉴스 오브 더 월드》에나 나올 일이 현실이 된 것이다. 그리고 그녀와 에드워드, 루시, 헨리, 헨리에타 모두가 그 사건 속으로 휘말려 들어갔다.

불공평해…… 정말 불공평한 일이다. 게르다가 남편을 쏜 거라면 다른 사람들은 아무런 연관이 없는 것이니까.

미지는 불편한 마음에 몸을 뒤척였다.

조용하고, 어리석으며, 보는 사람으로 하여금 동정심마저 들게 만드는 게르다……. 그녀가 그렇게 충동적이고 폭력적인 일을 저지르리라고는 생각할 수가 없었다.

게르다는 분명 그 누구도 쏠 수 없을 것이다.

또다시 불편한 마음이 솟아올랐다. 아니, 아니야, 그렇게 생각하면 안 돼. 게르다가 아니라면 누가 존을 쐈단 말인가? 게르다는 분명 손에 권총을 쥔 채 쓰러진 남편 옆에 서 있었다. 헨리 경의 서재에서 빼낸 권총을 들고.

게르다는 존이 죽은 걸 발견하고 권총을 집어 들었다고 했다. 하긴 달리 뭐라 말할 수 있었겠는가? 어떻게든 변명을 해야 했을 것이다, 불쌍한 게르다.

헨리에타는 어쩔 수 없이 게르다를 옹호했다. 게르다의 이야기가 맞을 수도 있다고 말하면서 말이다. 하지만 평소 헨리에타는 근거 없는 이야기는 믿지 않는 사람이었다. 어젯밤의 헨리에타는 아주 이상했다.

물론 그건 존 크리스토의 죽음으로 인해 충격을 받았기 때문이었을 것이다.

불쌍한 헨리에타…… 그렇게나 존을 좋아했는데.

하지만 헨리에타는 곧 이겨 낼 수 있을 것이다. 사람이란 그 어떤 시련도 이겨 내기 마련이니까. 그런 다음 에드워드와 결혼해 에인스윅에 살겠지. 마침내 에드워드는 행복해질 수 있을 것이다.

헨리에타는 에드워드를 끔찍이 사랑했다. 그러다 활기차고 주위의 시선을 한 몸에 끌어당기는 존 크리스토가 그 앞에 나타난 것이다. 존 크리스토라는 빛에 가린 에드워드는 희미해져 버렸다.

아침 식사를 하러 아래층으로 내려간 순간, 미지는 존 크리스토라는 빛이 사라지자 에드워드의 존재가 되살아나기 시작했다는 것을 깨달았다. 예전처럼 머뭇거리거나 소심하던 태도는 사라지고 자신감이 넘쳐 보였다.

에드워드는 인상을 찌푸린 채 묵묵부답으로 일관하는 데이비드에게 유쾌하게 이야기를 늘어놓고 있었다.

"데이비드, 에인스윅에 자주 좀 와. 네가 그곳에 와서 편히 지내면서 맘껏 둘러봤으면 좋겠어."

데이비드는 빵에 마멀레이드를 바르며 냉랭하게 대꾸했다.

"그렇게 넓은 땅을 다 소유하고 있는 건 쓸데없는 낭비예요. 나눠서 팔아 치워야죠."

에드워드가 미소를 지으며 말했다.

"내가 살아 있는 동안에는 그럴 일 없을 거야. 그럼, 그래야지. 소작인들도 현재 생활에 아주 만족하고 있는걸."

"그럴 리가 없어요. 현재에 만족하고 사는 사람은 아무도 없으니까."

데이비드가 받아쳤다.

찬장 옆에 서 있던 레이디 앵커텔이 콩팥 요리가 담긴 접시를 멍하니 바라보며 중얼거렸다.

"원숭이들이 꼬리에 만족한다면…… 어릴 적에 학교에서 배운 시인데 그 뒤는 생각이 나질 않네. 데이비드, 너와 이야기를 나눠서 새로운 사상들을 좀 배워야겠구나. 쉽지는 않겠지만, 모든 사람들에게 무료로 의료 혜택을 제공하고 교육의 기회도 지금보다 많이 제공해야 한다고 나는 생각해. (매일 무력하게 학교로 끌려 들어가는 어린아이들이 정말 불쌍하지…….) 그리고 좋든 싫든 아기들 목구멍에 간유(肝油)를 억지로 밀어 넣잖아. 냄새도 정말 고약한데."

미지는 루시가 평소와 다름없다고 생각했다.

현관을 지나쳐 올 때 마주친 거전도 평소와 다름없어 보였다. 할로 저택은 아무 일도 없었던 것처럼 평범한 일상으로 돌아간 것 같았다. 게르다가 떠나고 나자 그 모든 비극이 한바탕 꿈인 것처럼 느껴졌다.

그 순간 바깥에서 자갈길에 자동차 바퀴 구르는 소리가 들렸다. 런던에서 하룻밤을 보낸 헨리 경이 아침 일찍 도착한 것이다.

"여보, 다 잘됐어요?"

루시가 물었다.

"응. 비서가 한 명 있더군……. 아주 야무진 아가씨야. 그 아가씨가 일을 정리할 테고. 게르다에게 자매가 있다나 봐. 비서가 전보를 쳤어."

"그럴 줄 알았어요. 턴브리지 웰스에 산대요?"

"벡스힐에 산다는 것 같던데."

헨리 경은 무슨 소리냐는 표정이었다.

"그렇군요."

루시는 벡스힐에 대해 곰곰이 생각했다.

"그래요……. 그곳도 가능성이 있어요."

거전이 다가왔다.

"주인 나리, 그레인지 경감이 전화를 했습니다. 심리는 수요일 오전 11시에 열린다고 합니다."

헨리 경은 고개를 끄덕였다. 레이디 앵커텔이 입을 열었다.

"미지, 가게에 전화를 걸어 두는 게 좋겠어."

미지는 천천히 전화기로 다가갔다. 그녀의 인생은 이제껏 너무나도 평범했기 때문에 고용주에게 나흘의 휴가를 다 쓴 후에도 살인 사건 관계로 결근하게 되었다는 사실을 어떻게 설명해야 할지 난감

하기만 했다.

거짓말이라고 생각할 것이다. 믿지 않을 게 분명했다.

게다가 그녀의 고용주 마담 앨프리지는 원래부터 말이 통하지 않는 사람이었다.

예상했던 대로 마담 앨프리지와의 통화는 불쾌하기만 했다. 체구가 작고 악랄한 그 유대인 여자의 카랑카랑한 목소리가 전화선을 타고 울려 퍼졌다.

"뭐라고요, 하드캐슬 양? 누가 죽었다고요? 장례식에 간다고요? 내가 얼마나 일손이 부족한지 몰라서 하는 소리예요? 내가 혼자서 이 일을 다 할 수 있다고 생각해요? 아, 그렇군. 혼자서 유유자적 편하게 쉬겠다, 이 말이군요!"

미지는 재빨리 끼어들어 확실하게 상황을 설명했다.

"경찰? 경찰이라고 했어요? 경찰이랑 무슨 문제가 생겼다고요?"

마담 앨프리지는 거의 비명을 지르다시피 했다.

미지는 이를 악물고 계속해서 설명을 했다. 수화기 저 반대편에 있는 여자는 미지가 처한 모든 상황을 야비하게 비꼬아 저속한 사건으로 만들고 있다. 정말이지 대단한 능력이었다!

그 순간 에드워드가 응접실 문을 열고 들어왔다. 그는 미지가 통화하는 걸 보고 다시 나가려고 했지만 미지는 그를 붙잡았다.

"그냥 있어요, 에드워드. 부탁이에요. 옆에 있어 줘요."

에드워드가 곁에 있으면 미지는 기운이 났다. 이 독살스러운 여자가 내뱉는 말들도 견딜 수 있었다.

미지는 수화기를 막았던 손을 치웠다.

"네? 네, 죄송해요, 마담. 하지만 그게 제 잘못은 아니잖아요……."

귀에 거슬리는 목소리가 수화기를 타고 쨍쨍 울려 퍼졌다.

"당신 친구들은 도대체 어떤 사람들이에요? 도대체 어떤 사람들이길래 남자가 총에 맞아 경찰을 불렀다는 거예요? 다신 우리 가게에 돌아올 생각 말아요! 당신 때문에 내 가게가 손해 보게 생겼잖아."

미지는 그저 굽실굽실 죄송하다는 말만 되풀이했고, 결국 한숨을 쉬며 수화기를 내려놓았다. 속이 울렁거리고 몸이 떨려 왔다.

"제가 일하는 곳이에요. 심리에 참석하고 경찰에 협조하느라 화요일까지는 출근할 수 없다고 알려 줘야 하거든요."

"너그럽게 받아 줬으면 좋겠는데. 당신이 일하는 옷가게는 어떤 곳이야? 주인은 친절하게 잘해 주고?"

"전혀요! 유대인인데 염색한 머리에 목소리는 까마귀 같다죠."

"이런, 미지……."

깜짝 놀란 에드워드의 표정에 미지는 웃음이 나왔다. 그가 얼마나 자신을 염려하는지가 표정에 다 드러났기 때문이다.

"미지…… 그렇게 힘든데 어떻게 참아? 꼭 직업을 가져야 한다면 편안한 환경에 좋은 사람들이 있는 곳에서 일해야지."

미지는 잠자코 에드워드를 바라보았다.

에드워드 같은 사람에게 어떻게 설명을 해야 할까? 에드워드가 직업에 대해, 일에 대해 뭘 알까?

순간 씁쓸한 마음이 밀려왔다. 루시와 헨리, 에드워드, 그리고 헨리에타까지…… 그녀와는 전혀 다른 세상에 사는 사람들이다. 유한 계급과 노동자 계급이 다르듯이.

다들 직장을 얻는 것이, 그리고 직장을 얻은 다음에는 그 직장에서 버티는 것이 얼마나 힘든 일인지 전혀 모르고 있었다! 누군가는 미지 역시 굳이 돈을 벌 필요가 없다고 말할지도 모른다. 루시와 헨리가 기꺼이 그녀에게 집을 제공해 줄 것이고 그에 못지않게 용돈도 두둑이 주려 할 것이다. 에드워드 또한 아낌없이 도움을 베풀려 할 것이다.

하지만 가만히 앉아 이 부유한 친척들에게서 도움을 받는 것은 내키지 않았다. 가끔씩 이렇게 할로 저택에 오면 루시의 화려한 생활 방식에 흠뻑 젖어 기분 좋게 지내기도 하지만, 꿋꿋하고 독립적인 미지는 그런 삶을 거저 받아들일 수가 없었다. 그 때문에 친척이나 친구들에게 돈을 빌려 사업을 시작하고 싶지도 않았다. 미지는 그런 경우를 너무 많이 봤다.

미지는 절대 돈을 빌리지도, 친분 관계를 이용하지도 않았다. 그렇게 해서 찾은 직장이 주급 4파운드를 받는 옷가게 점원 자리였다. 마담 앨프리지가 미지를 고용한 것은 그녀가 '멋쟁이' 친구들을 많이 데려올 거라는 희망에서였지만, 곧 마담 앨프리지는 실망하고 말았다. 친구들을 데려오는 일은 없을 거라고 미지가 단호하게 못을 박아 둔 것이다.

미지는 일에 대한 환상은 조금도 가지고 있지 않았다. 옷가게가 싫었고, 마담 앨프리지가 싫었고, 성질 고약한 손님들의 비위를 끊임없이 맞춰 줘야 하는 것도 싫었다. 하지만 특출한 능력이 있는 것도 아니었기 때문에 이보다 더 나은 직장을 찾을 수 있을 것 같지가 않았다.

오늘따라 직업을 골라 가질 수 있지 않느냐는 에드워드의 말이 참을 수 없이 짜증스러웠다. 에드워드는 어쩌면 저렇게 현실과 동떨어진 세계에 사는 걸까?

다들 앵커텔가 사람들이었다. 그리고 그녀는 반만 앵커텔이었던 것이다! 가끔씩 오늘 아침 같은 때는 자신이 앵커텔가에 속한 사람이 아닌 것 같다는 생각마저 들었다! 그저 아버지의 피만을 물려받은 것처럼.

미지는 언제나 그렇듯 애정과 양심의 가책을 느끼며 아버지를 떠올렸다. 반백의 머리에 피곤한 얼굴을 한 중년의 아버지. 모든 노력을 쏟아부었는데도 서서히 기울어 가는 작은 가업을 떠받치느라 고생한 아버지. 아버지가 무능해서가 아니었다. 시대의 흐름이 그러했다.

이상하게도 미지가 강한 애착을 느꼈던 쪽은 화려한 앵커텔가 사람인 어머니가 아니라 조용하고 늘 피곤에 절어 있던 아버지였다. 어릴 적 그녀가 자신의 삶에 환한 기쁨을 안겨 주었던 에인스윅에 갔다가 집으로 돌아올 때면, 피곤한 얼굴의 아버지는 약간의 힐난이 담긴 질문을 던지곤 했다. 그러면 미지는 아버지의 목에 매달려 이렇게 말했다.

"집에 오니까 정말 좋아요. 집에 오니까 너무 좋아요."

어머니는 미지가 열세 살 때 돌아가셨다. 미지는 가끔씩 자신이

어머니에 대해 아무것도 모른다는 사실을 떠올렸다. 미지의 어머니
는 가끔 얼이 빠진 듯 멍하니 있기는 했지만, 매력적이고 활달한 사
람이었다. 어머니는 결혼을, 앵커텔 가문이라는 울타리에서 자신을
벗어나게 만든 결혼을 후회했을까? 미지는 알 수 없었다. 어머니가
돌아가신 후, 아버지는 머리가 점점 더 하얗게 셌고 말수도 더 적어
졌다. 쓰러져 가는 가업을 지키려는 노력도 수포로 돌아가고 말았
다. 미지가 열여덟 살이 되던 해, 그녀의 아버지는 조용히 삶을 마감
했다.

그 후로 미지는 앵커텔가 친척 집을 이리저리 전전했으며, 친척
들이 주는 선물을 받으며 즐거운 시간을 보냈지만 재정적인 지원을
해 주겠다는 제안은 거절했다. 그녀는 친척들을 너무나도 사랑했지
만, 지금처럼 갑작스럽게 다른 세상에 사는 사람처럼 느껴질 때가
있었다.

미지는 잔뜩 화가 났다.

'이 사람들은 아무것도 몰라!'

언제나 그렇듯 섬세한 에드워드는 당황한 표정으로 미지를 바라
보고 있었다. 에드워드는 상냥한 목소리로 물었다.

"내가 화나게 한 거야? 왜 그래?"

그때 루시가 응접실로 들어왔다. 여전히 자신만의 대화에 푹 빠
진 채였다.

"……보자, 보자, 그 애가 여기보다 화이트 하트를 더 편하게 생각
할까?"

미지는 멍하니 루시를 바라보다가 에드워드에게 눈길을 돌렸다.

레이디 앵커텔이 말했다.

"에드워드를 쳐다봐야 소용없어. 에드워드는 모를 거야. 미지, 이런 건 네가 더 잘 알잖니."

"지금 무슨 얘길 하시는 건지 모르겠어요, 루시."

루시는 놀란 표정을 지었다.

"심리 말이야, 얘야. 게르다가 심리 때문에 이리로 와야 하잖니. 여기 머무르는 게 나을까? 아니면 화이트 하트로 가는 게 나을까? 물론 여기에 있기는 고통스럽겠지만…… 화이트 하트에 머무르면 사람들 시선도 신경 쓰이고 기자들도 잔뜩 몰려올 텐데. 수요일 11시지? 아니 11시 반이었나?"

레이디 앵커텔의 얼굴에 미소가 피어올랐다.

"심리에 참석하는 건 처음이야! 교회에 갈 때처럼 회색 옷을 입고 모자를 써야지…… 장갑은 빼고."

레이디 앵커텔은 응접실을 서성이다가 수화기를 들고는 진지한 얼굴로 내려다보며 말을 이었다.

"있잖아, 요즘에는 정원용 장갑 빼고는 장갑이 하나도 없다니까! 물론 기다란 이브닝드레스용 장갑들은 관저 생활을 끝낸 다음에 죄다 치워 버렸어. 장갑은 좀 바보 같잖니, 그렇게 생각하지 않니?"

"장갑은 범죄를 저지르면서 지문을 남기지 않으려 할 때만 쓸모가 있죠."

에드워드는 미소를 지으며 대꾸했다.

"네가 그런 말을 하다니 정말 흥미롭구나, 에드워드……. 정말 흥미로워. 내가 지금 이걸 들고 뭘 하는 거지?"

레이디 앵커텔은 살짝 인상을 찌푸리며 수화기를 내려다보았다.

"전화를 거시려던 거 아니에요?"

"그건 아닌 것 같아."

레이디 앵커텔은 의아하다는 듯 고개를 저으며 아주 조심스럽게 수화기를 제자리에 내려놓았다.

그러고는 에드워드와 미지를 차례로 바라보았다.

"에드워드, 미지를 화나게 하면 안 돼. 미지는 이 사건에 우리보다는 더 충격을 받았을 테니까."

에드워드가 억울하다는 듯 목소리가 커졌다.

"루시! 전 그저 미지가 일하는 곳이 탐탁지 않다는 말만 했을 뿐이에요. 제가 보기엔 영 아닌 것 같아서요."

"에드워드가 저한테 절 높이 평가해 주는 마음씨 착한 고용주 밑에서 일하라네요."

미지가 쌀쌀맞게 대꾸했다.

"오, 에드워드."

루시의 목소리는 에드워드의 의견에 전적으로 동의하는 듯했다. 루시는 미지에게 미소를 지어 보이고는 응접실을 다시 나갔다.

에드워드가 다시 입을 열었다.

"진심이야, 미지. 난 정말 네가 걱정돼서 하는 말이야."

미지는 냉큼 말을 잘랐다.

"그래도 그 빌어먹을 여자는 일주일에 4파운드를 준단 말이에요. 중요한 건 그거예요."

그러고는 에드워드 곁을 쌩하니 지나쳐 정원으로 나갔다.

나가 보니 헨리 경이 평소처럼 낮은 담장에 앉아 있어, 몸을 돌려 꽃길 쪽으로 걸어 올라갔다.

친척들은 매력적인 사람들이지만, 오늘 아침만은 그러한 매력을 참을 수가 없었다.

꽃길의 꼭대기에 도달해 보니 데이비드 앵커텔이 벤치에 앉아 있었다.

데이비드에게는 다른 친척들 같은 과도한 매력이 없었다. 미지는 바로 그 옆에 앉았다. 데이비드의 당황스러워하는 표정을 보기 위해 일부러 그런 것은 아니었다.

'사람들에게서 벗어나는 것이 왜 이렇게 힘든 거지?'

데이비드는 이렇게 생각했다.

걸레와 먼지떨이를 들고 갑작스레 밀고 들어온 가정부들 때문에 침실에서 쫓겨난 참이었다.

서재(그리고 브리태니커 사전) 또한 그가 생각했던 것처럼 안락한 안식처가 아니었다. 레이디 앵커텔이 두 번이나 서재로 들어와 지적인 대답이 절대 불가능한 상냥한 말들을 늘어놓고 다시 나갔던 것이다.

그래서 그는 이곳에 나와 자신의 처지에 대해 곰곰이 생각하는 중이었다. 내키지 않던 주말이 이제는 갑작스러운 살인 사건으로

인해 더 길어져 버렸다.

학문의 역사에 대한 숙고나 좌익의 미래에 대한 열띤 토론을 좋아하는 데이비드에게는 이런 폭력적이고 현실적인 문제가 낯설기만 했다. 레이디 앵커텔에게도 말했듯, 그는 《뉴스 오브 더 월드》를 읽어 본 적도 없었다. 하지만 《뉴스 오브 더 월드》가 할로 저택에서 현실이 된 것이다.

살인이라니! 데이비드는 혐오감에 몸서리를 쳤다. 친구들은 뭐라고 생각할까? 어떻게 사람이 살인을 저지를 수 있을까? 살인을 저지른 사람의 심정은 어땠을까? 지루함? 혐오감? 약간의 즐거움?

이런 문제들을 고민해 보려던 데이비드는 미지의 방해가 달갑지 않았다. 데이비드는 불쾌한 기색을 숨기지 않고 옆에 앉는 미지를 바라보았다.

미지가 시선을 피하지 않고 똑바로 쳐다봐서, 데이비드는 조금 놀라고 말았다. 정말이지 지적인 구석이라고는 조금도 없는, 좋아할래야 좋아할 수 없는 여자였다.

미지가 입을 열었다.

"친척들에 대해 어떻게 생각해?"

데이비드는 어깨를 으쓱하며 대꾸했다.

"친척들에 대해 굳이 생각해 봐야 할 필요가 있나요?"

"그렇다면 무슨 생각을 했는데?"

물론 당신은 아무런 생각도 하지 않겠지. 이런 생각을 하면서도 데이비드는 가까스로 무례하지 않게 대답했다.

"저는 살인에 대한 제 반응을 분석해 보던 중이었어요."

"살인 사건 관련자가 되다니, 정말 이상한 일이야."

데이비드는 한숨을 쉬고는 다시 입을 열었다.

"지겹죠. 사람들이 생각하는 거라곤 추리 소설에나 나올 법한 판에 박힌 상황들뿐이잖아요!"

데이비드로서는 최대한 예의 바르게 대답한 것이었다.

"여기 온 걸 후회하겠구나."

데이비드는 다시 한숨을 쉬었다.

"네. 차라리 런던에 있는 친구 집에 가 있을걸 그랬어요."

그리고 이렇게 덧붙였다.

"그 친구는 좌익 계열 서적을 판매하는 서점을 운영하고 있죠."

"여기보다는 훨씬 편안하겠네."

"편안한 게 그렇게 중요한가요?"

데이비드는 경멸하듯 물었다.

"가끔씩은 아무것도 신경 쓰지 않고 살았으면 하고 바랄 때가 있어."

"그건 전형적인 부르주아의 태도군요. 만약 노동자였다면……."

미지가 말을 잘랐다.

"난 노동자야. 그렇기 때문에 편안하고 안락한 삶이 부러운 거라고. 커다란 침대, 오리털이 가득한 푹신한 베개, 아침 일찍 침대 맡에 놓여 있는 차, 뜨거운 물이 가득 찬 도자기 욕조, 그리고 향긋한 거품 목욕제. 푹신하게 몸을 받쳐 주는 안락의자……."

미지는 상상의 나래를 펼치느라 말을 멈췄다.

"노동자들도 그 모든 것들을 다 누릴 수 있어야 해요."

데이비드가 말했다.

하지만 거기서 아침 일찍 하녀가 가져다주는 차는 제외해야 하지 않을까 싶었다. 그건 고도로 조직화된 사회에서는 지나치게 사치스러운 것 같았기 때문이다.

"나도 정말 그랬으면 좋겠어."

미지는 진심 어린 목소리로 대답했다.

15장

언제나 그렇듯 아침의 핫초콜릿 한 잔을 즐기던 에르퀼 푸아로는 전화벨이 울리는 소리에 느긋한 취미 생활을 중단해야 했다. 그는 자리에서 일어나 수화기를 들었다.

"알로(여보세요)?"

"무슈 푸아로?"

"레이디 앵커텔이십니까?"

"당신 목소리를 들으니 정말 반갑네요! 혹시 제가 방해한 건 아닌가요?"

"천만의 말씀입니다. 안 그래도 레이디 앵커텔께서 어제의 사건 때문에 아직 괴로워하고 계신 건 아닌지 걱정하던 참이었습니다."

"전 괜찮아요. 당신 말대로 괴롭기는 했지만, 이제는 초연한 기분이 드네요. 혹시 이쪽으로 와 주실 수 있는지 여쭤보려고 전화를 드렸어요……. 부담스러우시겠지만 제가 지금 아주 곤란한 상황에 처해 있어요."

"문제 없습니다, 레이디 앵커텔. 지금 당장 말씀이십니까?"

"네, 지금 당장이요. 가능한 빨리 와 주셨으면 정말 고맙겠어요."

"물론입니다. 그렇다면 제가 숲속을 가로질러 가도 될까요?"

"오, 그럼요……. 그쪽이 지름길이죠. 정말 감사해요, 무슈 푸아로."

푸아로는 깃에 붙은 먼지만을 떨어내고 얼른 얇은 오버코트를 걸친 다음 저택 사이 샛길을 가로질러 밤나무 숲 사이로 난 길로 발걸음을 재촉했다. 수영장은 황량했다. 경찰이 조사를 끝내고 다 떠나버린 것이다. 수영장은 부드러운 안개를 머금은 채 가을 햇살을 받아 순결하고 평화로워 보였다.

푸아로는 별채 안에 흘끗 시선을 주었다. 은빛 여우털 망토가 보이지 않았다. 하지만 긴 의자 옆 테이블에는 여전히 성냥 상자 여섯 개가 놓여 있었다. 성냥 상자에 대해 궁금한 마음이 더욱 커졌다.

'여긴 눅눅해서 성냥을 보관할 만한 장소가 아닌데. 한 상자 정도야 둘 수 있지만…… 여섯 상자를 둘 필요는 없지.'

푸아로는 이맛살을 찌푸린 채 페인트칠이 된 철제 테이블을 내려다보았다. 유리잔이 담겨 있던 쟁반은 치워지고 없었다. 테이블에는 누군가가 연필로 그려 놓은 낙서가 있었는데, 끔찍하게 생긴 나무 한 그루가 조잡하게 그려져 있었다. 그 낙서가 깔끔한 것을 좋아하는 에르퀼 푸아로의 신경을 긁었다.

그는 혀를 끌끌 차며 고개를 설레설레 흔들고는, 왜 갑자기 자신을 불렀는지 의아해하며 저택을 향해 걸음을 서둘렀다.

레이디 앵커텔은 프랑스식 창문에서 기다리고 있다가, 재빨리 아무도 없는 응접실 안으로 그를 데려갔다.

"와 주셔서 정말 감사해요, 무슈 푸아로."

레이디 앵커텔은 푸아로의 손을 꼭 잡았다.

"마담, 뭐든 말씀만 하십시오."

레이디 앵커텔은 우아하게 손을 저으며 커다랗고 아름다운 눈을 반짝였다.

"아시겠지만, 너무 힘들어요. 경찰이라는 사람이 와서 거전에게 질문을…… 아니 신문, 그도 아니면 진술을 받는다고 하나요? 이런 걸 경찰에서 뭐라고 하죠? 아시다시피 거전이 이 집 살림을 전부 도맡아 하고 있는데, 너무 불쌍해요. 경찰에게 신문을 받다니 정말 끔찍한 일이잖아요……. 그레인지 경감이 상냥하고 가정적인 남자처럼 보이긴 해도 말이에요……. 그 사람은 아들이 있을 것 같아요. 저녁때면 아이들과 함께 메카노·세트(플라스틱 조립 완구 — 옮긴이)를 가지고 놀아 주겠죠……. 집 안이 좀 정신없긴 하겠지만 부인은 모든 걸 깨끗하게 정돈해 놓고요……."

레이디 앵커텔이 그레인지 경감의 가정 생활에 대해 상상의 나래를 펼치는 동안 에르퀼 푸아로는 멍하니 눈만 깜빡였다.

그녀는 말을 계속했다.

"그나저나 그 사람 콧수염은 너무 축 늘어졌어요. 먼지 하나 없이 너무 깨끗하기만 한 집은 가끔씩 우울하죠……. 끊임없이 비누로 얼굴을 씻는 병원 간호사들처럼 말이에요. 얼마나 반짝반짝 빛이 나던지! 하지만 시대가 뒤떨어진 시골 사람들이 더 심해요······. 런던 병원의 간호사들은 얼굴에 파우더를 잔뜩 묻히고 아주 요란한 립스틱을 바르죠. 무슈 푸아로, 이 터무니없는 상황이 다 정리되면 꼭 점심 식사를 하러 오셔야 해요."

"정말 친절하시군요."

"저는 경찰을 신경 쓰지 않아요. 오히려 사실 아주 흥미로운걸요. '제가 할 수 있는 일은 뭐든 도와 드릴게요.' 그레인지 경감에게도 이렇게 말했어요. 갈피를 못 잡긴 하지만 체계적인 사람 같아요.

경찰에게는 동기가 아주 중요한가 봐요. 병원 간호사 얘기가 나왔으니 말인데요, 존 크리스토는 빨간 머리에 버선코를 한 간호사랑 바람을 피운 적이 있어요. 아주 매력적인 아가씨였죠. 하지만 그건 아주 오래전 일이라 경찰들은 관심을 두지 않을 거예요. 정말이지 불쌍한 게르다가 얼마나 많은 일을 참아 내야 했는지는 아무도 몰라요. 그 애는 정말 충직한 타입이잖아요, 그렇게 생각하지 않으세요? 아니면 그저 남편이 하는 말을 곧이곧대로 믿었겠죠. 머리가 좋지 않은 사람이라면 그러는 편이 현명할 거예요."

레이디 앵커텔은 느닷없이 서재 문을 열어젖히고는 푸아로를 안으로 들여보내며 명랑하게 외쳤다.

"무슈 푸아로가 오셨어요."

그러고는 푸아로를 지나쳐 밖으로 나가 서재 문을 닫았다. 그레인지 경감과 거전이 책상 옆에 앉아 있었고, 한쪽 구석에는 젊은 남자가 수첩과 연필을 들고 있었다. 거전은 예의를 갖추느라 자리에서 일어섰다.

푸아로는 서둘러 사과의 말을 건넸다.

"지금 바로 나가겠습니다. 레이디 앵커텔께서 왜 이러셨는지 저는 전혀 모르겠군요……"

"아닙니다, 아니에요. 그러실 필요 없습니다."

그레인지의 콧수염은 오늘 아침따라 유달리 우울해 보였다. 푸아로는 레이디 앵커텔이 좀 전에 묘사한 그레인지의 모습에 정신을 빼앗겼다.

'어쩌면 집이 너무 깔끔하게 정돈되어 있거나 베나레스(금속 공예로 유명한 인도 바라나시의 다른 이름 — 옮긴이)에서 만든 구리 테이블을 사들여 이 훌륭한 경감이 집에서 마음껏 돌아다니지 못하는지도 모르지.'

푸아로는 터무니없는 생각들을 떨쳐 버렸다. 그레인지 경감의 깨끗하지만 복잡한 집, 그의 아내, 그의 아들, 장난감 세트…… 이런 건 전부 레이디 앵커텔의 복잡한 머릿속에서 나온 허구일 뿐이었다.

하지만 레이디 앵커텔의 이야기는 마치 현실처럼 생생하게 살아 있었다. 정말이지 대단한 상상력이었다.

"앉으십시오, 무슈 푸아로. 제가 여쭤볼 게 몇 가지 있습니다. 거전의 진술은 거의 다 끝났으니까요."

그레인지 경감은 이렇게 말한 다음 공손한 태도로 마지못한 듯 다시 의자에 앉아 무표정한 얼굴로 자신을 바라보고 있는 거전에게 시선을 돌렸다.

"그게 당신이 기억하는 전부입니까?"

"네, 모든 것이 평소와 다름없었습니다. 불미스러운 다툼 같은 건 전혀 없었습니다."

"모피 숄 건이 남았는데…… 수영장 옆 별채에 있던 것 말입니다. 그건 어느 숙녀의 것이죠?"

"은빛 여우 숄을 말씀하시는 겁니까? 어제 유리잔을 치우러 갔다가 발견했습니다. 하지만 그건 이 저택 사람의 것이 아닙니다."

"그럼 누구 거죠?"

"확실하지는 않지만 크레이 양의 숄인 것 같습니다. 영화배우 베로니카 크레이 양이요. 그와 비슷한 숄을 걸치고 있었습니다."

"그게 언제죠?"

"엊그제 밤 이곳에 왔을 때였습니다."

"하지만 이곳 손님 명단을 이야기할 때 그분 이름은 왜 말하지 않았죠?"

"그분은 손님이 아니었습니다. 크레이 양은 도브코츠, 그러니까…… 샛길로 올라가면 나오는 별장에 살고 있습니다. 그날 저녁 식사 후에 성냥이 떨어졌다며 빌리러 온 겁니다."

"그분이 성냥 여섯 상자를 가져갔나요?"

거전은 푸아로를 바라보며 대답했다.

"그렇습니다. 주인마님께서는 집에 성냥이 많은지 물어보시고는 크레이 양께 여섯 상자를 가져가라고 고집하셨습니다."

"그리고 그녀가 별채에 성냥을 두고 갔군요."

푸아로가 말했다.

"네. 저도 어제 아침에 보고 알았습니다."

"저 사람은 모르는 게 없군요."

거전이 조용하고 공손하게 서재 문을 닫고 나가는 걸 보며 푸아로가 한마디 했다.

그레인지 경감도 짧게 한마디 했다, 하인들은 다루기가 힘들다고! 그래도 다시 씩씩하게 말했다.

"하지만 아직 식모가 남아 있죠. 식모들은 말이 많아요……. 꽉 막힌 상급 하인들과는 다릅니다.

할리가 쪽을 조사하기 위해 경찰 하나를 보내 뒀습니다. 저도 오후에는 그곳으로 가 볼 예정입니다. 거기서 뭔가를 알아내야죠. 크리스토의 부인 되는 여자가 남편 때문에 많은 걸 참고 살았나 보더군요. 잘생긴 의사였던 데다 환자들은 죄다 여자뿐이니…… 뭐, 당연한 일일 겁니다! 그리고 레이디 앵커텔의 말로는 병원 간호사와도 문제가 있었다더군요. 물론 아주 모호하게 에둘러 말씀하시긴 했지만요."

"네, 레이디 앵커텔은 언제나 그렇지요."

충분히 상상할 수 있는 일이었다. 존 크리스토와 병원 간호사의 연애…… 의사라는 직업에는 많은 유혹이 따를 것이다……. 게르다 크리스토에게는 질투에 휩싸여 마침내 살인을 저지를 이유가 충분할 것이다.

그래, 충분히 가능성 있는 이야기였다. 할로 저택을 제외하고, 헨리에타 세이버네이크가 앞으로 나서서 게르다 크리스토의 손에서 권총을 빼앗아 든 순간을 제외하고, 존 크리스토가 죽어 가면서 "헨리에타……"라고 외친 순간만 제외하고서 할리가에 사는 두 부부에게만 초점을 맞춘다면 말이다.

지긋이 내리깔고 있던 눈을 번쩍 뜬 에르퀼 푸아로는 호기심을 이기지 못하고 질문을 던졌다.

"경감님의 아들은 메카노 세트를 가지고 놉니까?"

"에, 뭐라고요?"

인상을 찌푸린 채 생각에 잠겨 있던 그레인지 경감이 퍼뜩 정신을 차리고 푸아로를 바라보았다.

"이런, 느닷없이 왜 그런 질문을 하시는 겁니까? 아이들이 아직 어려서……. 하지만 크리스마스 선물로 테디 메카노 세트를 사 줄까 생각하고 있던 참이었습니다. 갑자기 그건 왜 물으십니까?"

푸아로는 아무 말 없이 고개를 저었다.

레이디 앵커텔이 위험한 것은 그녀의 말도 안 되는 추측과 직감이 가끔씩 들어맞기 때문인 듯했다. 그녀는 무심한(혹은 무심해 보이는) 말들로 생생한 그림을 만들어 내곤 했다……. 그리고 그 그림의 일부가 옳다면, 자신도 모르게 나머지 부분들도 옳을 거라고 생각하게 되지 않을까……?

그레인지 경감이 입을 열었다.

"한 가지 궁금한 점이 있습니다, 무슈 푸아로. 배우라는 크레이 양

말인데요……. 그녀는 성냥을 빌리기 위해 이 저택까지 걸어왔습니다. 성냥을 빌리고 싶었다면 왜 한두 발짝밖에 떨어지지 않은 선생의 별장에는 찾아가지 않았을까요? 왜 0.5킬로미터나 떨어진 이곳까지 온 걸까요?"

에르퀼 푸아로는 어깨를 으쓱했다.

"이유가 있을 겁니다. 속물적인 이유라고나 할까요? 제 조그만 별장은 작고 보잘 것 없는 데다 전 주말에만 이곳에 내려오죠. 하지만 헨리 경과 레이디 앵커텔은 이곳에 사는 영향력 있는 유명 인사거든요. 이 베로니카 크레이 양은 어쩌면 이 집 사람들과 안면을 트고 싶었을지도 모릅니다……. 그것도 한 가지 방법이니까요."

그레인지 경감이 자리에서 일어섰다.

"네, 그것도 가능한 이야기군요. 하지만 그 어떤 것도 쉽게 지나칠 수는 없죠. 어쨌든 모든 일이 아주 순조롭게 진행될 것 같습니다. 헨리 경이 그 권총이 수집한 것 중 하나라고 확인을 해 주었습니다. 그리고 그 총으로 사건 전날 오후에 사격 연습을 했다고 합니다. 그러니 크리스토 부인은 헨리 경이 권총과 탄약을 치워 둔 곳을 미리 봐 뒀다가 서재에서 손쉽게 그 총을 빼낼 수 있었겠죠. 아주 간단합니다."

"네, 정말이지 아주 간단한 것 같군요."

푸아로가 중얼거렸다.

게르다 크리스토 같은 여자가 범죄를 저지르는 것도 그렇게 간단할 거라고 푸아로는 생각했다. 교묘하거나 복잡한 속임수는 생각도

못 하고, 사랑에 눈이 멀고 괴로운 나머지 갑자기 폭력적인 성향을
드러내는 것이다.

하지만 분명…… 분명 그런 그녀에게도 자기 보호 본능은 어느
정도 존재할 것이다. 혹시 어떻게 핑계를 댈지 몰라 그 멍한 표정,
아무것도 모르겠다는 표정으로 연기를 한 것일까?

푸아로는 그녀의 멍한 얼굴을 떠올렸다.

알 수가 없었다……. 전혀 알 수가 없었다.

하지만 알아내야 한다는 생각이 들었다.

16장

게르다 크리스토는 검은 원피스를 머리 위로 끌어 올려 벗은 다음 의자에 아무렇게나 내팽개쳤다.

눈동자는 불안하고 애처롭게 떨렸다.

"난 모르겠어⋯⋯. 정말 아무것도 모르겠어. 다 귀찮아."

"알아. 나도 알아."

게르다의 말에 패터슨 부인은 상냥하면서도 단호하게 대답했다. 그녀는 사별한 사람들을 어떻게 다뤄야 하는지 잘 알고 있었다.

'엘시는 위기 상황에서도 정말 침착하다니까.'

가족들은 그녀를 두고 이렇게 말하곤 했다.

지금 그녀는 멋진 할리가에 위치한 동생 게르다의 침실에 앉아 있었다. 엘시 패터슨은 키가 크고 호리호리한 데다 활기가 넘치는 사람이었다. 그녀는 짜증과 연민이 뒤섞인 눈빛으로 게르다를 바라보았다.

불쌍한 게르다…… 그렇게 끔찍한 일로 남편을 잃다니 너무 비극적인 일이었다. 그리고 지금까지도 게르다는 그 사실을, 자신이 그 사건의 용의자가 되었다는 사실을 제대로 이해하지 못하는 것 같았다. 하긴, 게르다는 어릴 적부터 끔찍할 정도로 둔한 아이였다. 게다가 남편의 죽음으로 충격까지 받았으니.

패터슨 부인은 밝은 목소리로 말했다.

"12기니짜리 검은색 모직으로 결정하는 게 좋을 것 같아."

게르다는 항상 누군가 자신을 대신해서 결정을 내려 주길 바랐다.

게르다는 양미간을 찌푸린 채 미동도 없이 가만히 서 있었다. 그리고 머뭇거리면서 입을 열었다.

"존이 상복을 좋아할지 잘 모르겠어. 한번은 그이가 상복이 싫다고 말하는 걸 들은 적이 있는 것 같아서."

'존. 존이 내 옆에서 이렇게 저렇게 하라고 얘기해 준다면 얼마나 좋을까.'

게르다의 심정이었다.

하지만 절대 존을 다시 볼 수는 없을 것이다. 절대, 절대, 절대…… 양고기가 식어 가고 식탁에서 굳어 가는데…… 진료실 문소리가 들리면서 존이 한 번에 두 계단씩 성큼성큼 올라온다. 언제나 그렇듯 서둘러서. 그이는 항상 활기와 생기가 넘치는 사람이었다…….

생기가 넘쳤다.

그 사람이 수영장 옆에 하늘을 보며 누워 있던 모습…… 수영장 모서리를 타고 뚝뚝 떨어지던 피…… 손에 쥔 리볼버의 촉감…….

다 악몽일 뿐이다. 잠에서 깨어나면 다 괜찮아질 것이다.

언니의 또랑또랑한 목소리에 멍하니 생각에 잠겨 있던 게르다는 퍼뜩 정신이 들었다.

"심리에 입을 검은색 옷을 준비해야 해. 네가 그 자리에 밝은 파란색 옷을 입고 가면 사람들이 얼마나 이상하게 보겠니."

"아, 그 끔찍한 심리!"

게르다는 눈을 내리깔았다.

"그래, 정말 끔찍한 일이지. 다 끝나면 곧장 우리 집으로 와. 우리가 잘 보살펴 줄게."

엘시 패터슨이 재빨리 대꾸했다.

그 말에 게르다 크리스토의 불안감은 더해졌다. 그녀는 두려운 목소리로, 거의 공포에 질린 목소리로 말했다.

"존 없이 어떻게 살아가지?"

엘시 패터슨은 그런 질문에 어떻게 대답해야 하는지 잘 알고 있었다.

"아이들이 있잖아. 아이들을 위해서 마음 굳게 먹고 살아야지."

아빠의 죽음을 알렸을 때 제나는 훌쩍거리면서 "아빠가 죽다니!"라고 외치고는 침대에 푹 파묻혀 울기만 했다. 테렌스는 창백한 얼굴에 무언가 묻고 싶은 표정이었지만, 눈물은 한 방울도 흘리지 않았다.

권총 사고라고…… 게르다는 아이들에게 그렇게만 말했다. 불쌍한 아빠가 사고를 당했다고.

존의 비서 베릴 콜린스는 (사려 깊게도) 조간신문을 치워 아이들이 보지 못하게 했다. 하인들에게도 경고를 해 두었다. 정말이지 베릴은 세상에서 가장 착하고 배려심이 깊은 여자였다.

테렌스는 어두침침한 응접실에 홀로 앉아 있는 엄마에게 다가왔다. 아이는 입을 꾹 다문 데다 얼굴은 창백하다 못해 푸르게 보일 정도였다.

"왜 아빠가 총에 맞은 거예요?"

"사고란다, 애야. 그 얘기는 더 이상 하고 싶지 않구나."

"사고가 아니잖아요. 왜 거짓말을 하세요? 아빠는 살해당했어요. 살인 사건이라고요. 신문에서 그랬어요."

"테렌스, 어떻게 신문을 본 거니? 내가 콜린스 양에게 얘기해……"

아이는 고개를 끄덕였다……. 노인들이 하듯이 이상할 정도로 계속 끄덕였다.

"밖에 나가서 신문을 샀어요. 엄마가 분명 우리에게 말하지 않은 게 있을 거라고 생각했어요. 그렇지 않다면 왜 콜린스 씨가 신문을 숨겼겠어요?"

테렌스에게는 진실을 숨기려 해 봐야 소용이 없었다. 테렌스는 항상 기괴하고 현실과 동떨어진 과학적 호기심을 충족시켜야 하는 아이였다.

"왜 아빠가 살해당한 거예요, 엄마?"

게르다는 그 말에 완전히 무너져 내려 신경질을 부렸다.

"나한테 묻지 마! 그 얘긴 하지도 마……. 얘기하기 싫어……. 너무 무섭고 끔찍해."

"하지만 결국은 사람들이 알아내겠죠? 이유는 반드시 알아내야 하는 거잖아요."

너무나도 이성적이고 너무나도 초연한 말이었다. 그 말에 게르다는 비명을 지르고, 웃고, 울음을 터뜨리고 싶었다. 그녀는 생각했다.

'저 애는 신경도 쓰질 않아, 신경을 쓰지 못하는 거야……. 계속해서 질문만 던지잖아. 왜 저 애는 울지도 않는 거지?'

테렌스는 엘시의 잔소리를 피해 도망갔다. 외롭고 어린 소년의 얼굴은 창백하고 시무룩했다. 테렌스는 언제나 외로웠다. 그래도 어제까지는 아무래도 상관없었다.

하지만 오늘은 달랐다. 누군가가 곁에서 확실하고 조리 있게 질문에 대답해 주면 좋겠다는 생각이 들었다.

화요일인 내일은 테렌스가 니콜슨 마이너와 니트로글리세린을 만들기로 한 날이었다. 들뜬 마음으로 이날이 오기를 고대했지만 이제 들뜬 마음은 사라져 버렸다. 앞으로 영영 니트로글리세린을 만들지 못한다 하더라도 상관없을 것 같았다.

테렌스는 그런 자신에게 깜짝 놀라고 말았다. 과학 실험에 신경을 쓰지 않다니. 하지만 아버지가 살해당했다…….

'우리 아빠가…… 살해당했어.'

순간 어떤 감정이 스멀스멀 생겨나 뿌리를 내리고 점점 더 커졌다. 미약한 분노였다.

베릴 콜린스가 게르다의 침실 문을 똑똑 두드리고 안으로 들어왔다. 창백한 얼굴, 차분하고 유능한 모습이었다.

"그레인지 경감님이 왔어요."

게르다가 놀라 숨을 제대로 못 쉬며 애처로운 눈길로 바라보자, 베릴이 재빨리 덧붙였다.

"경감님 말씀이 부인을 귀찮게 하지는 않겠대요. 떠나기 전에 부인에게 몇 마디 묻긴 하겠지만, 그건 크리스토 선생님의 업무에 관한 일상적인 질문들일 뿐이고 그분이 원하는 건 제가 다 대답해 드리도록 할게요."

"고마워요. 콜린스."

베릴이 재빨리 방을 나가자 게르다는 안도의 한숨을 쉬었다.

"콜린스는 정말 듬직해. 뭐든 척척 해낸다니까."

패터슨 부인이 맞장구쳤다.

"그래, 정말 뛰어난 비서지. 그리고 못생기고 불쌍한 아가씨고. 그렇지 않니? 난 차라리 그래서 다행이라고 생각해. 특히 존처럼 매력적인 남자한테는 말이야."

그 말에 게르다는 벌컥 화를 냈다.

"그게 무슨 뜻이야, 언니? 존은 절대 그러지 않아. 절대…… 예쁜 비서가 있었다면 존이 바람을 피우거나 추잡한 짓이라도 저질렀을 거라는 뜻이야? 존은 절대 그런 사람이 아니었어."

"물론 그래야지. 하지만 남자들이란 다 똑같잖니!"

아래층 진료실에서는 그레인지 경감이 베릴 콜린스의 차갑고 도전적인 시선을 마주하고 있었다. 정말 도전적인 눈빛이었다. 어쩌면 선천적인 것인지도 모른다고 경감은 생각했다.

'못생긴 아가씨군. 의사와 이 아가씨 사이에는 아무 일도 없었을 거야. 어쩌면 이 아가씨가 의사에게 연정을 품었을지도 모르지. 그런 일은 비일비재하니까.'

하지만 15분쯤 지나자, 의자에 기대앉으며 이 아가씨는 그렇지 않았으리라는 결론을 얻을 수 있었다. 베릴 콜린스의 답변은 명료하기 그지없었다. 질문을 받으면 주저하지 않고 의사의 업무에 대해 상세하고 명료하게 대답했다. 그레인지 경감은 방향을 바꾸어 존 크리스토와 부인의 관계에 대해 은근슬쩍 떠보았다.

베릴은 둘의 사이가 아주 좋았다고 대답했다.

"그래도 결혼한 부부들이니 가끔씩 다투긴 했겠죠?"

경감은 아무렇지 않은 듯 의미심장한 질문을 던졌다.

"두 분이 싸우는 것은 전혀 보지 못했습니다. 크리스토 부인은 남편에게 아주 헌신적인 분이었어요……. 비굴해 보일 정도였죠."

베릴의 목소리에는 희미하게 경멸하는 듯한 기색이 어려 있었다. 그레인지 경감은 그걸 알아차렸다.

'이 아가씨는 페미니스트군.'

이렇게 생각하고는 다시 질문을 던졌다.

"크리스토 부인께서는 자기 주장이 전혀 없었나요?"

"네. 모든 것이 크리스토 선생님 위주로 돌아갔어요."

"폭군 유형이었습니까?"

베릴은 잠시 생각하더니 대답했다.

"아니요, 그렇지는 않았어요. 하지만 선생님은 아주 이기적인 남자였죠. 부인이 항상 순종하는 걸 당연하게 받아들였어요."

"환자들과…… 그러니까 여자 환자들과 무슨 문제는 없었습니까? 솔직하게 털어놓아도 됩니다, 콜린스 양. 의사들이 그런 부분에서 문제가 있다는 건 다들 알고 있는 사실이니까요."

"오, 그런 문제 말씀이군요!"

베릴은 경멸 조로 한마디 내뱉고는 대답했다.

"크리스토 선생님은 그런 문제를 다루는 데는 별로 어려움을 겪지 않았어요. 환자들에게는 언제나 매너가 좋으셨으니까요."

그러고는 어쩔 수 없이 칭찬을 한다는 투로 이렇게 덧붙였다.

"그분은 정말 훌륭한 의사였어요."

"크리스토 씨는 여자 문제에 휘말린 적이 있습니까? 감추지 마십시오, 콜린스 양. 꼭 알아야 할 중요한 사항입니다."

"네, 잘 알겠어요. 하지만 저는 모르는 일이에요."

그레인지 경감은 베릴의 말투가 지나치게 퉁명스럽다고 생각했다. 알지는 못하지만 짐작은 하고 있을지도 모른다.

그는 날카롭게 질문을 던졌다.

"헨리에타 세이버네이크 양은 어떻습니까?"

베릴은 입술을 꼭 다물었다.

"친한 친구분이었어요."

"그분 때문에 크리스토 부부 사이에 문제가 생기진 않았습니까?"

"물론 그런 일은 없었습니다."

단호한 대답이었다. (어쩌면 지나칠 정도로?)

경감은 다시 질문의 방향을 바꾸었다.

"베로니카 크레이 양은 어떻습니까?"

"베로니카 크레이요?"

베릴의 목소리에는 순수하게 놀란 기색이 어려 있었다.

"그분은 크리스토 선생님의 친구분이었죠, 그렇지 않습니까?"

"그런 얘기는 들은 적이 없어요. 하지만 왠지 이름은 익숙하네요……."

"영화배우입니다."

베릴은 찡그렸던 미간을 폈다.

"그렇군요! 어쩐지 이름이 익숙하다 했어요. 하지만 전 크리스토 선생님이 그분과 알고 지내는 사이인 줄은 몰랐어요."

그 부분만은 순순하고 솔직하게 대답한 것 같아서 경감은 즉시 다음 질문으로 넘어갔다. 그는 계속해서 지난 토요일 날 크리스토 선생의 태도가 어땠는지 물었다. 그러자 시종 자신감에 차 있던 베릴이 처음으로 주저하더니 천천히 입을 열었다.

"선생님은 평소와 좀 달랐어요."

"어떻게 달랐습니까?"

"넋이 나간 사람처럼 멍했어요. 마지막 환자를 보기 전 한참 동안 벨을 울리지 않았지요……. 보통 때는 빨리빨리 서둘러서 일을 끝냈거든요. 그래서 저는 선생님이 뭔가 근심거리가 있는 게 분명하다고 생각했어요."

베릴도 그 이상은 알 수가 없었다.

그레인지 경감은 이번 조사 결과가 썩 만족스럽지 않았다. 동기를 전혀 찾을 수가 없었던 것이다……. 검사가 사건을 조사하기 전까지는 동기를 확립해 두어야 했다.

경감은 마음속으로 게르다 크리스토가 남편을 쏜 것이라고 확신하고 있었다. 범행 동기는 질투라고 보았지만, 지금까지 그 생각을 뒷받침해 줄 증거는 아무것도 찾지 못했다. 쿰스 경사가 하녀들을 탐문 조사했지만 똑같은 이야기뿐이었다. 크리스토 부인은 남편이 발을 딛는 땅까지 숭배했다는 것이다.

할로 저택에서 무슨 일인가가 일어난 것이 분명하다는 생각이 들었다. 경감은 할로 저택을 떠올릴 때면 왠지 모를 불안감을 느꼈다. 그곳 사람들은 전부 이상했다.

책상 전화기가 울리자 콜린스 양이 수화기를 들었다.

"경감님에게 온 전화예요."

이렇게 말하고 수화기를 건네주었다.

"여보세요, 그레인지입니다. 뭐라고?"

베릴은 경감의 목소리가 변하는 걸 듣고는 호기심 어린 시선으로 그를 바라보았다. 경감의 무표정한 얼굴은 변하지 않았다. 그는 툴툴거리며 통화를 계속했다.

"그래…… 그래, 알겠어. 그건 확실한 거지? 실수일 가능성은 없는 거지? 그래, 그래…… 그래. 곧 내려갈게. 여기는 거의 다 끝나가. 그래."

그는 수화기를 내려놓고 잠시 미동도 없이 앉아 있었다. 베릴은 궁금한 듯이 그를 바라보았다.

경감은 다시 정신을 차리고 조금 전과는 전혀 다른 목소리로 질문을 던졌다.

"콜린스 양, 이 사건에 대해 짐작 가는 바가 전혀 없습니까?"

"무슨 말씀이신지……."

"그러니까 크리스토 선생님을 누가 살해했는지 짐작 가는 바가 없냐는 말입니다."

베릴은 단호하게 대답했다.

"전혀 짐작 가는 바가 없습니다, 경감님."

그레인지는 천천히 입을 열었다.

"시체가 발견되었을 때, 크리스토 부인이 손에 권총을 든 채 그 옆에 서 있었죠……."

그레인지는 일부러 끝말을 흐렸다.

베릴은 즉각적으로 대답했다. 흥분하지 않고 침착하고 냉정한 반응이었다.

"크리스토 부인이 남편을 살해했다고 생각하시는 거라면, 경감님이 틀렸어요. 크리스토 부인은 절대 폭력적인 성향을 지닌 분이 아닙니다. 아주 온순하고 순종적인 데다 남편 말이라면 꼼짝도 못 하는 분이에요. 아무리 정황이 그렇더라도, 단 한순간이라도 크리스토 부인이 남편을 쏘았다는 상상을 하는 것 자체가 저는 말도 안 된다고 생각해요."

"크리스토 부인이 아니라면, 누굴까요?"

그레인지가 날카롭게 물었다. 베릴은 천천히 대답했다.

"저는 모르겠어요."

경감이 나가려고 하자 베릴이 물었다.

"떠나기 전에 크리스토 부인을 만나 보시겠어요?"

"아니요…… 예, 아니, 그러는 편이 좋겠군요."

다시 한번 베릴은 의아한 마음이 들었다. 눈앞의 이 남자는 전화 벨이 울리기 전과 완전히 다른 모습이었다. 도대체 무슨 소식을 들었길래 이렇게 변한 것일까?

게르다는 초조한 모습으로 진찰실에 들어섰다. 비참하고 어쩔 줄 몰라 하는 표정이었다. 그녀는 낮게 떨리는 목소리로 입을 열었다.

"누가 존을 죽였는지 좀 더 알아냈어요?"

"아직은 아닙니다, 크리스토 부인."

"정말이지 말도 안 되는 일이에요……. 말도 안 되는 일이에요."

"하지만 그런 일이 일어났죠, 크리스토 부인."

게르다는 고개를 끄덕이며 눈을 내리깔고는 손수건을 꾸깃꾸깃 공처럼 말았다.

그레인지가 조용히 물었다.

"크리스토 부인, 남편에겐 적이 있었습니까?"

"존이요? 없어요. 그이는 훌륭한 사람이에요. 모두들 그이를 좋아했어요."

"남편에게 원한을 가진 사람은 없습니까?"

잠시 멈췄다가 덧붙였다.

"부인에게는요?"

게르다는 놀란 표정이었다.

"제게요? 없어요. 경감님."

그레인지 경감은 한숨을 쉬었다.

"베로니카 크레이 양은 어떻습니까?"

"베로니카 크레이요? 아, 그날 밤에 성냥을 빌리러 왔던 분 말씀이세요?"

"네, 그 사람입니다. 그분을 아십니까?"

게르다는 고개를 저었다.

"전에는 한 번도 본 적이 없어요. 존이 오래전 그분과 알고 지냈다고 하던데요……. 그분이 그렇게 말하더군요."

"어쩌면 그분이 남편에게 원한을 가지고 있었을지도 모른다고 생각합니다."

게르다는 위엄 있게 말했다.

"존에게 원한을 가질 사람은 아무도 없어요. 그이는 상냥하고 남을 위하는 사람이었어요……. 훌륭한 사람이었죠."

"음, 그렇죠. 그럼, 안녕히 계십시오, 크리스토 부인. 심리가 언제인지는 알고 계시죠? 마켓 디플리치에서 수요일 11시에 열립니다. 심리라고 해도 별것 없을 겁니다. 부인의 심기를 불편하게 해 드리는 일은 없을 거예요. 어쩌면 탐문 조사 때문에 일주일 연기될지도 모르겠군요."

"오, 알겠습니다. 감사해요."

게르다는 가만히 서서 멀어져 가는 그레인지 경감의 뒷모습을 바라보았다. 그레인지 경감은 그때까지도 이 게르다 크리스토라는 여자가 자신이 유력한 용의자라는 사실을 알고 있는 건지 종잡을 수가 없었다.

그레인지는 택시를 잡았다. 방금 전화로 전해 들은 정보의 가치를 생각하면 택시비가 아깝지 않았다. 그 정보가 그를 어디로 이끌지는 알 수 없었다. 표면상으로는 사건과 아무런 상관도 없는, 말도 안 되는 정보 같았다. 정말이지 앞뒤가 맞지 않았다. 하지만 아직은 알 수 없다 해도, 어떻게든 아귀가 맞게 만들어야 할 것이다.

그 정보로부터 알 수 있는 유일한 사실은 이 사건이 그가 이제껏 생각했던 것처럼 단순하지 않다는 점이었다.

17장

헨리 경은 의아해하는 눈빛으로 그레인지 경감을 바라보더니 이윽고 천천히 입을 열었다.

"무슨 말씀이신지 잘 모르겠군요, 경감님."

"아주 간단합니다, 헨리 경. 소유하고 계신 총기 목록을 확인해 주십사 부탁드리는 겁니다. 총기는 다 분류해서 정리해 놓으셨겠죠?"

"물론입니다. 하지만 이미 그 권총이 제 소유라는 걸 확인해 드렸지 않습니까."

"그렇게 간단한 일이 아닙니다, 헨리 경."

그레인지는 말을 멈추었다. 그는 항상 수사 정보를 감추는 편이었지만, 이번만은 예외라는 생각이 강하게 들었다. 헨리 경은 수사상 중요한 인물이었다. 물론 어떤 요청에도 응하겠지만, 합당한 이유를 대야 할 것이다. 경감은 그 이유를 말해 주기로 결심했다.

경감은 다시 조용히 입을 열었다.

"크리스토 선생은 헨리 경께서 오늘 아침 확인해 주신 그 리볼버에 맞은 게 아니었습니다."

헨리 경의 눈썹이 치켜 올라갔다.

"놀랍군요!"

그레인지는 희미하게 안도감을 느꼈다. 그가 느꼈던 감정도 같은 것이었다. 헨리 경이 그렇게 말해 주어서, 동시에 더 이상 묻지 않아서 고마운 마음이 들었다. 현재 그가 알고 있는 것도 여기까지였다. 정말 놀라운 일이라는 것밖에…… 그리고 말도 안 되는 일이라는 것밖에.

"그렇다면 크리스토를 쏜 또 다른 총이 제가 소유하고 있는 총기 중 하나라는 증거가 있습니까?"

"증거는 전혀 없습니다. 하지만 사실 여부를 확인해야 합니다."

헨리 경은 수긍한다는 듯 고개를 끄덕였다.

"충분히 이해합니다. 그렇다면 시작해 볼까요. 시간이 좀 걸릴 겁니다."

헨리 경은 책상 서랍을 열어 가죽으로 장정된 장부를 꺼내 펼치며 다시 한번 말했다.

"확인하려면 시간이 좀 걸릴 겁니다……."

그레인지는 헨리 경의 목소리에서 뭔가 이상한 기색을 감지하고 급히 고개를 들었다. 헨리 경의 어깨가 약간 축 처져 있었다……. 갑자기 더 늙고 지쳐 보였다.

그레인지 경감은 얼굴을 찌푸리며 생각했다.

'도대체 여기 사람들은 이해할 수가 없어.'

"아……."

그레인지가 획 돌아섰다. 헨리 경이 "시간이 좀 걸릴 겁니다."라고 말한 이후로 그레인지 경감은 눈으로 시곗바늘을 좇으며 시간을 확인하고 있었다. 족히 30분은 지난 것 같았다. 사실은 20분이지만.

그레인지가 독촉했다.

"네?"

"38구경 스미스 앤드 웨슨이 사라졌습니다. 갈색 가죽 케이스에 넣어서 이 서랍 끝에 넣어 두었던 겁니다."

"아! 그렇다면 그 총이 확실히 서랍 속에 있는 것을 마지막으로 보신 게 언제입니까?"

경감의 목소리는 차분했지만 마음은 잔뜩 흥분해 있었다.

헨리 경은 잠시 생각해 보더니 입을 열었다.

"그건 정확히 말씀드리기가 어렵습니다, 경감님. 마지막으로 이 서랍을 열어 본 건 일주일 전이었는데, 만약 권총이 한 자루 없어졌다면 바로 알아차렸을 겁니다. 하지만 그 권총이 이 서랍에 있는 것을 봤다고는 확실히 말씀드릴 수 없습니다."

그레인지 경감은 고개를 끄덕였다.

"물론 충분히 이해합니다. 협조해 주셔서 정말 감사합니다. 자, 이제 저는 조사에 착수해야겠습니다."

그레인지 경감은 사건 해결의 의지를 불태우며 분주히 서재를 나섰다.

경감이 나간 후에도 헨리 경은 한동안 가만히 서 있다가 천천히 프랑스식 창문을 지나 테라스로 나갔다. 아내가 정원용 장갑을 끼고 바구니를 든 채 바쁘게 움직이며 전지가위로 진귀한 관목의 가지를 쳐내고 있었다.

레이디 앵커텔이 남편을 보고는 경쾌하게 손을 흔들었다.

"경감님이 뭐래요? 그 사람이 다시 하인들을 괴롭히지 않았으면 좋겠는데. 헨리, 당신도 알겠지만 하인들은 그런 걸 싫어하잖아요. 우리처럼 재미있거나 신기해하지 않죠."

"우리라고?"

남편의 목소리가 이상하게 들렸는지, 레이디 앵커텔은 남편을 올려다보며 상냥하게 미소를 지었다.

"헨리, 당신 정말 피곤해 보여요. 이번 일이 그렇게 괴로워요?"

"살인은 괴로운 일이야, 루시."

레이디 앵커텔은 멍하니 나뭇가지를 잘라 내며 생각에 잠겼다. 그러더니 낯빛이 흐려졌다.

"이런, 전지가위가 이렇다니까요. 정말 재미있는 물건이에요. 손에 들기만 하면 멈추질 못하고 원래 생각보다 더 많이 잘라 버리게 되잖아요. 당신 무슨 말을 했죠? 살인이 괴로운 거라고요? 하지만 헨리, 난 정말 그 이유를 모르겠어요. 그러니까 사람이란 건 요양소에 누워 암이나 결핵으로 죽을 수도 있고, 끔찍하게 안면이 마비되는 뇌졸중으로 죽을 수도 있고…… 아니면 총에 맞거나 칼에 찔리거나 목이 졸려 죽을 수도 있어요. 하지만 결국엔 다 똑같잖아요. 그러니까 결국에 죽는다는 건 다 똑같아요! 모든 것에서 벗어나는 거죠. 모든 걱정거리도 끝이 나고요. 힘든 일을 겪는 건 남은 가족들이에요. 유산을 둘러싼 다툼, 검은색 상복을 입을 것이냐 말 것이냐, 누가 셀리나 고모의 책상을 가질 것이냐…… 뭐 이런 문제로요!"

헨리 경은 담장 위에 얹어 놓은 돌에 걸터앉으며 입을 열었다.

"아무래도 우리가 생각했던 것보다 일이 복잡해질 것 같아, 루시."

"뭐, 우리가 참아야죠. 그리고 다 정리되면 어디로 놀러 가요. 눈앞에 있는 문제들은 생각하지 말고 멀리 가자고요. 생각만 해도 정말 행복해요. 크리스마스에 에인스윅에 가는 건 어떨까요? 아니면 부활절에 갈까요? 당신은 어떻게 생각해요?"

"크리스마스 계획을 짜기엔 너무 이르잖아."

"네, 하지만 상상하는 게 재미있잖아요. 어쩌면 부활절도 좋겠네요…… 네."

루시는 행복한 듯 미소를 지었다.

"그때쯤이면 그 애도 다 이겨 낼 거예요."

"누구 말이야?"

헨리 경은 깜짝 놀란 표정이었다.

레이디 앵커텔은 차분하게 대답했다.

"헨리에타요. 그 애들이 10월에…… 그러니까 내년 10월에 결혼을 한다면 내년 크리스마스 때는 에인스윅에 놀러 갈 수 있겠죠. 헨리, 생각해 봤는데요……."

"여보, 그러지 않았으면 좋겠어. 당신은 상상력이 너무 풍부해."

"에인스윅의 그 헛간 기억나요? 작업실로 쓰기에 완벽하죠. 헨리에타에게는 꼭 필요해요. 그 애는 정말로 재능이 있잖아요. 에드워드는 분명 그 애를 자랑스러워할 거예요. 아들 둘에 딸 하나면 좋겠어요…… 아니면 아들 둘에 딸 둘이나."

"루시…… 루시! 이제 그만해."

루시 앵커텔은 커다랗고 아름다운 눈을 동그랗게 떴다.

"하지만 여보, 에드워드는 헨리에타가 아니면 아무하고도 결혼하지 않을 거예요. 에드워드는 고집이 아주 세잖아요. 그 점에서는 제 아버지와 비슷하다니까요. 포기할 줄을 몰라요! 그러니까 헨리에타는 에드워드와 결혼해야 해요……. 이제 존 크리스토가 사라졌으니 헨리에타도 그렇게 할 거예요. 존 크리스토는 정말이지 헨리에타에게 가장 큰 장애물이었어요."

"불쌍한 사람!"

"왜요? 아, 그 사람이 죽어서요? 오, 사람들은 다들 언젠가는 죽기 마련이에요. 사람들이 죽는 건 어쩔 수 없는 일이죠……."

헨리 경은 아내를 흥미로운 눈길로 바라보았다.

"난 당신이 크리스토를 좋아하는 줄 알았는데, 루시."

"재미있는 사람이었어요. 매력도 있고. 하지만 한 사람에게 유별난 애착을 가질 필요는 없다고 생각해요."

레이디 앵커텔은 온화하게 미소 짓는 얼굴로 분꽃나무 가지를 단숨에 잘라 버렸다.

18장

창밖을 내다보던 에르퀼 푸아로는 길을 따라 현관문으로 다가오는 헨리에타 세이버네이크를 발견했다. 그녀는 비극이 일어났던 그날 입었던 녹색 트위드를 입고 있었으며 옆에는 스패니얼 개 한 마리가 함께였다.

푸아로는 재빨리 나가 현관문을 열었다. 헨리에타가 그 앞에 서서 미소를 짓고 있었다.

"들어가서 집 구경 좀 해도 될까요? 저는 다른 집 구경하는 걸 좋아하거든요. 개 산책시키려고 나왔다가 들러 봤어요."

"물론입니다. 개를 산책시키다니 정말 영국인답군요!"

"그러게요. 저도 생각해 봤어요. 혹시 그 시 아세요? '하루하루가 천천히 지나간다. 나는 오리에게 모이를 주고, 아내에게 잔소리를 하고, 헨델의 라르고를 연주하고, 개를 산책시킨다.'"

다시 한번 그녀는 미소를 지었다. 환하고 비현실적인 미소였다.

푸아로는 헨리에타를 응접실로 안내했다. 헨리에타는 깔끔하게 정돈된 응접실을 둘러보고는 고개를 끄덕였다.

"멋지네요. 모든 걸 다 두 개씩 짝을 맞춰 두셨네요. 제 작업실을 보면 기겁하시겠어요."

"제가 왜 기겁하겠습니까?"

"사방이 점토투성이니까요. 그리고 마음에 드는 점토상들이 여기 저기 놓여 있죠. 똑같은 게 두 개라면 하나는 없애 버리고요."

"이해할 수 있습니다. 마드무아젤은 예술가니까요."

"당신도 예술가이지 않나요, 무슈 푸아로?"

푸아로는 고개를 갸우뚱했다.

"그건 생각해 볼 만한 문제군요. 하지만 전체적으로 봤을 때 저는 아닙니다. 예술적인 범죄는 많이 봐 왔죠. 아시겠지만 그런 범죄는 고도의 상상력이 발휘된 결과입니다. 반면 그런 사건들을 해결하는 것에는 창의력은 필요하지 않습니다. 필요한 것은 진실을 추구하는 열정입니다."

"진실을 추구하는 열정이라."

헨리에타는 관조적인 말투로 계속 말했다.

"그래요, 그것 때문에 무슈 푸아로가 많은 위험에 처하시기도 하겠군요. 진실이 항상 만족스러우신가요?"

푸아로는 흥미로운 눈길로 헨리에타를 바라보았다.

"무슨 뜻입니까, 세이버네이크 양?"

"선생님이 진실을 알고 싶어 한다는 건 이해할 수 있어요. 하지만 진실을 아는 것에서만 그치지는 않겠죠? 한 걸음 더 나아가 행동을 취해야 하겠죠?"

푸아로는 헨리에타의 말에 흥미가 생겼다.

"제가 크리스토 선생의 죽음에 대한 진실을 안다면…… 혼자 진실을 아는 것으로 만족했으면 좋겠다…… 이런 말씀이신가요? 그 죽음의 진실을 마드무아젤은 알고 계시나요?"

헨리에타는 어깨를 으쓱했다.

"답은 게르다가 알고 있겠죠. 살인 사건이 일어나면 항상 배우자가 가장 유력한 용의자가 된다는 게 정말 우스워요."

"그렇게 생각하지 않으십니까?"

"저는 항상 열린 마음을 가지려고 해요."

푸아로가 조용히 질문을 던졌다.

"왜 이곳에 오신 거죠, 세이버네이크 양?"

"저에게는 선생님처럼 진실을 추구하는 열정이 없다는 사실을 인정해야겠네요, 무슈 푸아로. 개를 산책시킨다는 건 영국 시골에서 써먹는 그럴싸한 변명거리죠. 물론 앵커텔가에서는 개를 키우지 않고요……. 지난번 방문으로 알아채셨을지도 모르겠네요."

"물론 기억하고 있습니다."

"그래서 정원사가 키우는 스패니얼을 빌렸어요. 무슈 푸아로, 전 그다지 정직한 사람이 아니에요."

그리고 다시금 화사하고 아련한 미소를 지었다. 푸아로는 왜 그 미소에 갑작스레 참을 수 없을 정도로 마음이 아릿해 오는 건지 의아했다. 푸아로는 조용히 입을 열었다.

"아닙니다. 마드무아젤은 정직한 분입니다."

"도대체 왜 그런 말씀을 하시는 거예요?"

헨리에타는 놀란 표정이었다. 푸아로가 보기에는 당황한 것 같았다.

"그게 사실이라고 믿으니까요."

"정직이라……."

헨리에타가 생각에 잠긴 채로 곱씹다가 물었다.

"그 말이 무슨 뜻일까요?"

그녀는 가만히 앉아 카펫만 내려다보다 고개를 들고 푸아로를 뚫어지게 바라보았다.

"제가 왜 여기에 왔는지 궁금하지 않으세요?"

"말로 옮기기가 힘드신 모양이죠."

"네, 그런 것 같아요. 무슈 푸아로, 심리가 내일이에요. 그러니 마음을 정해야 하죠. 어느 정도까지……."

헨리에타는 갑자기 말을 멈추더니 자리에서 일어나 벽난로로 다가가서는 장식품 두어 개를 흩뜨려 놓고, 테이블 정가운데에 놓여 있던 갯개미취 꽃병을 벽난로 선반 구석으로 옮겨 놓았다. 그런 다음 뒤로 물러서서, 고개를 한쪽으로 기울이고 자신이 늘어놓은 물건들을 바라보았다.

"마음에 드세요, 무슈 푸아로?"

"전혀요, 마드무아젤."

"그럴 줄 알았어요."

헨리에타는 깔깔거리며 웃고는 모든 물건을 재빨리 제자리에 되돌려 놓았다.

"자, 해야 할 말이 있다면 해야죠! 어쩐지 선생님은 믿고 이야기할 수 있는 사람 같네요. 그럼 얘기하죠. 경찰에게 제가 존 크리스토의 정부였다는 사실을 털어놓아야 한다고 생각하세요?"

헨리에타의 목소리는 지극히 건조하고 아무런 감정도 배어 나오지 않았다. 그녀는 푸아로가 아니라 푸아로의 머리 위쪽 벽을 바라보았으며, 검지손가락은 보라색 꽃이 한 아름 담긴 화병의 곡선을 따라 그어 내리고 있었다. 푸아로는 그 동작이 그녀의 감정적 배출구라는 것을 알 수 있었다.

에르퀼 푸아로는 사무적으로 대꾸했다.

"그렇군요. 두 분이 연인 관계였습니까?"

"그렇게 표현하고 싶으시다면요."

푸아로는 헨리에타를 흥미로운 눈길로 바라보았다.

"마드무아젤은 그렇게 표현하지 않으셨죠."

"네."

"왜죠?"

헨리에타는 어깨를 으쓱하고는 소파에 앉아 있는 푸아로 곁에 가 앉은 뒤 천천히 입을 열었다.

"저는 되도록이면 모든 것을…… 정확히 표현하는 편이죠."

헨리에타 세이버네이크에 대한 푸아로의 호기심이 더 커졌다.

"크리스토 선생님의 정부였던 기간은요?"

"약 6개월이요."

"경찰이라면 쉽게 그 사실을 알아내지 않을까요?"

헨리에타는 잠시 생각하더니 대답했다.

"그렇진 않을 거예요. 경찰이 그런 쪽으로 수사를 한다고 해도요."

"경찰은 당연히 수사를 할 겁니다. 그건 확실히 말씀드릴 수 있어요."

"네, 그러겠죠."

헨리에타는 말을 멈추었다. 손가락을 쭉 뻗어 무릎에 올려놓고 내려다보더니 푸아로에게 슬쩍 상냥한 눈빛을 던졌다.

"자, 무슈 푸아로, 어떻게 해야 할까요? 그레인지 경감에게 가서 털어놓을까요? 콧수염을 그렇게 기른 사람에게는 뭐라고 말해야 할까요? 정말이지 가정적인 콧수염을 가졌잖아요."

푸아로는 자신의 자랑스러운 콧수염에 손을 가져갔다.

"제 콧수염은 어떻습니까, 마드무아젤?"

"무슈 푸아로, 당신의 콧수염은 예술적 승리예요. 그저 그 자체에 의미가 있는 거죠. 아주 독특한 콧수염이에요."

"물론입니다."

"바로 그 때문에 제가 당신에게 이런 이야기를 털어놓는 것일지도 몰라요. 경찰에게 존과 제 관계를 밝힌다면, 그들은 그 사실을 공식적으로 발표하려 할까요?"

"그건 경찰의 판단에 달렸습니다. 그 사실이 사건과 연관이 없다고 판단한다면 비밀에 부쳐 둘 겁니다. 그 점이 걱정되십니까?"

헨리에타는 고개를 끄덕였다. 잠시 무릎에 얹어 놓은 손가락을 바라보다가, 갑자기 고개를 들어 입을 열었다. 그녀의 목소리는 더이상 건조하고 가볍지가 않았다.

"불쌍한 게르다를 더 괴롭힐 필요가 없지 않아요? 게르다는 존을 사랑했고 존은 죽었어요. 남편을 잃었다고요. 그런 게르다에게 무거운 짐을 더 안겨 줄 필요가 있을까요?"

"마드무아젤이 걱정하시는 게 그분 때문인가요?"

"제가 위선자라고 생각하세요? 제가 게르다의 심정을 조금이라도 신경 썼다면 존의 정부가 되진 않았을 거라고 생각하시는 것 같네요. 하지만 선생님은 모르세요. 그런 게 아니었어요. 저는 둘의 결혼 생활을 깨뜨리지 않았어요. 저는 그저…… 스쳐 지나가는 사람 중 하나였을 뿐이죠."

"아, 그런 거였습니까?"

헨리에타는 날카롭게 고개를 돌렸다.

"아니에요, 아니에요, 아니에요! 선생님이 생각하는 그런 게 아니에요. 제가 가장 걱정하는 부분이 그거예요! 다들 존에 대해서 오해하게 될까 봐요. 그래서 선생님을 찾아온 거예요. 어쩌면 선생님이라면 이해해 줄지도 모른다는…… 그러니까 존이 어떤 사람인지를 이해해 줄지도 모른다는 막연한 희망이 생기더군요. 어떤 일이 벌어질지는 뻔해요. 각종 신문의 머리기사로 '한 의사의 복잡한 여자 관계'라면서 게르다, 베로니카 크레이, 그리고 제 사진이 대문짝만 하게 실리겠죠. 존은 그런 사람이 아니었어요, 아니었죠. 그는 여자에게 목매지 않았어요. 그에게 가장 중요한 것은 여자가 아니라 일이었죠. 존의 관심과 흥분…… 그리고 모험심은 전부 일에 가 있었어요. 만약 존이 넋이 나가 있을 때 가장 중요한 여자가 누구냐고 물으면, 그가 뭐라고 대답할지 아세요? 바로 크랩트리 부인이에요."

푸아로는 그 말에 깜짝 놀랐다.

"크랩트리 부인요? 크랩트리 부인이 도대체 누굽니까?"

헨리에타는 눈물과 웃음이 섞인 듯한 목소리로 대답했다.

"나이 많은 노부인이에요. 못생기고 지저분한 데다 주름은 자글자글하고 아주 꼬장꼬장하시죠. 존은 언제나 그 노부인 생각뿐이었어요. 세인트크리스토퍼 병원의 환자죠. 리지웨이 병에 걸렸어요. 아주 희귀한 병, 일단 걸리면 죽을 수밖에 없는 병이에요. 치료법이 없죠. 하지만 존은 그 치료법을 알아내려 했어요. 확실하게 설명드릴 수는 없네요. 너무 복잡하니까……. 호르몬 분비에 관한 문제였어요. 존은 치료법을 알아내기 위해 여러 가지 실험을 했고 크랩트리 부인은 기꺼이 실험 대상이 되었어요. 용기가 대단한 분이죠. 살고 싶어 하세요. 그리고 존을 좋아했고요. 크랩트리 부인과 존은 한편이 되어 병마와 맞서 싸웠지요. 몇 달 동안 존의 마음속에서 가장 많은 자리를 차지하고 있었던 건 리지웨이 병과 크랩트리 부인이었어요. 밤이고 낮이고, 그 외에는 아무것도 그에게 중요하지 않았어요. 그건 존이 어떤 의사였는지를 잘 나타내 주죠. 할리가의 부유하고 뚱뚱한 여자들은 존에겐 그저 돈벌이 대상에 불과했어요. 존은 강렬한 과학적 호기심과 그 성취에 매달렸어요. 저는…… 전 선생님이 이해해 주셨으면 해요."

헨리에타는 기묘하게 절망적인 모습으로 손을 뻗었고, 에르퀼 푸아로는 그 손이 너무나도 여리고 사랑스럽다고 생각했다.

"마드무아젤은 크리스토 씨를 아주 잘 이해하고 계시는군요."

"네, 저는 이해해요. 존은 저에게 와서 이것저것 이야기하곤 했으니까요. 아시겠어요? 꼭 저에게라기보다는…… 자기 자신에게 이야기하는 것 같았어요. 그런 식으로 이야기를 하면서 문제점들을 스스로 해결했지요. 때로는 완전히 절망에 휩싸이기도 했어요. 독성이 강화되는 것을 어떻게 극복해야 할지 알 수 없었거든요? 그러다 치료법을 바꿀 아이디어를 얻었죠. 그걸 뭐라고 설명해야 할지…… 그건 마치, 그래요, 전투 같았어요. 얼마나 혼신의 힘을 기울이는지…… 상상도 못하실 거예요. 네, 때로는 그야말로 사투였어요. 때로는 피곤해서 축 늘어지기도 했고요."

헨리에타는 잠시 침묵했다. 그녀의 눈이 과거를 추억하느라 어두워졌다.

푸아로는 호기심에 질문을 던졌다.

"마드무아젤도 의학적인 지식이 있는 모양입니다?"

헨리에타는 고개를 저었다.

"그렇지는 않아요. 그저 존이 이야기하는 걸 이해할 수 있을 정도예요. 책을 몇 권 사서 읽었거든요."

다시 헨리에타는 침묵했다. 표정이 부드럽게 풀리고 입술이 살짝 벌어졌다. 푸아로는 그녀가 과거를 추억하는 것이라 생각했다.

한숨을 쉬며, 헨리에타는 현재로 되돌아왔다. 그녀는 생각에 잠긴 채 푸아로를 바라보았다.

"선생님께 제대로 알려 드릴 수만 있다면……."

"이미 알아들었습니다, 마드무아젤."

"정말이요?"

"그럼요. 말에 담긴 진실은 듣는 사람에게도 전달되기 마련이지요."

"고맙습니다. 하지만 그레인지 경감님에게는 설명하기가 쉽지 않을 거예요."

"그럴 겁니다. 사생활을 파고들려 할 테니까요."

헨리에타는 울컥해서 말했다.

"하지만 존과 저의 관계는 조금도 심각하지 않았어요. 정말 별것 아니었어요."

푸아로의 눈썹이 서서히 치켜 올라갔다. 푸아로의 조용한 항의에 헨리에타가 다시 말했다.

"하지만 정말이에요! 아까도 말씀드렸듯이 존은 항상 자신만의 세계에 사로잡혀 있었고 저는 그 중간쯤이었죠. 저는 여자로서 그를 사랑했어요. 저 때문에 존은 원하는 대로 자신만의 생각에 집중할 수가 없었죠. 이내 저를 사랑하게 될까 봐 두려워하기 시작했어요. 존은 그 누구도 사랑하길 원치 않았어요. 존이…… 존이 저와 그런 관계를 맺게 된 것은 저에 대한 생각에 사로잡히고 싶지 않아서였어요. 존은 그 전처럼 가볍고 쉬운 관계를 원했으니까요."

"그렇다면 마드무아젤께서는……."

푸아로는 헨리에타를 가만히 들여다보았다.

"마드무아젤은 그런 관계에 만족하셨나요?"

헨리에타는 자리에서 일어섰다. 그리고 다시 한번 냉담한 목소리로 말했다.

"아니요, 전…… 만족하지 못했어요. 결국에는 저도 사람이니까요."

푸아로는 잠시 기다렸다가 다시 입을 열었다.

"마드무아젤, 그렇다면 왜……."

"왜냐고요?"

헨리에타는 빙글 돌아 푸아로를 마주 보고 섰다.

"저는 존이 행복하길 바랐고, 존이 원하는 걸 얻을 수 있길 바랐어요. 존이 좋아하는 일을 계속 해 나갈 수 있길 바랐어요. 존이 상처를 받길 원하지 않는다면…… 또다시 흔들리는 걸 원치 않는다면…… 전 아무래도 괜찮았어요."

푸아로는 코를 문질렀다.

"세이버네이크 양, 조금 전에 베로니카 크레이를 언급하셨죠. 그녀 또한 존 크리스토의 친구였나요?"

"지난주 토요일에 본 게 15년 만에 처음 만난 거였어요."

"15년 전에 알고 지내던 사이였다고요?"

"둘은 약혼한 사이였어요."

헨리에타는 다시 소파로 돌아와 앉았다.

"확실히 말씀드리죠. 존은 베로니카를 지독하게 사랑했어요. 그리고 베로니카는 최악의 여자, 극도로 이기적인 여자였고요. 그 여자는 존이 그가 좋아하는 모든 것을 버리고 자신에게 순종적인 남편이 되길 바랐죠. 결국 존은 그 여자와의 관계를 끊었어요. 옳은 판단이었지요. 하지만 지옥 같은 고통을 겪었어요. 그래서 생각해 낸 것이 가능한 베로니카와 정반대인 사람과 결혼하는 것이었죠. 그래서 바보스러울 만큼 착하고 평범해 보이는 게르다와 결혼한 거예요. 게르다와의 결혼은 안정적이고 편안했지만, 바보 같은 그녀와의 결혼 생활은 그에게도 짜증스러웠을 거예요. 다들 그의 결혼을 두고 한마디씩 했던 것처럼요. 그래서 바람을 많이 피웠죠. 하지만 심각한 연애는 절대 아니었어요. 물론 게르다는 전혀 아무것도 눈치채지 못했고요. 하지만 저는…… 15년 동안 존이 어딘가 이상하다고 생각했어요. 베로니카와 관련된 무엇 때문에요. 존은 그 여자를 완전히 떨쳐 버리지 못했던 거예요. 그리고 지난주 토요일에 그 여자를 다시 만나게 된 거죠."

한참 동안 침묵이 흐른 후, 푸아로가 멍하니 읊조렸다.

"그날 밤 존 크리스토는 베로니카 크레이를 집까지 바래다주러 함께 나갔다가 새벽 3시가 되어서 돌아왔습니다."

"어떻게 아셨어요?"

"하녀 한 명이 그날 밤 치통 때문에 잠을 못 잤답니다."

헨리에타가 뜬금없는 말을 던졌다.

"루시는 하인을 너무 많이 뒀어요."

"마드무아젤도 그 사실을 알고 계셨죠?"

"네."

"어떻게 아셨습니까?"

다시 한번 기나긴 침묵이 이어졌다. 마침내 헨리에타가 천천히 입을 열었다.

"창밖을 내다보다가 존이 집으로 들어오는 걸 봤어요."

"마드무아젤도 치통이 있나요?"

헨리에타는 푸아로를 보며 미소를 지었다.

"전혀 다른 종류의 통증이었어요, 무슈 푸아로."

헨리에타가 소파에서 일어나 문으로 다가가자 푸아로가 말했다.

"제가 바래다 드리죠, 마드무아젤."

둘은 샛길을 가로지르고 쪽문을 지나 밤나무 숲으로 들어섰다.

헨리에타가 말했다.

"수영장을 지나서 갈 필요는 없어요. 왼쪽 길로 쭉 올라가면 꽃길로 이어져요."

가파른 오르막길은 숲까지 이어져 있었다. 잠시 후, 둘은 밤나무 숲 위쪽으로 산허리를 수직으로 오르는 더 넓은 길에 들어섰다. 마침 벤치가 눈에 띄어 헨리에타가 먼저 앉고 푸아로가 그 옆에 앉았다. 벤치 위쪽과 뒤쪽은 전부 숲으로 둘러싸여 있으며, 아래쪽은 빽빽하게 들어선 밤나무 숲이 있었다. 벤치 바로 앞쪽에는 굽이진 내리막길이 있었으며 저 아래로 반짝이는 푸른 물이 언뜻언뜻 보였다.

푸아로는 아무 말 없이 헨리에타를 바라보았다. 편안한 얼굴에 긴장감은 사라지고 없었다. 더 부드럽고 어려 보였다. 소녀 시절의 모습이 이랬을 거라는 생각이 들었다.

푸아로는 마침내 아주 부드럽게 말을 걸었다.

"무슨 생각을 하고 계십니까, 마드무아젤?"

"에인스윅이요."

"에인스윅이 뭐죠?"

"에인스윅이요? 그건 어떤 장소랍니다."

마치 꿈을 꾸듯, 헨리에타는 푸아로에게 에인스윅을 묘사해 주었다. 하얗고 우아한 저택, 커다랗게 자란 목련, 숲이 우거진 언덕에 둘러싸여 있는 안락한 곳.

"그곳이 마드무아젤의 고향인가요?"

"그렇진 않아요. 저는 아일랜드에서 태어났죠. 에인스윅은 친척들이 휴가 때 모이는 곳이에요. 에드워드와 미지 그리고 저도요. 원래는 루시의 집이에요. 루시 아버지 소유였으니까요. 하지만 그분이 돌아가신 후에는 에드워드에게 상속되었죠."

"헨리 경이 아니라요? 작위를 가진 건 헨리 경이시잖습니까?"

"오, 그건 중급 훈작사(세습되는 작위가 아닌 명예 작위 — 옮긴이)예요. 게다가 헨리 아저씨는 촌수가 먼 친척이죠."

"그렇다면 에드워드 앵커텔 다음에는 누구에게 가는 거죠? 에인스윅 말입니다."

"정말 이상한 질문을 하시네요. 그런 생각은 한 번도 해 본 적이 없어요. 만약 에드워드가 결혼하지 않는다면……"

헨리에타는 갑자기 말을 멈추었다. 그녀의 얼굴에 그늘이 스쳐 지나갔다. 에르퀼 푸아로는 그녀가 머릿속으로 어떤 생각을 하는지 궁금했다.

헨리에타는 천천히 말을 이었다.

"그렇다면 데이비드에게로 가게 될 거예요. 그 때문에……."

"그 때문에, 뭐죠?"

"그 때문에 루시가 데이비드를 부른 거예요. 데이비드와 에인스 윅이라…… 어쩐지 어울리지가 않네요."

헨리에타는 고개를 설레설레 저었다.

푸아로는 앞으로 나 있는 길을 가리키며 물었다.

"어제 이 길을 따라 수영장으로 내려오신 겁니까, 마드무아젤?"

"아니에요, 저택에 더 가까운 길을 따라 내려갔어요. 이 길을 따라 내려온 건 에드워드였죠."

헨리에타는 살짝 몸서리를 치면서 푸아로를 돌아보았다.

"계속 이 얘기를 해야 하나요? 전 수영장이라면 끔찍해요. 이 할 로 저택마저 끔찍하다고요."

푸아로가 읊조렸다.

"작은 숲 뒤편의 무시무시하게 텅 빈 공터가 싫어라.

광활한 들판의 입술은 피로 붉게 물든 황야.

붉은 이랑 사이로 피의 고요한 공포가 방울방울 흘러내리고

허공을 가르는 메아리가 있어, 그 외침은 '죽음'이어라."

헨리에타는 놀란 얼굴로 푸아로를 바라보았다.

에르퀼 푸아로는 자랑스럽게 고개를 끄덕이며 말했다.

"테니슨이죠. 친애하는 시인 테니슨의 시입니다."

"허공을 가르는 메아리가 있어, 그 외침은……."

헨리에타는 시구를 따라 외우더니 거의 혼잣말처럼 계속 중얼거렸다.

"하지만…… 그래요, 알겠어요…… 바로 그거예요…… 메아리!"

"무슨 말씀이시죠, 메아리라뇨?"

"이곳…… 할로 저택 그 자체가요! 전에도 비슷한 생각이 들었지요. 에드워드와 함께 산중턱까지 산책했던 토요일에도요. 에인스윅의 메아리. 그리고 그게 바로 우리, 앵커텔가 사람들이에요. 메아리들! 우리는 진짜가 아니에요. 존은 진짜였지만 우리는 아니었어요."

헨리에타는 푸아로를 바라보았다.

"선생님이 존을 알았더라면 좋았을 텐데 말이죠, 무슈 푸아로. 우리 모두는 존에 비하면 그림자나 마찬가지예요. 존은 정말이지 생명력이 넘치는 사람이었어요."

"그분이 죽어 가는 그 순간에도 전 그 점을 느꼈습니다, 마드무아젤."

"그래요. 누구라도 느낄 수 있었을 거예요. 그런 존이 죽고, 우리 메아리들은 살아남았죠. 정말이지 아주 끔찍한 농담 같아요."

다시 한번 헨리에타의 얼굴에서 젊음이 사라졌다. 돌연 비틀린 입술에 쓰라린 고통이 담겼다.

푸아로는 다시 질문을 던졌지만, 헨리에타는 무슨 말인지 알아듣지 못한 것 같았다.

"죄송해요. 방금 뭐라고 하셨죠, 무슈 푸아로?"

"마드무아젤의 숙모인 레이디 앵커텔께서 크리스토 선생님을 좋아하셨는지 물어봤습니다."

"루시요? 그분은 숙모가 아니라 제 사촌이에요. 네, 레이디 앵커텔은 존을 아주 좋아했어요."

"그리고 또 다른 사촌인 에드워드 앵커텔 씨는요? 그분도 크리스토 선생님을 좋아했나요?"

헨리에타가 대답하려고 입을 여는데, 푸아로가 듣기에는 어쩐지 조금 어색했다.

"특별히 좋아하지는 않았어요. 에드워드와 존은 서로 잘 알지도 못하고요."

"그리고 또 다른 사촌은요? 데이비드 앵커텔 씨 말입니다."

헨리에타는 미소를 지었다.

"데이비드는 우리 모두를 싫어해요. 서재에 틀어박혀 브리태니커 백과사전만 읽죠."

"아, 진지한 타입이군요."

"저는 데이비드가 안쓰러워요. 가정이 불우했지요. 그 애 어머니가 정신적인 문제가 있었거든요…… 병약한 분이었어요. 그 애가 남들을 깔보고 자신이 남들보다 우월하다고 생각하는 건 스스로를 지키기 위한 방편일 뿐이에요. 계속 그 방법이 효과가 있다면 좋겠지만, 가끔씩은 가면이 벗겨지면서 나약한 데이비드의 모습이 드러나기도 하죠."

"크리스토 선생님보다도 자신이 우월하다고 생각했을까요?"

"그러려 했겠죠. 하지만 성공하지 못한 것 같아요. 존 크리스토야 말로 데이비드가 되고 싶어 한 그런 남자였을 거예요. 그 때문에 데이비드는 존을 싫어했죠."

푸아로는 생각에 잠겨 고개를 끄덕였다.

"네, 자신감, 배짱, 활기…… 그 모든 것이 지극히 남성적인 특성들이죠. 흥미롭군요. 아주 흥미롭습니다."

헨리에타는 아무런 대꾸도 하지 않았다.

밤나무 숲 사이로, 에르퀼 푸아로는 수영장에 구부정하게 서서 무언가를 찾는 것처럼 보이는 한 남자를 발견했다.

푸아로가 소곤거렸다.

"아무래도……."

"네?"

"아무래도 그레인지 경감의 부하인 것 같군요. 뭘 찾고 있는 것 같습니다."

"단서를 찾는 거겠죠. 경찰들은 대개 단서를 찾지 않나요? 담뱃재나 발자국, 타 버린 성냥 같은 거요."

헨리에타의 목소리에는 신랄한 비웃음이 담겨 있었다. 푸아로는 진지하게 대답했다.

"네, 경찰들은 단서를 찾죠. 때로는 단서가 경찰을 찾아내기도 합니다. 하지만 세이버네이크 양, 이런 사건에서 진정한 단서는 사건과 연관된 사람들의 개인적인 관계에서 찾을 수 있기 마련이지요."

"무슨 말씀이신지 잘 모르겠군요."

"아주 사소한 것들입니다."

푸아로는 고개를 뒤로 젖히고 눈을 지그시 내리깔았다.

"담뱃재나 구두 발자국이 아니라 몸짓, 표정, 예기치 못한 행동이 단서가 되는 겁니다……."

헨리에타는 날카롭게 고개를 돌려 푸아로를 바라보았다. 푸아로는 헨리에타의 눈길을 느꼈지만, 돌아보지 않았다.

"특별히 짚이시는 게 있나요?"

"마드무아젤이 앞으로 나아가 크리스토 부인의 손에 든 리볼버를 빼앗아 수영장에 빠뜨린 행동이 마음에 걸리는군요."

푸아로는 깜짝 놀란 듯 자신을 바라보는 헨리에타의 눈길을 느꼈다. 하지만 그녀의 목소리는 여전히 차분했다.

"무슈 푸아로, 게르다는 좀 칠칠맞은 사람이에요. 게다가 충격까지 받았으니, 만약 탄환이 아직 남아 있고 게르다가 무심코 방아쇠라도 당겼더라면 다른 사람이 다칠 수도 있는 상황이었어요."

"하지만 그 리볼버를 수영장에 빠뜨리다니, 마드무아젤도 좀 칠칠맞은 모양입니다."

"글쎄요, 저도 충격을 받았으니까요."

헨리에타는 잠시 망설이다 물었다.

"무슨 생각을 하고 계시는 건가요, 무슈 푸아로?"

푸아로는 몸을 바로 하고 고개를 돌려 무뚝뚝하게 대꾸했다.

"만약 그 리볼버에 지문이 남아 있었다면, 즉 크리스토 부인의 것 이외의 지문이 남아 있었다면 그 지문의 임자를 밝혀낼 수 있었을 겁니다. 하지만 이제는 알 수가 없게 되었죠."

헨리에타가 조용하면서도 의연히 말했다.

"그 지문이 제 것일 거라고 생각하시는군요. 제가 존을 쏘고 권총을 남겨 두어, 게르다가 그걸 주워 아기를 안듯 어정쩡하게 들고 있도록 시켰다는 건가요? 그렇게 생각하시는 거예요? 하지만 만약 존을 쏜 게 저라면 제가 먼저 권총에 묻은 지문을 지울 정도의 머리는 있다는 걸 아셔야죠!"

"하지만 마드무아젤은 영리한 분입니다, 만약 그렇게 해서 리볼버에 크리스토 부인의 지문만 남으면 오히려 시선을 끌 수 있다는 사실까지 꿰뚫어 보았겠죠! 사건 전날 모두 그 권총으로 사격을 했으니까요. 게르다 크리스토는 그 권총을 사용하기 전에 지문을 지우지 않았을 겁니다. 그럴 필요가 없지 않겠습니까?"

헨리에타는 천천히 입을 열었다.

"그래서 제가 존을 죽였다고 생각하시는 건가요?"

"크리스토 선생님은 죽으면서 마드무아젤의 이름을 불렀죠."

"그것 때문에 제가 유죄라고 생각하시는 거예요? 그런 게 아니에요."

"그렇다면 뭐죠?"

헨리에타는 발을 쭉 뻗더니 발끝으로 바닥을 그었다. 그녀는 낮은 목소리로 대답했다.

"잊어버린 건 아니겠죠. 좀 전에 말씀드렸잖아요. 우리가 어떤 사이였는지……."

"아, 네. 연인 사이였죠. 그래서 크리스토 선생님이 죽으면서 마드무아젤의 이름을 불렀다……. 그것참 감동적이군요."

헨리에타는 날카로운 눈으로 푸아로를 노려보았다.

"지금 비꼬시는 거예요?"

"비꼬는 게 아닙니다. 하지만 저는 거짓말을 좋아하지 않습니다. 오히려 마드무아젤이 저에게 거짓말을 하려는 것 같습니다."

헨리에타가 조용히 말했다.

"아까도 말씀드렸지만 저는 그리 정직한 사람이 아니에요. 하지만 존이 제 이름을 부른 건 제가 살인자라는 뜻이 아니에요. 저같이 무언가를 만드는 사람은 생명을 빼앗을 수 없다는 거 모르시겠어요? 저는 사람을 죽이지 않아요, 무슈 푸아로. 그 누구도 죽일 수가 없어요. 그게 바로 진실이에요. 죽어 가는 사람이 자기가 무슨 말을 하는지도 모르고 중얼거린 말 때문에 절 의심하시는군요."

"크리스토 선생님은 자신이 무슨 말을 하는지 정확히 알고 있었습니다. 마치 수술실에서 날카롭고 다급하게 '간호사, 핀셋'이라고 말하는 것처럼 생기가 넘치고 의식이 뚜렷한 목소리였습니다."

"하지만……."

헨리에타는 당황한 모습이었다. 에르퀼 푸아로는 재빨리 말을 이었다.

"그저 크리스토 선생님이 죽어 가면서 한 말 때문에 의구심을 품고 있는 것은 아닙니다. 저는 단 한순간도 마드무아젤이 계획적인 살인을 저지를 수 있을 거라고는 생각해 보지 않았습니다. 그건 아니죠. 하지만 갑작스럽게 격렬한 분노에 사로잡혀 총을 쐈을 수는 있습니다. 만약 그렇다면…… 그렇다면, 마드무아젤…… 마드무아젤에게는 흔적을 숨길 수 있는 창조적 상상력과 능력이 있지요."

헨리에타는 벤치에서 일어났다. 잠시 서서 창백하게 떨리는 얼굴로 푸아로를 바라보다가 문득 애처로운 미소를 지으며 말했다.

"저는 선생님이 절 좋아하실 줄 알았어요."

에르퀼 푸아로는 한숨을 쉬었다. 그러고는 안타까운 듯 말했다.

"그게 바로 저에겐 불행이지요. 마드무아젤의 말대로입니다."

19장

I

헨리에타가 떠난 후에도, 푸아로는 계속 벤치에 앉아 있다가 아
래쪽에서 느긋하면서도 단호한 걸음으로 수영장을 지나 별채 옆으
로 난 길로 들어서는 그레인지 경감을 발견했다.

경감은 사건을 해결하겠다는 의지에 불타서 걷고 있었다.

경감은 레스트헤이븐이나 도브코츠 중 한 곳으로 가는 게 분명했
다. 푸아로는 어느 쪽인지가 궁금했다.

푸아로는 벤치에서 일어나 왔던 길을 되돌아갔다. 그레인지 경감이
자신을 만나러 가는 길이라면 그가 무슨 말을 할지 듣고 싶었다.

하지만 레스트헤이븐에 되돌아왔을 때도 방문자의 흔적은 전혀
보이지 않았다. 푸아로는 생각에 잠긴 채 도브코츠 쪽 샛길을 바라

보았다. 베로니카 크레이는 아직 그곳에 머무르고 있었다.

푸아로는 베로니카 크레이에 대한 호기심이 일었다. 희미하게 빛나던 여우털 망토, 수북이 쌓인 성냥 상자, 토요일 밤 어설픈 핑계를 대고 할로 저택을 갑작스럽게 방문한 일, 그리고 마지막으로 헨리에타 세이버네이크가 털어놓은 존 크리스토와 베로니카의 관계.

아주 흥미로웠다. 실제로 푸아로의 눈에는 하나의 패턴이 보였다.

뒤섞인 감정들이 빚어낸 구도 안에서 인간 군상들이 충돌하고 있었다. 기괴하게 뒤얽힌 구도를 증오와 욕망의 검은 선들이 관통하고 있었다.

게르다 크리스토가 남편을 쏜 것일까? 아니면 그보다 더 복잡한 무언가가 있는 것일까?

헨리에타와 나눈 대화를 떠올려 본 푸아로는 이번 사건이 그리 간단한 것이 아니라는 결론을 내렸다.

헨리에타는 푸아로가 자신을 살인범으로 의심하고 있다며 성급한 결론을 내렸지만, 푸아로는 그렇게까지는 전혀 생각하고 있지 않았다. 그저 헨리에타가 무언가를 알고 있을 거라는 믿음뿐이었다. 그녀는 무언가를 알고 있거나 무언가를 숨기고 있는 것 같았다……도대체 무엇을?

푸아로는 불만스러운 표정으로 고개를 저었다.

수영장. 무대 장치. 연극 무대.

누가? 누구를 위해서?

처음엔 두 번째 질문에 대한 답이 에르퀼 푸아로 자신을 위해서였다고 의심했다. 당시에는 그렇게 생각했다. 곧 아주 불쾌한 장난으로 여겨지만.

여전히 불쾌한 일이긴 하지만…… 장난은 아니었다.

그렇다면 첫 번째 질문에 대한 답은 무엇일까?

푸아로는 고개를 저었다. 알 수가 없었다. 조금도.

푸아로는 눈을 반쯤 감고 그들 모두를 떠올려 보았다. 마음의 눈으로 그들의 면면을 분명히 보았다. 정직하고 책임감이 강하며 신뢰할 수 있는 대영제국의 공무원 헨리 경. 모호하고 종잡을 수 없지만 당황스러울 정도로 매력적인 레이디 앵커텔. 그녀는 두서없는 말을 늘어놓아 암시를 거는 무시무시한 능력의 소유자이기도 하다. 자기 자신보다 존 크리스토를 더 사랑한 헨리에타 세이버네이크. 점잖고 소극적인 에드워드 앵커텔. 까무잡잡한 피부에 활달한 미지 하드캐슬. 손에 권총을 꽉 쥐고 있던 게르다 크리스토의 멍하고 당황한 얼굴. 사춘기 특유의 반항적인 성격을 지닌 데이비드 앵커텔.

이들 모두가 법의 그물에 걸려 있다. 이 모든 사람들이 갑작스러운 살인의 여파로 한데 묶여 있었다. 이 사람들 모두 자신만의 비극과 의미, 자신만의 이야기가 있을 것이다.

그리고 이렇게 다양한 인물들과 감정들이 교차하는 가운데, 어딘가에는 진실이 숨어 있을 것이다.

에르퀼 푸아로에게 인간에 대한 탐구보다 더 매력적인 단 한 가지는, 바로 진실에 대한 추구였다.

푸아로는 존 크리스토 죽음의 진실을 알아낼 것이다.

II

"물론입니다, 경감님. 제가 기꺼이 도와 드리죠."

베로니카가 말했다.

"감사합니다, 크레이 양."

베로니카 크레이는 경감의 상상과는 전혀 다른 이미지였다.

그레인지 경감은 화려한 매력에 가식적인, 어쩌면 과장된 태도를 지닌 여자와 맞닥뜨리게 될 것으로 예상했다. 그녀가 눈앞에서 연기를 펼쳐 보인다 해도 경감은 조금도 놀라지 않았을 것이다.

경감은 실제로도 베로니카가 연기를 하고 있음을 예리하게 간파했다. 하지만 그건 예상과는 다른 연기였다. 그녀는 지나치게 여성적인 매력을 뽐내려 하지도 않았다.

오히려 비싼 옷차림에 빼어난 미모를 가진, 유능한 여성 사업가와 마주 앉아 있는 느낌이었다. 베로니카 크레이는 멍청한 여자가 아니었다.

"그저 몇 가지 진술만 해 주면 됩니다, 크레이 양. 토요일 저녁에 할로 저택을 방문했죠?"

"네, 성냥이 떨어져서요. 이런 시골에서 성냥이 얼마나 중요한지 잊어버린 거죠."

"성냥을 빌리러 할로 저택까지 간 겁니까? 왜 바로 옆집에 사는 이웃인 무슈 푸아로에게 가지 않았죠?"

베로니카는 미소를 지었다. 카메라 앞에서 지을 법한 눈부시고 당당한 미소였다.

"이웃에 누가 사는지 몰랐어요. 알았더라면 갔겠죠. 그저 조그만 외국인이라고만 생각해서…… 어쩌면 괜히 성가신 일이 생길지도 모른다고 생각했어요……. 아주 가까이에 사니까요."

'그래, 꽤 그럴듯한 말이군.'

그레인지는 생각했다. 이럴 때를 대비해서 미리 준비해 둔 대답 같았다.

"그래서 성냥을 얻고, 오랜 친구인 크리스토 선생을 알아보셨다고요?"

베로니카는 고개를 끄덕였다.

"불쌍한 존. 네, 15년 만에 처음 만난 거였어요."

"정말입니까?"

경감의 목소리에는 예의 바른 의심이 깃들어 있었다.

"정말이에요."

베로니카는 단호하게 대답했다.

"크리스토 선생님을 다시 만나서 기뻤습니까?"

"아주 기뻤어요. 오랜 친구와 우연히 다시 만나는 건 언제나 기쁜 일이죠, 그렇게 생각하지 않나요, 경감님?"

"경우에 따라 다르죠."

베로니카 크레이는 다른 질문을 기다리지 않고 계속해서 말을 이어갔다.

"존이 절 바래다줬어요. 존이 그날 그 비극과 관련된 무슨 얘기를 한 건 아닌지 알고 싶으시겠죠? 저도 그날 존과 나눈 대화를 아주 주의 깊게 생각해 봤지만…… 그런 기미는 없었어요."

"무슨 이야기를 나눴습니까, 크레이 양?"

"옛날 일들이죠. 이거 기억나? 저거 기억나? 이랬지요."

베로니카는 애수 띤 미소를 지었다.

"존과는 프랑스 남부에 있을 때 알고 지낸 사이예요. 그때와 조금도 변한 게 없더라고요……. 물론 그때보다 더 나이가 들고 더 자신감에 차긴 했지만. 존이 의학 분야에서 꽤 유명한 사람이라고 들었어요. 사생활에 대해선 전혀 이야기하지 않았지만요. 결혼 생활이 그리 행복하지 않은 것 같다는 인상을 받았죠……. 그저 희미한 인상뿐이에요. 존의 아내는 둔하고 질투심 많은 여자, 존에게 찾아오는 예쁜 여자 환자들 때문에 난리 법석을 피우는 그런 여자겠죠."

"아니요, 그런 분은 아닙니다."

베로니카가 재빨리 말을 고쳤다.

"그렇다면 속으로만 감춰 두고 있었다는 건가요? 그렇군요…… 그래요, 그게 훨씬 더 위험할 수 있죠."

"크리스토 부인이 남편을 쐈다고 생각하는군요, 크레이 양?"

"그렇게 말하지는 않았어요. 그렇게 말해서는 안 되죠? 재판을 하기 전에는? 정말 죄송해요, 경감님. 제 하녀가 크리스토 부인이 권총을 든 채로 시체 옆에 서 있었다고 말해 주더군요. 이렇게 조용한 시골에서는 하인들이 소문을 퍼뜨리고, 소문은 끝없이 과장되기 마련이죠."

"때로는 하인들이 꽤 도움이 될 때가 있습니다, 크레이 양."

"네, 경감님도 그런 식으로 정보를 많이 얻겠죠?"

그레인지는 무심히 대답했다.

"물론 누구에게 동기가 있느냐가 문제입니다만……."

그레인지가 말을 멈추자, 베로니카는 희미하고 애처로운 미소를 지으며 말했다.

"그리고 아내가 항상 가장 유력한 용의자고 말이죠? 정말 끔찍하네요! 하지만 '다른 여자'가 있는 법이잖아요. 그 여자 또한 동기가 있겠죠?"

"크리스토 선생에게 다른 여자가 있었다고 생각하십니까?"

"뭐, 그래요. 그럴지도 모른다고 생각했어요. 그저 여자의 직감이죠."

"때로는 직감이 아주 유용할 때가 있죠."

"존의 말을 들으면서 그 조각하는 여자와 아주 가까운 친구라는 말을 들으면서 그럴지도 모른다고 생각했어요. 하지만 경감님도 그 정도는 이미 알고 있겠죠?"

"물론 거기에 대해선 더 조사를 해야 합니다."

그레인지 경감의 미지근한 대답에도 순간적으로 베로니카의 커다랗고 파란 눈이 악의에 찬 만족감으로 번쩍였다.

다시 극히 사무적인 어조로 질문을 던졌다.

"크리스토 선생이 바래다주었다고 했죠. 크리스토 선생과 헤어진 게 몇 시였습니까?"

"전혀 기억나질 않아요! 우린 꽤 오랫동안 이야기를 나눴습니다. 제가 아는 건 그것뿐이에요. 아마도 꽤 늦은 시간이었을 거예요."

"크리스토 선생이 집 안으로 들어왔나요?"

"네, 존에게 술을 한 잔 주었죠."

"알겠습니다. 어쩌면 두 분이 수영장 옆에 있는 그…… 별채에서 이야기를 나누신 게 아닐까 생각했습니다."

경감은 베로니카의 눈이 깜빡거리는 것을 보았다. 하지만 베로니카는 조금의 망설임도 없이 대답했다.

"정말 대단한 형사시군요! 네, 우린 그 안에 앉아서 담배를 피우며 잠시 이야기를 나눴어요. 그걸 어떻게 알았어요?"

베로니카는 신기한 마술을 본 어린아이처럼 즐겁고 열의에 찬 얼굴이었다.

"그곳에 모피 숄을 두고 갔더군요, 크레이 양."

그리고 아무렇지 않게 덧붙였다.

"그리고 성냥도요."

"네, 그랬죠."

경감은 다시 덤덤하게 이야기했다.

"크리스토 선생이 할로 저택으로 되돌아온 건 새벽 3시였습니다."

"그렇게 늦었나요?"

베로니카는 꽤 놀란 목소리였다.

"네, 그랬습니다. 크레이 양."

"물론 우리가 이야기를 많이 하긴 했죠……. 정말 오랜만에 만난 거였으니까요."

"크리스토 선생과 오랫동안 만나지 못한 게 확실합니까?"

"15년 만에 처음 만난 거라고 말씀드렸잖아요."

"정말 확실합니까? 크레이 양이 크리스토 선생을 꽤 자주 만난 것 같다는 인상을 받았는데요."

"도대체 왜 그렇게 생각하세요?"

"글쎄요, 이 메모지도 한 가지 이유죠."

그레인지 경감은 주머니에서 편지 한 장을 꺼내 내려다보며 목을 가다듬고 읽었다.

오늘 아침에 우리 집으로 와 줘. 당신을 꼭 만나야겠어.

베로니카

베로니카는 미소를 지었다.

"네……에. 좀 독단적으로 보이겠네요. 할리우드가 날 그렇게 만든 모양이에요……. 좀 거만해졌죠."

"크리스토 선생이 그날 아침 이 편지를 받고 크레이 양 별장으로 왔죠. 그리고 두 분은 말다툼을 했습니다. 무슨 일 때문에 말다툼을 벌인 건지 말해 주겠습니까, 크레이 양?"

경감은 직격탄을 던졌다. 순간 베로니카는 치밀어 오르는 분노로 입술을 꽉 깨물었다. 그리고 날카롭게 쏘아붙였다.

"우린 싸우지 않았어요."

"아니요. 두 분은 싸웠습니다, 크레이 양. 크레이 양은 마지막으로 이렇게 말했죠. '난 이 세상 그 누구보다도 당신을 증오하게 될 거야.'"

베로니카는 침묵했다. 재빨리 신중하게 머리를 굴리고 있는 게 분명했다. 이런 경우 성급히 변명을 늘어놓는 여자들도 있지만 베로니카 크레이는 그러기엔 너무 영리한 여자였다.

베로니카는 어깨를 으쓱하더니 가볍게 말했다.

"알겠어요. 하인들이 또 쓸데없는 소리를 한 모양이군요. 제 하녀는 좀 상상력이 풍부한 편이랍니다. 잘 알겠지만 같은 말도 어떻게 말하느냐에 따라 다르잖아요. 저는 신파조로 말하지 않았어요. 그저 가볍고 장난스럽게 말했죠. 우린 티격태격한 것뿐이에요."

"전혀 심각한 뜻으로 말한 게 아니었다고요?"

"물론이에요. 경감님, 존 크리스토와는 15년 만에 만난 게 확실해요. 직접 확인해 보세요."

베로니카는 다시 초연하고 자신감에 찬 자세를 취했다.

그레인지는 더 이상 그 문제를 물고 늘어지지 않고, 자리에서 일어나며 쾌활하게 말했다.

"지금으로선 그걸로 충분합니다, 크레이 양."

그러고는 도브코츠를 나와 샛길을 거쳐 레스트헤이븐의 정문으로 향했다.

III

에르퀼 푸아로는 깜짝 놀란 얼굴로 경감을 바라보며, 믿을 수 없다는 듯 중얼거렸다.

"게르다 크리스토가 들고 있다가 수영장으로 떨어뜨린 그 권총이 존 크리스토를 쏜 권총이 아니란 말인가요? 그것참 놀랍군요."

"그렇습니다, 무슈 푸아로. 솔직히 말해서 정말 말이 안 되는 일입니다."

푸아로가 조용히 중얼거렸다.

"네, 말이 안 되는 일이죠. 경감님, 그래도 결국엔 말이 되도록 만들어야 하지 않겠습니까?

경감은 무겁게 한숨을 쉬었다.

"바로 그렇습니다, 무슈 푸아로. 우리는 그걸 말이 되게 만들 방법을 찾아야 하지만…… 현재로서는 알 수가 없습니다. 범행에 사용된 그 총을 발견하기 전까지는 더 이상 수사를 진행할 수가 없어요. 범행에 사용된 총이 헨리 경의 소유라는 것은 밝혀졌습니다. 총 한 자루가 없어졌으니까요. 그리고 그건 이 모든 사건이 여전히 할로 저택과 얽혀 있다는 걸 뜻하죠."

"그래요, 여전히 할로 저택과 얽혀 있죠."

"처음에는 단순한 사건 같았습니다. 글쎄요, 하지만 이제는 더 이상 단순한 사건 같지가 않군요."

"네, 단순한 사건이 아니죠."

"사건의 정황이 누군가에게 뒤집어씌우기 위한 음모, 그러니까 게르다 크리스토를 범인으로 몰기 위해 꾸며진 음모일 가능성도 있다는 걸 배제할 수 없게 되었습니다. 하지만 만약 그렇다면, 왜 존 크리스토를 쏜 그 권총을 시체 옆에 남겨 두지 않은 걸까요?"

"게르다 크리스토가 권총을 주워 들지 않았을 수도 있으니까요."

"그렇습니다. 하지만 그렇다 하더라도, 그 총에 다른 사람의 지문이 묻어 있지 않았다면, 그러니까 누군가 그 총을 만진 다음 지문을 다 닦아 버렸다면…… 게르다 크리스토가 유력한 용의자가 됐을지도 모릅니다. 그거야말로 살인자가 원하는 게 아닙니까?"

"그런가요?"

그레인지는 푸아로를 빤히 바라보았다.

"무슈 푸아로가 살인을 저질렀다면, 혐의를 다른 누군가에게 재빠르고 확실하게 뒤집어씌우려 하겠죠? 그게 바로 살인자의 정상적인 반응일 겁니다."

"네……. 하지만 이 사건의 경우 좀 특이한 유형의 살인자일 가능성도 있죠. 어쩌면 그 점이 이번 사건의 열쇠가 될 수도 있습니다."

"열쇠가 뭡니까?"

푸아로는 생각에 잠긴 채 대답했다.

"특이한 유형의 살인자라는 사실 말입니다."

그레인지 경감은 푸아로를 흥미로운 눈길로 바라보았다.

"그렇다면 살인자는 도대체 어떤 생각을 했던 겁니까? 그 살인자의 의도가 뭘까요?"

푸아로는 한숨을 쉬며 두 손을 펴 보였다.

"전혀 모르겠습니다, 전혀요. 하지만 희미하게 이런 생각이 드는 군요."

"네?"

"살인자는 존 크리스토를 죽이고 싶어 했지만 게르다 크리스토를 범인으로 몰고 싶지는 않은 사람이라는 생각이요."

"아! 하지만 우리는 처음부터 게르다 크리스토를 의심했지 않습니까."

"그렇습니다. 하지만 게르다 크리스토가 들고 있던 총이 존 크리스토를 쏜 총이 아니라는 사실이 밝혀지는 건 시간문제였죠. 그 후엔 수사가 다른 방향으로 진행될 테고, 그사이 살인자는 시간을 번 겁니다."

푸아로는 말을 완전히 멈추었다.

"무슨 시간이요?"

"아, 몬 아미(친구). 정곡을 찌르는군요. 다시 한번 말씀드리지만 저도 모릅니다."

그레인지 경감은 응접실 안을 아래위로 휙 둘러보고는 푸아로 앞에 우뚝 섰다.

"제가 오늘 오후에 여기 찾아온 건 말입니다, 무슈 푸아로. 두 가지 이유에서입니다. 하나는 경시청 내에서도 아주 유명하듯이 무슈 푸아로가 이런 종류의 아주 복잡한 일에 경험이 많은 분이라는 사실 때문입니다. 그게 첫 번째 이유입니다. 하지만 또 다른 이유가 있습니다. 무슈 푸아로께서는 그곳에 계셨죠. 무슈 푸아로는 그 장면을 목격하셨습니다. 무슨 일이 일어났는지를 직접 보셨고요."

푸아로는 고개를 끄덕였다.

"네, 무슨 일이 일어났는지 이 두 눈으로 봤죠. 하지만 그레인지 경감, 눈은 그리 신뢰할 수 있는 증인이 못 됩니다."

"무슨 뜻입니까, 무슈 푸아로?"

"가끔씩 눈은 상대방이 보여 주려고 의도한 대로 보기도 하니까요."

"그 정황이 미리 계획된 거라고 생각하십니까?"

"그럴지도 모른다고 의심하고 있습니다. 아시겠지만, 그 광경은 마치 연극 무대 같았습니다. 제가 본 것은 너무나도 분명했죠. 방금 총에 맞은 남자와 방금 쏜 총을 손에 든 여자. 그게 바로 제가 본 장면입니다. 그리고 이미 그 그림의 한 부분이 가짜라는 것은 우리 둘 다 알고 있죠. 그 총으로 존 크리스토를 쏜 게 아니니까요."

"음!"

경감은 축 늘어진 콧수염을 아래로 홱 잡아당겼다.

"무슈 푸아로의 말씀은 그 그림의 다른 부분들도 가짜일 수 있다는 겁니까?"

푸아로가 고개를 끄덕였다.

"그 현장에는 세 사람이 더 있었습니다. 막 현장에 도착한 것처럼 보이는 세 사람이요. 하지만 그것 또한 진실이 아닐 수 있습니다. 수영장은 어린 밤나무로 빼곡히 둘러싸여 있고, 다섯 갈래의 길이 이어집니다. 하나는 저택으로 이어지는 길, 하나는 숲으로 이어지는 오르막길, 하나는 꽃길로 이어지는 오르막길, 하나는 농장으로 이어지는 내리막길, 하나는 저희 집으로 이어지는 길입니다.

세 명은 각자 다른 길을 따라 왔죠. 에드워드 앵커텔은 위쪽 숲에서 왔고, 레이디 앵커텔은 농장에서 올라왔고, 헨리에타 세이버네이크는 저택 위쪽의 화단에서 왔습니다. 그 세 사람이 거의 동시에 범죄 현장에 도착한 겁니다. 게르다 크리스토보다 몇 분 늦게 말입니다.

하지만 경감님, 이 세 명 중 하나가 게르다 크리스토가 도착하기 전에 수영장에 도착해 존 크리스토를 쏘고, 되돌아갔다가 다른 사람들과 비슷한 시간에 다시 현장에 돌아왔을 수도 있습니다."

"네, 그럴 수도 있겠군요."

"당시에는 몰랐지만, 또 다른 가능성도 있습니다. 다른 누군가가 샛길에서 이어진 길을 따라 수영장으로 가서 존 크리스토를 쏜 다음, 아무도 보지 못하는 사이 같은 길로 사라진 거죠."

"무슈 푸아로의 말씀이 전적으로 옳습니다. 게르다 크리스토가 범인이라는 것 외에도 두 가지 가능성이 존재합니다. 그래도 동기는 같습니다……. 질투죠. 치정 사건이 분명합니다. 존 크리스토와 관계된 여성이 두 명 더 있으니까요."

그레인지는 잠시 멈추었다가 다시 말을 이었다.

"크리스토는 사건이 일어나던 날 아침 베로니카 크레이의 별장에 갔습니다. 그리고 말다툼을 벌였죠. 베로니카는 크리스토에게 후회하게 만들어 줄 거라고, 이 세상 그 누구보다도 당신을 증오하게 될 거라고 말했답니다."

"흥미롭군요."

"베로니카 크레이는 할리우드에서 바로 왔지요. 제가 신문에서 읽었는데, 거기서는 가끔씩 서로 총질을 하기도 한답니다. 어쩌면 전날 밤 별채에 두고 간 모피 숄을 가지러 왔을 수도 있죠. 그러다 둘이 만났을 수도 있습니다. 갑자기 감정이 격해져 존 크리스토를 쏜 것일 수도 있고요. 그러다 누군가 오는 소리를 듣고 왔던 길로 재빨리 되돌아간 것일지도 모릅니다."

그레인지는 잠시 말을 멈추었다가 급하게 덧붙였다.

"하지만 아직 복잡한 문제가 남아 있죠. 그 빌어먹을 총 말입니다! 혹시……."

그레인지의 눈이 번쩍 뜨였다.

"베로니카 크레이가 자신의 총으로 존 크리스토를 쏘고 헨리 경의 서재에서 몰래 빼낸 총을 떨어뜨려 할로 저택 사람들에게 혐의를 씌우려 했을 수도 있습니다. 우리가 총알의 강선 자국을 조사해 어떤 총이 사용되었는지 알아낼 수 있다는 걸 몰랐을 수도 있죠."

"그걸 아는 사람이 얼마나 될까요?"

"헨리 경에게는 제가 말씀드렸습니다. 헨리 경의 말씀으로는 꽤 많은 사람들이 알고 있을 거라고 하더군요. 추리 소설에 많이 나와 있으니까요. 새로 나온 추리 소설인『분수의 실마리』를 예로 들면서 존 크리스토가 토요일에 그 책을 읽고 해당 부분을 이야기한 적이 있다고 했습니다."

"하지만 베로니카 크레이가 범인이라면 헨리 경 서재에서 총을 빼내 왔어야 하지 않습니까."

"네, 그렇다면 계획 범죄라는 말이 되는 겁니다."

경감은 다시 한번 콧수염을 잡아당긴 다음 푸아로를 바라보았다.

"하지만 무슈 푸아로는 또 다른 가능성을 암시하셨죠. 세이버네이크 양 말입니다. 여기서 다시 한번, 무슈 푸아로는 눈으로, 아니 귀로 목격을 하셨죠. 크리스토 선생은 죽어 가며 '헨리에타'라고 말했습니다. 무슈 푸아로도 들으셨고, 그 자리에 있던 다른 사람들도 모두 들었지만 앵커텔 씨만은 그 말을 듣지 못한 것 같다고 했습니다."

"에드워드 앵커텔이 그 말을 듣지 못했다고요? 그것참 흥미롭군요."

"하지만 그 외의 사람들은 전부 들었습니다. 세이버네이크 양 또한 크리스토 선생은 자신에게 이야기를 하려 했다고 말했습니다. 레이디 앵커텔은 크리스토 선생이 눈을 뜨고 세이버네이크 양을 바라보며 '헨리에타'라고 말했다고 증언했습니다. 레이디 앵커텔은 그 말을 전혀 중요하지 않게 생각하는 것 같았지만요."

푸아로는 씩 미소를 지었다.

"그랬겠죠……. 그 말을 중요하게 생각하지 않았을 겁니다."

"자, 이제 무슈 푸아로, 어떻게 생각하십니까? 무슈 푸아로는 그곳에 계셨고, 보셨고, 들으셨습니다. 크리스토 선생이 말하려던 건 헨리에타가 자신을 쏘았다는 내용이었을까요? 즉, 범인을 지목하는 말이었을까요?"

푸아로는 천천히 입을 열었다.

"당시에는 그렇게 생각하지 않았습니다."

"하지만 지금은요, 무슈 푸아로? 지금은 어떻게 생각하십니까?"

푸아로는 한숨을 쉬었다. 그러고는 천천히 입을 열었다.

"달라졌을지도 모르지요. 그 이상은 뭐라 말씀드릴 수가 없습니다. 경감님은 제게 어떤 인상을 받았냐고 물으실 따름이지만, 일단 그 순간이 지나가면 당시에는 없던 의미를 찾아내고 싶은 유혹에 빠지기 십상이죠."

그레인지가 서둘러 대꾸했다.

"물론입니다. 이건 단지 사적인 의견을 묻는 것뿐입니다. 무슈 푸아로의 생각은 증거가 될 수 없죠. 저도 잘 알고 있습니다. 제가 바라는 건 조언입니다."

"경감님의 입장은 저도 잘 이해합니다. 사건의 목격자가 받은 인상은 수사에 꽤 유용할 수도 있으니까요. 하지만 정말 죄송스럽게도 제가 당시에 받은 인상은 쓸모가 없습니다. 저는 시각적인 증거에 현혹되어 잘못된 생각에 빠져 있었으니까요. 크리스토 부인이 남편을 쏘았다고 말입니다. 그래서 크리스토 선생님이 눈을 뜨고 '헨리에타'라고 말했을 때 그것이 범인을 지목하는 것이라고는 전혀 생각하지 못했습니다. 이제 와 되돌아보니, 그곳에 없던 무언가를 찾아내고 싶은 유혹이 드는군요."

"무슨 뜻인지 알겠습니다. 하지만 크리스토가 마지막으로 남긴 말이 '헨리에타'였기 때문에, 분명 그 말에는 어떤 의미가 있을 거라는 생각이 듭니다. 범인을 지목하는 것이거나 어쩌면 순전히 감정에 사로잡혀 내뱉은 말일 수도 있죠. 헨리에타 세이버네이크 양은 크리스토가 사랑하던 여자였고 그는 죽어 가고 있었으니까요. 자, 이제 이 모든 것을 생각해 볼 때 둘 중 어느 쪽일 것 같습니까?"

푸아로는 한숨을 쉬며 어찌할 바를 모르다 눈을 감았다. 다시 눈을 뜬 그는 초조하고 속상한 듯 두 손을 펼쳐 보였다.

"크리스토 선생님의 목소리는 다급했습니다. 제가 할 수 있는 말은 그게 전부입니다. 다급했어요. 제가 듣기에는 범인을 지목하는 것도 감상적인 것도 아니었습니다. 그저 다급했죠, 그래요! 그거 하나는 확실히 말씀드릴 수 있습니다. 마치 직원들을 일사불란하게 지휘하는 것 같았어요. 그래, 마치 의사 같다고 할까…… 갑작스러운 응급 수술을 지휘하는, 피를 흘려 죽어 가는 환자를 수술하는 의사처럼요."

푸아로는 어깨를 으쓱했다.

"제가 말씀드릴 수 있는 건 이게 전부입니다."

"의사 같았다고요? 그렇군요, 그것도 한 가지 해석이 될 수 있습니다. 총에 맞은 크리스토는 자신이 죽어 가고 있다는 걸 알고, 빨리 조치를 취해 주길 원했을 겁니다. 그리고 만약, 레이디 앵커텔의 말대로 세이버네이크 양이 크리스토가 눈을 떴을 때 처음으로 본 사람이라면 그녀에게 자신을 치료해 달라고 호소한 것일지도 모르죠. 물론 썩 만족스러운 설은 아닙니다만."

"이번 사건에서 만족스러운 건 아무것도 없죠."

푸아로가 씁쓸한 목소리로 말했다.

에르퀼 푸아로를 속이기 위해 꾸며진 살인 현장. 그리고 실제로도 푸아로를 속여 넘겼다! 만족스러울 수가 없었다.

그레인지 경감은 창밖을 내다보다가 한 남자를 외쳐 불렀다.

"어이! 저 친구는 클라크 경사입니다. 뭔가 알아낸 것 같은 얼굴인데요. 저 친구가 하인들을 상대로 탐문 조사를 했습니다. 아주 상냥하고 친절하게 접근했죠. 잘생긴 친구라 여자들이 좋아해요."

클라크 경사는 약간 숨을 헐떡이며 들어왔다. 흡족해하는 표정을 예의 바른 경찰관의 태도 뒤에 잘 숨겨 두고 있었다.

"직접 와서 보고드리는 게 나을 거라고 생각했습니다, 경감님. 경감님이 어디 계신지 알고 있었으니까요."

하지만 클라크 경사는 머뭇거리며 푸아로에게 의심스러운 시선을 던졌다. 그의 이국적인 외모가 신중한 경사에게 좋은 인상을 안겨 주지 않았던 것이다. 그레인지가 재촉했다.

"어서 얘기해 보게. 무슈 푸아로는 신경 쓰지 말고. 이분은 자네가 앞으로 몇십 년간 겪게 될 사건보다 훨씬 더 많은 사건을 다뤄 보신 분이야."

"네, 경감님. 식모에게 뭔가를 알아냈습니다."

그레인지가 보고를 중단시키고 승리에 찬 표정으로 푸아로를 돌아보았다.

"제가 뭐랬습니까? 식모들에게서는 항상 뭔가를 알아낼 수가 있어요. 요새는 가족 수가 많이 줄어서 아무도 식모를 두지 않으려고 하니 참 안타까운 일입니다. 식모들은 수다스럽기 마련이죠. 요리사와 상급 하인들에게 너무 억눌려서 이야기를 들어 주는 사람만 만나면 뭐든 다 털어놓으려 하거든요. 계속해 보게, 클라크."

"식모 아가씨가 그 토요일 오후에 집사인 거전이 손에 권총 한 자루를 들고 현관 복도를 지나가는 걸 봤답니다."

"거전이?"

"네, 경감님."

클라크는 수첩을 펼쳤다.

"정확히 이렇게 말했습니다. '어떻게 해야 할지 모르겠지만, 제가 그날 본 걸 말씀드려야 한다는 생각이 들어요. 저는 거전 씨가 손에 권총을 들고 현관에 서 있는 걸 봤어요. 거전 씨의 표정이 정말 이상했어요.'"

잠시 이어지던 침묵을 깨고 다시 입을 열었다.

"표정이 이상해 보였다는 것에는 아무런 의미도 없다고 생각합니다. 어쩌면 식모가 꾸며 낸 것일 수도 있습니다. 하지만 경감님께 이 사실을 바로 알려 드려야 한다고 생각했습니다."

그레인지 경감은 자신의 장기를 발휘할 임무를 발견하고 만족감을 느끼며 자리에서 일어섰다.

"거전이라…… 당장 거전 씨와 이야기를 나눠 봐야겠군."

20장

다시 헨리 경의 서재에 앉은 그레인지 경감은 앞에 앉은 남자의 무표정한 얼굴을 들여다보았다.

지금까지는 거전에게서 아무런 혐의점을 찾지 못했다.

"정말 죄송합니다, 주인 나리. 그 일을 미리 말씀드렸어야 하는데, 제가 그만 깜빡하고 말았습니다."

거전은 사과하는 표정으로 경감과 헨리 경을 보았다.

"제 기억이 정확하다면 그때가 5시 30분이었을 겁니다. 우체통에 편지가 온 게 있나 확인하러 현관을 지나가다가, 테이블에 리볼버가 한 자루 놓여 있는 걸 발견했습니다. 주인님의 총이라고 생각하고 집어 들어 여기로 가져다 놨습니다. 벽난로 옆 선반에 빈자리가 있길래 그 자리에 되돌려 놓았습니다."

"어딘지 가리켜 주겠습니까?"

그레인지가 말했다.

거전은 자리에서 일어나 문제의 선반으로 다가갔고, 경감이 그 뒤를 바짝 따랐다.

"이것입니다."

거전의 손가락은 맨 끝에 놓인 작은 마우저 권총을 가리켰다.

25구경의 아주 작은 총이었다. 분명 존 크리스토를 죽음으로 몰아넣은 총은 아니었다.

그레인지는 거전의 얼굴을 보며 말했다.

"이건 리볼버가 아니라 자동 권총입니다."

"그렇습니까? 전 총기에 대해서는 전혀 아는 바가 없습니다. 제가 리볼버라는 말을 좀 광범위하게 썼나 봅니다."

"하지만 현관에서 발견한 총을 이리로 가져다 놓은 건 확실합니까?"

"물론입니다. 그 점에서는 조금도 의심의 여지가 없습니다."

그레인지는 총에 손을 뻗으려 하는 거전을 막았다.

"만지지 마십시오. 지문이 묻어 있는지 조사해야 하고 장전되어 있는지도 확인해야 하니까요."

"장전되어 있지는 않을 겁니다, 경감님. 주인님의 총기들은 전부 장전하지 않고 보관해 둡니다. 그리고 지문 말씀이신데, 이 총을 제 자리에 놓기 전에 손수건으로 닦아 두었기 때문에 이 총에는 제 지문만 남아 있을 겁니다."

"왜 그랬습니까?"

그레인지가 날카롭게 물었지만 거전은 여전히 겸연쩍은 미소만 짓고 있었다.

"먼지가 앉은 것 같아서 닦았습니다."

순간 문이 열리면서 레이디 앵커텔이 들어왔다. 그녀는 경감을 보고 미소를 지었다.

"정말 반가워요, 그레인지 경감님! 거전이 권총을 어쨌느니 이게 다 무슨 일이에요? 식모 아이가 울고불고 난리예요. 메드웨이 부인 이 혼쭐을 낸 모양이에요. 하지만 물론 그 애도 자기가 본 걸 말할 권리는 있죠. 전 항상 옳고 그르다는 게 뭔지 잘 모르겠더라고요. 만 약 옳은 것이 불쾌하고 그른 것이 유쾌한 거라면 쉽죠. 그렇다면 쉽 게 알 수 있으니까요. 하지만 그 반대라면 정말 혼란스럽죠. 전 모든 사람들이 자신이 옳다고 생각하는 일을 해야 한다고 생각해요, 경 감님은 그렇게 생각하지 않아요? 그 권총이 뭐 어떻게 됐다는 거지, 거전?"

거전은 한층 더 공손하게 대답했다.

"주인마님, 그 권총은 현관 중앙 테이블에 있었습니다. 어디서 난 건지는 모르고, 제가 이리로 가져와서 원래 자리에 되돌려 놓았습 니다. 경감님께 그렇게 말씀드렸고, 경감님께서도 충분히 이해하셨 습니다."

레이디 앵커텔은 고개를 저으며 온화하게 말했다.

"그렇게 말하면 안 되지, 거전. 내가 경감님과 직접 이야기를 나눠 보겠어."

거전이 멈칫거리자 레이디 앵커텔은 아주 매력적인 자태로 말했다.

"거전의 마음은 정말 고맙게 생각해. 거전이 우리를 수고스럽게 만들지 않으려고 항상 애쓴다는 것도 알아. 하지만 지금은 그걸로 됐어."

루시 앵커텔은 온화하게 그만 나가 보라는 뜻을 전한 것이다. 거전은 머뭇거리며 헨리 경, 그리고 경감에게 흘끗 시선을 던진 다음, 고개를 숙여 인사하고 문으로 다가갔다.

그레인지는 거전을 막으려는 동작을 취했지만, 어쩐 일인지 그냥 팔을 떨구고 말았다. 거전은 서재를 나가 문을 닫았다.

레이디 앵커텔은 의자에 털썩 주자앉아 두 남자를 향해 미소를 보냈다.

"왜, 저게 바로 거전의 매력인 것 같아요. 정말 봉건적이잖아요, 무슨 뜻인지 알겠어요? 그래요, 봉건적이라는 말이 딱 어울려요."

그레인지가 딱딱한 목소리로 말했다.

"레이디 앵커텔, 그 문제에 대해 뭔가 더 아는 게 있는 겁니까?"

"물론이에요. 거전은 그 총을 현관에서 발견한 게 아니에요. 달걀을 꺼내다가 발견했죠."

"달걀이요?"

그레인지 경감은 레이디 앵커텔을 뚫어지게 바라보았다.

"바구니에서 꺼낼 때요."

레이디 앵커텔의 대답에 헨리 경이 부드러운 말투로 끼어들었다.

"루시는 자기가 모든 일을 다 설명했다고 생각하는 모양입니다. 여보, 조금 더 자세히 얘기해 줘야지. 그레인지 경감님이나 나나 무슨 소린지 전혀 모르겠잖아."

레이디 앵커텔은 다시 한번 설명했다.

"이런, 그러니까 거전이 가져다 놓은 그 권총은 바구니에 있었던 거예요. 달걀 밑에요."

"바구니는 뭐고, 달걀은 또 뭡니까, 레이디 앵커텔?"

"제가 농장으로 가져갔던 바구니요. 권총이 그 안에 있었는데 제가 그 위에다 달걀을 넣어 두고 잊고 말았지 뭐예요. 그리고 수영장 옆에서 불쌍한 존 크리스토가 죽어 있는 걸 발견했을 때, 너무 충격을 받아 바구니를 떨어뜨릴 뻔했는데 거전이 딱 맞춰서 받아 든 거예요. (내 말은, 달걀이 들었잖아요. 바구니를 떨어뜨렸다면 달걀이 다 깨졌겠죠.) 거전이 그 바구니를 집 안에 들여다 놨어요. 나중에 제가 거전에게 달걀에 날짜를 써 뒀는지 물었죠. 제가 항상 하는 거예요. 그렇게 하지 않으면 새 달걀을 먼저 먹는 경우가 생기니까요. 거전은 다 해 뒀다고 대답했고요. 지금 생각해 보니 그 말을 할 때 좀 강조했던 것 같기도 하네요. 그래서 거전이 봉건적이라고 한 거예요. 거전은 바구니에서 권총을 발견하고 제자리에다 돌려놨죠. 아마도 집 안에 경찰들이 와 있어서 그랬던 것 같아요. 하인들은 경찰만 보면 불안해하니까요. 또 아주 착하고 충성스럽지만…… 아주 어리석죠. 경감님이 듣고 싶어 하는 건 진실이잖아요, 그렇죠?"

말을 마친 레이디 앵커텔은 경감을 향해 환한 미소를 지었다.

"제가 알아내야 하는 게 진실이죠."

그레인지가 다소 험악하게 말했다.

레이디 앵커텔은 한숨을 쉬었다.

"이게 웬 야단법석이람……. 그렇지 않아요? 그러니까 사람들을 몰아세우잖아요. 존 크리스토를 쏜 게 누구든, 그건 그 사람의 의도가 아니었을 거예요. 진심이 아니었을 거라고요. 만약 게르다라면 더욱 그랬을 거고요. 정말이지 그 애가 빗맞히지 않았다고 해서 깜짝 놀랐다니까요. 게르다는 뭐든 제대로 하는 일이 없으니까요. 그 애는 정말 착하고 상냥해요. 그런데 경찰에서 그 애를 잡아다 감옥에 가두고 교수형을 시킨다면 아이들은 어떻게 되겠어요? 만약 그 애가 존을 쐈다고 해도 지금쯤이면 끔찍한 후회에 사로잡혀 있을걸요. 아빠가 살해당했다는 사실만으로도 아이들에게는 충분히 끔찍한 경험일 거예요. 그런데 엄마가 그 죄로 교수형을 당한다면 어떻게 되겠어요? 정말이지 당신네 경찰들은 이런 생각들을 못 하는 것 같아요."

"현재로선 그 누구도 체포할 계획이 없습니다, 레이디 앵커텔."

"그건 현명한 일이군요. 그레인지 경감님, 전 경감님이 아주 현명한 분일 거라고 생각했어요."

다시 한번 레이디 앵커텔은 매력적이고 눈부신 미소를 지었다.

그레인지 경감은 눈을 깜빡였다. 자신도 모르게 그 미소에 이끌렸지만, 바로 정신을 차리고 본론으로 들어갔다.

"레이디 앵커텔이 방금 말씀하신 것처럼, 제가 원하는 건 진실입니다. 여기서 권총을 가져갔죠? 어떤 총이었습니까?"

레이디 앵커텔은 벽난로 옆 선반을 향해 고개를 까딱했다.

"끝에서 두 번째 총이에요. 마우저 25구경."

레이디 앵커텔의 또렷또렷하고 전문적인 말투가 그레인지의 신경에 거슬렸다. 지금까지 '모호'하고 '약간 이상한' 사람으로 분류해 두었던 레이디 앵커텔이 총기를 그렇게 전문적인 용어로 정확하게 설명하리라고는 예상치 못했던 것이다.

"여기서 권총을 가져가 바구니에 넣었다고요. 왜죠?"

"그걸 물어볼 줄 알았어요."

레이디 앵커텔의 목소리는 뜻밖에도 득의에 차 있었다.

그녀는 남편을 돌아다보았다.

"물론 이유가 있을 거예요. 그렇죠, 헨리? 당신도 제가 그날 아침에 권총을 가져간 데는 이유가 있을 거라고 생각하죠?"

"물론 그렇게 생각해, 여보."

헨리 경이 단호하게 대답했다.

레이디 앵커텔은 생각에 잠긴 시선으로 허공을 응시했다.

"뭔가를 하고 나서…… 그러고 나서 왜 그걸 했는지 기억이 안 날 때가 있잖아요. 하지만 무슨 일을 했을 때는 분명 이유가 있을 거라고 생각해요. 그렇죠, 경감님? 분명 달걀 바구니에 마우저를 넣었을 때는 무슨 생각이 있었을 거예요."

그러고는 경감을 바라보며 물었다.

"도대체 무슨 생각으로 바구니에 마우저를 넣었을까요?"

그레인지는 레이디 앵커텔을 바라보았다. 전혀 당황한 기색이 없었다……. 단지 어린아이 같은 진지함뿐이었다. 정말이지 레이디 앵커텔에게는 당해 낼 수가 없었다. 루시 앵커텔 같은 사람은 처음이었던 그레인지는 어떻게 해야 할지 감을 잡을 수가 없었다.

"제 아내는 건망증이 아주 심하답니다."

"그런 것 같습니다."

그레인지는 불편한 심기를 감추지 못했다.

"왜 제가 그 권총을 가져갔을까요?"

레이디 앵커텔이 경감에게 은밀히 물었다.

"저는 모르겠습니다, 레이디 앵커텔."

레이디 앵커텔은 고심하며 말을 이었다.

"저는 이리로 들어왔어요. 시먼스와 베개 커버 이야기를 나누고 있었죠. 그리고 기억이 희미하긴 하지만 벽난로로 다가갔던 것 같아요. 그리고 부지깽이를 새로 하나 사야 한다는 생각을 했죠. 큰 거 말고 작은 거로요."

그레인지 경감은 눈을 부릅뜨고 레이디 앵커텔을 바라보았다. 머리가 빙글빙글 도는 것 같았다.

"그다음 마우저를 집어 들었던 게 기억나요. 작고 편리한 총이죠. 제가 아주 마음에 들어 하던 총이에요. 그걸 바구니에 넣었죠. 조금 전에 화단에서 바구니를 가져왔거든요. 하지만 그때는 머릿속에 이런저런 생각이 너무 많았어요. 알겠지만, 시먼스가 있었고, 갯개미취에 핀 잡초…… 그리고 메드웨이 부인이 '셔츠 입은 검둥이'를 맛있게 만들길 바랐고……."

"'셔츠 입은 검둥이'라뇨?"

그레인지 경감이 끼어들었다.

"초콜릿이에요. 달걀을 섞고, 위에 휘핑크림을 뿌린, 외국인들이 점심때 먹을 만한 디저트죠."

그레인지 경감은 눈앞을 가리는 미세한 거미줄을 헤치고 나가는 기분이었다. 그는 사납고 무뚝뚝하게 질문을 던졌다.

"권총을 장전했습니까?"

그레인지는 레이디 앵커텔이 놀라기를, 겁을 먹길 바랐지만 레이디 앵커텔은 그저 안타깝다는 듯한 반응뿐이었다.

"제가 그랬나요? 그것참 바보 같은 짓이네요. 기억이 나질 않아요. 하지만 분명 제가 장전을 했겠죠, 그렇지 않나요, 경감님? 탄환이 없다면 권총을 뭐에다 쓰겠어요? 그때 제 머릿속에 무슨 생각이 들어 있었는지 정확하게 기억이 난다면 정말 좋겠네요."

"루시, 당신 머릿속에 무슨 생각이 들어 있는지는 당신을 오랫동안 알아 온 사람들도 알 수가 없지."

레이디 앵커텔은 남편에게 아주 달콤한 미소를 지어 보였다.

"지금 기억하려고 애쓰는 중이에요, 여보. 가끔씩은 어이없는 행동을 할 때가 있잖아요. 한번은 제가 수화기를 들고는 멍하니 수화기를 내려다보고 있더라고요. 그걸로 뭘 하려 그랬던 건지 기억이 나질 않지 뭐예요."

"누군가에게 전화를 걸려고 하셨던 거겠죠."

경감이 냉담하게 대꾸했다.

"아니에요, 정말 이상한 일이지만 그런 게 아니었어요. 나중에야 생각이 났는데, 저는 그때 정원사의 아내 미어스 부인이 왜 아기를 그렇게 이상하게 안는지를 궁금해하고 있었어요. 그래서 수화기를 집어 들고 아기를 어떻게 안아야 하는지 한번 해 보려고 했던 거예요. 그리고 나서야 미어스 부인이 왼손잡이라는 것을, 아이 머리가 반대편으로 가기 때문에 이상해 보였다는 걸 깨달았죠."

레이디 앵커텔은 자랑스러운 표정으로 두 남자를 차례로 바라보았다.

'세상에, 정말 이런 사람들이 있는가 보군.'

경감은 생각했다. 하지만 여전히 확신이 서지 않았다.

이 사건에 관련된 모든 증언들이 거짓말일 수도 있었다. 예를 들어, 식모는 분명 거전이 들고 있던 게 리볼버였다고 진술했다. 하지만 그 진술을 곧이곧대로 받아들일 수는 없었다. 식모는 총기에 대해 아무것도 모르기 때문이다. 그녀는 어디선가 리볼버가 사건과 관련 있다는 말을 들었을 것이며, 리볼버나 권총이나 그 식모에게는 그냥 총일 뿐이었을 것이다.

거전과 레이디 앵커텔은 둘 다 자기들이 본 것은 마우저 자동 권총이었다고 진술했다. 하지만 그 진술을 확인할 방도는 없었다. 어쩌면 거전이 들고 있던 게 사라진 리볼버일 수도 있으며, 그 리볼버를 서재에 되돌려 놓지 않고 레이디 앵커텔에게 가져다주었을 수도 있는 일이었다. 이 집 하인들은 전부 이 빌어먹을 여자를 신처럼 모시는 모양이니까.

만약 레이디 앵커텔이 존 크리스토를 쏜 범인이라면? (하지만 왜?

그레인지는 그 이유를 통 짐작할 수가 없었다.) 그 경우 다들 레이디 앵커텔을 보호하려고 거짓말을 할까? 분명 그럴 거라는 생각에 마음이 불편해졌다.

게다가 기억이 나지 않는다며 늘어놓는 레이디 앵커텔의 횡설수설까지……. 분명 레이디 앵커텔은 그보다 더 나은 핑계를 만들어 낼 수 있었을 것이다. 하지만 그녀는 내내 너무나도 자연스러운 태도를 보였다. 당황하거나 불안해하는 기색은 조금도 없었다. 젠장, 레이디 앵커텔은 진실을 이야기한다는 인상을 주었다.

그레인지는 자리에서 일어나며 딱딱하게 말했다.

"뭔가 더 기억이 나면 제게 말씀해 주시기 바랍니다, 레이디 앵커텔."

"물론이에요, 경감님. 때로는 갑작스럽게 기억이 나기도 하니까요."

그레인지는 서재를 나섰다. 그는 복도에 서서 옷깃 안에 손가락을 넣고 심호흡을 했다.

모든 것들이 가시덤불처럼 한데 뒤엉킨 느낌이었다. 지금 그에게 필요한 것은 오래되고 낡은 담배 파이프와 맥주 한 잔, 그리고 맛있는 스테이크와 감자튀김이었다. 단순하고 분명한 무언가가 필요했다.

21장

　레이디 앵커텔은 서재를 휘휘 돌아다니며 집게손가락으로 이것
저것을 맥없이 건드렸다. 헨리 경은 의자에 기대앉아 아내를 바라
보다가 마침내 입을 열었다.

　"왜 권총을 가져간 거야, 루시?"

　레이디 앵커텔은 자리로 돌아와 우아하게 앉았다.

　"잘 모르겠어요, 헨리. 어쩌면 사고가 날지도 모른다고 생각했나
봐요."

　"사고라니?"

　레이디 앵커텔이 맥없이 대답했다.

　"네, 나무뿌리들 말이에요. 여기저기 툭 튀어나와 있어서…… 걸
려 넘어지기 십상이죠. 그런데 사격을 마친 총의 탄창에 아직 총알
이 남아 있을지도 모르잖아요. 물론 정말 경솔한 일이죠. 하지만 사

람들은 원래 경솔한 법이니까요. 있잖아요, 전 그런 일을 하기엔 사고가 가장 간단한 방법이라고 생각해요. 물론 사고를 낸 사람은 끔찍한 후회에 사로잡히겠죠, 자신을 탓하면서…….”

레이디 앵커텔의 목소리가 잦아들었다. 헨리 경은 꼼짝 않고 앉아 아내의 얼굴에서 눈을 떼지 않았다. 그가 다시 한번 조용하고 조심스럽게 질문을 던졌다.

“누가 사고를 당한다는 거지?”

루시는 고개를 살짝 돌려 놀란 얼굴로 남편을 바라보았다.

“물론 존 크리스토죠.”

“오, 세상에, 루시…….”

헨리 경은 말을 잇지 못했다.

레이디 앵커텔이 힘주어 말했다.

“헨리, 전 정말이지 끔찍하게 걱정스러웠어요. 에인스윅 말이에요.”

“알겠어. 에인스윅이라. 당신은 늘 에인스윅을 지나치게 신경 쓰는 것 같아, 루시. 어떨 때는 당신이 오로지 에인스윅 생각밖에 안 하는 것같이 느껴져.”

“에드워드와 데이비드가 마지막이에요. 앵커텔가의 마지막 후손이라고요. 게다가 데이비드는 절대 결혼을 하지 않을 거예요, 헨리. 그 애 어머니도 그렇고 이래저래 집안이 복잡했으니까요. 에드워드가 죽는다면 그 애가 에인스윅을 물려받겠죠……. 당신과 저는 그 애가 중년이 되기도 전에 죽을 거고 말이죠. 그 애는 영영 결혼을 안 할 텐데요. 그 애가 앵커텔가의 마지막 사람이 되면 우리 가문은 끝나고 말아요."

"그게 그렇게 중요해, 루시?"

"물론 중요하죠! 에인스윅의 장래가 달려 있는데요!"

"당신은 남자로 태어났어야 해, 루시."

헨리 경은 미소를 지었다. 여성스럽기만 한 루시가 남자라……
상상할 수가 없었다.

"모든 건 에드워드의 결혼에 달려 있어요. 에드워드는 고집불통
인 게 우리 아버지와 똑같아요. 전 에드워드가 헨리에타를 잊고 참
한 아가씨와 결혼했으면 하지만 그건 가망이 없을 것 같더라고요.
그리고 헨리에타와 존의 관계도 뻔한 수순을 밟을 거라고 생각했
죠. 존은 한 여자와 오래가는 법이 없으니까요. 하지만 그날 저녁엔
헨리에타를 바라보는 존의 눈길이 심상치 않았어요. 존은 정말로
헨리에타를 좋아한 거예요. 존만 없다면 헨리에타가 에드워드와 결
혼할 거라는 생각이 들었죠. 헨리에타는 추억만 곱씹으며 과거 속
에서 사는 애가 아니잖아요. 그리고 결국 그렇게 됐죠. 존 크리스토
가 사라진 거예요."

"루시, 설마…… 당신 무슨 짓을 한 거야?"

레이디 앵커텔은 다시 한번 의자에서 일어나 꽃병에서 시든 꽃
두 송이를 집어냈다.

"여보. 설마 단 한순간이라도 제가 존 크리스토를 쐈다고 생각하
는 건 아니겠죠? 물론 제가 '사고'를 떠올리며 바보 같은 생각을 했
던 건 사실이에요. 하지만 그러고 나자 우리가 존 크리스토를 이리

로 초대했다는 걸 떠올렸죠. 존이 이리로 오겠다고 자청한 게 아니 었잖아요. 손님을 초대해 놓고 사고를 당하게 한다는 건 있을 수 없 는 일이죠. 아랍인들조차도 손님에게는 극진하게 대하니까요. 그러 니까 걱정하지 말아요, 헨리."

레이디 앵커텔은 선 채로 남편에게 환하고 애정이 넘치는 미소를 지었다. 헨리 경은 무겁게 입을 열었다.

"난 항상 당신이 걱정돼, 루시."

"그럴 필요 없어요, 여보. 당신도 알겠지만 모든 일이 잘됐잖아요. 우린 아무런 일도 하지 않았는데 존이 사라졌으니까요."

레이디 앵커텔은 과거를 회상하며 말을 이었다.

"그러고 보니 저에게 끔찍할 정도로 무례하게 굴었던 봄베이(인도 뭄바이의 옛 이름 — 옮긴이)의 그 남자가 생각나네요. 3일 후에 전차 에 치여 죽었죠."

레이디 앵커텔은 프랑스식 창문의 빗장을 풀고 정원으로 나갔다.

헨리 경은 가만히 앉아 키 크고 늘씬한 아내가 정원 길을 거니는 모습을 바라보았다. 헨리 경은 평생을 두려움 속에 살아온 남자의 얼굴을 하고 있었다.

주방에서는 도리스 에못이 거전의 엄한 꾸지람에 눈물을 찔끔거 리며 풀이 잔뜩 죽어 있었다. 메드웨이 부인과 시먼스 양은 옆에서 간간이 추임새를 넣고 있었다.

"잘 알지도 못하면서 멋대로 입을 놀리는 것은 철없는 아가씨들 이나 하는 일이지."

메드웨이 부인이 맞장구를 쳤다.

"맞는 말씀이에요."

"내가 손에 권총을 들고 있는 걸 봤다면, 나에게 직접 와 '거전 씨, 죄송하지만 왜 총을 가지고 계신 거죠?'라고 물었어야지."

메드웨이 부인이 또 끼어들었다.

"아니면 나에게 와서 이야기하거나. 세상 물정 모르는 아가씨들에게 조언쯤이야 얼마든지 해 줄 수 있으니까."

거전이 다시 신랄하게 잔소리를 했다.

"경찰에게 쓸데없는 소리를 지껄이지 말았어야지…… 그것도 경사에게! 어쩔 수 없을 경우를 제외하고는 절대 경찰과 어울려서는 안 돼. 경찰이 이 저택에 드나드는 것만으로도 불쾌하다고."

시먼스 양이 옆에서 중얼거렸다.

"이루 말할 수 없이 불쾌하죠. 저는 이런 일 처음이에요."

잔소리는 계속되었다.

"주인마님이 어떤 분인지 잘 알잖아? 주인마님이 어떤 행동을 하시든 나는 놀라지 않았지만…… 하지만 경찰은 그렇지가 않아. 단지 총을 가지고 다녔다는 이유로 경찰이 말도 안 되는 의심을 하며 주인마님을 괴롭히는 건 있을 수 없는 일이야. 주인마님이 어떤 분인지 경찰들은 몰라. 그자들은 총이라면 그저 살인이며 온갖 지저분한 일들을 떠올리는 족속들인데. 건망증이 심하셔서 물건들을 엉뚱한 곳에 두고 다니는 건 사실이지만, 주인마님께서는 파리 한 마리 못 죽이실 분이라고."

그러고는 탄식하듯 덧붙였다.

"주인마님이 살아 있는 바닷가재를 가지고 들어와 현관 명함받이에 올려놨던 건 절대 잊지 못할 거야. 내 눈을 의심했다니까!"

시먼스가 호기심 어린 목소리로 끼어들었다.

"그건 제가 오기 전 일인가 봐요."

메드웨이 부인은 잘못을 저지른 도리스를 흘끗 보며 엄하게 타일렀다.

"다음에 또 얘기하기로 하고. 자, 도리스. 다 너 잘되라고 이렇게 얘기해 주는 거야. 경찰에게 이 얘기 저 얘기 떠벌리는 건 품위 없는 짓이라는 걸 절대 잊어선 안 돼. 다 됐으니까 어서 채소를 다듬도록 해. 어제처럼 강낭콩을 엉터리로 하지 말고."

"네, 메드웨이 부인."

도리스는 코를 훌쩍이며 대답하고는 발을 질질 끌며 개수대로 걸어갔다.

메드웨이 부인은 불길한 예감을 느낀 것처럼 중얼거렸다.

"아무래도 오늘은 파이 반죽이 잘 안 될 것 같네. 그 불쾌한 심리가 내일이잖아. 정말 생각할 때마다 끔찍해. 그런 일이 우리에게 일어나다니⋯⋯."

22장

정문 걸쇠가 딸깍하고 열리는 소리가 들려, 푸아로는 재빨리 창 밖을 내다보았다. 누군가가 길을 따라 현관으로 걸어오고 있었다. 방문자가 누군지는 한눈에 알 수 있었다. 푸아로는 왜 베로니카 크 레이가 자신을 만나러 온 건지 호기심이 잔뜩 일었다.

베로니카 크레이는 상쾌하고 은은한 향기를 날리며 응접실로 들 어섰다. 푸아로가 아는 향기였다. 그녀는 헨리에타처럼 트위드 치마 와 재킷에 가죽신을 신고 있었지만, 푸아로가 보기에는 헨리에타와 전혀 다른 분위기였다.

베로니카의 목소리는 쾌활하고 약간 흥분한 듯했다.

"무슈 푸아로, 이제야 제 이웃이 누구인지 알았지 뭐예요. 정말 만 나 뵙고 싶었어요."

푸아로는 베로니카가 뻗은 손을 잡고 고개를 숙였다.

"앙샹테(만나서 반갑습니다), 마담."

베로니카는 미소를 지으며 인사를 받아들였지만 차나 커피, 칵테일을 마시겠냐는 제안은 거절했다.

"아니에요, 그저 무슈 푸아로와 이야기를 나눠 보려고 온 것이니까요. 진지하게요. 제가 걱정거리가 있어서요."

"걱정거리가 있다고요? 그것참 유감이군요."

베로니카는 자리에 앉더니 한숨을 쉬었다.

"존 크리스토의 죽음 때문에요. 내일 심리가 열리잖아요. 알고 계시죠?"

"네, 네, 알고 있습니다."

"정말이지 말도 안 되는 일이에요……."

베로니카는 잠시 말을 멈추었다가 다시 입을 열었다.

"다른 사람들은 믿지 않을 거예요. 하지만 무슈 푸아로는 다를 거라고 생각해요. 무슈 푸아로는 인간의 본성에 대해 잘 아시잖아요."

"인간의 본성이라면 제가 좀 알죠."

"그레인지 경감이 절 찾아왔어요. 제가 존과 다퉜다고 생각하더군요……. 물론 다툰 건 사실이지만 경감이 생각하는 그런 건 아니었어요. 15년 동안 존을 만나지 못했다는 제 말을 믿지 않더라고요. 하지만 그게 사실이에요, 무슈 푸아로."

"그게 사실이라면 쉽게 입증될 겁니다. 그런데 뭐가 걱정이십니까?"

베로니카는 푸아로를 마주 보고 상냥하게 미소를 지었다.

"토요일 저녁에 일어난 일에 대한 진실을 경감에게 말할 엄두가 나지 않았어요. 정말 터무니없는 일이라 믿어 주지 않았을 테니까요. 하지만 누군가에게는 말해야 한다는 생각이 들었어요. 그래서 제가 여길 찾아온 거죠."

푸아로가 조용히 대답했다.

"영광입니다."

푸아로는 베로니카가 자신의 대답을 당연하게 받아들인다는 사실을 알아차렸다. 베로니카는 자신의 매력으로 상대방을 매료시킬 수 있다고 확신하는 여자였다. 하지만 때로는 통하지 않을 때도 있다.

"존과 전 15년 전에 결혼을 약속한 사이였어요. 존은 절 굉장히 사랑했죠……. 가끔은 제가 겁이 날 정도로요. 존은 제가 연기를, 제 생각이나 제 인생을 포기하길 원했어요. 집착과 소유욕이 너무 강한 그를 전 감당할 수가 없었죠. 그래서 전 약혼을 파기했어요. 존은 그게 많이 힘들었나 봐요."

푸아로는 조심스럽게 공감하듯 혀를 찼다.

"지난 토요일 밤이 오기 전에는 존을 보지 못했어요. 존이 절 집까지 바래다줬죠. 경감에게는 옛날이야기를 했다고 했어요. 그것도 어느 면에서 사실이긴 하죠. 하지만 그보다 더 많은 일이 있었죠."

"네?"

"존이 정신이 나간 것처럼 굴었어요……. 아주 정신이 나간 사람처럼요. 아내와 아이들을 떠날 테니, 저더러 남편과 이혼하고 자기와 결혼하자고 하더군요. 저를 단 한순간도 잊은 적이 없다고 했어요. 저를 보는 순간 시간이 멈춘 것 같았다고."

베로니카는 눈을 감고 침을 삼켰다. 화장 밑 얼굴이 창백하게 질려 있었다.

다시 눈을 뜬 그녀가 푸아로를 보고 수줍은 미소를 지으며 물었다.

"그런 감정이…… 가능하다고 생각하세요?"

"가능하다고 생각합니다."

"잊지 못하고…… 계속해서 기다리고…… 희망을 가지고…… 기대하고. 자신이 원하는 것을 얻기 위해 온 마음을 다 쏟아붓죠. 세상에는 그런 남자도 있답니다, 무슈 푸아로."

"네……. 그리고 그런 여자도 있죠."

베로니카는 푸아로를 잔뜩 노려보았다.

"전 남자 이야기를 하는 거예요. 존 크리스토라는. 그렇게 된 거라고요. 전 처음에는 말도 안 된다고 웃어넘기고, 진지하게 받아들이지 않았어요. 그리고 존에게 정신이 나간 것 아니냐고 말했죠. 존이 집으로 다시 돌아간 건 꽤 늦은 시각이었어요. 계속해서 실랑이를 벌였으니까요. 하지만…… 계속해서 고집을 꺾지 않더군요."

베로니카는 다시 침을 삼켰다.

"그래서 다음 날 아침 존에게 편지를 보낸 거예요. 그런 식으로 내버려 둘 순 없었어요. 존에게 그가 원하는 것이 불가능한 일이라는 걸 깨닫게 해 줘야 했죠."

"불가능한 일이었나요?"

"물론 불가능한 일이죠! 우린 이미 예전에 끝난 사이예요. 하지만 존은 제 말을 들으려 하지 않고 계속해서 고집만 피웠어요. 그래서 저는 그래 봐야 소용없다, 나는 당신을 사랑하지 않는다, 당신을 증오한다, 이렇게 말했어요……."

베로니카는 말을 멈추고는 거칠게 숨을 들이마셨다.

"잔인하게 대할 수밖에 없었어요. 그래서 서로에게 잔뜩 화가 난 채 헤어지게 되었죠. 그리고 이제…… 그 사람은 죽어 버렸군요."

푸아로는 깍지를 끼고 있는 베로니카의 손을 보았다. 서로 엇갈린 손가락 관절이 툭 불거져 보였다. 크고 잔인해 보이는 손이었다.

베로니카가 느끼는 강한 감정이 푸아로에게도 전달되었다. 그건 후회도, 슬픔도 아니었다……. 그건 분노였다. 좌절당한 이기주의자의 분노.

베로니카의 목소리는 다시 차분하고 온화해졌다.

"자, 무슈 푸아로? 제가 어떻게 해야 할까요? 그 이야기를 할까요, 아니면 잠자코 있어야 할까요? 제가 방금 말씀드린 게 진실이에요. 하지만 쉽게 믿으실 순 없겠죠."

푸아로는 생각에 잠겨, 한참 동안 가만히 베로니카를 바라보았다.

푸아로는 베로니카 크레이가 진실을 말했다고 생각하지 않았지만, 진실된 분위기가 느껴진다는 것은 부정할 수 없었다. 물론 그런 일이 있긴 했겠지만, 베로니카가 말한 것처럼은 아니었을 것이다.

불현듯 푸아로는 깨달았다. 베로니카 크레이의 이야기는 진실이었지만, 거꾸로 된 진실이었다. 베로니카 크레이가 존 크리스토를 잊을 수 없었던 것이다. 거절을 당하고 좌절한 것은 바로 베로니카 크레이였다. 자신의 먹이라 생각했던 것을 빼앗긴 암호랑이는 격렬한 분노를 참지 못해, 손에 움켜잡을 수 없는 곳으로 가 버린 남자에 대한 쓰라린 분노를 조금이나마 달래고 상처 입은 자존심을 회복하기 위해 진실을 교묘하게 뒤틀어 버린 것이다. 베로니카 크레이는 자신이 원하는 것을 얻지 못했다는 사실을 인정할 수가 없었던 것이다! 그래서 정반대되는 이야기를 만들어 낸 게 틀림없다.

푸아로는 깊게 숨을 들이마시고 입을 열었다.

"만약 그 일이 존 크리스토의 죽음과 연관이 있다면 경찰에게 이야기하셔야 할 겁니다. 하지만 그렇지 않다면 제가 보기에도 그렇지 않을 것 같습니다만, 굳이 이야기할 필요는 없을 것 같군요."

푸아로는 베로니카 크레이가 이 말에 실망했는지가 궁금했다. 어쩌면 베로니카 크레이의 현재 기분으로 보아 자신의 이야기가 신문에 대문짝만 하게 실리길 바랄지도 모른다는 생각이 들었다. 베로니카 크레이는 제 발로 푸아로에게 찾아왔다. 왜? 자신의 이야기를 시험해 보기 위해서? 푸아로의 반응을 떠보기 위해서? 아니면 푸아로를 이용해⋯⋯ 푸아로가 그 이야기를 전하도록 만들기 위해?

푸아로의 가벼운 반응에 실망했는지는 모르지만, 베로니카는 그런 기색을 드러내지 않았다. 그녀는 자리에서 일어나 푸아로에게 깔끔하게 손질된 가느다란 손을 내밀었다.

"감사해요, 무슈 푸아로. 무슈 푸아로 말씀이 옳은 것 같네요. 여기 오길 잘 했어요. 저는⋯⋯ 저는 누군가가 알아주길 바랐어요."

"저를 믿고 말씀해 주셔서 감사합니다, 마담."

베로니카가 나가자, 푸아로는 창문을 조금 열어 두었다. 응접실에 향기가 배어 있었다. 푸아로는 베로니카의 향기가 마음에 들지 않았다. 화려하지만 질리는 향, 그녀의 성격처럼 지나치게 강렬한 향이었다.

푸아로는 커튼을 펄럭펄럭 흔들며, 존 크리스토를 죽인 것이 베로니카 크레이일까 하는 의구심에 빠져들었다.

그 여자라면 기꺼이 크리스토를 죽였을 것이다…… 푸아로는 그렇게 확신했다. 즐거운 마음으로 방아쇠를 당기고 즐거운 마음으로 크리스토가 비틀거리며 쓰러지는 것을 지켜보았을 것이다.

하지만 베로니카 크레이의 복수심에 불타는 분노 뒤로는 차갑고 예리하며, 가능성을 평가하는 냉정하고 계산적인 지능이 엿보였다. 베로니카 크레이가 아무리 존 크리스토를 죽이고 싶어 했더라도, 과연 그런 위험을 감수했을지는 의문이었다.

23장

심리는 끝이 났다. 정말이지 형식적인 절차에 지나지 않았다. 이
럴 줄 알고는 있었지만 참석했던 모든 사람들은 시시하게 끝나 버
린 심리에 짜증을 냈다.

경찰의 요청으로 심리는 2주 후로 연기되었다.

게르다는 런던에서 패터슨 부인과 함께 다임러를 빌려 타고 내려
왔다. 검은색 원피스를 입고 거기에 어울리지 않는 모자를 쓴 게르
다는 초조하고 어쩔 줄 모르는 표정이었다.

차에 타려다가 게르다는 레이디 앵커텔이 다가오는 모습을 보고
멈춰 섰다.

"잘 지냈니, 게르다? 잠은 잘 잤고? 우리가 바라던 것처럼 무사히
잘 끝났지? 네가 우리와 같이 할로에서 지내지 못해 정말 안타깝구
나. 하지만 이 일이 얼마나 괴로운지는 나도 잘 알아."

패터슨 부인은 자신을 제대로 소개해 주지 않은 동생에게 책망하는 시선을 던지며, 밝은 목소리로 대답했다.

"비서로 있는 콜린스 양의 생각이었어요…… 차를 타고 가서 바로 되돌아오는 거요. 물론 대여료가 비싸긴 하지만, 그럴 만한 가치는 있다고 생각해요."

"저도 같은 생각이에요."

패터슨 부인은 목소리를 낮추고 계속 말했다.

"게르다와 아이들은 바로 벡스힐로 데려갈 거예요. 게르다에게 필요한 건 조용한 휴식이죠. 정말이지 기자들이 얼마나 달려들던지! 상상도 못 하실 거예요. 할리가가 기자들로 우글우글하다니까요."

그 순간 한 젊은이가 카메라를 찰칵거려, 엘시 패터슨은 재빨리 동생을 차에 밀어 넣고 출발했다.

다른 사람들은 볼썽사나운 모자챙에 가려진 게르다의 얼굴을 잠깐밖에 보지 못했다. 얼이 빠진 것처럼 텅 빈 얼굴이었다……. 그 순간 게르다는 마치 모자란 아이 같아 보였다.

미지 하드캐슬은 한숨을 쉬며 중얼거렸다.

"불쌍해라."

에드워드는 짜증스럽게 말했다.

"게르다 크리스토가 뭘 어쨌다고 다들 저러는 거야? 슬픔에 빠져 있는 비참한 여자인데."

"게르다는 남편한테 푹 빠져 있었어요."

"도대체 왜? 존 크리스토는 이기적인 사람이잖아. 좋은 구석도 있긴 하지만……."

에드워드는 말을 멈추었다가 다시 물었다.

"미지, 넌 존 크리스토를 어떻게 생각해?"

"저요?"

미지는 잠시 생각해 보고는 대답했다.

"저는 그 사람을 존경해요."

미지는 자신의 대답에 좀 놀라고 말았다.

"존경한다고? 뭐 때문에?"

"글쎄요. 훌륭한 의사잖아요."

"존 크리스토를 의사라고만 생각하는 거야?"

"네."

더 이상 이야기를 나눌 시간은 없었다.

헨리에타가 차로 미지를 런던까지 태워다 주기로 했고, 에드워드는 할로 저택으로 돌아가 점심을 먹고 데이비드와 함께 오후 기차로 올라가기로 했다. 에드워드는 미지에게 막연히 이렇게 말했다.

"언제 한번 점심이나 같이 하자."

미지는 그러면 정말 좋겠지만 한 시간 이상은 가게를 비울 수가 없다고 답했다. 그러자 에드워드는 매력적인 미소를 지으며 이렇게 말했다.

"하지만 어쩌다 한 번이잖아. 분명히 가게에서도 이해해 줄 거야."

그런 다음 에드워드는 헨리에타에게 다가갔다.

"전화할게, 헨리에타."

"네, 그래요, 에드워드. 하지만 오래 집을 비울지도 몰라요."

"집을 비울지도 모른다니?"

헨리에타는 순간 피식 웃었다.

"술로 슬픔을 잊어야 할 테니까요. 설마 내가 가만히 집에 들어앉아 침울해할 거라고 생각한 건 아니겠죠?"

에드워드는 천천히 입을 열었다.

"요즘 널 이해할 수가 없어, 헨리에타. 예전과 많이 달라진 것 같아."

헨리에타는 표정이 누그러지나 싶더니 뜻밖의 말을 던졌다.

"에드워드, 당신은 너무 상냥해요."

그의 팔을 잠깐 잡았다 놓기까지한 헨리에타는 루시 앵커텔을 바라보았다.

"다시 이리로 돌아와도 되죠, 루시?"

"물론이지. 게다가 2주 후에 심리가 다시 열리잖니."

헨리에타는 마켓 광장에 주차해 둔 차로 갔다. 이미 차에는 그녀의 가방과 미지의 가방이 들어 있었다.

헨리에타와 미지는 차를 타고 떠났다.

차는 긴 언덕을 올라 산등성이에 있는 도로에 올라섰다. 도로 아래로는 갈색과 황금빛의 잎사귀들이 음산하고 쌀쌀한 가을바람에 살짝 떨리고 있었다.

갑자기 미지가 입을 열었다.

"여기서 벗어나게 돼서 정말 다행이야. 루시로부터 벗어난 것도. 정말 상냥하지만 가끔씩은 섬뜩한 느낌이 들어."

작은 백미러를 유심히 들여다보던 헨리에타가 무심히 대답했다.

"루시는 뭐든 화려하게 만들지. 살인조차도."

"있잖아, 난 전에는 살인에 대해 한 번도 생각해 본 적이 없어."

"당연하지. 누가 그런 거에 대해 생각을 해 보겠어? 낱말 맞추기 게임이나 오락거리로 읽는 책에서나 나올 법한 말이지. 하지만 실제 살인이……."

헨리에타가 입을 다물자, 미지가 말을 맺었다.

"일어났지. 그게 놀라운 거야."

"넌 놀랄 필요 없어. 넌 그 사건과 관련이 없으니까. 우리 중에 아무런 관련이 없는 사람은 너 하나뿐일 거야."

"이젠 우리 모두 그 사건과 연관이 없잖아. 다 끝났으니까."

"과연 그럴까?"

헨리에타는 다시 한번 백미러를 들여다보고는 갑자기 액셀을 밟았다. 차가 앞으로 나아갔다. 헨리에타는 속도계를 흘끗 봤다. 시속 80킬로미터를 넘어 이젠 100을 가리키고 있었다.

미지는 헨리에타의 옆모습을 곁눈질했다. 험하게 운전을 하는 게 헨리에타답지 않았다. 헨리에타는 스피드를 좋아하지만, 이렇게 구불구불한 산길에서 그런 속도로 달리는 것은 말이 안 되는 일이었다. 헨리에타의 입에 잔인한 미소가 떠올랐다.

"미지, 뒤를 돌아봐. 뒤에 오는 저 차 보이지?"

"응."

"저건 벤트너 10이야."

"그래?"

미지는 시큰둥하게 대꾸했다.

"아주 쓸 만한 소형차지. 연비도 좋고 잘 달리거든. 하지만 속도는 못 내."

"그래?"

미지는 헨리에타가 자동차 성능에 해박하다는 게 흥미롭다는 생각이 들었다.

"좀 전에도 말했지만 속도는 못 내. 하지만 미지, 저 차는 우리가 100 이상으로 달리는데도 계속 같은 간격으로 따라붙고 있어."

미지는 놀란 얼굴로 헨리에타를 바라보았다.

"그렇다면……."

헨리에타가 고개를 끄덕였다.

"경찰은 아주 평범해 보이는 차의 엔진을 개조해서 쓰지."

"그렇다면 아직도 경찰이 우리 모두를 주시하고 있다는 거야?"

"그런 것 같아."

미지는 몸서리를 쳤다.

"헨리에타, 그 두 번째 총이 뭘 의미하는지 알겠어?"

"그 덕분에 게르다가 혐의를 벗을 수 있었지. 하지만 그것 말고는 무얼 의미하는지 전혀 모르겠어."

"하지만, 그게 헨리 경의 총이라면……."

"아직은 몰라. 그 총이 아직 발견되지 않았으니까."

"그래, 맞는 말이야. 외부 사람 짓일 수도 있어. 헨리에타, 내가 누구를 범인이라고 생각하고 싶어 하는지 알아? 바로 그 여자야."

"베로니카 크레이?"

"그래."

헨리에타는 아무 말 하지 않았다. 앞 도로에 눈을 고정한 채 운전만 했다.

"그럴 가능성도 있다고 생각하지 않아?"

미지가 다시 한번 물었다.

"그래, 가능하지."

헨리에타가 천천히 대답했다.

"하지만 넌 그렇게 생각하지 않는다는……."

"그렇게 생각하고 싶다고 해서 그대로 믿는 건 쓸모없는 짓이야. 완벽한 해결책이긴 하지. 그렇게 된다면 우리 모두 혐의에서 벗어나게 되니까!"

"우리라니? 하지만……."

"우리 모두 혐의를 받고 있어, 미지 너까지……. 경찰들이 너에게서는 존을 쏠 만한 동기를 발견하기 힘들겠지만 말이야. 물론 나도 범인이 베로니카였으면 좋겠어. 그 여자가 피고석에 앉아 루시 말마따나 멋진 연기를 펼쳐 보이는 걸 보면 속이 다 시원할 것 같아!"

미지는 재빨리 헨리에타를 돌아보았다.

"헨리에타, 혹시 그건 복수심 때문이니?"

"그러니까……."

헨리에타는 잠시 말을 멈추었다.

"……내가 존을 사랑했기 때문에?"

"그래."

미지는 헨리에타가 그 사실을 처음으로 말로 표현했다는 사실을 깨달으며 작은 충격을 받았다. 헨리에타가 존 크리스토를 사랑했다는 사실은 루시와 헨리, 미지, 에드워드까지도 다 알고 있지만, 아무도 직접적인 말로 표현한 적은 없었다.

헨리에타가 잠시 고민하는 눈치더니 마침내 생각에 잠긴 목소리로 입을 열었다.

"내 기분이 어떤지 말로 설명할 수가 없어. 나조차도 잘 모르겠는걸."

이제 둘은 앨버트 다리를 지나고 있었다.

"미지, 내 작업실로 가서 차나 한잔 마시자. 그러고 나서 내가 다시 집까지 데려다줄게."

런던으로 진입했을 때는 이미 짧은 오후 햇살이 저물려 할 때였다. 헨리에타는 작업실 앞에 차를 세우고 열쇠를 꺼내 현관문을 연다음, 안으로 들어가서 불을 켰다.

"싸늘하네. 가스난로를 켜는 게 좋겠다. 아, 귀찮게 됐네……. 오는 길에 성냥을 산다는 걸 깜빡했잖아."

"라이터로 하면 안 돼?"

"내 건 잘 안 돼. 게다가 라이터로 가스난로를 켜는 것도 어렵고. 편하게 앉아 있어. 요 앞 길 모퉁이에 장님 아저씨가 하는 가판대가 있어. 그곳에서 성냥을 사면 돼. 금방 올게."

작업실에 혼자 남은 미지는 여기저기 서성이며 헨리에타의 작품들을 보았다. 나무와 청동으로 된 작품들로 가득한 텅 빈 작업실이 오싹하게 느껴졌다.

광대뼈가 두드러지고 철모를 쓴 구소련의 병사 같아 보이는 청동 두상이 하나 있었고, 리본처럼 꼬여 있는 알루미늄 구조물이 하나 있어 흥미를 끌었다. 연분홍빛 화강암으로 조각한 거대한 개구리도 있었다. 작업실 구석에는 거의 실물 크기의 나무 조각상이 있었다.

헨리에타가 다시 열쇠로 문을 열었을 때 미지는 그 조각상을 바라보고 있었다. 헨리에타는 살금살금 들어왔다.

미지가 헨리에타를 향해 고개를 돌렸다.

"이게 뭐야, 헨리에타? 왠지 좀 무시무시한데."

"그거? 그건 「숭배자」야. 인터내셔널 그룹에 출품할 작품이지."

미지는 그 조각상에서 눈길을 떼지 못한 채 다시 한번 중얼거렸다.

"무시무시해."

가스난로를 켜기 위해 무릎을 꿇은 헨리에타가 어깨 너머로 대꾸했다.

"네가 그런 말을 하다니 신기하네. 어떤 점이 무시무시하다는 거야?"

"표정이 전혀 없잖아."

"네 말이 맞아, 미지."

"아주 훌륭한 작품이야, 헨리에타."

헨리에타는 가볍게 대꾸했다.

"고급 배나무로 만들었어."

그러고는 일어나서 커다란 가방과 모피 숄을 긴 의자에 놓고, 성냥 상자들을 테이블에 던져 놓았다.

미지는 헨리에타의 얼굴에 떠오른 표정을 보고 놀랐다. 이해할 수 없는 표정, 기쁨에 찬 표정이었다.

"자, 이제 차를 준비해야지."

목소리에도 조금 전 얼굴에서 흘끗 엿본 것과 같은 기쁨이 어려 있었다.

미지는 뭔가 부조화스럽다는 생각이 들었지만, 두 개의 성냥 상자가 눈에 들어오면서 이런저런 기억이 되살아나는 바람에 잊고 말았다.

"베로니카 크레이가 가져간 성냥 기억나?"

"루시가 여섯 상자를 가져가라고 우겼던 성냥 상자 말이야? 그래, 기억나."

"그 여자가 실은 성냥이 떨어진 게 아니었는지 어쨌는지 누군가가 알아냈을까?"

"아마 경찰이 알아냈겠지. 아주 철저한 사람들이니까."

헨리에타의 입술에는 희미하게 의기양양한 미소가 떠올랐다. 미지는 그 미소가 당황스럽고, 불쾌하기까지 했다.

'헨리에타가 정말로 존을 사랑했던 걸까? 그럴 수 있었을까? 아닐 거야. 에드워드는 자기 차례가 오기를 그렇게 오래 기다리지 않아도 될 것 같아.'

이런 생각을 하자 쓸쓸한 냉기가 미지의 가슴을 스쳐 지나갔다.

이런 생각에 기뻐할 정도로 마음이 넓지는 않았다. 하지만 미지가 원하는 건 에드워드의 행복이 아니었던가? 미지는 자신이 에드워드를 가질 수 있다고는 생각하지 않았다. 에드워드에게 그녀는 항상 '꼬맹이 미지'일 뿐이었다. 결코 그 이상이 될 수 없었다. 결코 사랑하는 여자가 될 수 없었다.

불행히도 에드워드는 충직한 사람이었다. 충직한 사람은 결국엔 자신이 원하는 것을 얻어 내지 않는가.

에드워드와 헨리에타가 함께 에인스윅에 산다. 그것이 이야기에 어울리는 결말일 것이다. 그 후로 에드워드와 헨리에타는 영원히 행복하게 살 것이다.

모든 것이 너무나도 자명했다.

"기운 내, 미지. 살인 사건이 일어났다고 해서 그렇게 우울해할 필요 없어. 함께 저녁 먹고 좀 느지막이 출발할래?"

하지만 미지는 재빨리 집으로 돌아가야 한다고 대답했다. 해야 할 일이 있다고, 편지를 써야 한다고 말이다. 사실 그녀는 차를 마시자마자 자리에서 일어나고 싶었다.

"알았어. 내가 태워다 줄게."

"택시 타면 돼."

"말도 안 되는 소리 하지 마. 차가 있는데 뭐 하러."

둘은 눅눅한 저녁 공기 속으로 나갔다. 집 앞길을 빠져나오면서, 헨리에타가 길 옆에 세워져 있는 차 한 대를 가리켰다.

"벤트너 10이야. 우리의 그림자. 곧 우릴 따라올 거야."

"정말 불쾌해!"

"그렇게 생각하니? 난 상관없는데."

헨리에타는 미지를 내려 준 다음 다시 집으로 돌아와 차고에 차를 세워 둔 후 작업실로 들어갔다.

헨리에타는 잠시 동안 벽난로 옆에 서서 멍하니 손가락으로 선반을 두드렸다. 이윽고 한숨을 쉬며 혼자 중얼거렸다.

"자…… 일해야지. 시간 낭비 말고."

재킷을 벗고 작업복을 입었다.

한 시간 30분이 흐른 뒤, 그녀는 뒤로 물러나 자신이 작업한 결과물을 살펴보았다. 뺨에는 점토 덩어리가 붙어 있고 머리카락은 부스스했지만, 그녀는 마음에 든다는 듯 고개를 끄덕였다.

헨리에타가 만든 것은 말을 거칠게 흉내 낸 조각상이었다. 점토를 철썩철썩 붙여 만든 불규칙하고 울퉁불퉁한 모양이었다. 기마대의 대령이 본다면 거품을 물고 쓰러질, 살아 있는 말과는 전혀 다른 모습이었다. 이런 말이라면 사냥을 즐기던 헨리에타의 아일랜드 조상들을 고민에 빠뜨렸을 것이다. 그래도 그건 말이었다. 추상적으로 표현된 말.

헨리에타는 그레인지 경감이 이걸 보고 뭐라 생각할지 궁금했다. 그레인지 경감의 표정을 떠올리며 헨리에타의 입이 즐거움에 살짝 벌어졌다.

24장

에드워드 앵커텔은 사람들이 잔뜩 붐비는 샤프츠버리 거리의 한 가운데에 서서 머뭇거렸다. 그는 어느 매장에 들어갈 엄두를 내지 못하고 있었다. 간판에는 황금색 글씨로 '마담 앨프리지'라고 적혀 있었다.

벨을 누르고 미지에게 점심을 먹으러 나가자는 말을 하기가 왠지 꺼려졌다. 할로 저택에서 들은 전화 통화가 마음에 걸렸다. 아니, 충격적이었다. 미지의 대응이 너무나도 고분고분하고 순종적이라 화가 난 것이다.

자유롭고 활발하며 솔직한 미지가 그런 비굴한 태도를 취하다니. 고용주라고 해도 전화 반대편의 건방지고 무례한 말에 고분고분하게 고개를 숙이다니, 그건 잘못된 일이었다. 아주 잘못된 일이었다! 게다가 에드워드가 우려를 비치자 미지는 오히려 직장을 얻고 유지

하기란 쉬운 일이 아니며, 단순히 할당된 일만 하는 게 아니라 여러 불쾌한 일들도 참아 내야 한다고 반박하지 않았던가.

그때까지만 해도, 에드워드는 최근 들어 수많은 젊은 여성들이 '직장'에서 일한다는 사실을 그저 막연히만 깨닫고 있었다. 그저 그 일이 좋기 때문에 직장에 다니는 것이며…… 독립심을 기르고 인생을 흥미롭게 살기 위해 직장에 다니는 거라고 생각했다.

9시부터 6시까지 근무를 하고 점심시간은 한 시간이면, 유한계급들이 누리는 안락하고 즐거운 생활은 전부 포기해야 한다니, 그로서는 상상할 수도 없는 일이었다. 미지는 점심시간을 희생하지 않는다면 미술관에 갈 수도, 오후 콘서트에 갈 수도, 화창한 여름날 시외로 드라이브를 갈 수도, 한적한 레스토랑에서 느긋하게 점심을 즐길 수도 없다. 주말에야 간신히 시골에 갔다 오고, 점심은 사람이 북적대는 간이식당에서 허겁지겁 먹어야 하는 삶의 모습은 에드워드에게 새롭고 불쾌한 발견이었다. 에드워드는 미지를 아주 좋아했다. 꼬맹이 미지…… 에드워드의 생각 속에서 미지는 항상 어린아이였다. 명절 때면 에인스윅에 와 수줍은 얼굴로 커다란 눈을 깜빡였다. 처음에는 말을 하지 않았지만, 점차 말문이 트여 열정적이고 활기찬 면모를 보여 주었다.

언제나 과거에만 매여 있는 에드워드로서는 현재를 받아들이기가 힘들었다. 그래서 미지를 돈을 버는 성인으로 인식하고 싶지가 않았다.

에드워드가 처음으로 미지를 사랑스러운 어린아이가 아니라 여자로 인식하게 된 것은, 할로 저택에서 헨리에타의 낯설고 혼란스러운 면모와 맞닥뜨린 그날 저녁이었다. 그가 잔뜩 얼어서 몸을 떨며 응접실로 들어오자 미지가 무릎을 꿇고 벽난로에 불을 붙여 주었다. 그 모습을 보며 에드워드는 혼란스러웠다. 순간 무언가를…… 에인스윅의 소중한 한 부분이었던 무언가를 잃어버린 느낌이었다. 그래서 충동적으로 그 순간 가슴에서 우러난 대로 말했다.

"우리가 좀 더 자주 만났으면 좋겠어, 꼬맹이 미지."

달빛 아래서 더 이상 그가 오랫동안 사랑하던 헨리에타가 아닌 다른 헨리에타와 이야기를 나누며, 에드워드는 갑작스레 두려워졌다. 자신의 삶이 송두리째 흔들리는 것 같았다. 꼬맹이 미지 또한 에인스윅의 일부였다. 그런데 미지 역시 더 이상 옛날의 꼬맹이 미지가 아니라 그가 몰랐던 용감하고 슬픈 눈을 한 어른이었던 것이다.

그 후로 에드워드의 머릿속은 뒤죽박죽이 되었고 그 전엔 신경도 쓰지 않았던 미지의 행복과 안정에 대해 생각해 보기 시작했다. 미지가 어울리지 않게 마담 앨프리지에서 일한다는 생각이 점점 거슬리더니, 마침내 직접 그 옷가게가 어떤 곳인지 확인할 결심을 하게 된 것이다.

에드워드는 쇼윈도 안을 흘끗거리며 들여다보았다. 가느다란 금색 벨트를 한 작은 블랙 원피스, 몸에 딱 달라붙는 멋진 점퍼 슈트, 좀 선정적인 색의 레이스가 달린 이브닝드레스.

에드워드는 여자 옷에 대해서는 아무것도 몰랐지만, 이 가게에 걸린 옷들이 천박하다는 건 예리하게 파악했다. 아니다, 이곳은 미지에게 어울리는 곳이 아니었다. 누군가, 어쩌면 레이디 앵커텔이 어떻게든 조치를 취해야 한다.

에드워드는 부끄러움을 애써 누르고, 약간 굽은 어깨를 꼿꼿이 편 다음 가게로 들어섰다.

하지만 들어서는 즉시 그 자리에 얼어붙고 말았다. 밝은 금발을 한 건방진 아가씨 두 명이 검은색 머리의 종업원을 거느린 채 드레스를 고르며 날카로운 목소리로 칭얼거리고 있었다. 가게 뒤편에서는 코가 크고 헤나로 머리를 빨갛게 염색한 조그마한 여자가 땅딸막한 손님과 이브닝드레스 교환 문제로 옥신각신하고 있었다. 멀리 떨어진 칸막이 안에서는 한 여자의 짜증스러운 목소리가 새어 나왔다.

"끔찍해, 완전 끔찍해. 입을 만한 옷 좀 가져올 수 없어?"

그 여자의 목소리에 대답하는 것은 미지의 조용히 중얼거리는 목소리…… 공손하고 설득력 있는 목소리였다.

"이 와인 색상이 아주 세련됐어요. 부인께도 아주 잘 어울릴 거예요. 일단 입어 보시면……."

"이 형편없는 옷을 입느라 시간 낭비하고 싶진 않아. 괜히 옷 입느라 수고만 하잖아. 내가 아가씨한테 빨간색은 싫다고 했어, 안 했어? 내 말을 제대로 들었으면……."

순간 에드워드의 목이 벌겋게 달아올랐다. 미지가 저 밉살스러운 여자 얼굴에 그 드레스를 집어 던졌으면 하는 바람뿐이었다. 하지만 미지는 이렇게 중얼거리기만 했다.

"제가 다시 찾아볼게요. 녹색은 싫어하시죠, 마담? 그렇다면 이

복숭아색은 어떠세요?"

"끔찍해. 그야말로 끔찍하다고! 됐어, 더 이상은 볼 필요도 없겠어. 이거, 완전 시간 낭비 아니야?"

그 순간 땅딸막한 고객을 상대하던 마담 앨프리지가 에드워드에게 다가와 궁금한 눈길로 그를 바라보았다.

에드워드는 정신을 차렸다.

"제가 만날 수…… 이곳에 하드캐슬 양이 있습니까?"

마담 앨프리지는 눈썹을 치켜올렸지만 곧 새빌 로(런던의 고급 양복점 거리 —옮긴이)에서 맞춘 에드워드의 양복을 보고는 미소를 지어 보였다. 정중히 대해 주는데도 찬물을 뒤집어쓴 것처럼 불쾌했다.

칸막이 안쪽에서는 짜증스러운 목소리가 한층 더 날카롭게 울려퍼졌다.

"조심해! 왜 이렇게 서툴러. 아가씨 때문에 내 머리망이 찢어졌잖아."

불안한 미지의 목소리가 들렸다.

"정말 죄송합니다, 마담."

"어떻게 된 게 제대로 하는 게 없어. (목소리는 잦아들었다.) 됐어, 내가 할 거야. 내 벨트나 줘."

"하드캐슬 양은 이제 곧 끝날 거예요."

마담 앨프리지가 말했다. 그녀의 미소는 이제 짓궂어 보였다.

옅은 갈색 머리에 성질이 나빠 보이는 여자 하나가 몇 개의 꾸러미를 들고는 칸막이에서 나와 가게를 나섰다. 검은색 원피스를 입은 미지는 재빨리 따라 나와 가게 문을 열어 주었다. 미지의 얼굴은 창백하고 우울해 보였다.

"같이 점심 먹으러 왔어."

에드워드가 불쑥 본론만 던졌다.

미지는 흘끗 시계를 올려다보았다.

"1시 15분까지는 나갈 수 없어요."

이제 1시 10분이었다.

그러자 마담 앨프리지가 선심을 쓰듯 말했다.

"지금 나가도 좋아요, 하드캐슬 양. 친구분이 오셨으니까."

"감사합니다, 마담 앨프리지. 금방 준비하고 나올게요."

미지는 마담 앨프리지와 에드워드에게 차례로 말한 뒤 가게 뒤편으로 사라졌다.

마담 앨프리지가 '친구분'이라는 단어를 힘주어 발음할 때 멈칫한 이후로 에드워드는 무력하게 가만히 서서 기다리고만 있었다.

마담 앨프리지가 에드워드에게 말을 걸려는 찰나, 부유해 보이는 한 여성이 페키니즈 한 마리를 데리고 가게로 들어오자 마담 앨프리지는 예리한 사업 감각으로 재빨리 새 고객에게 달려갔다.

미지가 코트를 입고 다시 나오자, 에드워드는 그녀의 팔을 붙잡고 재빨리 가게를 빠져나왔다.

"세상에, 저런 곳에서 일하는 거였어? 그 빌어먹을 여자가 너에게 하는 얘기 다 들었어. 어떻게 그런 걸 참을 수가 있어, 미지? 왜 그 빌어먹을 옷을 그 여자 얼굴에 집어 던지지 않은 거야?"

"그랬더라면 곧바로 잘렸을 거예요."

"하지만 그런 여자한테는 확 집어 던지고 싶지 않아?"

미지는 길게 숨을 들이마셨다.

"물론이에요. 그리고 가끔씩은, 특히 여름 세일이 끝날 무렵이면 이러다 참지 못하고 하고 싶은 말을 쏟아 내게 되지나 않을까 두려운 마음이 들 때도 있어요……. '네, 마담.' '아니요, 마담.' '다른 게 더 있나 찾아볼게요, 마담.' 이런 말 대신에 말이에요."

"미지, 꼬맹이 미지, 이런 걸 계속 참고 살 수는 없어!"

미지는 약간 떨리는 목소리로 깔깔거렸다.

"화내지 말아요, 에드워드. 도대체 왜 여길 온 거예요? 전화를 하지 그랬어요."

"직접 확인해 보고 싶었어. 걱정이 돼서 말이야."

에드워드는 잠시 말을 멈췄다가 다시 말을 이었다.

"루시라면 절대로 하녀에게도 그 여자가 너에게 얘기했던 것처럼은 하지 않아. 그런 무례하고 건방진 여자들을 네가 상대하는 건 정말 말도 안 되는 일이라고. 세상에, 미지, 당장이라도 널 에인스윅으로 데려가고 싶어. 택시를 잡아서 널 태운 다음, 에인스윅으로 가는 2시 15분 기차를 타고 함께 내려가고 싶다고."

미지는 걸음을 우뚝 멈췄다. 애써 태연한 척하려던 마음이 무너져 내렸다. 막무가내인 손님들과 최고조에 달한 마담 앨프리지의 괴롭힘에 오전 내내 힘겨웠다. 미지는 에드워드를 바라보며 벌컥 화를 냈다.

"그렇다면 그렇게 하지 그래요? 택시는 수도 없이 많잖아요!"

미지의 갑작스러운 분노에 놀란 에드워드는 그녀를 바라보았다. 미지는 계속해서 화를 냈다.

"왜 갑자기 날 찾아와서 그런 말을 하는 거예요? 진심도 아니면서. 내가 지옥 같은 오전 시간을 보내고 나서 에인스윅 같은 곳을 떠올리면 마음이 편해지기라도 할 거라고 생각하는 거예요? 당신이 거기 서서 날 얼마나 데려가고 싶은지 떠벌린다고 내가 고마워할 거라고 생각하는 거예요? 정말 다정한 거짓말이네요. 조금도 진심이 아니잖아요. 에인스윅으로 가는 2시 15분 기차를 타고 이 모든 것에서 벗어날 수만 있다면 내가 영혼이라도 팔 거라는 걸 모르겠어요? 에인스윅을 떠올리는 것도 나에겐 괴로운 일이에요. 에드워드, 선의에서 나온 말이라는 건 알지만 정말 잔인해요! 그저 말만…… 그저 말뿐이잖아요……."

둘은 서로 얼굴을 마주 본 채 복잡한 샤프츠버리 거리 한가운데에서 점심시간을 흘려보내고 있었다. 하지만 서로의 존재 외에는 아무것도 눈에 들어오지 않았다. 에드워드는 갑자기 잠에서 깬 남자처럼 미지를 바라보았다.

"그럼 좋아, 젠장. 2시 15분 기차로 에인스윅에 가는 거야!"

에드워드는 지팡이를 들어 올려 지나가는 택시를 잡았다. 택시는 인도 옆에 차를 댔다. 에드워드가 택시 문을 열자 미지는 어리벙벙한 얼굴로 택시에 올라탔다. 에드워드는 운전사에게 "패딩턴 역으로 가 주세요."라고 말하고는 자신도 택시에 올라탔다.

택시 안에는 침묵이 흘렀다. 미지의 입술은 굳게 닫혀 있었고, 눈빛은 도전적이고 반항적이었다. 에드워드는 꿋꿋이 앞만 보았다.

옥스퍼드가(街)에서 신호에 걸려 택시가 서 있는 동안, 미지가 못마땅한 투로 입을 열었다.

"내가 괜히 당신이 허세를 부리게 만든 것 같네요."

에드워드가 짧게 대답했다.

"허세 부리는 게 아니야."

다시 한번 택시가 끽 소리를 내며 출발했다.

택시가 에지웨어로(路)에서 케임브리지 테라스로 방향을 틀자, 에드워드는 갑자기 평소의 태도를 되찾았다.

"2시 15분 기차는 탈 수 없어."

그러고는 칸막이 유리창을 두드리며 운전사에게 말했다.

"버클리 식당으로 가 주세요."

미지가 차갑게 말했다.

"왜 2시 15분 기차를 탈 수 없다는 거죠? 이제 겨우 1시 25분인데."

에드워드는 미지에게 미소를 지었다.

"짐을 하나도 못 챙겼잖아, 미지. 잠옷도 칫솔도, 신발도 말이야. 4시 15분 기차도 있으니까. 먼저 점심을 먹으면서 이야기 좀 해 보자."

미지는 한숨을 쉬었다.

"정말 당신답네요, 에드워드. 현실적이에요. 충동적인 행동은 절대 못 하죠? 어쨌든 멋진 꿈이었어요."

미지는 에드워드의 손을 잡으며 예전과 같은 미소를 보냈다.

"길거리에서 소리를 질러서 미안해요. 하지만 에드워드, 정말 짜증이 났어요."

"그래, 내 잘못이야."

둘은 유쾌하게 나란히 버클리로 들어섰다. 창가 쪽 테이블에 앉았고, 에드워드는 훌륭한 식사를 주문했다.

닭 요리를 먹고 난 후, 미지는 한숨을 쉬며 입을 열었다.

"빨리 가게로 돌아가야겠어요. 점심시간이 다 끝나 가네요."

"오늘은 천천히 먹어도 돼. 내가 그 가게에 있는 옷을 다 사 버릴 테니까!"

"에드워드, 당신은 정말 상냥해요."

둘이 크레프 수제트를 디저트로 먹고 나자 웨이터가 커피를 가져왔다. 에드워드는 커피에 설탕을 넣고 저으며 온화하게 말했다.

"당신이 에인스윅을 좋아하는 건 사실이지?"

"에인스윅 얘기를 꼭 해야 해요? 2시 15분 기차를 타지 못한 것은 이미 극복했어요. 4시 15분 기차를 타는 것도 현실성이 없다는 거 잘 알고 있어요. 그러니 자꾸 상기시키지 말아요."

에드워드는 미소를 지었다.

"아니야, 4시 15분 기차를 타자는 게 아니야. 하지만 네가 에인스윅으로 와 줬으면 좋겠어, 미지. 네가 그곳에서 살았으면 좋겠어…… 그러니까, 날 참아 낼 수 있다면."

미지는 커피 잔 위로 에드워드의 얼굴을 바라보았다……. 그녀는 떨리지 않는 한 손으로 잔을 내려놓았다.

"무슨 뜻이에요, 에드워드?"

"나와 결혼해 달라는 뜻이야, 미지. 내가 그리 로맨틱한 사람은 아니지. 따분하고 그리 잘하는 것도 없다는 걸 잘 알아. 그저 책이나 읽고 산책이나 다니는 게 전부니까. 내가 그리 재미있는 사람은 못되지만, 우린 서로를 오랜 기간 알아 왔고, 또 에인스윅에 산다는 것 그 자체만으로…… 충분하지 않을까? 난 네가 에인스윅에서라면 행복할 수 있을 거라고 생각해, 미지. 오겠어?"

미지는 침을 꿀꺽 삼키고는 입을 열었다.

"하지만 전…… 헨리에타가……."

그리고 말을 멈췄다.

에드워드는 아무런 감정이 묻어나지 않는 차분한 목소리로 말했다.

"그래, 난 헨리에타에게 세 번 청혼했지. 헨리에타는 번번이 거절했고. 헨리에타는 자신이 뭘 원하고 뭘 원치 않는지 잘 알아."

침묵이 흘렀다. 이윽고 에드워드가 다시 입을 열었다.

"자, 미지, 어떻게 생각해?"

미지는 에드워드를 올려다보고는 목이 멘 목소리로 말했다.

"정말 놀라워요. 버클리 식당의 접시 위에 천국이 있었군요!"

에드워드는 얼굴이 환해지더니 미지의 손에 자신의 손을 포갰다.

"접시 위의 천국이라. 에인스윅을 그렇게 생각하는 거지? 오, 미지, 정말 기뻐."

둘은 행복하게 서로를 마주 보았다. 에드워드는 후한 팁과 함께 계산을 치렀다. 레스토랑의 손님이 점점 줄어들고 있었다. 미지는 힘겹게 말을 꺼냈다.

"이제 가야겠어요. 저는 가게로 다시 돌아가 보는 게 낫겠어요. 어쨌든 마담 앨프리지가 절 의지하고 있으니까요. 말도 없이 그만둘 순 없어요."

"그렇지, 가게로 돌아가서 당장 그만둔다고 말해. 네가 계속 그곳에서 일하게 둘 순 없어. 그건 절대 안 되지. 하지만 먼저 본드가(街)에 있는 반지 전문점에 들르자."

"반지요?"

"그게 순서잖아, 안 그래?"

미지는 웃음을 터뜨렸다.

희미한 불빛이 켜진 보석 가게에서, 미지와 에드워드는 허리를 숙여 반짝이는 약혼반지들이 올려진 상자들을 내려다보았다. 신중한 판매원이 둘을 상냥하게 바라보았다.

에드워드는 벨벳으로 싸인 상자를 한쪽으로 밀어 치우며 말했다.

"에메랄드는 안 돼."

녹색 트위드를 입은 헨리에타…… 비취색 이브닝드레스를 입은 헨리에타…….

아니야, 에메랄드는 안 돼.

미지는 가슴에 느껴지는 날카로운 통증을 애써 밀어내며 말했다.

"당신이 골라 줘요."

에드워드는 유심히 상자들을 들여다보다가 마침내 다이아몬드가 한 알 박힌 반지 하나를 집어 들었다. 다이아몬드가 그리 크지는 않았지만, 색채와 광채가 아름다웠다.

"난 이게 좋아."

미지는 고개를 끄덕였다. 그녀는 에드워드의 까다롭고 세심한 취향이 좋았다. 에드워드와 가게 주인이 한쪽으로 가 이야기를 나누는 동안 미지는 그 반지를 손가락에 끼었다.

에드워드는 342파운드의 수표를 써 주고는 다시 미지에게 돌아와 미소를 지으며 말했다.

"자, 이제 가게로 가 마담 앨프리지에게 무례하게 굴어 볼까?"

25장

"정말 기쁘구나!"

레이디 앵커텔은 한 손을 에드워드에게 살짝 뻗고, 다른 한 손으로는 부드럽게 미지의 손을 잡았다.

"에드워드, 미지를 그 끔찍한 가게에서 빼내 여기로 데려온 건 정말 잘한 일이야. 물론 미지는 여기 머물 테고. 여기서 결혼을 해야지. 너도 알지? 세인트조지 교회가 도로에서 5킬로미터 떨어져 있는 거. 물론 숲을 통과해서 가면 1.5킬로미터밖에 안 되지만, 그래도 결혼식에 가려고 숲을 통과할 수는 없잖아. 그리고 목사님이 주례를 서야 할 텐데…… 불쌍한 사람이야. 매년 가을이면 독감에 걸려서 골골댄다니까. 하지만 부목사님은 천사처럼 목소리가 고우시지. 그분이 식을 진행한다면 훨씬 더 인상적이고…… 훨씬 더 종교적인 분위기가 날 거야. 내 말이 무슨 뜻인지 알겠니? 코를 킁킁대면서 주례를 서는데 경건한 마음을 가지기는 힘들잖니."

정말이지 루시다운 반응이었다. 미지는 루시의 말에 웃고 싶은 마음과 울고 싶은 마음이 동시에 밀려왔다.

"저도 여기서 결혼하고 싶어요, 루시."

"그렇다면 결정된 거다? 아이보리 새틴에, 음……. 아이보리 기도서…… 부케 말고. 들러리는?"

"아니에요. 소란스러운 건 싫어요. 그냥 아주 조용한 결혼식이었으면 좋겠어요."

"무슨 뜻인지 알겠어. 네 말이 맞는 것 같기도 해. 가을 결혼식에는 항상 국화를 잔뜩 장식해 놓잖니. 정말이지 맥 빠지는 꽃이야. 거기다 아무리 고심해서 골라도 들러리는 실망스럽고. 꼭 전체적인 조화를 망쳐 버리는 못생긴 사람이 한 명씩 끼잖니. 하지만 대부분은 신랑 여동생일 경우가 많으니 제외할 수도 없고 말이야. 하지만……."

레이디 앵커텔의 얼굴이 환해졌다.

"에드워드는 여동생이 한 명도 없지."

"덕분에 제가 점수 좀 딴 것 같네요."

에드워드가 미소를 지으며 말했다.

레이디 앵커텔은 행복하게 혼자만의 생각에 빠져 말을 이었다.

"하지만 결혼식에서 최악은 아이들이야. 다들 이렇게 말하지. '아유 귀여워라!' 하지만 솔직히 정말 짜증스러울 뿐이야! 드레스 자락을 밟고 다니거나 유모를 찾으며 빽빽 울어 대고, 툭하면 아파 드러눕고…… . 뒤에서 그런 일이 벌어지는데 어떻게 신부가 제정신으로 입장할 수 있겠어?"

"제 뒤에는 아무것도 필요 없어요. 드레스 자락도요. 재킷과 스커트만 입고도 결혼할 수 있어요."

미지가 활기차게 대답했다.

"오, 미지. 그건 아니야. 그건 꼭 과부 같잖니. 아니야. 아이보리 새틴이라야 해. 그렇다고 마담 앨프리지에게서 사는 건 절대 안 되고."

"물론 그건 안 되죠."

에드워드가 대꾸했다.

"미레유에 데려가마."

레이디 앵커텔이 말했다.

"루시, 미레유 옷은 너무 비싸요."

"말도 안 되는 소리 하지 마, 미지. 헨리와 내가 혼수를 해 줄 거야. 당연히 헨리가 신부 입장을 도와줄 테고. 그이 바지가 너무 꽉 끼진 않나 모르겠네. 헨리가 마지막으로 결혼식에 참석한 게 벌써 2년 전이라. 그리고 나는…… ."

레이디 앵커텔은 말을 멈추고 눈을 감았다.

"루시는요……?"

레이디 앵커텔은 아주 기쁜 목소리로 선언했다.

"파란 수국 색을 입어야지. 에드워드, 넌 친구들 중 한 명을 신랑 들러리로 세워야 할 거야. 물론 데이비드를 세워도 좋고. 그렇게 한다면 데이비드에게 정말 좋을 거라는 생각이 드는구나. 데이비드가 안정을 찾을 기회야. 우리 모두가 그 아이를 좋아한다는 느낌을 받게 되겠지? 그건 데이비드에게 아주 중요한 거야. 아무리 자기가 똑똑하고 지적이라고 생각해도, 아무도 자기를 좋아하지 않는다고 느낀다면 정말 불행한 일이잖니! 물론 좀 위험한 일이긴 해. 그 애가 반지를 잃어버리거나 반지를 건네주다가 떨어뜨릴지도 모르니까. 에드워드도 걱정일 거야. 하지만 살인 사건이 났을 때 이곳에 있던 사람들이 모두 모이는 것도 꽤 좋을 것 같구나."

레이디 앵커텔은 아주 거침이 없었다.

"레이디 앵커텔이 이번 가을의 살인 사건에 친구들을 초대하다."

미지는 저도 모르게 말했다.

루시는 관조적인 말투로 대답했다.

"그래, 그렇게 보이겠지? 살인 사건을 위한 파티처럼 말이야. 네가 그런 생각이 들었다면 그런 거겠지!"

미지는 살짝 몸을 떨며 말했다.

"어쨌든 이젠 다 끝난 일이잖아요."

"정확히 말하자면 끝난 건 아니지. 심리가 다시 열리잖니. 게다가 그 멋진 그레인지 경감이 사방에 사람들을 풀어 놔 밤나무 숲을 헤집고 다니게 하느라 꿩들이 놀랄 지경이거든. 상자에 숨은 스프링 인형처럼 예상치 못한 장소에서 불쑥 나타난다니까."

에드워드가 물었다.

"그 사람들은 뭘 찾는 거죠? 크리스토를 쏜 리볼버를 찾는 건가요?"

"그런 것 같아. 수색 영장을 가지고 이 집에도 왔단다. 경감은 정말 미안해하면서 아주 조심스러워했지만, 난 기꺼이 환영한다고 말해 줬어. 정말 흥미진진한 일이잖니. 경찰들은 정말 온 사방을 다 뒤지더구나. 내가 경찰들 뒤를 따라다니면서 그들이 생각하지 못한 장소를 한두 군데 알려 주기도 했는데 결국엔 아무것도 찾지 못했어. 정말 실망스러운 일이지. 불쌍한 그레인지 경감…… 요즘 들어 점점 수척해지는 것 같아. 계속해서 그 콧수염만 잡아당기더구나. 경감 부인이 기운을 북돋워 줄 영양가 높은 음식들을 만들어 줘야 할 텐데…… 그런데 어쩐지 경감님 부인은 맛있는 음식을 만드는 것보다 바닥을 반질반질하게 닦는 데 더 신경을 쓰는 타입일 것 같아. 그 말을 하니까 생각이 나네. 가서 메드웨이 부인이 어떻게 하고 있나 봐야겠어. 하인들이 경찰을 영 껄끄럽게 여기는 게 참 이상하지. 어제저녁 치즈 수플레는 정말 먹을 수가 없더구나. 수플레와 페이스트리는 만든 사람이 평정심을 잃으면 금세 표시가 난다니까. 거전이 잘 다독이지 않았더라면 하인들 가운데 절반은 이 저택을 떠났을 거야. 너희 둘도 나가서 산책 좀 하고, 경찰들이 리볼버 찾는 걸 좀 도와주지 그러니?"

에르퀼 푸아로는 밤나무 숲이 내려다보이는 수영장 위쪽 벤치에 앉아 있었다. 그는 레이디 앵커텔이 언제든 와서 산책해도 좋다는 말을 한 이후로, 거리낌 없이 이곳에 오곤 했다. 에르퀼 푸아로가 이 순간 생각하고 있는 것은 레이디 앵커텔의 상냥함이었다.

이따금씩 숲에서 나뭇가지가 밟혀 지끈 부러지는 소리가 들렸고, 밤나무 숲 사이로 움직이는 사람의 모습이 눈에 들어오기도 했다.

지금 샛길 쪽 길을 따라 올라오고 있는 것은 헨리에타였다. 헨리에타는 푸아로를 발견하고는 잠시 멈춰 섰다가, 곧 옆에 와서 앉았다.

"안녕하세요, 무슈 푸아로. 방금 전화를 했는데, 집에 안 계시더군요. 그렇게 앉아 계시니 마치 올림푸스의 신 같네요. 수사를 감독하시는 거예요? 경감님은 아주 바빠 보이더군요. 경찰들이 뭘 찾는 거죠? 리볼버?"

"그렇습니다, 세이버네이크 양."

"경찰들이 그걸 찾아낼까요? 어떻게 생각하세요?"

"찾아낼 겁니다. 아주 빨리요."

헨리에타는 의아한 눈빛으로 푸아로를 바라보았다.

"그렇다면 그 총이 어디 있는지 아시나요?"

"아닙니다. 하지만 곧 발견될 거라고 생각합니다. 그저 시간문제이지요."

"정말 이상한 말씀을 하시네요, 무슈 푸아로!"

"여기서 이상한 일이 일어났으니까요. 마드무아젤은 런던에서 아주 빨리 돌아오셨더군요."

헨리에타는 얼굴이 굳어지더니 쓴웃음을 지었다.

"살인자는 범죄 현장에 돌아온다…… 이 말씀을 하고 싶으신 건가요? 그건 오래된 미신에 불과하잖아요. 안 그래요? 결국 선생님은 제가 그랬다고 생각하시는군요! 제가 그 누구도 죽이지 않았다고…… 죽일 수 없다고 한 말은 믿지 않으시는 거죠?"

푸아로는 즉시 대답하지 않았다. 그러다 마침내 조심스럽게 입을 열었다.

"처음부터 이 사건이 그리 간단하지 않다는 생각을 했습니다. 너무 간단해서 믿기가 힘들다고 할까요. 간단하다는 건 말입니다, 마드무아젤, 이해하기가 아주 어려울 수 있죠. 혹은 극도로 복잡한 사건이거나요. 다시 말해, 우리는 아주 교묘하고 천재적인 창조력을 지닌 사람과 싸우고 있는 겁니다. 진실을 향해 나아가고 있는 것 같지만, 번번이 그 사람이 꼬아 놓은 진실의 흔적을 뒤쫓을 뿐, 결국엔 아무것도 알아내질 못하는 겁니다. 경찰이 이렇게 명백한 헛수고를 하고, 언제나 아무것도 얻어 내지 못하는 것은 정말로 아무것도 없기 때문이 아닙니다. 이 사건이 조작되고 계획되었기 때문이지요. 아주 교묘하고 천재적인 두뇌를 가진 누군가가 우리에 대항해 음모를 꾸민 겁니다. 그리고 성공했고요."

"그래요? 그게 저와 무슨 연관이 있죠?"

"우리에 대항해 음모를 꾸민 그 누군가는 아주 창조적인 두뇌를 가지고 있다고 했습니다, 마드무아젤."

"알겠어요. 그래서 저를 의심하시는 건가요?"

헨리에타는 입을 꾹 다문 채 아무 말 하지 않았다. 뒤이어 재킷 주머니에서 연필을 꺼내더니 팬스레 흰 페인트칠이 된 벤치 널에 기이한 나무를 그리기 시작했다. 찌푸린 얼굴로.

푸아로는 그녀를 바라보았다. 무언가가 머릿속에 떠올랐다……. 사건이 일어나던 날 오후 레이디 앵커텔의 응접실에 서서 수북이 쌓여 있는 브리지 점수판을 내려다보던 때, 그리고 그다음 날 아침 별채의 페인트칠이 된 철제 테이블 옆에 서서 거전에게 질문을 던지던 때가 떠올랐다.

"브리지 점수판에 그려져 있던…… 나무군요."

헨리에타는 문득 자신이 무엇을 하고 있는지 깨달은 것 같았다.

"네, 우주수라고 해요, 무슈 푸아로."

그녀는 깔깔거렸다.

"왜 이걸 우주수라고 부르시죠?"

헨리에타는 우주수의 유래에 대해 설명했다.

"그래서 낙서, 낙서라고 표현하는 게 맞다면 말입니다, 낙서를 할 때면 항상 우주수를 그리십니까?"

"네. 낙서가 재미있지 않으세요?"

"여기 벤치에 하나…… 토요일 저녁에는 브리지 점수판에 하나…… 일요일 아침에는 별채에 하나……."

연필을 쥔 손이 우뚝 멈췄다. 헨리에타는 아무렇지 않은 듯 쾌활하게 대꾸했다.

"별채에도 있어요?"

"네, 그곳에 있는 둥근 철제 테이블에요."

"그렇군요……. 그건 토요일 오후에 그린 게 분명해요."

"토요일 오후에 그린 건 아닙니다. 거전이 일요일 정오쯤 별채로 잔을 내올 때는 테이블에 아무것도 그려져 있지 않았습니다. 제가 거전에게 직접 물어봤고, 확실히 대답하더군요."

헨리에타는 잠시 망설였다.

"그렇다면…… 일요일 오후에 그린 거겠지요."

하지만 에르퀼 푸아로는 여전히 유쾌한 미소를 지으며 고개를 저었다.

"그렇지 않을 겁니다. 그레인지의 부하들이 오후 내내 수영장에 있었거든요. 시신 사진을 찍고 리볼버를 물에서 꺼내면서요. 해가 지기 전까지는 수영장을 떠나지 않았죠. 누군가가 별채에 들어갔다면 그 사람들 중 누군가가 마드무아젤을 봤을 겁니다."

헨리에타는 다시 천천히 입을 열었다.

"이제 기억이 나네요. 그날 저녁때 꽤 늦게 그곳에 갔어요. 저녁 식사를 한 후에요."

푸아로의 목소리가 날카로워졌다.

"사람들은 어두컴컴한 곳에서는 '낙서'를 하지 않습니다, 세이버네이크 양. 지금 아무것도 보이지 않는 한밤중에 별채에 들어가 테이블 옆에 서서 나무를 그렸다는 말씀을 하시는 겁니까?"

헨리에타가 차분히 대답했다.

"전 사실대로 말씀드리는 거예요. 물론 선생님은 믿지 않으시겠죠. 선생님만의 생각이 있으실 테니까요. 선생님의 생각은 뭐죠?"

"저는 마드무아젤이 거전이 유리잔을 내온 일요일 정오 이후 별채에 있었다고 생각합니다. 그 테이블 옆에 서서 누군가를 지켜보거나, 혹은 누군가를 기다리면서 무의식적으로 연필을 꺼내 우주수를 그렸겠죠."

"일요일 오전에는 별채에 가지 않았어요. 한동안 테라스에 나와 앉아 있다가, 정원 바구니를 들고 달리아 꽃밭으로 올라가 꽃을 따고 지저분하게 늘어져 있는 갯개미취를 묶어 뒀지요. 그러고 나서 1시가 막 넘었을 때 수영장으로 내려왔고요. 이미 그건 그레인지 경감님께 다 말씀드렸어요. 저는 1시 전에는 수영장 근처에도 가지 않았어요. 존이 총에 맞은 직후에 도착했어요."

"그게 마드무아젤의 이야기군요. 하지만 마드무아젤, 우주수가 정반대의 증언을 하고 있습니다."

"제가 별채에 있으면서 존을 쐈다, 그런 뜻인가요?"

"마드무아젤이 그곳에 있다가 크리스토 선생님을 쐈거나, 그곳에 있다가 크리스토 선생님을 쏜 사람을 봤거나, 혹은 우주수에 대해 아는 다른 누군가가 일부러 테이블에 우주수를 그려 놓고 마드무아젤께 혐의를 씌웠거나 셋 중 하나겠죠."

헨리에타는 벤치에서 일어나 턱을 치켜든 채 푸아로를 바라보았다.

"여전히 제가 존 크리스토를 쐈다고 생각하시는군요. 그 사실을 증명할 수 있다고 생각하시고요. 그렇다면 이거 하나만 말씀드리죠. 절대 그걸 증명하실 수 없을 거예요. 절대!"

"마드무아젤이 저보다 더 똑똑하다고 생각하시는군요?"

"절대 증명하지 못할 거예요."

헨리에타는 돌아서서 수영장으로 이어진 굽이 길을 따라 내려갔다.

26장

그레인지는 에르퀼 푸아로와 함께 차를 마시기 위해 레스트헤이 븐에 왔다. 그레인지가 우려했던 그대로였다. 지나치게 연한 데다 중국 차였다.

'이 외국인들은 차를 어떻게 끓이는지도 모르는군. 가르쳐 줄 수도 없고, 참.'

하지만 그레인지는 그 사실이 크게 신경 쓰이지는 않았다. 수사가 잘 풀리지 않아 될 대로 되라는 우울한 심정에 푹 빠져 있었기 때문이다. 그레인지 경감이 입을 열었다.

"내일 모레면 심리가 다시 열리는데 우리가 뭘 알아냈는지 아십니까? 아무것도 없습니다. 그 빌어먹을 총이 분명 어딘가에는 있을 겁니다! 하지만 이 빌어먹을 시골은…… 숲이 몇 킬로미터씩이나 이어지니 원…… 그 총을 찾으려면 군대라도 동원해야 할 판입니다. 건초 더미에서 바늘 찾는 격이죠. 어딘가에는 있겠죠. 하지만 이젠 현실을 직시해야 할 것 같습니다. 어쩌면 그 총을 영영 찾지 못할 수도 있다는 현실 말입니다."

푸아로는 자신 있게 말했다.

"찾을 수 있을 겁니다."

"글쎄요, 저희 노력이 부족한 건 아닐 텐데요!"

"머지않아 찾게 될 겁니다. 곧 찾게 될 거예요. 차 한 잔 더 하시겠습니까?

"제가…… 아니요, 뜨거운 물은 됐습니다."

"차가 너무 진하지 않은가요?"

"아닙니다. 진하지 않습니다."

경감은 조심스럽게 대답하고는 우울한 얼굴로 연한 황갈색이 도는 차를 홀짝였다.

"이 사건은 절 놀리고 있습니다, 무슈 푸아로. 절 가지고 놀고 있어요! 할로 저택 사람들은 도대체 감을 잡을 수가 없어요. 도움을 주려는 것 같긴 해도, 그 사람들이 하는 말은 늘 엉뚱한 방향으로 흐르니까요."

푸아로의 눈에는 놀란 기색이 스쳤다.

"엉뚱한 방향이요? 그렇군요, 알겠습니다. 엉뚱한 방향이라……."

경감은 이제 불평을 늘어놓기 시작했다.

"존 크리스토는 총에 맞았습니다. 부검 결과를 살펴보면 범행 시각은 무슈 푸아로가 그곳에 도착하기 고작 일이 분 전이었습니다.

당시에 레이디 앵커텔은 달걀 바구니를, 세이버네이크 양은 시든 꽃잎으로 가득한 정원용 바구니를 들고 있었으며, 에드워드 앵커텔은 탄약통을 넣은 커다란 주머니가 달린 헐렁한 사냥용 재킷을 입고 있었죠. 이 중 누구라도 리볼버를 숨겨서 가져갈 수 있었을 겁니다. 수영장 근처에 숨기지는 않았을 거예요. 제 부하들이 그 주변을 이 잡듯 샅샅이 뒤졌으니 그건 분명합니다."

푸아로가 고개를 끄덕이자 그레인지가 계속 말을 이었다.

"게르다 크리스토는 누명을 썼습니다. 하지만 누가 그런 걸까요? 바로 그 부분부터 제가 따라가는 단서가 전부 증발해 버리고 마니 말입니다."

"사건 당일 오전의 알리바이들은 다 만족스러운가요?"

"알리바이는 다 괜찮습니다. 세이버네이크 양은 정원 일을 하고 있었고, 레이디 앵커텔은 달걀을 담고 있었으며, 에드워드 앵커텔과 헨리 경은 함께 사냥을 하다가 헤어졌다고 합니다. 그 후 헨리 경은 집으로 돌아갔고 에드워드 앵커텔은 숲을 통해 이리로 왔지요. 그 젊은 친구는 침실에 처박혀 책을 읽고 있었답니다. 그렇게 날씨가 좋은데 침실에 앉아 책을 읽다니 이상하긴 하지만, 그 친구는 활동적인 걸 싫어하는 책벌레 타입이라죠. 하드캐슬 양은 책을 가지고 과수원에 내려가 읽었답니다. 전부 자연스럽고 있을 법한 일이지요. 다만 사실을 확인할 방법도 없습니다. 거전은 정오 무렵 별채에 유리잔이 담긴 쟁반을 내왔고요. 당시 저택에 있던 사람들이 어디에 있었는지, 무얼 하고 있었는지는 전혀 모르겠다고 하더군요. 어떤 면에서는 이 사람들 모두가 혐의가 있다고 볼 수 있습니다."

"정말입니까?"

"물론 가장 유력한 인물은 베로니카 크레이입니다. 그녀는 크리스토와 말다툼을 했고 그를 몹시 증오한다고 했으니, 가능성이 꽤 높습니다. 하지만 베로니카 크레이가 존 크리스토를 쐈다는 증거는 조금도 발견할 수가 없어요. 그녀가 헨리 경의 서재에서 리볼버를 꺼내 갔다는 증거도 마찬가지입니다. 사건 당일, 베로니카 크레이가 수영장으로 가거나 수영장에서 빠져나가는 모습을 목격한 사람은 아무도 없으니까요. 그 사라진 리볼버 또한 분명 그녀에게는 없을 겁니다."

"아, 확신하시는 겁니까?"

"어떻게 생각하십니까? 증거를 찾기 위해 수색 영장을 발부할 필요도 없었습니다. 베로니카 크레이는 기꺼이 수색 허락을 해 주었으니까요. 하지만 그 조그만 별장에서는 아무것도 찾질 못했습니다. 심리가 연기된 후에는 크레이 양과 세이버네이크 양의 뒤를 밟아 어디를 가고 무엇을 하는지 알아보기도 했습니다. 영화 스튜디오에도 사람을 보내 베로니카를 지켜봤지만 총을 버리려는 조짐은 전혀 발견하지 못했죠."

"헨리에타 세이버네이크는요?"

"그곳에서도 아무것도 발견하지 못했습니다. 세이버네이크 양은 곧바로 첼시로 돌아갔지만, 우리는 그 후로도 계속 그녀를 주시했습니다. 세이버네이크 양의 작업실이나 소지품 가운데에도 리볼버는 없었습니다. 아주 흔쾌히 수색해 보라고 하더군요. 즐거워하는 것처럼 보이기까지 하던데요. 세이버네이크 양의 멋진 작품 때문에 수색하던 직원이 질겁했답니다. 왜 사람들이 그런 걸 만드는지 모르겠다고 하면서요. 울퉁불퉁한 조각상들, 희한한 모양으로 비틀려 있는 구리와 알루미늄, 말인지 뭔지 알 수도 없는 말 조각상까지요."

푸아로는 그 말에 약간 놀랐다.

"말이라고 하셨습니까?"

"네, 말이요. 그걸 말이라고 부를 수 있다면 말입니다! 말을 보고 싶다면 야외로 직접 가서 말을 보면 될 것 아닙니까!"

"말이라……."

푸아로가 중얼거렸다.

그레인지가 고개를 돌려 푸아로를 바라보았다.

"뭔가 흥미로운 점이라도 있는 겁니까, 무슈 푸아로? 저는 전혀 모르겠는데요."

"연상…… 심리학의 특징이죠."

"단어 연상이요? 말과 마차? 목마? 전 잘 모르겠군요. 어쨌든 하루 이틀 뒤에 세이버네이크 양은 짐을 싸서 다시 이리로 내려왔습니다. 알고 계십니까?"

"네, 이야기도 나눠 봤고 숲에서 산책하는 것도 봤습니다."

"부지런하시군요. 어쨌든 세이버네이크 양은 의사와 그렇고 그런 관계였고, 의사가 죽으면서 '헨리에타'라고 부른 것은 범인을 지목한 것이라 볼 수도 있습니다. 하지만 그것만으로는 충분하지가 않지요, 무슈 푸아로."

"그럼요, 충분하지가 않죠."

푸아로는 곰곰이 생각하며 대꾸했다.

그레인지가 무겁게 입을 열었다.

"이곳에는 뭔가 이상한 분위기가 떠돌고 있습니다. 그것에 우리가 말려드는 겁니다! 다들 무언가를 알고 있는 것 같아요. 레이디 앵커텔은 그날 왜 총을 치웠는지 적절한 이유를 대지 못했죠. 정말 정신 나간 짓입니다. 어쩌면 레이디 앵커텔이 진짜로 정신이 나간 게 아닌가 하는 생각마저 듭니다."

푸아로는 조용히 고개를 저었다.

"아니에요. 그분은 정신이 나간 게 아닙니다."

"그리고 에드워드 앵커텔도 있지요. 저는 그에게도 뭔가 미심쩍은 구석이 있다고 생각했습니다. 레이디 앵커텔은 에드워드 앵커텔이 수년 동안 세이버네이크 양을 좋아했다고 말…… 아니 힌트를 주더군요. 그러면 그에게도 동기가 있는 게 아니겠습니까. 그런데 에드워드 앵커텔이 또 다른 아가씨, 하드캐슬 양과 약혼했다는 사실을 알게 됐습니다. 그러니 더 이상 그에게 혐의를 둘 수도 없죠."

푸아로는 이해한다는 의미에서 작게 입소리를 냈다.

경감은 계속했다.

"그리고 그 젊은이도 있습니다. 레이디 앵커텔이 데이비드 앵커텔에 대해 말해 주더군요. 그 젊은이의 어머니는 정신병원에서 죽었다고 합니다. 피해망상증이었는데, 모든 사람들이 자기를 죽일 음모를 꾸미고 있다고 생각했다나요. 그게 무슨 뜻인지 아시겠죠? 만약 그 젊은이가 어머니의 정신병력을 물려받았다면, 크리스토 선생이 온 의도를 오해했을 수도 있습니다……. 그러니까 크리스토 선생이 자신을 잡아 가려고 왔다는 환상에 빠졌을 수 있는 거죠. 물론 크리스토는 정신과 의사가 아니었지만요. 소화관의 신경 질환과 초…… 뭐라는 질환이 크리스토 선생의 전문 분야였습니다. 하지만 그 젊은이의 정신이 약간 이상했다면, 크리스토가 자기를 감시하러 왔다고 생각할 수도 있지 않겠습니까. 크리스토는 더없이 매너가 좋았고, 그 젊은이는 고양이처럼 날카로웠다고 하더군요."

그레인지는 침울한 얼굴로 잠시 앉아 있었다.

"제 말이 무슨 뜻인지 아시겠죠? 모두 모호한 의심뿐이고, 파헤쳐 봐야 아무것도 나오지가 않아요."

푸아로는 다시 한번 자리를 고쳐 앉고는 조용히 중얼거렸다.

"뭔가가 나오지가 않고…… 아무것도 나오지가 않는다. 아무것도 발견되지 않는다…… 그래, 물론 그래야지."

그레인지는 푸아로를 뚫어져라 쳐다봤다.

"앵커텔가 사람들은 전부 이상합니다. 가끔씩은 그 사람들이 모든 걸 다 알고 있다는 생각이 듭니다."

푸아로가 조용히 대꾸했다.

"알고 있죠."

"그 사람들이 전부 알고 있다는 겁니까? 누가 그랬는지?"

경감이 의심스럽다는 듯 물었다.

푸아로는 고개를 끄덕였다.

"네, 알고 있습니다. 꽤 오래전부터 그런 생각을 했지만, 이제는 확신합니다."

경감의 얼굴이 험상궂게 변했다.

"그렇군요. 그 사람들이 서로 숨겨 주고 있다는 건가요? 그렇다면 제가 단단히 본때를 보여 줘야겠군요. 제가 그 총을 반드시 찾아낼 겁니다."

푸아로는 그 말이 마치 경감의 주제곡 같다고 생각했다.

그레인지는 이를 악물고 말했다.

"어떤 수를 써서든 이 일을 꼭 갚아 줄 겁니다."

"누구에게……?"

"전부 다요! 절 혼란에 빠뜨렸으니까요! 이런저런 암시를 풍기고! 단서를 흘리고! 부하들을 도와줬죠……. 그야말로 '도와만 줬다'고요! 죄다 말뿐이지 명확한 게 없습니다. 제가 원하는 것은 확실한 물증이란 말입니다!"

에르퀼 푸아로는 잠시 창밖을 내다보았다. 대칭에서 벗어난 무언가가 푸아로의 눈길을 끌었다.

"확실한 물증을 원하신다고요? 에 비엥(그렇다면) 아무래도 저희 집 정문 옆 울타리에 확실한 물증이 있는 것 같군요."

둘은 현관에서 이어진 길을 따라 내려갔다. 그레인지가 무릎을 꿇고 잔가지를 치우자 아래에 묻힌 무언가가 점차 모습을 드러냈다. 검은색 철제로 된 그것이 완전히 모습을 드러내자 그레인지는 숨을 깊이 들이마셨다.

"리볼버군요."

잠시 그는 푸아로에게 의심스러운 눈길을 보냈다.

"아니에요, 아닙니다. 전 크리스토 선생님을 쏘지 않았고, 그 리볼버를 내 별장 울타리에 파묻은 적도 없어요."

"물론입니다, 무슈 푸아로! 죄송합니다! 어쨌든 하나는 찾아냈군요. 헨리 경의 서재에서 없어진 그 총 같습니다. 일련번호를 확인하면 금방 알 수 있겠죠. 그다음 이 총이 크리스토를 쏜 그 총인지를 확인해야 합니다. 이제 성급히 굴 필요가 없겠군요."

그레인지는 실크 손수건을 사용해 아주 조심스럽게 총을 끄집어냈다.

"먼저 지문이 있나 검사해 봐야겠습니다. 이제야 운이 트이는 것 같습니다."

"결과가 나오면 제게도 알려 주세요."

"물론입니다, 무슈 푸아로. 제가 전화드리죠."

푸아로는 두 통의 전화를 받았다. 첫 번째 전화는 그날 저녁에 걸려왔다. 경감의 목소리는 환희에 차 있었다.

"무슈 푸아로십니까? 자, 드디어 결과가 나왔습니다. 그 총이 맞습니다. 헨리 경의 서재에서 없어진 총이고, 존 크리스토를 쏜 그 총이 맞아요! 확실합니다. 게다가 지문도 꽤 많이 나왔습니다. 엄지손가락과 검지손가락, 가운뎃손가락 일부분의 지문이 나왔죠. 제가 드디어 운이 트이는 것 같다고 말씀드렸죠?"

"지문을 확인하셨습니까?"

"아직요. 크리스토 부인의 것은 분명히 아닙니다. 이미 크리스토 부인의 지문은 떠 놨으니까요. 사이즈로 봐서는 여자의 지문이라기보다는 남자의 지문일 가능성이 높습니다. 내일 할로 저택으로 가 상황을 설명하고 모든 사람들에게 지문을 얻을 겁니다. 그렇다면, 무슈 푸아로, 뭔가 확실한 증거를 얻을 수 있을 겁니다!"

"저도 꼭 그렇게 되길 바랍니다."

푸아로는 예의 바르게 대답했다.

두 번째 전화는 그다음 날 아침에 왔다. 더 이상 환희에 찬 목소리가 아니었다. 그레인지는 지독히 우울한 목소리로 말했다.

"새로운 소식을 알려 드릴까요? 그 총에서 발견한 지문은 사건과 관련된 사람들의 지문이 아니었습니다! 단 한 명도요! 에드워드 앵커텔의 지문도, 데이비드의 지문도, 헨리 경의 지문도 아니에요! 게르다 크리스토의 지문도, 세이버네이크의 지문도, 베로니카의 지문도, 레이디 앵커텔의 지문도, 그 조그맣고 까무잡잡한 아가씨의 지문도 아닙니다! 식모의 지문도, 다른 하인들의 지문도 아니라고요!"

푸아로는 혀를 끌끌 찼다. 그레인지 경감은 우울한 목소리로 계속했다.

"아무래도 외부인 소행인 것 같습니다. 크리스토 선생에게 앙심을 품은 누군가, 우리는 전혀 모르는 누군가가 말입니다. 아무도 보지도 듣지도 못한 그 누군가가 서재에서 총을 몰래 빼내, 총을 쏜 다음 샛길 쪽으로 도망간 겁니다. 그리고 무슈 푸아로의 별장 울타리에 총을 숨기고 흔적도 없이 사라진 거죠!"

"제 지문이라도 드릴까요, 경감님?"

"그렇게라도 하고 싶은 심정입니다! 무슈 푸아로, 당신 또한 그 현장에 있었고 하니, 모든 것을 감안해 볼 때 당신이 이 사건에서 가장 의심스러운 인물이라는 생각이 드는군요!"

27장

I

검시관은 목을 가다듬고 배심원 대표를 기대에 찬 눈길로 바라보았다.

배심원 대표는 손에 든 종이 한 장을 내려다보았다. 긴장했는지 울대뼈가 오르락내리락했다. 마침내 대표는 조심스러운 목소리로 종이를 읽었다.

"우리는 고인이 알 수 없는 누군가에 의해 고의적으로 살해되었다는 결론을 내렸습니다."

한쪽 구석에 앉아 있던 푸아로는 조용히 고개를 끄덕였다. 그 외에 다른 평결은 내릴 수가 없었을 것이다.

바깥에서는 앵커텔가 사람들이 게르다와 게르다의 언니 엘시 패터슨을 만나기 위해 잠시 멈춰 섰다. 게르다는 지난번과 같은 검은 옷을 입고 있었으며 얼굴 또한 지난번처럼 멍하고 침울한 표정이었다. 이번에는 다임러를 타고 오지 않았다. 엘시 패터슨은 기차가 아주 편리하다고 설명했다. 워털루까지 급행열차를 타고 가면 쉽게 벡스힐로 가는 1시 20분 기차를 탈 수 있다는 것이다.

레이디 앵커텔은 게르다의 손을 꼭 잡고 말했다.

"가서 꼭 연락해. 런던에서 한번 점심을 같이 하는 것도 좋겠지? 가끔씩이라도 쇼핑을 하러 올라왔으면 좋겠구나."

"저…… 저는 잘 모르겠어요."

게르다가 말했다.

"서둘러야겠어, 기차 시간이 다 됐네."

엘시 패터슨의 말에 게르다는 안도한 얼굴로 돌아보았다.

미지가 말했다.

"불쌍한 게르다. 존의 죽음으로 그녀가 덕을 본 거라곤 루시의 형편없는 환대에서 자유로워진 것뿐이에요."

"정말 불쾌한 말이구나, 미지. 난 노력했다고."

"노력을 할수록 훨씬 더 형편없어지니까 그렇죠, 루시."

레이디 앵커텔이 환하게 미소를 지으며 화제를 돌렸다.

"어쨌든 다 끝났다고 생각하니 정말 좋구나, 그렇지 않니? 물론 불쌍한 그레인지 경감은 빼고 말이야. 정말이지 그분한테는 너무 죄송한 마음뿐이야. 우리가 점심 식사에 초대하면 기분이 좀 나아지실까? 어떻게 생각해? 그러니까, 친구로서 말이야."

헨리 경이 말했다.

"나라면 그냥 내버려 두겠어, 루시."

레이디 앵커텔이 관조적인 말투로 대답했다.

"어쩌면 당신 말이 옳을지도 모르겠어요. 오늘 점심은 좀 적당하지가 못할 것 같네요. 파트리지 오 슈(양배추를 곁들인 자고새 요리)……. 그리고 메드웨이 부인이 그렇게 잘 만드는 맛있는 수플레가 나올 텐데. 그레인지 경감님이 좋아할 만한 음식은 절대 아니죠. 그레인지 경감님이라면 살짝 덜 익힌 맛있는 스테이크에 옛날 방식 그대로 만든 맛있는 사과 파이…… 아니면 사과 경단이 좋겠어요."

"음식에 대한 감각만은 당신이 언제나 확실하지, 루시. 어서 집에 가 파트리지를 먹는 게 좋겠어. 아주 맛있을 것 같은데."

"조촐하게라도 축하 파티를 열어야 한다고 생각했어요. 일이 항상 최선의 방향으로 해결되니 정말 근사하죠?"

"그렇……지."

"당신이 무슨 생각 하는지 알아요, 헨리. 하지만 걱정 말아요. 오늘 오후에 다 해결할 테니까."

"지금 무슨 말을 하는 거야, 루시?"

레이디 앵커텔은 남편을 바라보며 미소를 지었다.

"다 괜찮아요, 여보. 그저 끝마무리를 확실히 하려는 것뿐이에요."

헨리 경은 의아한 눈빛으로 아내를 바라보았다.

할로 저택에 도착하자 거전이 나와 차 문을 열어 주었다.

레이디 앵커텔이 말했다.

"모든 일이 아주 만족스럽게 해결됐어, 거전. 가서 메드웨이 부인과 다른 사람들에게도 말해 줘. 그동안 많이 불쾌했다는 것도 잘 알고, 헨리 경과 내가 하인들이 그동안 보여 준 충성심을 정말 고맙게 생각한다고 전해 줘."

"저희는 주인마님을 걱정했습니다."

루시는 응접실로 들어서며 계속 말했다.

"거전은 정말 상냥하기도 하지. 하지만 그럴 필요는 전혀 없어. 난 정말로 이번 일이 재미있었으니까……. 평소에 일어나는 일과는 전혀 다르잖아. 데이비드, 이런 경험이 견문을 넓혀 준다고 생각하지 않니? 케임브리지에서 배우는 것과는 전혀 다를 거야."

"저는 옥스퍼드에 다녀요."

데이비드가 차갑게 대답했다.

레이디 앵커텔은 멍하니 중얼거렸다.

"보트 레이스(매년 케임브리지와 옥스퍼드는 템스 강에서 학교 대항 보트 레이스를 한다 — 옮긴이). 정말이지 영국인다워, 그렇지 않니?"

그러고는 전화기를 향해 다가가 수화기를 집어 들고는 계속 말을 이었다.

"데이비드, 꼭 다시 한번 우리 집에 들러 줬으면 좋겠구나. 살인 사건이 일어났으니 서로 친해질 시간이 없었잖니? 지적인 대화도 못 했고 말이야."

"고맙습니다. 하지만 다음에는 아테네에 갈 예정이에요. 아테네에 있는 영국 학교로요."

레이디 앵커텔은 남편을 돌아보았다.

"거기 대사관에 지금 누가 있죠? 오, 그렇죠. 호프 레밍턴이 있죠. 데이비드는 그 사람들을 맘에 들어 하지 않을 텐데. 그 집 딸들이 굉장히 활달하거든요. 하키와 크리켓, 그리고 네트에 뭘 던지는 이상한 스포츠를 즐긴다네요."

레이디 앵커텔은 갑자기 말을 멈추고는 손에 든 수화기를 내려다보았다.

"이런, 내가 이걸로 뭘 하려던 거지?"

"전화를 걸려고 하신 거겠죠."

에드워드가 대답했다.

레이디 앵커텔은 수화기를 제자리에 내려놓았다.

"그건 아닌 것 같아. 넌 전화기를 좋아하니, 데이비드?"

지적인 답변을 할 수 없는 짜증스러운 질문이었다. 데이비드는 유용한 물건으로 생각한다고 냉담하게 대답했다.

"그러니까 고기 다지는 기계처럼 말이니? 아니면 고무 밴드처럼? 다 마찬가지야, 없으면……."

거전이 문 앞에 나타나 점심 식사 시간을 알리자 레이디 앵커텔은 말을 멈췄다.

"하지만 파트리지는 좋아하지?"

레이디 앵커텔은 데이비드에게 걱정스레 물었다.

데이비드는 파트리지를 좋아한다고 말했다.

"가끔은 루시가 조금 머리가 이상한 건 아닌가 하는 생각이 든다니까요."

미지가 에드워드에게 말했다. 두 사람은 산책을 하려고 저택에서 나와 숲 쪽으로 올라가고 있었다.

파트리지와 수플레는 정말 근사했고, 심리가 끝나 무겁게 가라앉아 있던 분위기도 사라졌다.

에드워드는 곰곰이 생각에 잠긴 채 대답했다.

"난 항상 루시가 머리가 너무 뛰어난 나머지 마치 없어진 단어 찾기 게임을 할 때처럼 말을 한다고 생각해. 서로 어울리지 않는 은유가 뒤섞여 있지……. 이 못 저 못 내리치면서도 항상 제대로 못을 내려치는 망치 같아."

"그래도 마찬가지예요. 가끔은 루시가 무서워요."

미지는 진지하게 말하다가 약간 떨리는 목소리로 덧붙였다.

"최근 들어서는 이곳도 무서워요."

"할로 저택이?"

에드워드는 놀란 얼굴로 미지를 바라보다 말했다.

"난 이곳이 항상 작은 에인스윅 같다는 생각을 했는데. 물론 진짜는 아니지만……."

미지가 끼어들었다.

"바로 그거예요, 에드워드. 전 진짜가 아닌 것들이 무서워요. 그 뒤에 뭐가 있는지 모르잖아요. 그건 마치…… 마치 가면 같아요."

"엉뚱한 생각은 하지 마, 꼬맹이 미지."

옛날에 그랬듯 너그러운 목소리였다. 옛날에는 그 목소리가 좋았지만, 지금은 왠지 거슬렸다. 미지는 자신의 생각을 정확하게 표현하기 위해…… 에드워드에게 그가 엉뚱한 생각이라고 치부한 것 뒤에 희미하지만 진실이 있다는 것을 보여 주기 위해 애썼다.

"런던에 있을 때는 그 생각을 떨쳐 버릴 수 있었지만, 이제 여기에 돌아오니 다시 그 생각이 떠올라요. 전 모두들 누가 존 크리스토를 죽였는지 알고 있다는 느낌이 들어요. 그걸 모르는 단 한 사람은…… 저뿐이고요."

에드워드는 짜증스럽다는 듯 말했다.

"우리가 왜 존 크리스트에 대해 생각하고 이야기를 나눠야 해? 그 사람은 죽었어. 죽어서 이 세상을 떠났다고."

미지가 『햄릿』의 한 구절을 중얼거렸다.

"내 님은 죽어서 이 세상을 떠났어요.

내 님은 죽어서 이 세상을 떠났어요.

머리맡에는 푸르른 잔디밭이

발치에는 비석이."

미지는 에드워드의 팔에 손을 올려놓았다.

"누가 그를 죽였을까요, 에드워드? 우린 범인이 게르다라고 생각했지만…… 게르다는 아니에요. 그럼 누구일까요? 당신은 어떻게 생각해요? 우리가 전혀 모르는 다른 사람일까요?"

에드워드는 초조하게 대꾸했다.

"그런 추측은 다 쓸모없는 짓이야. 경찰이 알아내지 못하거나 충분한 증거를 찾지 못한다면, 그대로 사건은 끝이 나는 거야. 우리도 그 사건에서 벗어나야지."

"그래요. 하지만 진실을 모르잖아요."

"왜 우리가 진실을 알아야 해? 존 크리스토가 우리와 무슨 상관이라고?"

우리라니…… 에드워드와 나? 미지는 생각했다. 설마! 정말 달콤한 생각이었다. 나와 에드워드가, 둘이 하나가 되다니. 하지만, 하지만…… 비록 존 크리스토가 무덤에 묻히고 장례식이 치러졌다 하더라도 그렇게 깊이 묻힌 것은 아니었다. '내 님은 죽어서 이 세상을 떠났어요.' 하지만 존 크리스토는 죽어서 이 세상을 떠나지 않았다. 그것은 그저 에드워드의 바람일 뿐이었다. 존 크리스토는 여전히 이곳 할로 저택에 있었다.

에드워드가 다시 입을 열었다.

"지금 어디로 가는 거야?"

그의 목소리가 심상치 않아서 미지는 놀랐다.

"산등성이까지 올라가요. 괜찮죠?"

"네가 원한다면."

웬일인지 에드워드는 내키지 않는 눈치였다. 미지는 의아했다. 이 길은 그가 가장 좋아하는 산책로였다. 에드워드와 헨리에타는 항상…… 그 순간 미지는 정신이 번쩍 들었다.

에드워드와 헨리에타!

"이번 가을에 이 길을 걸은 적이 있어요?"

에드워드는 딱딱한 목소리로 대답했다.

"여기 내려온 첫날 오후에 헨리에타와 함께 여길 올라왔지."

둘은 아무 말 없이 계속 걷기만 했다. 그러다 마침내 꼭대기에 올라 쓰러진 나무 그루터기에 앉았다.

미지는 생각했다.

'에드워드와 헨리에타도 여기에 앉았겠지.'

미지는 손가락에 끼워진 반지를 계속해서 돌렸다. 다이아몬드가 차갑게 빛을 발했다. ("에메랄드는 안 돼." 에드워드는 그렇게 말했다.)

미지는 약간 용기를 내어 입을 열었다.

"크리스마스에 에인스윅에 간다면 정말 근사할 거예요."

에드워드는 그녀의 말을 들은 것 같지 않았다. 딴생각에 푹 빠져 있었던 것이다.

미지는 생각했다.

'헨리에타와 존 크리스토를 생각하고 있는 거야.'

이곳에 앉아 에드워드가 헨리에타에게 무슨 말을 했거나, 혹은 헨리에타가 그에게 무슨 말을 했을 것이다. 헨리에타는 에드워드를 원치 않았을 수도 있지만, 에드워드는 여전히 헨리에타의 것이었다. 에드워드는 언제나 헨리에타의 것이겠지…….

갑자기 강한 통증이 밀려왔다. 지난주부터 그녀를 행복하게 해준 환상의 세계가 쪼그라들다 터져 버렸다.

'이렇게 살 수는 없어…… 에드워드의 마음속에는 언제나 헨리에타가 있을 텐데. 난 견뎌 낼 수 없어. 참을 수 없어.'

바람이 나무들 사이로 한숨을 쉬었다. 나뭇잎들이 후두둑 떨어져 내렸다. 이제는 나무에서 황금빛 나뭇잎을 찾아볼 수 없었다. 전부 갈색 낙엽들뿐이었다.

미지가 다시 입을 열었다.

"에드워드!"

다급한 목소리에 에드워드는 정신을 차리고 미지를 바라보았다.

"응?"

미지는 입술을 떨면서도 조용하고 차분한 목소리를 내려 애썼다.

"미안해요, 에드워드. 당신에게 꼭 말해야겠어요. 다 헛된 짓이에요. 난 당신과 결혼할 수 없어요. 잘되지 않을 거예요, 에드워드."

"하지만 미지, 분명 에인스윅은……."

미지가 말을 끊었다.

"에인스윅 때문에 당신과 결혼할 수는 없어요, 에드워드. 그걸…… 그걸 알아야 해요."

에드워드는 한숨을 쉬었다. 길고 부드러운 한숨이었다. 마치 나뭇가지에서 부드럽게 떨어지는 낙엽들의 메아리 같았다.

"무슨 뜻인지 알겠어. 그래, 네 말이 맞는 것 같아."

"나에게 청혼해 준 건 정말 고마워요. 하지만 잘되지 않을 거예요, 에드워드. 잘되지 않을 거예요."

미지는 어쩌면 에드워드가 화를 내며 자신을 설득하려 할지도 모른다는 막연한 희망을 가졌지만, 에드워드는 아주 담담하게 미지의 말을 받아들이는 것 같았다. 헨리에타의 유령이 가까이 있는 이곳에서, 에드워드 역시 미지와의 결혼 생활이 잘되지 않을 거라고 생각했던 것이다.

"그래, 잘되지 않겠지."

에드워드는 멍하니 미지의 말을 되풀이했다.

미지는 반지를 빼어 에드워드에게 건넸다.

그녀는 앞으로도 영원히 에드워드를 사랑할 테고, 에드워드는 앞으로도 영원히 헨리에타를 사랑할 테니, 앞으로의 삶은 지옥 그 자체일 것이다.

"정말 아름다운 반지예요, 에드워드."

"미지, 그 반지는 네가 가졌으면 좋겠어."

미지는 고개를 저었다.

"그럴 순 없어요."

에드워드는 희미하게 익살스러운 미소를 띠며 말했다.

"다른 사람한테는 맞지도 않을 거야."

정말이지 너무나도 상냥했다. 에드워드는 모를 것이다. 절대 모를 것이다. 미지가 어떤 기분인지를. 접시 위의 천국. 이제 그 접시는 산산조각이 났고, 천국은 그녀의 손가락 사이로 빠져나가 다시는 돌아오지 않을 것이다.

II

그날 오후, 푸아로는 세 번째 방문객을 맞이했다.

헨리에타 세이버네이크와 베로니카 크레이에 이어, 이번에는 레이디 앵커텔이었다. 그녀는 평소처럼 비현실적인 모습으로 가볍게 길을 걸어왔다.

푸아로가 문을 열자 레이디 앵커텔이 미소를 지으며 서 있었다.

"당신을 만나러 왔어요."

요정이 인간에게 은혜를 베풀어 주기 위해 온다면 이런 모습일 것 같았다.

"영광입니다, 마담."

푸아로는 레이디 앵커텔을 거실로 안내했다. 소파에 앉은 그녀는 다시 미소를 지었다.

그 모습을 본 에르퀼 푸아로는 생각했다.

'레이디 앵커텔은 늙었어. 머리카락은 하얗게 셌고 얼굴엔 주름이 졌지. 하지만 불가사의한 매력이 있어. 언제나 매력적이야.'

레이디 앵커텔이 부드럽게 입을 열었다.

"무슈 푸아로에게 부탁이 있어요."

"네, 레이디 앵커텔?"

"먼저, 존 크리스토에 대해 이야기를 해야겠어요."

"크리스토 선생님에 대해서요?"

"네. 이번 일을 완전하게 마무리 지어야 한다는 생각이 들더군요. 제 말이 무슨 뜻인지 아시겠어요?"

"무슨 뜻인지 잘 모르겠습니다, 레이디 앵커텔."

레이디 앵커텔은 다시 한번 사랑스럽고 눈부신 미소를 짓고는,

하얗고 긴 손을 푸아로의 팔에 얹었다.

"친애하는 무슈 푸아로. 당신은 무슨 뜻인지 아주 잘 알고 있어요. 경찰은 지문의 주인을 찾으려 하겠지만 찾지 못할 테고, 결국엔 그 사건을 덮겠죠. 하지만 당신이 포기하지 않을까 봐 걱정이 돼요."

"네, 전 절대 포기하지 않을 겁니다."

"저도 그럴 거라고 생각했어요. 그래서 이렇게 찾아온 거고요. 당신이 원하는 건 진실이죠? 그렇죠?"

"물론 저는 진실을 원합니다."

"제 생각을 잘 설명하지 못한 것 같네요. 저는 왜 당신이 이번 사건을 포기하지 않는 건지 그 이유를 알고 싶어요. 명성을 쌓기 위해서라거나…… 살인자가 교수형에 처해지길 바라서는 아니겠죠? 교수형은 정말 불쾌한 죽음이에요, 저는 언제나 생각했어요. 너무 중세풍이라고……. 무슈 푸아로는 그저 진실을 알고 싶은 거죠? 제 말뜻 아시겠죠? 만약 진실을 알아낸다면, 진실을 누군가 말해 준다면 그것으로 만족하시겠죠? 그러시겠어요, 무슈 푸아로?"

"제게 진실을 말해 주시려는 겁니까, 레이디 앵커텔?"

레이디 앵커텔이 고개를 끄덕였다.

"그렇다면 레이디 앵커텔께서는 진실을 알고 계시는 건가요?"

레이디 앵커텔은 눈을 커다랗게 떴다.

"그럼요. 오래전부터 알고 있었는걸요. 당신에게 말해 주고 싶어요. 그러고 나면 이제 다 끝난 일이라는 사실에 동의해 주시겠죠?"

레이디 앵커텔은 푸아로에게 미소를 지었다.

"거래하시겠어요, 무슈 푸아로?"

에르퀼 푸아로가 대답을 내놓기까지 정말 많은 노력이 필요했다.

"아닙니다, 마담. 거래는 하지 않겠습니다."

푸아로는 정말로 간절하게 이 사건을 덮고 싶었다. 레이디 앵커
텔이 부탁했다는 이유 하나만으로.

레이디 앵커텔은 잠시 미동도 없이 앉아 있다가, 마침내 눈썹을
치켜올리며 입을 열었다.

"궁금하네요, 궁금해, 당신이 지금 무슨 짓을 했는지 제대로 알고
있기는 한 건지."

28장

미지는 멍하니 눈을 뜬 채 어둠 속에 누워 끊임없이 몸을 뒤척였다. 문이 열리는 소리와 그녀의 방 앞을 지나는 발소리가 들렸다. 그건 에드워드의 방문 소리, 그리고 그가 내는 발소리였다. 미지는 침대 맡 테이블에 놓인 램프를 켜고 램프 옆 시계를 바라보았다. 새벽 3시가 되기 10분 전이었다.

이런 꼭두새벽에 에드워드가 아래층으로 내려가다니. 이상한 일이었다.

전날 10시 반이 되자 모두들 일찍 잠자리에 들었다. 미지는 울적하고 비참한 기분에 잠을 이루지 못한 채 뜬눈으로 누워만 있었다.

미지는 아래층에서 시계 울리는 소리, 침실 창문 밖에서 부엉이가 우는 소리를 들었다. 새벽 2시에는 우울증이 최고조에 이른 느낌이었다. 그녀는 침대에 누워 생각했다.

'도저히 견딜 수가 없어…… 견딜 수가 없어…… 내일이 오고 또 다른 하루가 시작된다니. 매일매일을 견뎌 내야 한다니.'

스스로의 선택으로 에인스윅에서 추방된 것이다. 손에 넣은 것이나 다름없던, 사랑스럽고 소중한 에인스윅과는 영영 멀어지고 말았다.

하지만 에드워드와 헨리에타의 유령과 함께하는 삶보다는, 외롭고 단조롭고 지루한 삶이 더 나을 것이다. 그날 숲에서 에드워드와 이야기를 나누기 전까지, 미지는 자신이 그렇게 강렬한 질투심을 품고 있는지 미처 몰랐다.

게다가 에드워드는 단 한 번도 그녀에게 사랑한다는 말을 하지 않았다. 에드워드는 호의와 친절, 그 이상은 절대 주지 않았다. 미지 또한 그 점을 이해하고 받아들였지만, 항상 마음속에 헨리에타를 품고 살 에드워드와 결혼한다는 것이 어떤 의미인지를 깨닫고 나니 에드워드의 호의만으로는 견딜 수 없다는 것을 알았다.

에드워드는 미지의 방문 앞을 지나 아래층으로 내려갔다. 정말 이상한 일, 아주 이상한 일이었다. 도대체 어디를 가려는 것일까?

미지는 점점 더 불안한 마음이 들었다. 요즘 들어 할로 저택에서 느끼는 불안감과 같은 것이었다. 에드워드는 이런 꼭두새벽에 아래층에서 무얼 하려는 걸까? 밖으로 나간 걸까?

더 이상 참을 수가 없었던 미지는 침대에서 일어나 가운을 걸친 다음, 회중전등을 들고 복도로 나갔다.

불이 하나도 켜져 있지 않아 복도는 캄캄했다. 미지는 왼쪽으로 꺾어 층계에 도달했다. 아래층도 캄캄하기는 마찬가지였다. 재빨리 계단을 내려간 뒤, 잠깐 망설이다가 현관 복도의 불을 켰다. 적막만 이 감돌았다. 현관문은 굳게 닫혀 있었다. 옆문 또한 마찬가지였다.

그렇다면 에드워드는 밖으로 나간 것이 아니다. 어디에 있는 걸까?

순간 이상한 냄새가 나는 것 같아, 미지는 고개를 들고 코를 킁킁 댔다.

아주 희미한 가스 냄새였다.

주방 구역으로 이어지는 모직 천을 바른 문이 살짝 열려 있었다. 그 문을 열고 들어가자, 열린 부엌문 사이로 희미한 빛이 새어 나왔 다. 가스 냄새는 훨씬 더 강해졌다.

미지는 재빨리 복도를 달려가 주방으로 들어갔다. 에드워드가 켜 진 가스 오븐 안에 머리를 넣은 채, 바닥에 누워 있었다.

미지는 빠르게 움직였다. 먼저 셔터를 열었다. 빗장이 풀리지 않 자, 팔에 뻣뻣한 천을 감고 창문을 부쉈다. 뒤이어 숨을 참고 몸을 숙여 에드워드를 가스 오븐에서 빼낸 다음 밸브를 잠갔다.

에드워드는 의식이 없는 채로 숨을 몰아쉬고 있었지만, 미지는 그가 곧 깨어날 거라는 것을 알았다. 그저 잠깐 기절한 것뿐이었다. 창으로 밀려든 바람이 주방에 가득하던 가스를 빠른 속도로 몰아 냈다. 미지는 신선한 바람이 들어오는 창가로 에드워드를 끌어당긴 뒤, 바닥에 앉아 탄탄한 팔로 에드워드를 껴안았다.

미지는 그의 이름을 불렀다. 처음에는 부드럽게 불렀지만 점점 다급해졌다.

"에드워드, 에드워드, 에드워드……."

에드워드는 몸을 뒤척이고 신음 소리를 내더니 눈을 뜨고 미지를 올려다보았다. 아주 희미한 목소리가 나왔다.

"가스 오븐."

그러고는 가스 오븐으로 눈길을 돌렸다.

"알아요. 하지만 왜 그랬어요, 왜요?"

에드워드는 몸을 떨었고, 그의 손은 죽은 사람처럼 차가웠다.

"미지?"

에드워드의 목소리에는 놀라움과 기쁨이 어려 있었다.

"당신이 방문 앞을 지나는 소리를 들었어요. 이상해서…… 그래서 내려와 봤어요."

에드워드는 한숨을 쉬었다. 아주 멀리서 불어오는 것처럼 긴 한숨이었다.

"그게 벗어날 수 있는 최선의 방법이니까."

설명할 수는 없지만, 미지는 비극이 일어나던 날 밤 루시가 한 말이 떠올랐다. 《뉴스 오브 더 월드》.

"하지만 에드워드, 왜요? 도대체 왜요?"

에드워드는 미지를 올려다보았다. 텅 빈 눈, 차갑고 어두운 시선에 미지는 겁이 났다.

"나는 쓸모없는 인간이니까. 언제나 실패자였지. 무기력한 사람이야. 크리스토 같은 남자는 뭔가를 해내지. 여자들은 그런 훌륭한 일을 해내는 남자를 선망해. 나는 아무짝에도 쓸모없는 인간이야. 살아 있는 인간 같지도 않아. 에인스윅을 물려받았고 먹고살기엔 충분한 돈도 있어. 그게 아니었더라면 난 돈 한 푼 없는 초라한 신세였을 거야. 제대로 된 직업도 없지, 작가로서도 뛰어나지 않아. 헨리에타는 날 원하지 않았어. 아무도 날 원하지 않았지. 그날 버클리에서 난 결심했어. 하지만 결국 똑같은 상황만 되풀이됐지. 너도 날 좋아하지 않아, 미지. 에인스윅조차도 널 붙잡을 순 없었던 거야. 그래서 난 차라리 죽어 버리는 게 나을 거라고 생각했어."

미지의 입에서 말이 물밀듯 쏟아져 나왔다.

"에드워드, 에드워드, 오해한 거예요. 그건 헨리에타 때문이었어요……. 저는 당신이 아직도 헨리에타를 사랑한다고 생각했어요."

"헨리에타?"

에드워드는 생판 모르는 사람 이야기를 하듯, 멍하니 중얼거렸다.

"그래, 난 헨리에타를 아주 사랑했지."

뒤이어 더욱더 작은 목소리로 중얼거렸다.

"너무 추워."

"에드워드…… 내 사랑."

미지는 에드워드를 꼭 끌어안았다. 에드워드는 미지에게 미소를 지으며 속삭였다.

"넌 너무 따뜻해, 미지…… 넌 너무 따뜻해."

그래, 그의 차가움이 바로 절망이라고 미지는 생각했다. 차가운 것…… 극도로 차갑고 외로운 것. 미지는 처음으로 절망이 차가운 것이라는 사실을 깨달았다. 그 전에는 절망이 뜨겁고 열정적인 것,

격렬한 것이라고 생각했다. 하지만 그렇지가 않았다. 이것이 절망이었다. 차가움과 외로움이 뒤엉킨 어두움. 그리고 목사들이 이야기하는 절망의 죄는 차가운 죄, 따뜻하고 생기 있는 인간들과 접촉을 끊어 버리는 죄였다.

에드워드가 다시 말했다.

"넌 너무 따뜻해, 미지."

갑작스럽게 기쁘고 자신만만해진 미지는 생각했다.

'그가 원하는 것…… 그것은 내가 줄 수 있어!'

앵커텔가 사람들은 모두 차가웠다. 매력적인 헨리에타조차도 앵커텔가의 피에 흐르는 우아한 냉정함이 있었다. 헨리에타에 대한 에드워드의 사랑은 막연하고 비현실적인 꿈이었다. 그가 진정으로 원하는 것은 따뜻함과 영원함, 안정이었다. 그가 진정으로 원하는 것은 에인스윅에서 매일을 함께 보내고 사랑하고 웃어 줄 사람이었다.

'에드워드가 원하는 것은 그의 마음에 불을 켜 줄 사람이야…….
그리고 그렇게 해 줄 수 있는 사람은 바로 나야.'

에드워드는 위를 올려다보았다. 미지의 얼굴이 그를 내려다보고 있었다. 피부는 따뜻해 보이고 입매는 자애로웠으며 눈동자는 흔들림이 없었다. 뒤로 넘긴 검은 머리카락은 두 개의 날개처럼 보였다.

에드워드는 항상 헨리에타에게서 과거의 모습만을 보려 했다. 다 자란 여자에게서 그가 처음 사랑에 빠진 열일곱 살 소녀의 모습만을 보려 했던 것이다. 하지만 미지를 올려다보면서 이상한 감각에 사로잡혔다. 산발한 머리를 두 갈래로 묶은 여학생 스타일, 얼굴 윤곽이 돋보이는 지금의 검은 웨이브 머리, 그리고 허옇게 센 머리를 자연스럽게 푼 모습이 연이어 눈앞을 스쳐 지나갔다.

'미지는 진짜야. 내가 아는 것 중에 유일하게 진짜야⋯⋯.'

에드워드는 미지의 따뜻함과 힘을 느꼈다. 가무잡잡한 피부, 긍정적인 성격, 살아 움직이는 진짜!

'미지는 바위야. 내가 그 위에 인생을 세울 수 있을 거야.'

에드워드는 입을 열었다.

"미지, 난 너를 사랑해. 날 다시는 떠나지 마."

에드워드는 입술에 와 닿는 미지의 온기를 느꼈고, 그녀의 사랑이 자신을 감싸 오랜 시간 홀로 살아왔던 차가운 사막에 행복이 꽃피는 걸 느꼈다.

갑자기 미지가 웃음을 참으며 떨리는 목소리로 말했다.

"저것 좀 봐요, 에드워드. 바퀴벌레가 나와서 우리를 보고 있네요. 정말 잘생긴 바퀴벌레죠? 바퀴벌레가 이렇게 멋있어 보이다니, 전엔 상상도 못 한 일이에요!"

그러고는 꿈꾸듯 덧붙였다.

"인생이란 참 알 수가 없어요. 아직도 가스 냄새가 나는 주방 바닥에 앉아 바퀴벌레에 둘러싸여 있는데도 마치 천국에 있는 느낌이 들다니."

에드워드도 멍하니 속삭였다.

"영원히라도 이곳에 있을 수 있어."

"이제 그만 올라가서 자는 게 좋겠어요. 벌써 새벽 4시예요. 루시에게 깨진 창문을 어떻게 설명하면 좋을까요?"

하지만 미지는 루시야말로 이상한 상황을 너무나도 쉽게 받아들이는 사람이라는 것을 떠올렸다!

루시의 행동을 본떠, 미지는 새벽 6시에 루시의 방으로 들어가 사실을 있는 그대로 털어놓았다.

"에드워드가 한밤중에 아래층으로 내려가 가스 오븐에 머리를 넣고 있지 뭐예요. 다행히 제가 발소리를 듣고 따라 내려갔죠. 창문이 빨리 열리지 않길래 깨 버렸어요."

미지는 루시가 정말 놀라운 사람이라는 걸 다시 한번 인정할 수밖에 없었다.

루시는 전혀 놀라는 기색 없이 상냥하게 미소를 지었다.

"미지, 넌 정말 대단한 아이야. 난 네가 에드워드에게 큰 힘이 될 줄 알았어."

미지가 나간 다음, 레이디 앵커텔은 가만히 누워 생각에 잠겨 있다가 자리에서 일어나 남편 방으로 갔다. 그날은 문이 잠겨 있지 않았다.

"헨리."

"세상에, 루시! 아직 새벽도 안 된 시간이야."

"네, 하지만 헨리, 정말 중요한 문제예요. 저 가스 오븐은 치우고 전기 조리 기구를 장만해야겠어요."

"왜, 꽤 좋은 거잖아, 안 그래?"

"그럼요, 여보. 하지만 그것 때문에 사람들이 엉뚱한 생각을 품을 수도 있잖아요. 모든 사람들이 미지처럼 재빠르지도 않고요."

그러고는 신기루처럼 방을 빠져나갔다. 헨리 경은 툴툴거리며 돌아누웠다. 잠깐 선잠에 들었다가 깜짝 놀라 잠에서 깨 중얼거렸다.

"내가 꿈을 꾼 건가? 아니면 정말로 루시가 방 안에 들어와 가스오븐 얘길 했던가?"

복도로 나온 레이디 앵커텔은 욕실로 들어가 가스풍로에 주전자를 올려놓았다. 사람들이 아침 일찍 차 마시는 걸 좋아할 때도 있으니까. 자신감에 차 불을 붙인 그녀는 다시 침대로 돌아가 누웠다. 자신의 인생과 자신에게 만족스러워하며.

에드워드와 미지는 에인스윅에 살 테고, 심리는 끝났다. 다시 한 번 무슈 푸아로를 찾아가 이야기를 나눠 볼 작정이었다. 키 작은 멋쟁이 신사…….

갑자기 또 다른 생각이 머릿속에 번쩍하고 떠올랐다. 레이디 앵커텔은 침대에 일어나 앉았다.

'그 애가 그 생각을 했을까?'

그녀는 침대에서 빠져나와 헨리에타 방으로 향했다. 그리고 언제나 그렇듯 다짜고짜 이야기를 늘어놓았다.

"……그리고 갑자기 그 생각이 나지 뭐니. 네가 그 부분을 빠뜨렸을지도 모른다는 생각이 말이야."

헨리에타는 졸음기 가득한 목소리로 웅얼거렸다.

"세상에, 루시, 아직 새도 일어나지 않았을 시간이에요!"

"나도 알아. 좀 이르지. 하지만 어젯밤에는 아주 마음이 어지러웠어…… 에드워드랑 가스 오븐이며 미지와 주방 창문까지…… 거기다 무슈 푸아로에게 뭐라고 말할지 생각하느라고."

"루시, 미안하지만 무슨 말을 하는지 하나도 못 알아듣겠어요. 나중에 하면 안 돼요?"

"권총집 말이야. 어쩌면 네가 권총집을 생각하지 못했을 것 같아서."

"권총집이요?"

헨리에타는 침대에 일어나 앉았다. 갑자기 잠이 확 깼다.

"권총집이 뭐 어쨌다고요?"

"헨리의 그 리볼버는 권총집에 담겨 있었잖니. 그리고 그 권총집은 아직 발견되지 않았고 말이야. 물론 아무도 그 생각을 하지 못했을지도 모르지만…… 어쩌면 누군가는……."

헨리에타가 침대에서 재빨리 빠져나오며 말했다.

"사람들은 항상 뭔가를 빼먹죠…… 다들 그렇게 말하잖아요! 정말 맞는 말이에요!"

레이디 앵커텔은 자신의 방으로 돌아갔다.

그러고는 침대에 눕자마자 잠이 들었다. 가스풍로에 올려놓은 주전자는 끓고, 또 끓었다.

29장

게르다는 꿈적이며 침대 모서리로 가 일어나 앉았다.

머리가 조금 맑아졌지만, 사람들과 함께 피크닉을 가지 않아도 된다는 건 여전히 기쁜 일이었다. 집에 혼자 있는 것은 평화롭고 위안이 되었다.

물론 엘시는 아주아주 친절했다…… 처음에는. 처음에 그녀는 게르다에게 침대 밖으로 나오지도 못하게 하고 아침 식사를 가져다주었다. 모두들 게르다에게 가장 푹신한 자리를 권하고 힘든 일은 손도 까딱하지 못하게 했다.

모두들 존을 잃은 그녀를 안타까워했다. 게르다는 자신을 보호해주는 희미한 안개에 기꺼이 몸과 마음을 내맡겼다. 게르다는 생각하고 싶지도, 느끼고 싶지도, 기억하고 싶지도 않았다.

하지만 하루하루 지날수록, 현실이 다가왔다……. 게르다는 다시 한번 인생을 살아야 했다. 무엇을 해야 할지, 어디서 살아야 할지 결정을 내려야 했다. 이젠 엘시의 말끝마다 짜증이 묻어나기 시작했다.

"게르다. 왜 그렇게 느려 터진 거야!"

모든 것이 예전…… 아주 오래전, 존이 와서 그녀를 데려가기 전과 똑같았다. 모두가 그녀를 느려 터진 명청이로 생각했다. 존처럼 "내가 당신을 돌봐 줄게."라고 말해 주는 사람은 아무도 없었다.

머리가 지끈거렸다.

'차를 한잔 마셔야겠어.'

게르다는 아래층 주방으로 내려가 주전자를 올려놓았다. 물이 막 끓으려 할 때 현관문의 초인종이 울렸다.

하녀들은 쉬는 날이라 아무도 없었다. 게르다는 현관문으로 나가 문을 열었다. 헨리에타의 멋진 차가 도로 경계석에 닿을 듯 주차되어 있고, 헨리에타가 문 앞에 서 있는 모습을 보고 게르다는 깜짝 놀랐다.

"세상에, 헨리에타!"

게르다가 한두 걸음 뒷걸음질을 쳤다.

"들어와요. 지금 언니와 아이들은 외출했지만……."

헨리에타가 게르다의 말을 가로막고 나섰다.

"좋아요, 잘됐네요. 단둘이 이야기하고 싶었거든요. 있잖아요, 게르다. 권총집은 어떻게 했어요?"

게르다는 우뚝 멈춰 섰다. 이해하지 못하겠다는 듯 눈동자가 텅 비었다.

"권총집이요?"

그러고는 현관 복도 오른편에 있는 문을 열었다.

"이리로 들어오는 게 좋겠어요. 좀 먼지가 많을지도 몰라요. 아침에 정리할 시간이 없어서."

헨리에타가 다시 다급한 말투로 끼어들었다.

"잘 들어요, 게르다. 나에게 말해 줘야 해요. 그 권총집 문제만 빼면 모든 게 다 완벽해요…… 완벽하다고요. 당신과 그 사건을 연관 지을 만한 증거는 아무것도 없어요. 당신이 수영장 옆 덤불에 쑤셔 넣었던 그 리볼버는 내가 찾았어요. 당신이 절대 갈 수 없었던 곳에 숨겨 뒀고요. 그리고 절대 찾아내지 못할 지문을 찍어 뒀죠. 그러니까 남은 건 권총집뿐이에요. 어떻게 했어요? 꼭 알아야 해요."

헨리에타는 말을 멈추고, 게르다가 빨리 대답해 주길 절실히 바랐다.

왜 이렇게 위급 상황이라 느끼는지 스스로도 그 이유를 알 수 없었지만, 자꾸만 초조해졌다. 헨리에타의 뒤를 따르는 차는 없다……. 분명히 확인했다. 런던로(路)에서 출발해 주유소에서 기름을 가득 채운 다음 런던으로 가는 길이라고 둘러댔다. 그다음 조금 더 가다가 남쪽 해안으로 이어지는 주도로에 도달할 때까지 시골길을 달렸다.

게르다는 여전히 헨리에타를 뚫어지게 바라보고 있었다. 게르다의 문제점은 너무 반응이 느리다는 점이었다.

"게르다, 그걸 아직 가지고 있다면 나에게 줘요. 내가 어떻게든 없애 버릴 테니까. 그게 당신을 존의 죽음과 연관 지을 수 있는 유일한 증거잖아요. 그거 가지고 있어요?"

잠시 침묵이 이어졌고, 마침내 게르다가 천천히 고개를 끄덕였다.

"그걸 아직 가지고 있다니, 그게 얼마나 바보 같은 짓인 줄 알아요?"

헨리에타는 조급한 마음을 숨길 수가 없었다.

"깜빡했어요. 위층 제 방에 있어요."

그리고 이렇게 덧붙였다.

"할리가로 경찰들이 찾아왔을 때 그걸 잘게 잘라서 제 가죽 세공 작품들과 함께 가방에 넣었죠."

"좋은 방법이네요."

"전 사람들이 생각하는 것만큼 멍청하지 않아요."

게르다는 손을 자신의 목에 갖다 대었다.

"존은…… 존은!"

새된 목소리가 나왔다.

"알아요. 나도 알아요."

"당신은 몰라요. 존은…… 존은……."

게르다는 멍청한 얼굴로, 그리고 이상하게 애처로운 얼굴로 그 자리에 서 있었다. 그러고는 갑자기 눈을 들어 헨리에타의 얼굴을 바라보았다.

"전부 거짓말이었어요…… 모든 것이 다요! 제가 그이에 대해 생각했던 모든 것이요. 그날 저녁 존이 그 여자를, 베로니카 크레이를 따라 나갈 때 그이의 표정을 봤어요. 전 존이 그 여자를 사랑한다는 걸 알았죠. 물론 저와 결혼하기 전 일이겠지만요. 그래도 그건 다 끝난 일이라고 생각했어요."

헨리에타가 조용히 말했다.

"이미 다 끝난 일이었어요."

게르다는 세차게 고개를 저었다.

"아니에요. 그 여잔 갑자기 나타나 존을 오랫동안 못 만난 척했죠. 하지만 전 존의 얼굴을 봤어요. 존은 그 여자와 같이 나갔죠. 전 침실로 올라갔고요. 침대에 누워 책을 읽었죠. 존이 읽고 있던 추리 소설을 읽으려 했어요. 그런데 아무리 시간이 지나도 존이 돌아오질 않는 거예요. 그래서 전 참다 못해 밖으로 나갔죠……."

게르다는 눈앞에 당시의 장면이 생생히 떠오르는 것 같았다.

"달이 뜬 밤이었어요. 저는 수영장으로 이어진 길을 따라 걸어갔죠. 그런데 별채에서 불빛이 새어 나왔어요. 둘이 그곳에 있었어요, 존과 그 여자가."

헨리에타가 나직이 탄식했다.

게르다의 얼굴이 변했다. 더 이상 평소처럼 멍하고 온화한 얼굴이 아니었다. 잔인하고 냉혹한 얼굴이었다.

"저는 존을 믿었어요. 저는 존을 믿었다고요. 그이를 하느님처럼 떠받들었어요. 세상에서 가장 숭고한 남자라고 생각했어요. 그이가 하는 모든 일은 훌륭하고 고상한 일이라고 생각했다고요. 그런데 그 모든 것이 거짓말이었다니! 한순간에 모든 게 다 무너져 내린 거예요. 저는…… 저는 존을 숭배했어요!"

헨리에타는 황홀경에 빠져 게르다를 바라보았다. 여기에, 바로 눈앞에 그녀가 머릿속으로 상상하고 나무로 조각해 숨결을 불어 넣은 그 조각상이 있었다. 바로 「숭배자」였다. 맹목적인 헌신은 배신을 당할 경우 환멸에 빠지고 위험해진다.

"난 참을 수가 없었어요! 그이를 죽여야만 했죠! 그래야만 했어요. 이해하겠어요, 헨리에타?"

게르다는 아무렇지 않은 듯, 상냥한 목소리로 말을 이었다.

"경찰은 아주 영리한 사람들이기 때문에 조심해야 한다는 건 알고 있었어요. 그리고 전 사람들이 생각하는 것만큼 어리석지 않아요! 행동이 느리고 멍한 눈길을 하고 있으면, 사람들은 말을 못 알아듣는 바보쯤으로 생각하죠. 하지만 가끔씩 전 속으로 그런 사람들을 마구 비웃어요! 저는 아무도 모르게 존을 죽일 수 있다는 사실을 알았어요. 추리 소설에서 경찰들은 총알이 어떤 총에서 발사된 것인지 알아낼 수 있다는 걸 읽었거든요. 헨리 경이 그날 오후 리볼버를 장전하는 법과 쏘는 법을 알려 줬지요. 그래서 저는 리볼버 두 자루를 몰래 가지고 나왔어요. 한 자루로 존을 쏜 다음 숨기고, 다른 하나는 사람들이 올 때까지 손에 쥐고 있던 거예요. 그렇게 했더니 처음에는 제가 존을 쐈다고 생각했다가 곧이어 제가 들고 있던 총에 맞은 게 아니라는 사실을 알게 되었고, 결국엔 제가 범인이 아니라고 결론 내렸죠!"

게르다는 의기양양하게 고개를 끄덕였다.

"하지만 그 가죽 쪼가리는 잊어버렸어요. 제 침실 서랍에 있죠. 그걸 뭐라고 부르죠? 권총집? 물론 이제 와서 경찰이 그걸 찾진 않을 거예요!"

"그럴 수도 있죠. 하지만 내게 주는 게 나을 거예요. 그러면 내가 가져가서 처리할게요. 어쨌든 당신 수중에 없는 게 안전하니까요."

헨리에타는 의자에 주저앉았다. 갑자기 이루 말할 수 없는 피곤이 밀려왔다.

"안색이 안 좋아 보여요. 방금 차를 끓이려던 참이었어요."

게르다는 방을 나가더니 금세 쟁반을 들고 다시 들어왔다. 쟁반에는 찻주전자와 우유 주전자, 찻잔 두 개가 놓여 있었다. 주전자에는 우유가 가득 차 있어 쟁반이 흔들릴 때마다 흘러나왔다. 게르다는 쟁반을 내려놓고 차를 따른 다음 헨리에타에게 건넸다.

"이런, 물이 이렇게 펄펄 끓었는지 몰랐네요."

게르다는 당황한 목소리로 중얼거렸다.

"괜찮아요. 가서 권총집을 가져와요, 게르다."

게르다는 망설이다가 방을 나갔다. 헨리에타는 테이블에 팔을 올려놓고 몸을 숙여 엎드렸다. 너무나도, 너무나도 피곤했다. 하지만 이제 거의 끝났다. 게르다는 안전할 것이다. 존이 원했던 것처럼.

헨리에타는 다시 의자에 똑바로 앉아 이마에 흘러내린 머리카락을 뒤로 넘기고 찻잔을 들었다. 그 순간 복도에서 나는 소리에 위를 올려다보았다. 게르다가 웬일로 동작이 빠르다고 생각했다.

하지만 문 앞에 나타난 건 에르퀼 푸아로였다.

"현관문이 열려 있더군요. 그래서 마음대로 들어왔습니다."

푸아로가 테이블 가까이로 걸어오며 말했다.

"세상에! 여길 어떻게 오신 거예요?"

"마드무아젤이 할로를 너무 갑작스럽게 떠나시길래, 그 행선지가 어디인지는 자연스럽게 알겠더군요. 그래서 아주 빠른 차를 하나 빌려 곧장 이리로 달려왔습니다."

"그렇군요. 그러셨겠죠."

헨리에타는 한숨을 쉬었다.

"그 차는 마시지 않는 게 좋습니다."

푸아로는 헨리에타의 손에서 찻잔을 빼앗아 쟁반에 되돌려 놓았다.

"끓는 물로 달인 차는 좋지 않아요."

"그런 게 중요한가요?"

푸아로는 상냥하게 말했다.

"모든 게 다 중요하죠."

뒤쪽에서 소리가 나더니 게르다가 방으로 들어왔다. 손에는 가방을 들고 있었다. 그녀는 어리둥절한 눈으로 푸아로와 헨리에타를 번갈아 보았다.

헨리에타가 재빨리 선수를 쳤다.

"게르다, 아무래도 내가 좀 수상해 보이나 봐요. 무슈 푸아로가 내 뒤를 밟은 모양이에요. 내가 존을 죽였다고 생각하시죠……. 하지만 증명하시진 못할 거예요."

헨리에타는 천천히 신중하게 이야기했다. 게르다가 섣부른 말을 하지 않도록.

게르다는 모호하게 대꾸했다.

"정말 죄송해요. 차 좀 드릴까요, 무슈 푸아로?"

"고맙습니다만 저는 됐습니다, 마담."

게르다는 의자에 앉아 미안한 표정으로 이야기를 시작했다.

"다들 밖에 나가 있어서 안타깝네요. 제 언니와 아이들은 모두 피크닉을 나갔어요. 저는 몸이 좋지 않아서 집에 남았고요."

"이거 유감이군요, 마담."

게르다는 찻잔을 들어 차를 마셨다.

"너무나도 걱정스러워요. 모든 일이 다 걱정스러워요. 언제나 존이 모든 일을 다 해결해 줬는데, 이제 존이 갔으니……"

게르다의 목소리가 점차 사그라들었다.

"이제 존은 없어요."

게르다의 애처롭고 당황한 눈길이 푸아로에게서 헨리에타에게로 옮겨 갔다.

"그이가 없는데 저 혼자 어떻게 해 나가야 할지 모르겠어요. 존은 언제나 절 보살펴 줬어요. 이제 그가 없으니, 모든 게 다 끝난 거예요. 그리고 아이들…… 아이들이 제게 물어보는 말에 어떻게 대답해야 할지 모르겠어요. 테렌스에게 뭐라고 말해야 할까요? 그 앤 자꾸 이렇게 물어요. '왜 아버지가 살해당한 거예요?' 물론 언젠가는 그 이유를 알아내겠죠. 테렌스는 궁금한 건 꼭 알아야 하는 아이니까요. 제가 정말 당황스러운 건 그 애가 항상 왜냐고 묻는 거예요, 누가 그랬냐는 게 아니라!"

게르다는 의자에 기댔다. 입술이 아주 창백했다. 그녀는 뻣뻣한 목소리로 말했다.

"몸이 좋지 않아요. 만약 존이⋯⋯. 존이⋯⋯."

푸아로는 게르다에게 다가가 그녀를 옆으로 편안히 눕혔다. 게르다의 머리가 앞으로 힘없이 쓰러졌다. 푸아로는 몸을 굽혀 게르다의 눈꺼풀을 들어 보았다. 그다음 똑바로 일어서서 입을 열었다.

"편안하고 비교적 고통 없이 가셨습니다."

헨리에타는 푸아로를 바라보았다.

"심장 마비인가요? 아니, 아니겠네요."

헨리에타는 재빨리 생각해 보았다.

"차에 뭔가 탄 거죠? 게르다가 자기 찻잔에 약을 탄 거예요. 그런 거죠?"

푸아로는 조용히 고개를 저었다.

"아닙니다. 약은 마드무아젤 찻잔에 탔죠. 당신을 노린 겁니다."

헨리에타는 의심스럽다는 목소리였다.

"저를요? 하지만 전 게르다를 도우려고 했는데⋯⋯?"

"그건 중요하지 않습니다. 덫에 갇힌 개를 보신 적이 있습니까? 자기를 건드리려는 사람에게 이빨을 세우죠. 게르다는 마드무아젤이 자신의 비밀을 알고 있다는 것만 생각한 겁니다. 그래서 마드무아젤 역시 죽어야 한다고 생각한 거죠."

헨리에타가 천천히 입을 열었다.

"그래서 제 찻잔을 쟁반에 다시 돌려놓으신 거군요. 게르다가…… 게르다가 마시게 하려고…….”

푸아로가 조용히 헨리에타의 말을 가로막았다.

“아니요, 아닙니다, 마드무아젤. 저는 당신의 찻잔에 뭐가 들어 있는지는 몰랐습니다. 뭔가 들어 있을지도 모른다는 생각은 했죠. 그리고 쟁반에 찻잔이 두 개 있었으니까 어느 쪽을 선택하느냐는 반반의 가능성이 있었습니다……. 그걸 가능성이라고 할 수 있다면 말입니다. 그래도 저는 자비로운 결말이라고 생각합니다. 게르다 크리스토에게도, 그리고 죄 없는 두 아이에게도 말입니다.”

푸아로는 헨리에타에게 다정하게 물었다.

“마드무아젤은 많이 피곤하시죠, 그렇지 않습니까?”

헨리에타는 고개를 끄덕이고는 물었다.

“언제부터 게르다를 의심하신 거예요?”

“정확히는 몰랐습니다. 하지만 처음부터 현장이 꾸며져 있다는 느낌을 받았죠. 하지만 그게 게르다 크리스토가 꾸민 것인 줄은 몰랐습니다……. 그녀의 태도가 연극 무대에 선 배우 같다는 것도, 그녀가 실제로 하나의 배역을 연기하고 있었다는 사실도 몰랐죠. 저는 이번 사건의 단순성, 그리고 동시에 존재하는 복잡성에 당황했습니다. 머지않아 제가 맞서 싸우고 있는 것이 마드무아젤의 창의력이란 것을, 그리고 마드무아젤의 계획을 알아챈 친척들이 마드무아젤을 도와주었다는 것을 깨달았습니다!”

푸아로는 잠시 말을 멈추었다가 덧붙였다.

“왜 그러신 겁니까?”

"존이 부탁했으니까요! 존이 제 이름을 부른 건 그런 뜻이었어요. 제 이름 한마디에 그 모든 뜻이 담겨 있었죠. 제게 게르다를 보호해 달라고 부탁하는 거였어요. 그는 게르다를 사랑했어요. 어쩌면 존은 자신이 생각했던 것보다 게르다를 깊이 사랑했던 것 같아요. 베로니카 크레이보다 더, 저보다 더요. 게르다는 존의 사람이었고, 존은 자신의 소유물을 좋아했어요. 존은 게르다를 그녀가 저지른 죄의 결과로부터 보호할 수 있는 사람은 저뿐이란 걸 알았어요. 그리고 존은 제가 그가 원하는 일이면 무엇이든 하리란 걸 알았죠. 저는 존을 사랑했으니까요."

"그래서 바로 행동에 들어가셨군요."

푸아로가 험악한 목소리로 말했다.

"네, 처음으로 생각한 건 리볼버를 빼앗아 수영장에 떨어뜨리는 거였어요. 그렇게 한다면 지문을 찾아낼 수 없을 테니까요. 존이 다른 총에 맞았다는 걸 알았을 때는 바로 그 총을 찾으러 나갔어요. 물론 저는 게르다가 물건을 숨길 만한 곳을 알기 때문에 힘들이지 않고 금방 찾을 수가 있었죠. 그레인지 경감님의 부하들을 간발의 차로 앞질렀답니다."

헨리에타는 잠시 말을 멈추었다가 다시 이어 나갔다.

"런던으로 가져가기 전까지는 손가방에 넣어 두었어요. 그리고 작업실에 숨겨 두었다가 다시 가져와 경찰이 결코 찾을 수 없는 곳에 두었죠."

"점토로 만든 말."

푸아로가 중얼거렸다.

"그걸 어떻게 아셨어요? 네, 저는 그 총을 화장품 주머니에 넣어 철사로 칭칭 감은 다음 그 위로 점토를 붙여 조각상을 만들었죠. 아무리 경찰이라도 예술가의 작품을 망치진 않을 테니까요, 그렇죠? 그런데 그걸 어떻게 아신 건가요?"

"마드무아젤이 말을 소재로 삼으셨으니까요. 트로이의 목마가 무의식중에 마드무아젤의 머릿속에 떠오른 겁니다. 하지만 그 지문은…… 그 지문은 어떻게 하신 겁니까?"

"제 작업실 앞 거리에 눈먼 노인 한 분이 성냥을 팔아요. 제가 돈을 꺼내는 동안 그걸 좀 들고 있어 달라고 부탁했죠!"

푸아로는 잠시 헨리에타를 바라보았다.

"세 포르미다블(그것참 기막히군요)! 마드무아젤은 제가 여태껏 마주친 적수 중에서도 최고입니다."

"무슈 푸아로보다 한발 앞서가려고 노력하는 건 정말이지 너무 피곤한 일이었어요!"

"그렇죠. 저는 게르다 크리스토를 제외한 모든 사람에게 혐의가 돌아가는 패턴이 반복된다는 사실을 발견하자마자 진실을 깨닫기 시작했죠. 모든 증거가 게르다 크리스토를 비껴 갔습니다. 마드무아젤은 제 관심을 끌고 자신에게 의심이 돌아가도록 하기 위해 일부러 우주수를 그리셨죠. 마드무아젤의 의중을 완벽하게 간파한 레이디 앵커텔은 불쌍한 그레인지 경감을 번번이 엉뚱한 방향으로 이끌면서 즐겼고요. 데이비드와 에드워드, 그리고 레이디 앵커텔 자신으로 말입니다."

"네. 실제 범인에게서 혐의를 벗기려면 한 가지 방법밖에 없죠. 다른 사람들에게 혐의를 씌우되 한 사람에게만 국한하지 않는 거예요. 그 때문에 모든 실마리들이 뭔가 있어 보이다가도 결국엔 아무 것도 아닌 걸로 결론이 났지요."

헨리에타는 의차에 축 늘어져 있는 게르다를 바라보았다.

"불쌍한 게르다."

"내내 그렇게 생각하셨습니까?"

"그런 것 같아요. 게르다는 존을 지독히도 사랑했지만, 존을 있는 그대로 사랑하려 하지 않았어요. 존을 저 높은 곳에 올려놓고, 고상하고 이타적이며 훌륭한 미덕들을 그에게 가져다 붙인 거죠. 그러다가 환상이 깨지면서 허탈한 마음이 든 거예요."

헨리에타는 잠시 말을 멈췄다.

"하지만 존은 제단에 올려진 우상보다 훨씬 더 훌륭한 사람이었어요. 존은 생명력이 넘치고 살아 있는 진짜 인간이었다고요. 관대하고 따뜻하고 활기가 넘쳤죠. 그리고 위대한 의사였어요⋯⋯. 네, 위대한 의사였죠. 그런 존이 죽었으니, 이 세상은 위대한 남자를 하나 잃어버린 셈이에요. 그리고 전 제가 사랑한 유일한 남자를 잃어버린 셈이고요."

푸아로는 조용히 헨리에타의 어깨에 손을 올렸다.

"하지만 마드무아젤은 가슴에 비수가 꽂힌 채로도 살아갈 수 있는 사람입니다. 꿋꿋이 살아갈 수 있는, 그러면서도 웃을 수 있는 사람이죠……."

헨리에타는 푸아로를 올려다보았다. 입술은 쓴웃음으로 일그러졌다.

"좀 신파조네요, 안 그래요?"

"전 외국인답게 섬세한 단어를 좋아합니다."

헨리에타가 갑자기 뜬금없는 말을 던졌다.

"무슈 푸아로는 제게 참 친절하시군요."

"그건 제가 마드무아젤의 재치에 언제나 감탄했기 때문이죠."

"무슈 푸아로, 이제 어떻게 하죠? 게르다 말이에요."

푸아로는 라피아야자 섬유로 만들어진 연장 가방을 잡아당겼다. 가방에는 갈색 스웨이드와 색색의 가죽 조각 들이 담겨 있었고, 개중에는 두껍고 반들반들한 갈색 가죽도 섞여 있었다. 푸아로는 그 조각들을 한데 모아 맞췄다.

"권총집이군요. 이건 제가 가져가겠습니다. 가엾은 마담 크리스토는 남편의 죽음을 견디지 못한 겁니다. 마음이 약해져 스스로 약을 먹었다는 결론이 나오겠지요."

헨리에타가 천천히 입을 열었다.

"그리고 진실은 아무도 모르겠죠?"

"한 사람은 알게 될 겁니다. 크리스토 선생님의 아들이요. 언젠가는 그 아이가 절 찾아와 진실을 요구할 것입니다."

"하지만 진실을 말해 주진 않으실 거죠?"

헨리에타의 목소리가 커졌다.

"아니요. 진실을 말해 줄 겁니다."

"안 돼요!"

"마드무아젤은 이해하지 못하시겠죠. 마드무아젤은 누군가가 상처를 받는다는 걸 견디기 힘들 겁니다. 하지만 어떤 사람들에게는 그것보다 더 견디기 힘든 게 있습니다……. 진실을 모르는 거지요. 그 불쌍한 마담 크리스토가 좀 전에 말한 걸 들으셨잖습니까. '테렌스는 궁금한 건 꼭 알아야 하는 아이'라고 했지요. 과학적인 사고를 하는 사람들에게는 언제나 진실이 최우선입니다. 아무리 쓰라린 진실이라도, 그런 사람들은 진실을 받아들이고 계속해서 인생을 살아나갈 수 있는 겁니다."

헨리에타가 의자에서 일어섰다.

"전 여기 남을까요, 아니면 가는 게 좋을까요?"

"떠나시는 게 좋을 것 같습니다."

헨리에타는 고개를 끄덕였다. 그리고 푸아로보다는 스스로에게 말하듯 중얼거렸다.

"전 어디로 가야 할까요? 존 없이…… 제가 무얼 할 수 있을까요?"

"마치 게르다 크리스토 부인처럼 말씀하시는군요. 마드무아젤은 어디를 가야 할지, 그리고 무엇을 해야 할지 곧 알게 되실 겁니다."

"그럴까요? 전 너무 지쳤어요, 무슈 푸아로. 너무 지쳤어요."

푸아로는 상냥하게 말했다.

"어서 가세요. 마드무아젤이 있을 곳은 산 자의 세상입니다. 제가 여기서 죽은 자와 함께 있겠습니다."

30장

런던을 향해 달리는 동안, 두 문장이 헨리에타의 머릿속에서 울려 퍼졌다.

'난 뭘 해야 하지? 난 어디로 가야 하지?'

지난 몇 주 동안 그녀는 잔뜩 긴장한 나머지 단 한순간도 마음을 놓지 못했다. 그녀에게는 수행해야 할 임무, 존이 그녀에게 남긴 임무가 있었다. 하지만 이제는 그것도 끝이 났다. 그녀는 임무에 실패한 것일까, 아니면 성공한 것일까? 어느 쪽으로도 볼 수 있을 것이다. 하지만 어느 쪽으로 보든 그 임무도 끝이 났다. 그리고 그녀는 끔찍하게 피곤했다.

머릿속에 그날 밤 테라스에서 에드워드에게 한 말이 떠올랐다. 존이 죽던 날 밤, 수영장으로 걸어가 별채에서 성냥불에 의지해 철제 테이블에 우주수를 그렸던 밤…… 그녀는 재빨리 계획하고 결정을 내리느라 앉아서 슬퍼할 시간도, 죽은 존을 위해 애도할 시간도 없었다.

'존의 죽음을 슬퍼하고 싶어요.'

헨리에타는 에드워드에게 이렇게 말했다.

하지만 그때는 감히 마음을 놓을 수가 없었다. 감히 슬픔에 잠길 수가 없었다.

하지만 이제는 슬퍼할 수가 있다. 이제는 그럴 시간이 너무나도 많다.

헨리에타는 숨죽여 불렀다.

"존…… 존."

쓰라린 고통이, 그동안 참아 왔던 슬픔이 밀려왔다.

'차라리 내가 그 차를 마셨더라면.'

차를 운전하는 것이 그나마 마음을 달래 주었다. 잠시나마 힘이 나는 느낌이었다. 하지만 이제 곧 런던에 도착할 것이다. 이제 곧 차고에 차를 넣고 텅 빈 작업실로 들어가야 할 것이다. 텅 빈 작업실, 다시는 존이 소파에 앉아 그녀에게 말을 걸지도, 화를 내지도, 자신이 바랐던 것보다 더 그녀를 사랑하지도, 열정적으로 리지웨이 병에 대해, 자신이 이뤄 낸 승리 또는 좌절에 대해…… 크랩트리 부인과 세인트크리스토퍼 병원에 대해 이야기하지도 않을 것이다.

헨리에타는 문득 머릿속에 드리워진 검은 장막을 걷어 내고 이렇게 생각했다.

'그래. 거기로 가는 거야. 세인트크리스토퍼 병원으로.'

좁은 병원 침대에 누운 크랩트리 부인은 주름지고 잔뜩 충혈된 눈으로 자신을 찾아온 손님을 올려다보았다.

존이 말해 준 그대로인 크랩트리 부인의 모습에, 헨리에타는 마음이 따뜻해지며 용기가 솟는 걸 느꼈다. 진짜야…… 이건 영원할 거야! 여기, 이 작은 곳에서 헨리에타는 다시 한번 존을 발견했다.

"불쌍한 양반 같으니. 끔찍한 일이지, 안 그렇소?"

크랩트리 부인의 말이었다. 부인의 목소리에는 슬픔과 동시에 즐거운 기색이 스며 있었다. 크랩트리 부인은 삶을 사랑했고, 갑작스러운 죽음, 특히 살인이나 분만 중의 죽음은 삶에서 가장 흥미로운 부분이었다.

"그 양반이 그렇게 가다니! 듣자마자 속이 다 뒤집어지더구먼……. 신문에서 읽었지. 내 동생이 가져온 신문. 구할 수 있는 건 다 가져다줬어. 그 애가 착한 일 했지. 사진이랑 이것저것 실려 있더라고. 그 수영장이랑 다. 그 아내가 심리를 받고 가더군, 불쌍하지, 그리고 그 수영장 주인 레이디 앵커텔도. 사진들이 아주 많았어. 정말 이상한 일이야, 그렇지 않소?"

헨리에타는 크랩트리 부인의 잔인한 즐거움이 불쾌하게 느껴지지 않았다. 오히려 존이라면 그런 크랩트리 부인을 좋아했을 거라는 걸 알아서인지 기분이 좋았다. 존은 크랩트리 부인이 자신의 죽음에 훌쩍이며 눈물을 보이기보다는 즐거워하기를 바랐을 것이다.

크랩트리 부인은 이를 앙다물었다.

"내가 바라는 건 그 짓을 저지른 사람을 잡아서 목을 매다는 거요. 물론 옛날처럼 사람들이 보는 앞에서 목을 매달진 않겠지. 유감스러운 일이야. 꼭 한 번은 교수형을 집행하는 걸 보고 싶었는데. 그 의사 선생을 죽인 놈을 보기 위해서라면 한걸음에 달려가야지! 정말 나쁜 놈 같으니. 의사 선생은 천 명에 한 명 날까 말까 한 인재였는데. 그렇게 영리한 사람은 다신 없을 거요! 게다가 환자들한테 얼마나 잘해 줬는데! 항상 환자를 웃게 해 줬다고. 선생이 가끔 하던 말이 있는데! 하여튼 의사 선생을 위해서라면 난 뭐든 할 수 있어, 그렇고말고!"

"네. 아주 똑똑한 사람이었어요. 위대한 사람이었고요."

"다른 병원이 어떤지 한번 생각해 봐요! 세상의 다른 간호사들과 환자들도! 하지만 선생이 곁에 있으면 언제나 병이 나을 거라는 기분이 들었단 말이지."

"그러니 부인은 좋아지실 거예요."

작고 날카로운 눈이 한순간 흐려졌다.

"그건 나도 확신할 수 없어요. 지금은 점잖기만 한 젊은 안경잡이가 날 봐 주고 있지. 크리스토 선생과는 전혀 달라. 절대 웃는 법이 없다니까! 크리스토 선생은 농담을 달고 살았는데! 덕분에 내가 고생 좀 했지. 그 치료법 때문에. '더 이상 못 버티겠어요, 의사 양반.' 내가 이렇게 말하면 '부인은 충분히 견디실 수 있어요.' 이렇게 말하는 거요. '부인은 강인한 분이잖아요. 충분히 견뎌 내실 거예요. 부인과 제가 새로운 의료계의 역사를 만들어 내는 거죠.' 그렇게 실없는 소릴 늘어놓곤 했지. 난 의사 선생을 위해서라면 뭐든 했어! 너

무 많은 걸 기대하는 게 아닌가 해도, 왠지 그 양반을 실망시키고
싶지가 않았달까…… 무슨 말인지 알겠소?"

"저도 알아요."

작고 날카로운 두 눈이 헨리에타를 유심히 살폈다.

"실례지만, 아가씨가 설마 의사 선생 부인은 아니겠지?"

"아니에요. 그냥 친구예요."

"알겠군."

헨리에타는 크랩트리 부인이 자신과 존의 관계를 예리하게 파악
했다는 생각이 들었다.

"그런데 어쩌다 날 찾아오게 된 거요?"

"선생님이 제게 부인 이야기를 많이 했어요. 그리고 새 치료법에
대해서도요. 그래서 부인이 어떻게 지내시는지 보고 싶었어요."

"나야 하루하루 누워만 있지? 그게 요새 일과야."

그 말에 헨리에타가 외쳤다.

"하지만 그러시면 안 돼요! 어서 나아지셔야죠."

크랩트리 부인이 씩 웃었다.

"난 죽고 싶지 않아. 그런 건 생각도 하면 안 돼!"

"그렇다면 싸우셔야죠! 크리스토 선생님은 부인을 전사라고 말했
어요."

"그랬소?"

크랩트리 부인은 가만히 누워 있다가 다시 천천히 입을 열었다.

"의사 양반을 쏜 사람이 누군지는 몰라도 정말 나쁜 짓을 했어!

그런 사람은 드물지."

다시는 그런 사람을 만나지 못할 거야. 그런 생각이 헨리에타의 머릿속을 스쳤다. 크랩트리 부인은 헨리에타를 다정하게 바라보았다.

"기운 내요, 아가씨."

그러고는 이렇게 덧붙였다.

"의사 양반 장례식은 근사하게 치렀겠지?"

"정말 근사한 장례식이었어요."

헨리에타는 예의 바르게 대답했다.

"아! 내가 갔어야 했는데! 이제는 내 장례식에나 참석하게 되겠지."

크랩트리 부인은 한숨을 쉬었다.

헨리에타의 목소리가 커졌다.

"그런 말씀 마세요! 포기하시면 안 돼요. 크리스토 선생님과 함께 의료계의 역사를 만들어 나갈 거라고 했다면서요? 그렇다면 혼자서라도 계속해 나가셔야죠. 치료법은 똑같잖아요. 부인이 크리스토 선생님 몫까지 용기를 내셔야죠. 의료계의 역사를 새로 써야 한다고요. 크리스토 선생님을 위해서요."

크랩트리 부인은 잠시 헨리에타를 빤히 바라보았다.

"아주 거창한 말이군! 내 최선을 다해 보지. 그 이상은 뭐라 장담할 수 없어요."

헨리에타는 의자에서 일어나 크랩트리 부인의 손을 잡았다.

"안녕히 계세요. 괜찮다면 다시 올게요."

"네, 그래요. 의사 선생 얘기를 나누는 것만으로도 내겐 많은 힘이 될 거요."

다시 크랩트리 부인의 눈이 심술궂고 장난스럽게 반짝였다.

"크리스토 선생은 모든 면에서 훌륭한 사람이었지."

"네, 그랬죠."

"괴로워하지 말아요, 아가씨……. 떠난 사람은 떠난 사람이야. 그걸 되돌릴 순 없다오."

크랩트리 부인과 에르퀼 푸아로는 다른 언어로 똑같은 이야기를 하고 있었다.

헨리에타는 첼시로 돌아왔다. 그녀는 차고에 차를 넣고 천천히 작업실로 들어갔다.

'드디어 그 순간이 오고 말았어. 내가 두려워하던 순간. 홀로 있는 순간. 이젠 더 이상 미뤄 둘 수가 없어. 슬픔을 피할 수가 없어.'

에드워드에게 무어라 말했던가?

'존의 죽음을 슬퍼하고 싶어요.'

헨리에타는 의자에 털썩 주저앉아 머리를 뒤로 젖혔다.

외로움…… 공허함…… 끔찍한 공허함.

눈에서 눈물이 솟아 천천히 뺨으로 흘러내렸다.

슬픔, 존을 위한 슬픔. 오, 존…… 존.

그녀는 날카로운 통증을 느끼며 그의 목소리를 떠올리고, 또 떠올렸다.

'내가 죽는다면 당신은 눈물을 흘리면서도 그 빌어먹을 「애도하

는 여인」혹은 「슬픈 표정을 짓는 여인」 같은 조각상을 만들려 할걸.'

갑자기 뭔가 불편한 마음이 들었다. 왜 그 생각이 떠오른 것일까?

슬픔…… 슬픔…… 모호한 형상…… 그 윤곽만이 어렴풋이 떠올랐다……. 머리에 두건을 뒤집어쓴 모습.

설화석고.

그 윤곽이 눈앞에 보였다. 호리호리한 선, 숨겨진 슬픔은 옷감의 기다랗고 애도하는 선으로 드러났다.

깨끗하고 투명한 설화석고에서 솟아나는 슬픔.

'만약 내가 죽는다면…….'

갑자기 쓰라린 고통이 헨리에타를 온통 뒤덮었다.

'이게 나야! 존이 옳았어. 나는 사랑도 못 하고…… 슬퍼하지도 못해…… 순수하지가 못해. 미지, 이 세상을 아름답게 만들어 주는 건 미지 같은 사람이야.'

미지와 에드워드가 에인스윅에.

그게 현실이고, 힘이고, 따뜻함이었다.

'하지만 난 온전치 못한 사람이야. 난 온전히 나 자신이지 못하고 내가 아닌 다른 무언가에 사로잡혀 있어. 떠나간 존을 위해 슬퍼할 수도 없어. 그 대신 내 슬픔을 석고상으로 표현할 거야…….'

전시 작품 58번. 「슬픔」 설화석고. 헨리에타 세이버네이크…….

헨리에타는 작은 목소리로 속삭였다.

"존, 날 용서해요, 날 용서해요. 난 이럴 수밖에 없어요."

〈끝〉

옮긴이 | 원은주

충북대학교에서 고고미술사학을 전공했으며 영어강사로 활동했다. 현재 인트랜스 번역원 소속 전문번역가로 활동 중이다. 옮긴 책으로는 『주스테라피』, 『멘토: 지식 경영 시대의 새로운 리더』, 『벙어리 목격자』, 『다섯 마리 아기 돼지』, 『할로 저택의 비극』, 『장례식을 마치고』, 『헤라클레스의 모험』, 『시계들』, 『비즈니스맨을 위한 아티스트 웨이』 등이 있다.

애거서 크리스티 전집
할로 저택의 비극

3판 1쇄 찍음 2023년 8월 21일
3판 1쇄 펴냄 2023년 8월 28일

지은이 | 애거서 크리스티
옮긴이 | 원은주
발행인 | 박근섭
편집인 | 김준혁
펴낸곳 | 황금가지

출판등록 | 2009. 10. 8 (제2009-000273호)
주소 | 06027 서울 강남구 도산대로 1길 62 강남출판문화센터 5층
전화 | 영업부 515-2000 **편집부** 3446-8774 **팩시밀리** 515-2007
홈페이지 | www.goldenbough.co.kr

도서 파본 등의 이유로 반송이 필요할 경우에는 구매처에서 교환하시고
출판사 교환이 필요할 경우에는 아래 주소로 반송 사유를 적어 도서와 함께 보내주세요.
06027 서울 강남구 도산대로 1길 62 강남출판문화센터 6층 민음인 마케팅부

㈜민음인은 민음사 출판 그룹의 자회사입니다.
황금가지는 ㈜민음인의 픽션 전문 출간 브랜드입니다.